真 小说

富春山居图

万柳无枝

吴蔚 著

中国民主法制出版社

图书在版编目（CIP）数据

富春山居图 . 万柳无枝 / 吴蔚著 . — 北京 : 中国民主法制出版社，2022.3

ISBN 978-7-5162-2778-7

Ⅰ. ①富…　Ⅱ. ①吴…　Ⅲ. ①长篇小说—中国—当代　Ⅳ. ① I247.5

中国版本图书馆 CIP 数据核字（2022）第 031826 号

图书出品人：刘海涛
出 版 统 筹：石　松
责 任 编 辑：张　婷　高文鹏

书　　名 / 富春山居图—— 万柳无枝
作　　者 / 吴　蔚　著

出版 · 发行 / 中国民主法制出版社
地址 / 北京市丰台区玉林里 7 号（100069）
电话 /（010）63055259（总编室）　63058068　63057714（营销中心）
传真 /（010）63055259
http: //www.npcpub.com
E-mail: mzfz@ npcpub.com
经销 / 新华书店
开本 / 32 开　880 毫米 ×1230 毫米
印张 / 12.625　**字数** / 354 千字
版本 / 2022 年 4 月第 1 版　　2022 年 4 月第 1 次印刷
印刷 / 三河市宏图印务有限公司

书号 / ISBN 978–7–5162–2778–7
定价 / 38.00 元

内容简介

大德十一年（1307 年），元武宗海山即位，后立弟弟爱育黎拔力八达为皇太子，并约定“兄弟叔侄世世相承”。与此同时，答己也利用皇太后身份干政，一时之间，三宫关系微妙。适逢兴圣宫宴会，各路显贵齐聚，却不料发生三起命案。沉寂多年的黄公望被聘为御史台书吏，刚刚赴任，便受命查案。命案错综复杂又涉及皇权争斗，十分棘手，黄公望与友人杨载不得不小心翼翼，如履薄冰，探寻真相。而后在鲁国大长公主组织的清露堂集会上，高丽王世子又一命呜呼……各个元朝皇室成员之间，以及他们与反元仁人志士的复杂争斗逐渐展开……

目　录

CONTENTS

大瓮由一整块黑质白章的大玉石精雕而成，石质柔和细腻，玉质斑驳变幻。玉瓮口呈椭圆形，体外周身雕有波纹，下部以浮雕加阴线勾刻的手法表现旋卷的波浪，上部以阴刻曲线勾画旋涡做底纹，整体呈大海状，波涛汹涌，旋涡激流，气势磅礴，神秘莫测。在海涛之中，又有龙、螭、猪、马、鹿、犀、鱼、螺等动物，形体各异，神采俱佳，不但雕工精细，而且俏色独特。

元世祖忽必烈建立元朝时，最初建都于上都，上都位于大都正北一千里处，位置偏僻，交通不便，气候也相当恶劣，时人称“上京六月凉如水”，又有“上京六月冷于秋”之语，足见上都是多么寒冷。而当时的大都名燕京，曾为金朝中都，除了已有相当建制的城池外，且春、夏、秋、冬四季分明，自然环境比上都要好许多，忽必烈最终决定迁都。新的都城名为大都，由汉人大臣刘秉忠负责整体规划。

现任大元皇帝仁宗爱育黎拔力八达跟之前的武宗皇帝海山虽是一母同生的亲兄弟，但性情大不相同——武宗好武，只用蒙古人和色目人，对汉人大力排斥；而仁宗皇帝雅好儒术，早年从太常少卿李孟学习儒家典籍，即位后便命大臣将《大学衍义》节而译之为蒙文，赐予

一路告到答己太后那里。答己太后也很生气，预备追究此事，后经人据理力争，姚燧才得以免罪。但其所撰写碑文还是被磨平，碑文改由他人别撰。

野园又名廉园，园中有池数亩，主堂构建于池上，名万柳堂。万柳堂外，又有匏瓜亭、南野亭、玩芳亭、玉渊亭等。绕池种植有百株柳树，池中多莲花，夏日柳荫莲香，风景可爱。除了遍植柳树之外，园中又有名贵花草几万本，牡丹尤盛，号为京师第一。时人有诗赞道："花飞竹外疑红袖，水度云松自玉琴。"公卿士大夫休暇时多宴游于此，吟诗赋词，赓和极盛。

待到答己母子成功控制京师、爱育黎拔力八达意欲自己登基做皇帝时，手握重兵在外的海山不干了，直接引大军逼近京师。王璋自然是站在海山一边，力劝答己出面斡旋，无论皇帝是海山还是爱育黎拔力八达，都是她的儿子，手心手背都是肉，何必让他们大动干戈、手足相残呢？答己深觉有理。最终，在母亲的劝说下，爱育黎拔力八达同意让位给兄长海山，海山由此顺利登上大元皇帝之位。

一时之间，又是手舞足蹈，又是捶胸顿足，又是长吁短叹，模样颇为滑稽。王氏少年学画，成名已久，在画技上十分自负。但他料不到的是，他面前的这位黄书吏，将会在不惑之年方才开始学画，并会取得极高成就，名垂青史，其巨作《富春山居图》气势恢宏、境界壮阔，与《清明上河图》一道并列为中国传世名画。

正月十五是元宵节，也是传统的灯节。在返回廉园的路途中，不时能遇到成群结队的民众。他们手中提着各式各样的花灯，嬉笑着，阔谈着，即便看不清面上的表情，也能感受到那份浓烈的兴奋之情。星星点点的灯火，仿若游荡在夜空中的流萤，忽闪忽闪地，装点着大地，令这清清冷冷的月夜凭空多了几许生动气息。人们如若不是对人生怀有美好的憧憬，应该不会在这寒冷的冬夜出来夜游吧。

那是怎样的一幅图啊！一峰一状，一树一态，远山隐约，近水渺茫。一切都是那么的恬然静谧，仿若时光凝止，令人心旷神怡，物我两忘。

第一章

大明赫赫

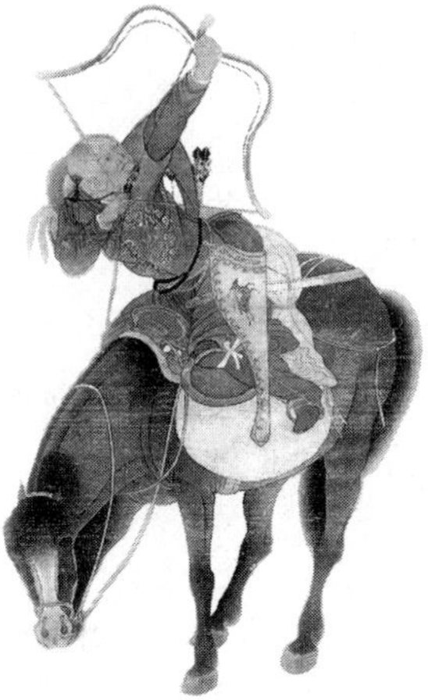

大瓮由一整块黑质白章的大玉石精雕而成，石质柔和细腻，玉质斑驳变幻。玉瓮口呈椭圆形，体外周身雕有波纹，下部以浮雕加阴线勾刻的手法表现旋卷的波浪，上部以阴刻曲线勾画旋涡做底纹，整体呈大海状，波涛汹涌，旋涡激流，气势磅礴，神秘莫测。在海涛之中，又有龙、螭、猪、马、鹿、犀、鱼、螺等动物，形体各异，神采俱佳，不但雕工精细，而且俏色独特。

十年燕月歌声，几点吴霜鬓影。
西风吹起鲈鱼兴，已在桑榆暮景。
荣枯枕上三更，傀儡场头四并。
人生幻化如泡影，那个临危自省？

岸边烟柳苍苍，江上寒波漾漾。
阳关旧曲低低唱，只恐行人断肠。
十年旧剑长吁，一曲琵琶暗许。
月明江上别湓浦，愁听兰舟夜雨。

——姚燧《中吕·醉高歌·感怀》

初岁元祚，吉日惟良。乃为嘉会，宴此高堂。

“年时节，元夜时”，正月初一元正节，是中国一年中最重要的节日。皇庆元年（1312 年）元旦，也是新即帝位不久的元仁宗爱育黎拔力八达改元的第一天。满朝文武及各方使者尽着白衣[1]，齐聚在大都皇宫大明殿[2]，庆贺这双喜临门的日子。

大明殿是宫城正殿，也是皇宫中最壮观的建筑，为“前殿后寝”的格局，分为前殿和寝殿、香阁等部分，中间以柱廊相连。

[1] 蒙古人尚白，入主中原后依然保留了此习俗，在举行元正受朝仪式时，皇帝及所有参加庆典的臣民都要穿白衣。各地进献给皇帝的贺礼，也须配上白布。因蒙古人爱马，在这一天进奉的马匹也多是白马。又，据威尼斯商人马可·波罗的记载，臣民进贡礼品的数目应与九相合，如进献马匹，应该是九乘九共八十一匹。

[2] 蒙古人很早就有庆元正的习俗活动。金人张德辉在《岭北纪行》中记录了贵由执掌汗位时草原庆祝元旦的情形：“比岁除日，辄迁帐易地，以为贺正之所，日大宴所部于二帐前，自王以下皆衣纯白裘。三日后，方诣大牙帐致贺礼也。”元世祖忽必烈迁都大都后，每年都要在皇宫举行盛大而隆重的元正受朝仪式。

前殿十一间，东西二百尺，深一百二十尺，高九十尺。仅殿前台基，便分为三级，均由白石阑环绕。白石阑上雕刻有龙凤图案，每根柱子下还有伸出的鳌头，造型独特。

与宏伟宫殿颇不相衬的是，台基丹墀上种植着大批移自沙漠的莎草，称为“誓俭草”，以示不忘创业艰难。时人有诗吟诵道：“黑河万里连沙漠，世祖深思创业难。数尺阑干护春草，丹墀留与子孙看。”

至于大明殿内，则是富丽堂皇——青石花础，白玉石圆碣，文石甃地，上藉重茵，丹楹金饰，龙绕其上。四面朱琐窗，藻井间金绘，饰燕石，重陛朱阑，涂金铜飞雕冒。整座殿堂阔大宽敞，可同时容纳上千人。

大都宫城由中亚花剌子模人亦黑迭儿丁设计，汉人郭守敬担任都水少监，于元世祖至元十一年（1274 年）建成[1]。当年正月初一，元世祖忽必烈在大明殿举行朝会，接受皇太子、诸王、百官及高丽国王元宗王禃所派使节的朝贺。此后，元廷每每有盛大聚会，都会在大明殿举行，饮酒奏乐，歌舞升平，即时人所称“万国贡珍罗玉陛，九宾传赞捧珠帘。大明殿前筵初秩，勋贵先陈祖训严”。

宫殿外观，采用了中原王朝宫殿的传统模式，红漆门窗楹柱，绘有金龙及其他各种彩画。屋顶则以琉璃瓦覆之。殿前悬有绣缘朱帘，又用青花石做成台阶，白玉石雕成栏杆等。

宫殿的内部装饰，则沿用了蒙古族传统的毡帐风格。地上铺有厚厚的地毯，墙壁用银鼠、黑貂等名贵兽皮缝制的壁障装饰，以挡风寒。其他摆设，如御榻、胡床等，皆依照蒙古毡帐的风格设置。

[1] 元朝宫殿规模宏大，远远超过了金朝，仅大明前殿，其建筑规模若折合为现代尺寸，即宽 60 余米，深约 37 米，高约 28 米，总建筑面积达到 2270 余平方米。十分可惜的是，朱元璋建立明朝后，下令拆毁了这座极为壮观的皇城宫殿，目的如同之前元世祖忽必烈派僧官杨琏真迦拆毁南宋皇宫（事见吴蔚小说《富春山居图——高楼聚远》），借拆毁元朝宫殿来铲除蒙古的“王气”。有意思的是，后朱元璋第四子朱棣封为燕王，受命就藩北平（即元大都，今北京），燕王的府邸就是元朝的旧宫，规制如同天子。按照规定，藩王的府邸下天子一等，其他诸王均是如此。朱元璋特地下诏告谕诸王，让他们不要与燕王攀比，因燕王府邸是元朝旧宫，无须重建，而其他藩王新建的府邸则要按规定办事。而朱元璋死后，朱棣即发动了“靖难之役”，用武力从侄子建文帝朱允炆手中夺取了皇位。

前殿正中设七宝云龙御榻，白盖金缕褥，为皇帝宝座，旁设皇后之位。诸王、百官、怯薛等侍宴坐床，以及雕像酒桌、银裹木漆瓮、玉编磬、玉笙、玉箜篌等物，列于左右[1]。

最为特别的是御榻之前陈列有一具七宝灯漏[2]，名大明殿灯漏，由郭守敬设计制造。主体造型类似宫灯，为一个巨大灯球，高一丈七尺，以黄金制成，球体四面装饰着五颜六色的宝石，极为华丽。最妙的是，这样精巧的灯漏，其实是一件由水力驱动的自动报时器——

灯漏灯球内部共分成四层，各有各的作用：顶部最高一层内，按圆环状分布着“四神”，每天自右向左回转一周，表示天体在自东向西做周日运动。

[1] 元朝制度，皇帝、皇后座位并列，因而即使在大明殿这样的皇宫正殿中，皇帝的宝座也不是独尊的，而是与皇后的座位并列。除此之外，殿中也为其他宗王贵族等设置了座位，以便于宴饮。这种帝王和皇后并座的皇宫布局很有特色，体现出元朝统治者仍然保留有部落贵族平等制的观念。

[2] 七宝灯漏中国钟表史上最为著名的计时仪器之一，高约5.3米，是一架以水力为原动力的精密机械时钟，内部构造相当精巧复杂（以当时技术水平而论）。灯漏的动力装备，是一组水力机械。用水车注入水壶，通过类似漏壶的一组水箱，使一个水位恒定的漏壶中的水均匀地流出，依次冲击一个枢轮。枢轮旁边装有一套轮轴装置，利用凸轮机构与齿轮系统，使轮轴传动装置的一重重机轮带动灯球内四层中不同的物象，做出不同的反应。尤其是第三层内的四象模型，能按时鸣叫、舞蹈和跳跃，这是前所未有过的。要做到这些，机械传动装置内必须装有控制速度的擒纵器，使走速均匀，计时准确；并且需要有相当复杂的凸轮机构和齿轮系统，以带动这一整套的传动装置。除此之外，灯球上面有一道“中梁”，中梁之上还设有一道“曲梁”。曲梁上面刻有水槽，用以定水准。中部安设“云珠”一颗。左右两旁，分别布置“日球”与“月球”各一颗。曲梁两端用龙首作装饰，梁摆动时，能够口吻张开，目珠转动，好似凝视着曲梁架上的水平位置是否左右平准。云珠下面另挂一颗“大珠”，位于其下的中梁上左右盘旋着两条龙，成“双龙戏珠”之象。两龙又能随大珠的摇摆而俯仰转动，好像是在昂首察看水槽内的水是否平均稳定。这两根梁、两个龙头及两条龙，都非为了单纯装潢而虚饰的，而是供校正这座水力机械时钟的水平状态之用。又，值得强调的是，机械装置用水力传动，创始于东汉张衡（中国历史上非常罕见的天才人物，其人事迹可参见吴蔚小说《江东二乔》）。经过唐代改进，到北宋有了很大进步，北宋苏颂、韩公廉等人曾制造过一座雄伟高大的水运仪象台，高近12米。上层安装浑仪，中层设浑象，底层有一座五层木阁，通过水力传动机构，能自动报时、报刻和夜漏更等，并能摇玲、扣钟、击鼓、打锣，以声响报告时刻。郭守敬的七宝灯漏显然是承唐宋旧制而作，同水运仪象台下部木阁内的计时机制基本相同。但水运仪象台早在北宋灭亡后便已经毁去，南宋朝廷曾考虑重新复制一座，却没有人能看懂苏颂的遗著，遂成缺憾。到了元代，郭守敬能重新制造出来同样原理的七宝灯漏，很不简单。欧洲1386年方出现第一台机械时钟，此七宝灯漏比其早一个世纪。著名科技史专家英国李约瑟博士在研究了欧洲钟表与中国宋代水运仪象台后，曾在他的《中国的天文钟》一文中提到水运仪象台：“可能天文钟是欧洲中世纪天文钟的直接祖先。”

第二层按东、西、南、北方向，布置龙、虎、鸟、龟。每到一刻，四种神物便会跳跃、舞蹈、鸣叫，与第一层周日旋转运动相呼应。

第三层的圆环状被一百等分，每一等分即为一刻钟。又团团排列着代表十二时辰的木制“十二神”，每一位大神手中都执着一块“时牌”，上面写有时辰名称。当某个时辰来到，大神便在四个方向的门内执牌按时出现，报告当时时辰。另外，还有一个木人立在门口，手一直指向刻数。如此，现下是何时何刻，一望便知。

第四层为底层，四角立着四名木人，各执不同乐器，分别为钟、鼓、钲、铙。每个时辰分“初”和“正”两段，每段各有四刻，乐器木人逢初刻鸣钟，到二刻打鼓，至三刻击钲，最末四刻时击铙。

通常，白天的六个时辰相对容易区分，然每个时辰之内，再细分的八刻，则往往难以明确。七宝灯漏以时牌报时，再配以不同的声响报刻，可谓巧妙而完美。

盛大的朝会从早晨便已经开始。清晨时，文武百官齐聚在崇天门下待漏，等待皇帝升殿。大明殿内，皇帝和皇后则先后在御榻上就座。司辰郎据大明殿灯漏报时，宣布元正朝会开始。

怯薛及其他殿前侍卫人员最先从日精门和月华门进殿，向皇帝、皇后叩拜，随即按仪制分立在两旁或殿下，充作宿卫。

在后妃、宗王、驸马等皇亲国戚依次进献贺礼后，文武百官才分左、右，依次从日精、月华两门进入大明殿，参拜皇帝。

之后，中书省丞相向皇帝三进酒，宣读中央官署及各地贺表与礼仪清单。

最后，僧人、道士及外国使者等入殿。这些人因为身份特殊被破例允许穿着自己的服饰，而不是穿白服。这时候起，大明殿中的服饰才有了颜色。僧道等朝贺完毕后，受朝仪式才算正式结束。

按照惯例，每年的元旦或其他节令，在朝会结束时，皇帝都要命乐伎演唱《新水令》[1]等散曲以示庆贺。这一年朝会唱的《新水令》套曲，由翰林侍读学士贯云石填写，对大元极尽歌功颂德之能事。曲中唱道：

“郁葱佳气蔼寰区，庆丰年太平时序。民有感，国无虞。瞻仰皇都，圣天子有百灵助。江山富，天下总欣伏。忠孝宽仁，雄文壮武。功业振乾坤，军尽欢娱，民亦安居。军民都托赖着我天子福，同乐蓬壶。赛唐虞，大元至大古今无。架海梁对着檠天柱，玉带金符。庆风云会龙虎，万户侯千钟录，播四海光千古。三阳交泰，五谷时熟。梅花枝上春光露，椒盘杯里香风度。帐设鲛绡，帘卷虾须。唱道天赐长生，人皆赞祝。道德巍巍，众臣等蒙恩露。拜舞嵩呼，万万岁当今圣明主。”

一曲歌毕，群臣拜伏在地，山呼“万岁”。仁宗皇帝俯视着匍匐在地上的人群，感慨万千——

五年前，他就该坐在这至尊宝座上，虽然为形势所逼，不得不将皇位让给了兄长海山，其后又经历了许多风波，他终于还是等到了这一天。而且自大元立国以来，还没有一位皇帝能像他这样登基[2]。

仁宗皇帝愈发志得意满起来，转头望向身边的阿纳失失里皇后。阿纳失失里皇后出自弘吉剌氏，是蒙古贵妇中难得的酷爱汉学

[1] 新水令，曲牌名，源于隋唐之水调，多入套数（同一宫调、不同曲牌的若干支曲子按一定规则连缀在一起，联合成套），居于首曲地位。水调始创于隋炀帝大业元年（605年），最初只是小曲，音乐风格以“悲切”为特点。唐代发展了水调，既演变成大曲，又有小曲或杂曲的流传。另外，唐人还制作了“新水调”曲。“水调”一名，亦演变成为音调名。宋代是水调持续发展时期，水调不仅如其在唐代时一般，有大曲、小曲或杂曲的流传，而且在南宋有了次曲或中曲的形式存在，在其大曲“摘遍”的形式上，产生了词牌《水调歌头》和《新水令》，且都可配辞入乐演唱。宋代杂剧有资料可查的名目中，用《新水令》曲调的官本杂剧有四本。

[2] 元成宗铁穆耳和元武宗海山即位前，均没有被正式立为储君。元成宗铁穆耳虽然手有皇太子宝，但因为没有正式被册立为太子，即位时，手握重兵的兄长晋王甘麻剌（即《富春山居图——高楼聚远》一书中的梁王，后改封晋王，驻守西北）并不服气，只是由于迫于重臣伯颜的武力压力，才放弃争位。元武宗海山能当上皇帝，则完全是靠其弟爱育黎拔力八达发动的宫廷政变。元武宗即位后为表感激，立弟弟爱育黎拔力八达为皇太子（实为皇太弟）。尽管元武宗在位期间也有改立亲生儿子为储君的想法（类似故事可参见吴蔚小说《大明惊变》明英宗及景泰帝的故事），但始终没有付诸行动，最终爱育黎拔力八达以皇太子身份顺利即位，是为元仁宗。

的人，精通琴棋书画，又素以唐太宗的长孙皇后为榜样，谨言慎行，宽仁待下，甚得夫君敬重。她见皇帝瞧向自己，当即微笑着点了点头，仁宗皇帝遂高声传令开宴。

原来朝会贺礼仪式结束后，还有宴饮，称诈马宴[1]。四品以上，赐酒殿上；五品以下，则赐酒于日精、月华二门之下。

皇帝一声令下后，大明殿立时安静下来，几乎是鸦雀无声，众人目光一齐落在宫殿中央的大瓮上。

大瓮四角装饰有四条金龙，均作昂首搏击状。瓮体边缘挂着上千颗珍珠编织成的璎珞，每颗珍珠都有拇指盖大小，珠光晕彩，圆润细腻。仅凭黄金、珍珠两样饰品，便彰显出大瓮的贵重地位。大瓮本身两步多高，形体巨大，气度不凡。

大瓮由一整块黑质白章的大玉石精雕而成，石质柔和细腻，玉质斑驳变幻。玉瓮口呈椭圆形，体外周身雕有波纹，下部以浮雕加阴线勾刻的手法表现旋卷的波浪，上部以阴刻曲线勾画旋涡做底纹，整体呈大海状，波涛汹涌，旋涡激流，气势磅礴，神秘莫测。在海涛之中，又有龙、螭、猪、马、鹿、犀、鱼、螺等动物，形体各异，神采俱佳，不但雕工精细，而且俏色[2]独特，利用玉石本身的色泽变化，来勾勒波浪的起伏、表现动物的形态特征，可谓匠心

[1] 诈马宴，又名质孙宴，质孙意为一色衣，意思是参宴者穿同一颜色的衣服。诈马，蒙语是指退掉毛的整畜，意思是把牛、羊家畜宰杀后，用热水退毛，去掉内脏，烤制或煮制上席。原为蒙古部落分食整牛整羊的古朴习俗，入元后发展为奢华的宫廷宴会。又，诈马宴并非单指大明殿宫宴，凡大型庆典宫宴，均称为诈马宴，如，大都诈马宴。上都诈马宴一般在六月举行，往往要欢宴三日，期间设宫廷乐舞、竞技表演等，有时在筵宴上也商议军国大事。三日下来，用羊二千、牛三头（诈马宴以烤全牛开场），不醉不休。元人杨允孚是非常特别的一位诗人，以布衣襆被，岁走万里，穷西北之胜，凡山川物产，典章风俗，莫不以诗歌记之。他有诗记录道："千官万骑到山椒，个个金鞍雉尾高。下马一齐催入宴，玉阑干外换宫袍。"

[2] 俏色，又名巧色，是玉器工艺加工过程中常用的一种专业术语，是指利用玉的天然色泽进行雕刻加工。例如，有五块通体为白色的玉石，上面带有一些红点和黑点，经过玉雕艺人的精心设计及加工，制成了五只生动活泼的鹅，玉上的红点成为鹅的脑门，黑点成为鹅的眼睛。今存最早俏色作品为河南安阳小屯村北出土的营玉鳖，为殷商时代之玉器。工匠巧妙地把握玉料的自然色泽和纹理特点，将原有黑褐色皮保留下来琢成鳖的背甲，鳖的头、腹、足均为青白色，鳖的双目为黑色，白爪上留着黑色爪尖，神韵天成，妙趣横生。

独运，技艺高超。

这大瓮，便是大元乃至天下最著名的酒器，名曰渎山大玉海[1]，又名酒海、大玉瓮，是元世祖忽必烈为犒赏三军而制，意在反映大元疆域之辽阔、国力之强盛。渎山大玉海一次可储酒三十余石。天下人无不以见之为荣，饮之为耀。

一名怯薛应命上前，打开大玉海机关，深褐色的葡萄酒从玉器的肚腹中流出。宫人们早各握金杯在手，次递而上，以金杯接酒，往来穿梭，分别奉给皇帝、皇后、诸王及以下诸大臣。

又有白纱蒙面的白衣宫人鱼贯而出，在参宴大臣的案头摆上各色美食佳肴。所谓佳肴，无非是羊肉、马肉、牛肉、驼肉、鹿肉、鱼肉等各种肉食。蒙古执政者入主中原后，仍然保留着游牧民族的饮食习惯，日常饮食均以饮酒、食肉为主，宫宴亦是如此。不过食物种类更加丰富多样，食材均为各地优品，如羊肉是来自北方草原的黄羊，鱼肉则来自黑龙江。烹调制作也格外精细讲究，炊厨及负责端菜的宫人侍者，口鼻均要用白绸或是白纱包裹，以防污了菜肴。调制肉食品的佐料、香料，也是各方进贡的珍品，如石盐、野山椒、野茴香、野韭菜、哈昔泥、咱夫阑、白蘑等。

诈马宴宴饮用酒为葡萄酒，但因为参宴者多是蒙古人，不习惯饮用果酒的亦大有人在，各人案头早备有银裹木漆瓮，里面装有上好的马奶酒，只需举手示意，便自有宫人上前斟酒。

除了美酒外，也有茶水供应。盖因为诈马宴以肉食为主，参宴者需不时靠茶水来消食、除腻、提神，即唐人所谓“滋饭蔬之精素，攻肉食之膻腻，发当暑之清吟，涤通宵之昏寐”。白衣宫人各捧南方名茶凤髓茶[2]，在大殿中轻盈穿梭，及时为需要者添茶送水。

---

[1] 渎山大玉海原来被放置在太液池琼华岛（今白塔山）上的广寒殿（殿毁于明代后期）中。琼华意指华丽的美玉，以此命名，表示该岛是用美玉建成的仙境宝岛。又因琼华岛是远古河道残留下的水泊中的山，故有“渎山”之称，所以大玉瓮被称为“渎山大玉海”。

[2] 凤髓茶，福建建安（今福建建瓯）所产名茶，一种绿饼茶，故又名为“青凤髓”，唐宋时便已负有盛名。清人陆廷灿在《续茶经》中引用唐人李肇《国史补》：“风俗贵茶，其名品益众……建安有青凤髓……皆品第之最著者也。”诸多元曲中亦有记载，如吴西逸《殿前欢》中“味偏长凤髓（转下页）

皇帝、皇后是国父、国母，待遇自与众不同。仁宗皇帝面前菜肴为“八珍”，即醍醐、麈沆、野驼蹄、鹿唇、驼乳糜、天鹅炙、紫玉浆、玄玉浆八种奇珍异品。皇后面前的众多菜式则称为汤羊[1]，亦是由极为名贵的美味佳肴组成。

一时间，大殿内酒如林，肉如山，处处欢声笑语，大有昔日酒池肉林、长夜之饮之象[2]。有诗记云：

宫漏催朝烛影斜，千官鸣玉动晨鸦。
交龙拥日明丹扆，飞凤随云绕画车。
宴罢戴花经苑路，诗成传草到山家。
小儒未得随冠冕，遥听钧天隔彩霞。

此刻，翰林国史院[3]编修官揭傒斯与同僚杨载同案而坐，见杨载目不转睛地望向殿中，料想对方对渎山大玉海极感兴趣，便悄声告道：“听说哈拉和林的大殿中也有一具巨大的树状酒器，虽是银制，但内有机关，酒器内部可存储四种不同的酒。大树有四根粗

（接上页）茶，梦已随胡蝶化，身不入麒麟画”。《红楼梦》第八回回前诗：“古鼎新烹凤髓香，那堪翠斝贮琼浆。莫道绮縠无风韵，试看金娃对玉郎。”“凤髓香”即指凤髓茶。元宫廷宴会饮凤髓茶，见于元人杨允孚诗：“嘉鱼贡自黑龙江，西域葡萄酒更良。南土至奇夸凤髓，北陲异品是黄羊。”

[1] 汤羊原意为专门供应蒙古可汗宫廷膳食之羊。据《元朝秘史》载，窝阔台汗时，为减轻属部负担，巩固统治，与其兄察合台商定，“百姓羊群里，可每年只出一个二岁羯羊做汤羊”，供汗廷膳食。元人杨允孚有诗记道：“内人调膳侍君王，玉仗平明出建章。宰辅乍临阊阖表，小臣传旨赐汤羊。”又自注：“每汤羊一膳具数十六，餐余必赐左右大臣，日以为常，予常职赐，故悉其详。”杨允孚曾任元廷尚食供奉之官，记录真实可靠，足见入元后，汤羊已成为专供皇帝、皇后享用的十六道珍品膳食的统称。又，本书各种细节均取自典籍。

[2] 酒池肉林、长夜之饮均为商代商纣王典故，据《史记·殷本纪》：“大聚乐戏于沙丘，以酒为池，县肉为林，使男女裸相逐其间，为长夜之饮。”后即以“酒池肉林”形容极度豪华奢侈。

[3] 翰林国史院是元代掌管草拟诏令、纂修国史、兼备皇帝咨询的中央机构。前身是唐朝玄宗开元初年设立的翰林院。元初先设翰林院，后立国史院。再后两者合并，建翰林学士院，秩正三品。至元四年（1267年）改立翰林兼国史院，至元八年（1271年）升从二品，大德九年（1305年）升正二品，皇庆元年（1312年）升从一品。翰林国史院设承旨六员，学士、侍读学士、侍讲学士、直学士各二员，属下有待制、修撰、应奉翰林文字、编修官等。院内下设（蒙古）新字学士，负责用八思巴字起草或翻译诏敕。

枝，分指四方，便是专门取酒的四根输出管道[1]。”

杨载依旧是那副模样，漫应道：“那倒是不错。”又随口问道：“揭公去过哈拉和林吗？”

揭傒斯摇了摇头，道：“这些都是听人说的。”

杨载终于转过头来，问道：“应该是听尊内兄程大学士说的吧？”

程大学士即指翰林学士承旨程钜夫[2]。揭傒斯比杨载小三岁，年轻时远游湖南、湖北，讲学谋生，名气很大，也很得名公显宦器重。彼时程钜夫任江南湖北道肃政廉访使，一见到揭傒斯，便称其为奇才，还主动将自己的堂妹许配给他为妻。

程钜夫在朝中地位显赫，但揭傒斯并未利用这一点。后程钜夫入朝，揭傒斯虽随内兄来到大都，但他只居于远斋馆内[3]，很少外出，且对程钜夫执主宾之礼，十分恭谨，所以很少有人知道他是程钜夫的亲戚。直到有一日，有访客听说程公有佳客在堂，便想与之结交。程钜夫不得不叫出揭傒斯，引荐给众访客。交谈之后，诸访客一致认为揭傒斯才华横溢，是栋梁之材，纷纷向朝廷推荐。知中书李益看了揭傒斯写的《功臣列传》，赞叹不已，道：“这才是修史

[1] 此处据西方传教士鲁不鲁乞（Guillaume de Rubru-quis）所著《东游记》一书。鲁不鲁乞早于马可·波罗及鄂多立克，由法国国王路易九世派遣，于1253年自地中海东岸出发，经由黑海以达伏尔加河流域，谒见拔都（成吉思汗之孙、术赤之嫡次子）父子。后到达哈拉和林附近，次年曾谒见蒙哥汗，并随蒙哥汗至哈拉和林。旋由陆路西归，以行记《东游记》寄呈路易九世复命。其行记《东游记》为研究当时东西交通及蒙古历史之重要史料。

[2] 程钜夫，名文海，因避元武宗海山名讳，改用字代名，号雪楼，又号远斋。叔父程飞卿于宋恭宗德祐元年（1275年）任建昌军通判，程钜夫过继给程飞卿为嗣子，随叔父来到南城寄居。德祐二年（1276年），元军将攻南城，程飞卿献城降元，因程钜夫是叔父的嗣子，作为人质进京。当时南宋尚未灭亡，朝中权相贾似道执政，忽必烈极想了解贾似道，遂召来南人出身的程钜夫。程钜夫时任千户，应对极详，又写了二十多幅笔札呈上。忽必烈大为惊奇，立即下令召程钜夫入翰林院。彼时程钜夫不到三十岁，因太年轻，被任命为应奉翰林文字。不久后，升为翰林修撰，再任集贤直学士，兼秘书少监，遂成为元朝开国以来最先得到重用的南人之一。程钜夫虽得到忽必烈信任，但也知道蒙古人从心底深处看不起南人，是以极知进退，忽必烈曾想任命他为参知政事，他坚辞不就。宰相桑哥执政时，法令苛急，四方骚动。程钜夫时任江南行台御史，毅然入朝弹劾桑哥。桑哥大怒，将程钜夫滞留朝中，并六次奏请杀他，忽必烈均未准许。世祖之后，程钜夫继续得到成宗、武宗、仁宗倚重，为四朝元老，四十余年间出入显要，朝廷典册多出其手，是元代前朝最主要的文臣之一。

[3] 程钜夫住宅在大都城北较为荒僻的安贞里，因其远离都城中心，故而程钜夫自称其居室为远斋。

书的名手笔啊！其他人不过是抄书匠而已！”

因此揭傒斯名声大噪，由布衣授为翰林国史院编修，跟杨载成为同僚。二人均是以布衣直接被召入翰林，意趣相投，遂成莫逆之交。

而其实早在这之前，杨载便与揭傒斯有一面之缘。事情缘起于某日揭傒斯独自溜去大都著名酒肆能远楼饮酒，酒后向伙计要了纸笔，当场题写了一首《秋雁》[1]。诗云：“寒向江南暖，饥向江南饱。莫道江南恶，须道江南好。”

明里是写秋雁每年在冬季到来前飞到南方避寒就食，但其实别有寄托，只要是南方汉人，便能一眼看出端倪。

写完后，揭傒斯便掷笔而去。

当日杨载亦在能远楼饮酒。此时的杨载已因文才被任命为翰林国史院编修，而在此之前，因杨氏诗文极得翰林侍读学士赵孟頫[2]推崇，其文名早已轰动京师，“凡所撰述，人多传诵之”，可谓一方名流。

早已成就大名的杨载见揭傒斯举止怪异，早已暗中留意，待赶过去读了《秋雁》一诗，大为感慨，当即尾随而出，一路跟着揭傒斯到了程钜夫宅邸前。程氏大宅虽然距离皇宫很远，却是世祖皇帝忽必烈钦赐。杨载见揭傒斯无须通报便径直进了程大学士的宅邸，

[1]《秋雁》一诗暗指当时民族矛盾激化，南人地位最低，蒙古人、色目人甚至北方汉人都视南人为奴隶，只将江南当作财赋之地，疯狂压榨剥削。元人孔齐在《至正直记》评点此诗说：“揭曼硕题雁，盖讥色目北人来江南者，贫可富，无可有，而犹毁辱骂南方不绝，自以为右族身贵，视南方如奴隶，然南人亦视北人加轻一等，所以往往有此诮。”

[2] 赵孟頫，字子昂，号松雪，又号水晶宫道人、鸥波，中年曾署孟俯。浙江吴兴人。宋太祖赵匡胤十一世孙、秦王赵德芳嫡系子孙。元世祖至元二十三年（1286 年），赵孟頫被行台侍御史程钜夫举荐，受元世祖忽必烈的礼敬，历任集贤直学士、济南路总管府事、江浙等处儒学提举、翰林侍读学士等职。累官翰林学士承旨、荣禄大夫。晚年逐渐隐退，后借病乞归。赵孟頫以宋宗室身份出仕元朝，颇受争议，然其人博学多才，能诗善文，懂经济，工书法，精绘艺，擅金石，通律吕，解鉴赏，尤其以书法和绘画成就最高。在绘画上，他开创元代新画风，被称为“元人冠冕”；书法上，宋元时代的书法家多数只擅长行书、草书，而赵孟頫却能精究各体，擅篆书、隶书、真书、行书、草书，尤以楷书、行书著称于世。其书风遒媚、秀逸，结体严整、笔法圆熟，创“赵体”书，与欧阳询、颜真卿、柳公权并称“楷书四大家”。赵孟頫不仅本人成就极高，为一代宗师，其妻子管道升、儿子赵雍均是一代书画名家，此即元仁宗所言：“使后世知我朝有斗家，大妇父子皆善书，亦奇事也。”

很是惊奇，便向门人打听。门人只说揭傒斯是程府佳客，半句不提其他。杨载愈发好奇，遂将此事告知了京师名士赵孟頫、虞集、范梈、王约等人，众人约好日子来到程府，请求会见佳客，这才有了揭傒斯声名鹊起一事。

揭傒斯见杨载漫不经心地问了一句，不待自己回答，便又望向殿中，这才反应过来，问道："杨公到底在看什么？是那位风度翩翩的道长吗？他好像是王寿衍王真人新收的得意弟子。"

杨载摇头道："不是那人，是他身边年长些的那位道长。"

渎山大玉海刚好挡住了揭傒斯的视线，他歪着脑袋仔细看了一会儿，这才笑道："那是主持江南道教事务的倪昭奎，新得了真人赐号，亦是出自王真人门下。"又问道："怎么，杨公与倪真人是旧识？"

杨载答道："非但是旧识，还是至交好友。只不过我们已经二十年没见了，想不到今日竟有缘在大明殿见到。"

刚好有宫人将葡萄酒奉至案前，揭傒斯见一向豪迈的杨载亦有感伤之意，便抓过金杯，笑道："今朝有酒今朝醉，这可是产自哈剌火州[1]的美酒，素为贡酒，只有在皇宫中才能喝到。"

杨载收回目光，也端起了金杯，笑道："不错，虽然'抽刀断水水更流，举杯消愁愁更愁'，但你我还是能够'俱怀逸兴壮思飞，欲上青天览明月'。"

揭傒斯不由得一怔，问道："这是什么疯话？"

杨载哈哈一笑，正欲提及旧事，忽听到宦官高叫道："肃静！举杯！"

原来皇帝、皇后已各自握杯，欲君臣同饮第一杯酒。殿中诸人一齐面朝殿首，躬身捧杯。仁宗皇帝正待说几句祝词，刚好大明殿

[1] 哈剌火州：又译作哈剌和州，今新疆吐鲁番一带。在历史上，这一地区以产葡萄及葡萄酒而久负盛名。《饮膳正要》对葡萄酒有明确记载："益气调中，耐饥强志。酒有数等，有西番者，有哈剌火者，有平阳、太原者，其味都不及哈剌火者。田地酒最佳。"元代"西番"指西藏和河西走廊以西地区，"平阳""太原"则属山西。

灯漏鸣乐报时，皇帝便停了下来，又将目光投向殿外，似乎在期待着什么。

这时候，有心腹怯薛急奔过来，附到仁宗皇帝耳边说了几句话。仁宗皇帝略略一怔，随即斥退怯薛，依旧面不改色，但却没有再开口，只略略举杯，先饮下这杯酒。待到群臣饮酒谢恩之后，仁宗皇帝也无二话，站起身来，朝皇后招了下手，帝后便一道往后殿而去。大批怯薛、宫人忙跟了上去。

按照原先的安排，仁宗皇帝在大明殿宴饮一番、表示君臣同乐之后，便要赶去兴圣宫拜见母亲答己太后，继续第二场宴饮，只有宗亲及亲信大臣，如中书右丞相铁木迭儿[1]等，才能随行。皇帝此番提前离场，又无特别交代，铁木迭儿有些疑惑，怀疑后宫出了大事，忙让副手中书平章政事张闾[2]主持宴会，自己则跟去了后殿。

皇帝一走，大明殿中的气氛便立即轻松了起来。蒙古人本就豪

---

[1] 铁木迭儿，蒙古人，曾事元世祖忽必烈。元成宗大德年间，授同知宣徽院事，兼通政院使。宣徽院掌宫廷饮膳等事，铁木迭儿久任此职，有亲近内宫之便，由此得到海山生母答己的宠信。答己素有干涉朝政的野心，视铁木迭儿为心腹，欲日后用他来控制军国大事。元武宗海山即位后，答己果然以皇太后的身份积极干政，元武宗一度不能容忍，将铁木迭儿迁为云南行省左丞相。后铁木迭儿擅离职守逃回大都，遂为尚书省奏劾。元武宗大怒，下旨诘问。但不久即从兴圣宫传出皇太后答己的旨意，铁木迭儿乃得以“贷罪还职”。元武宗海山在位三年即病死，元仁宗爱育黎拔力八达尚未即位之时，太后答己便急急从兴圣宫下旨召铁木迭儿回朝，拜中书右丞相，使其成为自己控制朝政的最得力助手。元仁宗即位后，欲改革弊政，以儒术治国，任命太子詹事完泽和李孟并为中书平章政事。然而太后答己却从后宫传旨命铁木迭儿为中书右丞相，元仁宗因自己怀有私心，想立自己的儿子硕德八剌为皇太子（元仁宗皇位得自兄长元武宗，按照事先约定，本该传位给元武宗长子和世㻋），需要取得太后答己的支持（因为对答己而言，无论是硕德八剌还是和世㻋即位，皇帝都是她的孙子），遂迎合母意，以铁木迭儿为相，主持中书省事务。

[2] 张闾（名见《元史·仁宗本纪》），又作张驴（名见《元史·仁宗本纪》，又见《元史·铁木迭儿传》）、章闾（名见《元史·食货志》）、章律（名见《元史·仁宗本纪》）。根据史料所记相关人物官职及事件，可以确定这些名字均为同一人，当为蒙古名音译。张闾《元史》无传，但涉及其人者史料颇多，盖因他曾居高位，参与多起重大事件。今江西宁都翠微峰景区金精洞外石壁刻有《平寇颂》，记有元军镇压蔡五九起义军的历史。中有“荣禄大夫江西等处行中书省平章政事□□□奋然曰”一句，石壁上的名字刚好被风蚀，“行中书省平章政事”之后，当为江西行省平章政事名李世安（即散木歹，为西夏国主后人，李源自唐朝赐姓。据吴澄所撰《元故荣禄大夫江西等处行中书省平章政事李公墓志铭》）的名字，但内中大致能辨认有个“閭”字（注：笔者本人未到过翠微峰，此处所考据《南方文物》刊登的照片），“閭”即为“闾”的繁体，正好是张闾的名字。当时张闾正以江浙行省平章政事身份在江南主持事务，为镇压蔡五九起义的首脑人物，名字亦有可能出现在《平寇颂》中。

迈随意，不拘礼节，整个社会风气都是如此。当下众人不再拘谨，有向尊者敬酒的，有找人拼酒的，也有专门去观赏渎山大玉海及大明殿灯漏的，甚至还有提前离场的。

杨载早就在期盼这一刻的到来，他三步并作两步，走到对面道教真人王寿衍那边，扬手叫道："小倪！"

那新得元廷真人封号的江南道教首脑人物当真便是倪昭奎，他一身黄色道服，在众多白衫中很是醒目。

倪昭奎其实早就看到了杨载，只不过碍于相隔甚远，又有师长在旁，不便打招呼。此刻听到老友一声"小倪"，心头一热，再也不顾其他，赶上前握住杨载双手。四目相对，两人竟都有了泪意。也难怪如此，毕竟这是二人二十年来的第一次见面。

当年宰相桑哥倒台，杭州聚远楼事件后不久，江南地方官员人事大变动，元廷将大批桑哥党羽逮送京师，包括僧官杨琏真迦及其妻子，并抄没了诸罪囚的家产。然杨琏真迦在进京途中染病身亡[1]，大元皇帝忽必烈又动了恻隐之心，竟任命僧官杨琏真迦之子杨暗普出任江浙行省左丞相，只是未归还杨氏家产。皇帝此举令众人始料未及，江南民众甚至还来不及为杨琏真迦之死庆贺，其子杨暗普已施施然上任。

入住江浙行省官署后，杨暗普所办第一件事，就是将刚由浙西廉访司调入江浙行省的书吏倪昭奎以失职的罪名逮捕下狱。官差前去拘捕倪昭奎的好友杨载做证人时，杨载闻风逃脱，自此流亡在外。倪昭奎的另一好友黄公望则被海漕万户朱清以"借调"的名义，变相扣押在太仓。

三人之中，以倪昭奎所受磨难最重。本来失职不算大罪，革

[1] 在《富春山居图——高楼聚远》中，杨琏真迦已死于聚远楼，但此处又称杨琏真迦是在押解进京途中病死，这是朝廷典型的掩饰手法，好避开聚远楼的话题，以免牵连其他重要人物。历史上，杨琏真迦的确是在朝廷派大臣到江南理算其资产却又临时叫停后，即神秘消失于史籍记载。其后不久，杨琏真迦之子杨暗普被忽必烈任命为江浙行省长官，亦为历史真事。

职已算重处，杨暗普却指使相关官员，有意拖延不审，造成所谓滞狱。不过就滞狱本身而言，倪昭奎的经历也不是个案——

元朝采取多级审判制度及所谓用刑审慎的慎刑政策，地方各级官府审案时，往往“恐负罪责，事事不为断决，至于两词曲直显然明白，故为稽迟，轻则数月，甚则一年二年，以至本官任终，本司吏更换数人，而不决断”，有意拖延不审。

即便是审结的案子，亦难明正其罪。“今县未尝申解于州，州未尝申解于路，或畏刑名之错，或因结解之难，不问罪之轻重，尽皆死于囹圄，断遣者既未曾有，平反者盖所绝无。”甚至审完定罪后不予上报，导致罪囚被关押长达二十年——“考其罪囚在禁月日，有十五年者，有二十年者”。

最不可思议的是，就连因犯下重罪而被判处死刑的死刑犯，累经各级衙门审断后，不少人甚至可以免于一死。结案而不执行，直接导致监狱人满为患，因而“死损罪囚”十分常见。杨暗普有意滞延，拖而不审，无非是想将倪昭奎长期关押，予以折辱，若是“死损”，自是最妙。好在倪昭奎曾是肃政廉访司书吏，而杭州狱也是廉访司下辖机构，不受江浙行省直接管辖，狱丞夏世泽[1]与倪氏交好，暗中照顾他，预备等到接替徐琰的新廉访使到任，便上书举报江浙行省无端干涉狱事。不想新任廉访使是个蒙古人，汉名守玉，名字虽然还算好听，但实际上此人毫无操守、胸无点墨，轻视汉人不说，还一味逢迎江浙行省长官杨暗普，将狱丞夏世泽免了职，而倪昭奎自此也遭受了更多的折磨——

[1] 此夏世泽即为元末明初著名书画鉴赏家夏文彦的祖父。夏世泽祖籍吴兴，后移居松江府华亭县，家中有知止堂，是黄公望亲祖父陆德孚原居地柳家巷所在地。兼之黄、夏二人曾是同事（黄公望为浙西廉访吏时，夏世泽是杭州狱狱丞。如前所言，杭州狱为廉访司下属机构），关系格外亲密。至正七年（1347 年），黄公望开始创作《富春山居图》，而“三四载未得完备”。至正十年（1350 年），黄公望携画卷到松江，在夏世泽的知止堂加题（《富春山居图》当时尚未完成，黄公望道友无用已猜到此画将成为传世之作，担心此画日后可能被人“巧取豪夺”，便在画完成之前就请“先书无用本号”，以加题来明确归属，无用由此成为《富春山居图》第一位收藏者），最后在至正十三年（1353 年）完成画作，“经营七年而成”。后黄公望在知止堂附近建筑仙关，作为作画、会友的地方。

倪昭奎以轻罪下狱，却被当作重囚处置，他被迫戴上狱具，手足日夜被锁[1]，备受苦楚。

这还只是肉体上的痛苦，倪昭奎出身富贵，本人有洁癖，却被丢在最阴暗、最潮湿、最肮脏的死囚牢中，心灵上的屈辱可想而知。若不是顾及尚有老父在堂、弟弟尚未成人，只怕不等“死损”，便已自行了断。

即便不久后元廷因民情汹汹而不得不罢免了杨暗普，但杨暗普仍负责主持江南佛教事务，位高权重，依旧有能力干涉地方司法。而浙西廉访使守玉也遵从杨暗普的暗示，对倪昭奎“格外照顾”。倪昭奎出身巨富之家，尚无力脱困，足见他当时的处境何等险恶。

如是过了两年，一代雄主元世祖忽必烈因酗酒患病而去世[2]，嫡幼子铁穆耳即位，是为元成宗。新皇帝登基后即大赦天下，以轻微罪名入狱的倪昭奎这才得以重见天日。杨载也在不久后返回杭州，但倪昭奎却已经拜著名的道士金志扬[3]为师，出家为道。又从

[1]元朝律法规定“应犯死罪，枷杻收禁，妇人去杻，杖罪以下，锁收”，但江南因为是南宋的根本之地，治狱也较其他地方为重，“江南有司见禁重囚，昼杻双手，匣其一足，夜则并匣双足”。

[2] 蒙古人日常饮料为马奶酒，虽然马奶酒有养生的功效，但过量饮用，仍会引发健康问题。元朝时，酒是权贵阶层的日常饮料，从举行重大朝会的大明正殿中尚安置着巨型酒器，便可看出当时风气。元太医罗天益认为社会上流行的许多疾病都与酗酒有关，在他的著作《卫生宝鉴》卷四《饮伤脾胃论》中提道：“故近年中风、虚劳、消狂、疮疡、癖积、衄、藏毒、下血者多有之大。概由朝醉夕醒、耽乐为常而得之也。古人云：脾热病则五脏危，乞不信哉！孔子云：唯酒无量，不及乱。谓饮之无多而且有节，则所以养精神而介眉寿也。凡饮酒之际，切宜慎之戒之也。”罗天益还认为，当时蒙古人常患的足疾和其他一些疾病，也可能与过量饮用马奶酒有关。除《元史》记录的忽必烈因“过饮马湩，得足疾”经多方医治终身不愈外，在罗天益的病案记录中，因过量饮用马奶酒而致病的，还有忽必烈的贴身侍卫纽邻，“久病疝气，复因七月间饥饱劳役，过饮湩乳所发，甚如初，面色青黄不泽，脐腹阵痛，搐撮不可忍，腰曲不能伸”；又有蒙古千户昔良海，“因食酒肉，饮湩乳，得霍乱吐泻”。

[3] 金志扬，号野庵，常蓬头一髻，故人呼金蓬头。永嘉（今浙江温州）人。早年慕道出家，为著名全真道士李志常徒孙。游江西龙虎山时，先天观主傅师正馆之于蓬莱庵，庵据圣井山，当诸峰之会，金志扬攀陟岩壑，日以为常。四方闻其道，参礼者日众。据传能“召龙兴雨”，人称为“真仙”。李志常为宋末元初著名全真道士，字浩然，其先洺州（治所在今河北永年）人，宋季徙居开州观城（今山东范县）。幼孤，养于伯父家。年十九，不从伯父为之议婚，负书曳杖作云水游。复徙天柱山之仙人宫，宫之主者嘱其往从丘处机。后李志常闻丘处机自登州（今山东蓬莱）转居莱州（今山东莱州），乃束装往拜席下，赐号真常子。不久，丘处机应召西觐成吉思汗，选李志常为十八随行弟子之一。丘处机东返后，随师居燕京长春宫。“凡教门公事，必与闻之。”但到晚年，佛道矛盾激化，蒙哥执政时，爆发了关于《化胡经》和《老子八十一化图》之争，全真道在辩论中失败，被勒（转下页）

游于提点开元宫王寿衍，云游燕、赵、齐、楚之地，以增阅历及修为，求正于先德。后得天师教首脑人物张留孙激赏，张留孙向朝廷极力举荐倪昭奎，于是倪昭奎被起为道州判，继而进道正，以领祀事，不久为玄文馆主持提点，获赐“元素神应崇道法师”号。后虽回到杭州，接替师傅王寿衍主持开元宫事务，然杨载此时已至京师游学，两位好友再度错过，始终不曾再见上一面。

而今在皇宫金殿再度相见，二人身份已大不相同——

杨载因名宦举荐，以布衣入朝，召为国史院编修官，参与编撰《元武宗实录》，已成为士林典范，在江南传为佳话。

倪昭奎则为主持提点，提举杭州开元宫事，兼领杭州路道教诸宫观，武宗朝时已获元廷赐号“元素神应崇道法师”，是江南道教系统中声名煊赫的人物。这次随恩师王寿衍入京拜见新皇帝，仁宗又特赐真人号，为“玄中文洁真白真人”。

论地位，二人不分上下，均是各自领域的翘楚，只不过一个身在红尘，一个已是方外之人，大有区别。

二人均已过不惑之年，二十年前的诸多往事，涌上心头，一时百感交集，不胜唏嘘。

杨载先开口问道：“你是什么时候到大都的？”

倪昭奎道：“前日才刚刚赶到。虽然知道你人在京师，可因为要接受朝廷封号，又要准备参加宫中宴会事宜，一时来不及去拜会。想不到今日会在金殿上遇到。”

杨载便又问道：“公望他可还好？”

他因久在大都，多年未回江南，已经许久没有好友黄公望的音

(接上页) 令焚毁道经，全真道遭到严重打击，其鼎盛局面从此结束。李志常倍感屈辱，在愤懑中去世。元世祖至元十八年（1281年），忽必烈又下诏烧河中府等处《道藏》版，禁道经，全真道全面势衰。元世祖至元二十八年（1291年），方才解除全真道禁令，全真道复苏。李志常著有《又玄集》二十卷，已佚；《长春真人西游记》二卷，现存于《正统道藏》中。该书对研究我国西北和西亚史地以及中外交通史具有重要参考价值。

信了。

倪昭奎道："贫道两年前还见过他。他还好，在家乡读书教子，倒也自得其乐。"又为杨载引见道："这是家师，朝廷赐号'弘文辅道粹德真人'。这位是师弟张雨，道号'贞居子'。"

王寿衍久为江南道教首脑人物，有元廷所赐"真人"封号，又是倪昭奎尊长，地位最高，杨载却只简单地向他打了个招呼，又朝张雨道："张道长，杨某虽久在北方，却也久闻你的诗名。"

张雨行了一礼，应道："杨公太客气了。贫道在江南，也总听人赞誉杨公。"

杨载笑道："一定是老倪……不，是倪真人说的吧？"

张雨忙道："不，倪真人从未提过杨公，贫道都是从各方名士的口中听闻杨公大名。"

杨载见张雨仪表堂堂，风度出众，很是喜爱，当即道："今日我要与倪真人痛饮一番，改日再向张道长请教。"

张雨忙道："贫道一行居住在崇真万寿宫，随时恭候杨公大驾光临。"

倪昭奎不及开口，王寿衍已摆手道："去吧。老友相聚，理该轻松一下。"

倪昭奎遂行了一礼，退开数步，这才迫不及待地扯着杨载衣袖到一旁，低声问道："我们去哪里饮酒？"

杨载笑道："老倪虽然当了真人，可还是老脾气。"

倪昭奎也笑道："这不是因为见到小杨了嘛！不过先把话说明了，这么些年过去，贫道的酒量可是一点没长。"

杨载笑道："放心，我也还是老酒量，你我半斤八两。"又问道："你可知道大都有个能远楼？"

倪昭奎奇道："这名字好熟。"

杨载笑道："当年高丽王世子王璋一再提起此楼，说是仿照杭州聚远楼的冒牌货。"

倪昭奎道："噢，贫道想起来了，说是在京师名气也不算小。"

又道："那贫道今日就去见识一下这大名鼎鼎的能远楼。"

杨载笑道："别急！能远楼随时可去，这皇宫大内可不是想来就来的。"

倪昭奎转头看了殿中的渎山大玉海一眼，狐疑地问道："你该不会想……"

杨载摇头道："不是这里，我带你去个好地方。"

话音刚落，便有人过来招呼道："倪真人！"

倪昭奎回头一看，却是中书省平章政事张闾，忙应道："张平章。"

张闾新回朝中，却是不认识杨载，问道："这位是……"

倪昭奎忙为张闾引荐，又告道："张平章原先任江浙行省平章，故而贫道与他相识。"

杨载拱手道："张公现下回中书省任平章政事，那便是宰相了。恭喜高升！"

张闾道："倪真人，杨学士……"

杨载连忙道："我不是翰林院学士，只是国史院编修。"

张闾摆了摆手，问道："二位原先与黄公望是旧识，对吧？"

倪昭奎知道黄公望这么多年一直待在家乡永嘉，不曾再至杭州，闻言大奇，忙问道："张平章认识黄公望吗？"

张闾笑道："何止认识，黄公望是……"

忽有宦官急急奔来，叫道："铁木迭儿丞相请张平章立即赶去御苑。"

张闾转头一看，正见到枢密副使札合护着武宗皇帝的长子和世球匆匆出殿，料想出了大事，不及说完，急忙随那宦官而去。

倪昭奎略微有些不安，道："好像是出了事，后宫方向有些声音。"

杨载笑道："你管他呢，这里是皇城，还能出什么事！何况北边是御苑所在，养有许多珍禽异兽，有点声音再正常不过。"顺手从案上抄起一只银裹木漆瓮，道："走，你我去找个好地方饮酒。"

倪昭奎问道："什么好地方？这里可是皇宫，你可别由着性子乱来。"

杨载笑道："你跟我走便是。老朋友了，难道我还会害你吗？"

杨载当即引倪昭奎出了大明殿，又领着他出月华门，离开大内宫城往西。路过内藏库[1]时，正好遇到大宦官李邦宁。杨载很是惊讶，问道："李大学士怎么不在大明殿中喝酒？"

那李邦宁高高瘦瘦，满头银发，颔下无须，看起来有些没精打采，只简单地"唔"了一声，答非所问："本官正要去见太后。"说完便走了。

倪昭奎奇道："这人明明一身宦官服饰，如何还是学士？"

杨载笑道："此学士非彼学士，这位是集贤院[2]学士。"

倪昭奎因恩师张留孙亦曾在集贤院挂职，任同知集贤院道教事，统领全国道教，当即有所会意。

杨载又告道："此人姓李名邦宁，本是前朝宦官，跟随宋帝赵㬎入京时，还只是个小黄门，后来世祖皇帝爱其伶俐，将他留在皇宫。他颇有天分，各种蕃语，一学就通，因而每每有重大国事，皇帝都命他做通译。他历世祖、成宗、武宗三朝，到武宗时成为宦官首领人物，极得宠幸。武宗皇帝曾任命他做江浙行省平章政事，李邦宁自己尚有自知之明，以阉人身份推辞了。"

倪昭奎听说，不由得大为惊奇，道："前朝武宗皇帝不信任汉人，只任用蒙古人和色目人，想不到他竟然会信任这样一个前宋太监。"

杨载笑道："不止如此，李邦宁还参与了废立大事。"

当年宫廷喋血，爱育黎拔力八达——也就是当今的仁宗皇帝控制了京师，本欲自行即位，但其兄长海山不服，且海山获得了元

[1] 元内藏库属太府监，掌出纳御用诸王缎匹、纱罗、绒锦、南绵、香货等物。其名缘起于北宋封桩库。宋初收缴各割据势力所藏金帛至京师，另置库储存，称封桩库，每年节余亦存入此库。传宋太祖曾拟以此库存钱赎回燕云十六州，"太祖别置封桩库，尝密谓近臣曰：'石晋割幽燕以赂契丹，使一方之人独限外境，朕甚悯之。欲俟斯库所蓄满三五十万，即遣使与契丹约，苟能归我土地民庶，则当尽此金帛充其赎值。如曰不可，朕将散滞财，募勇士，俾图攻取耳。'"宋太宗先改名右藏库，太平兴国三年（978年）又改内藏库。

[2]不同于唐宋，元代集贤院掌提调学校、征求隐逸、召集知名之士，并总管道教、阴阳、祭祀、占卜等事。元初，集贤院与翰林兼国史院同一官署，元世祖至元二十二年（1285年）分立两院，置大学士、学士、侍读学士、侍讲学士、直学士等官，所属有国子监、兴文署。

军将士的拥戴。母亲答己不愿兄弟手足相残，出面斡旋，最终达成协议：爱育黎拔力八达先将皇位让给其兄海山；作为回报，海山立爱育黎拔力八达为皇太子。海山死后，由其弟爱育黎拔力八达继承皇位；爱育黎拔力八达死后，再传位给海山之子。如此，兄终弟及，叔侄相传。

大德十一年（1307 年）五月，海山即位，是为元武宗，随即遵照约定，立爱育黎拔力八达为皇太子。元武宗的皇后真哥没有子女，妃子寿童所生长子和世瓎逐渐长大，已成长为意气风发的少年。武宗皇帝未必没有动过改立自己儿子为皇储的心思，但当时爱育黎拔力八达以皇太子身份主持中书省事务，武宗皇帝便另外设置尚书省，以削弱中书省的权力。尚书省左丞相三宝奴揣测元武宗心意，谋立武宗长子和世瓎为皇太子。但废立大事，尚书省做不了主，须取得中书省的支持。当时尚书右丞相康里脱脱正打猎在外，三宝奴遣使召议。康里脱脱认为爱育黎拔力八达当年抢夺皇位有功，且已有“兄弟叔侄世世相承”之约，坚决不同意。“三宝奴虽不以为然，而莫能夺其议也”，废立之事就此搁置。

这件事本来进行得相当机密，但不知如何竟传了开去，宫中盛传武宗皇帝将有毁约之举，甚至答己太后也在过问此事，武宗皇帝为此而心烦意乱。李邦宁身为皇帝的心腹宦官，知道武宗皇帝仍然想立自己儿子为皇太子，只不过开不了口，便私下告道：“陛下春秋已高，皇子和世瓎亦渐渐长大。父死子继，自古当然，从未闻有亲子而立弟为储者。”

武宗皇帝本来就因为三宝奴谋事受阻而很不高兴，听了这话后，立即火冒三丈，要李邦宁“往东宫言之”，意思是让李邦宁自己去劝爱育黎拔力八达让出皇太子位。李邦宁心中畏惧，不敢再言。

爱育黎拔力八达即位后，此事被人告发，新皇帝即以变乱旧章罪将三宝奴处死。左右之人都以李邦宁曾谋废立，请求诛之。仁宗皇帝认为天命有数，不足介怀，未予追究，还加封李邦宁为集贤院大学士。

倪昭奎听得连连点头道："这李邦宁曾建议废除当今皇帝的皇太子位，居然还能活得风风光光，这可不简单。"

杨载笑道："这皇宫中的人，就没一个是省油的灯。不必管他们，你我只管痛饮一场便是。"当即引好友来到大内西边的太液池[1]。

时值寒冬，湖面结了一层厚厚的冰。冰面反射着惨淡淡的日光，愈发显得寒气森森。

倪昭奎奇道："这就是你选的饮酒之地吗？"

杨载笑道："我告诉你，皇宫的主体不是大明殿所在的大内，而是太液池，就是你面前这个大冰湖。"

原来元朝皇城是以金代的皇家园林太宁宫为基础，设计得颇为特别，皇城中心区域为太液池，三处主体宫殿大明殿所在大内、隆福宫、兴圣宫分居太液池东南、西南、西北角，东北角则为御苑[2]。元世祖忽必烈因为起自草原，对园林十分重视，对太液池更是刻意经营，曾专门派遣官员到江南搜寻奇花名卉，种植在太液池周遭。

倪昭奎一边搓着双手，一边又往手上呵了几口气，道："我是看到了好几种江南才有的树木，只是北方现今冰天雪地，这太液池的水都冻上了，四周树木也都落得一片叶子都不剩，有什么可看的？"

杨载道："但在这里饮酒清静啊，总比在大明殿好。太液池风景最好的是兴圣宫那段，不过皇太后住在那里，今日那边也会有宴

[1]中国历史上，一共有四个著名的太液池：长安有汉太液池和唐太液池，北京有金太液池和元、明、清太液池。北京的第一个太液池，是金海陵王完颜亮所建，位于南城，即金中都宫城西华门外皇城内西苑中，今已无存。北京的第二个太液池即元太液池，后为明清两代沿用。元太液池是现在北海与中海的总称，那时还没有南海（湖）。明成祖定都北京后，重新修建了皇宫，即紫禁城，新的宫城在元朝宫殿的位置基础上向南移动，因此皇城城墙也随之南移，为丰富皇城园林景观，开挖了南海，挖出的土方和开凿筒子河的土方堆成万岁山（即景山）。又统称北海、中海、南海为太液池，属于皇城西苑。

[2]蒙古人在草原上生活时，总是择水而居，围绕水源搭建起一个一个帐篷。忽必烈所建的皇城，保留了蒙古游牧民族"逐水草而居"的特点，是典型的环水而建，这种格局为蒙元独创，在中国以往的都城建筑中从未有过。在以往统治者的观念中，皇宫与园林是两个不同的功能区，在空间上也应该分开，而到了元朝，蒙古统治者将这两者合而为一。这也是中国古代都城建设中唯一的一次融合，之后明清两代统治者又将皇宫与园林分开了。

会，请的都是公主、王妃、贵妇之类。”

倪昭奎连连摇头道：“太冷了。我宁可待在大明殿，也不想待在这里。”

杨载奇道：“有那么冷吗？兴许是我来北方太久了，都习惯了。”想了想，又道：“这样吧，那边有个暖亭，四面都是透明的琉璃，是供人赏月、赏雪用的，我们二人不妨去那里。不过就是距离兴圣宫有些近，怕是有些嘈杂。”

刚好有一队军士巡逻经过，见到杨载、倪昭奎二人，只是侧头看了看，也不停下盘问。倪昭奎很是惊讶，问道：“皇宫竟是这般随意，可任人到处行走吗？”

杨载笑道：“不是所有地方，譬如大内就不行。”

原来皇宫分为皇城和宫城两部分，宫城就是俗称的大内，以大明殿、延春阁为主体，是皇帝上朝及寝居的地方。其他建筑如隆福宫、兴圣宫等，都在皇城之内，却是在宫城之外。大内自然是戒备森严，不能任意行走。皇城因为区域宽广，则相对宽松多了。

杨载又道：“皇城之内，也不是任所有人随意行走。皇宫里也有寺庙、道观，你是真人，一身黄冠打扮，脖子上还挂着皇帝御赐的真人围巾，只要进来了皇城，在里面便可畅行无阻。我与你不同，不过我的腰间也挂着翰林院的腰牌，这腰牌也相当于皇城的通行令牌。”

见倪昭奎依旧大惑不解，杨载又道：“翰林院就在皇城东面，距离皇城极近，我们无聊的时候，也会时不时地溜进皇城，到太液池观赏风景。历任皇帝都默许此事，算是对翰林院的一种特殊优待吧。”

倪昭奎奇道：“还有这事？不是说……”本待指出元廷断绝科举、以吏代士的事实，忽想到杨载而今正春风得意，便没有把这话说出口。

杨载一副很是得意的样子，笑道：“这不算什么。你可知道赵孟頫赵学士？原先皇城东墙距离河道极近，赵学士骑马上朝时，一不小心，差点掉入河中淹死。皇帝听说后，立即下令将城墙内移了三丈。那可是皇宫大内的城墙，需要拆除后重建。”

倪昭奎道：“但皇宫设计都有讲究，随意拆除城墙，会破坏原先的风水格局。”

杨载摇头道：“蒙古人不大讲究这些。总之，翰林院学士受朝廷优待，这是事实。”

杨载又随意朝西一指，道：“这隆福宫原是太子东宫，专为皇太子真金修建。真金死后，其正妃仍居住在这里。后来成宗皇帝即位，尊母亲为皇太后，又将东宫大肆扩建，取名为隆福宫，专供皇太后居住。”又朝前一指，道：“前面的兴圣宫，也不是原来就有的，而是武宗皇帝即位后为皇太后答己所修，规模建制都超过了隆福宫。”

倪昭奎道：“我听说武宗一朝时，便有三宫主政[1]之事，本来还难以相信，然亲眼见到兴圣宫之华贵，方知真有其事。”

杨载道：“而今是二宫主政。中书右丞相铁木迭儿便是皇太后的心腹。你可知道，武宗皇帝新薨，新皇帝尚未正式即位，皇太后便已下旨，召铁木迭儿回朝，拜为中书右丞相。”

刚好又有一队巡逻军士经过，倪昭奎便道：“再会不易，相聚亦难，我们还是赶快找个地方坐下，痛饮一场。”

杨载笑道：“就去前面弘仁寺的旁边吧。”

刚好有一名年轻文士从树后走了出来，见到杨载，先朝他点了点头，再看到倪昭奎，竟然愣住，道：“你是……”

倪昭奎却不认识那男子，但见对方一身白衣，丰神俊朗，又在太液池边闲逛，料想他身份不凡，便问道：“公子是……”

---

[1] 元武宗海山即位后，立弟弟爱育黎拔力八达为皇太子（应为皇太弟），并约定“兄弟叔侄世世相承”。爱育黎拔力八达以皇太子身份任中书令，掌管中书省事，尽管武宗设尚书省以分中书省之权，但爱育黎拔力八达仍积极参政。答己也利用皇太后身份干政。于是在武宗一朝，皇帝海山圣旨、皇太后答己懿旨和皇太子爱育黎拔力八达令旨并行不悖，皇太后有铁木迭儿等蒙古贵族的支持，皇太子有汉人儒臣李孟等的支持，三宫之间关系微妙。

那年轻文士道："你是当年聚远楼的那位书吏倪昭奎，对不对？"

倪昭奎狐疑道："公子是……"又转头问杨载道："这位是……"

杨载却有意不答，笑道："自己猜，猜出来，我请你到能远楼连饮三顿酒。"

年轻文士忙自我介绍道："我是贯云石。"

倪昭奎"啊"了一声，道："原来是贯小公子！你都长这么大了。一表人才，贫道完全认不出来了！"

杨载忙道："什么贯小公子，是贯学士！人家可是翰林院最年轻的学士。今日在大明殿听到的套曲，便是贯学士所作。"

倪昭奎忙抱拳道："失敬，失敬！"

贯云石忙回礼道："不敢当。"又打量了一眼倪昭奎的衣饰，道："我适才有所唐突，应该称呼倪真人才对。"

杨载笑道："除了满腹文章才华外，贯学士还是大元第一高手，武功盖世。"

倪昭奎又是一怔，上下打量贯云石，有些难以置信，只道："贫道倒是听过贯学士主动让爵的故事，听说是喜文厌武的缘故，却想不到贯学士竟是文武全才。"

贯云石因出身显赫，有世袭官爵，也曾做过两淮万户府的达鲁花赤，身居拥有实际兵权的三品要职。然而贯云石只做了几年，便把官职让给了弟弟忽都海涯，自己则投拜了时以文风古劲宏肆而著名的散文大家姚燧[1]为师，专攻文学，为时人盛赞。让爵事件一度

[1] 姚燧，字端甫，号牧庵，洛阳（今属河南洛阳）人，祖籍营州柳城（今属辽宁朝阳）。其祖先在辽金两代做过高官，伯父姚枢，金亡后仕蒙，后来加入忽必烈幕府，是元初著名的汉族儒臣。姚燧三岁丧父，被伯父姚枢收养，后拜大儒许衡为师。许衡任集贤大学士兼国子祭酒后，开国子学，择蒙古弟子以教。又奏召十二弟子为伴读，分置各斋，为斋长。姚燧为其中一人，遂应征至大都，自此步入仕途。后姚燧陆续担任翰林学士、江东廉访使和江西行省参政等。大德十一年（1307年）冬，姚燧迎来了他一生中最大也是最后一次转机：元廷仿汉征四皓故事起用姚燧为荣禄大夫、集贤大学士、翰林学士承旨，知制诰兼修国史，主修《成宗实录》。姚燧久于文坛，又至此高位，使当时的文人对其修史为文多推崇有加，奉之为文坛盟主。姚氏馆内名人出入（如阎复、胡祗遹、尚野、吴澄、袁桷、邓文原、元明善等），跟随他学习古文的也云集影从（如张养浩、贯云石、孛术鲁翀、李泂、谢端、李之绍、刘自谦等），真可谓是门庭若市、象笏满床，国内域外都以求得姚燧文章作为荣耀。

轰动一方，是以连倪昭奎也有所耳闻。

贯云石为人相当谦逊，忙道："什么第一高手，不过是会两下子而已。"

贯云石又主动告道："当年聚远楼出了事，是那刺客辛亮尚有一念之仁，念我是个孩童，才放过了我，后来每每想起来，都心有余悸。家父也很担心，便聘请了江湖异人来教我武功。"

杨载尚不知情，倪昭奎却早已从黄公望口中得知贯云石的姑姑汪小佩与刺客金石本是旧日爱侣，心道："哪里是念你是个孩童，分明是看在汪小佩……不，张楚楚的面子上。"

当年聚远楼接连发生投毒案及行刺案，投毒案已破，然行刺海漕万户朱清一案，疑点甚多，如公主女官汪小佩是否认出了刺客金石等，即便如黄公望等人所述，也不能尽知其详。但汪小佩随阔阔真公主远赴伊儿汗国，辅佐公主成为一代贤后，所以诸多细节无从确认。而后行刺案当事人朱清身败名裂、自杀而死，另一显赫人物张瑄也被朝廷处斩，聚远楼的行刺事件愈发成为谜案。

倪昭奎料不到竟会在皇宫里意外遇到贯云石，又听对方主动提及当年聚远楼事件，便动了心思，心道："汪小佩是贯云石的姑姑，或许她向侄子透露了什么。"

只是倪昭奎自己与贯云石不熟，不便开口询问，便向杨载连使眼色。

杨载却因跟老友阔别已久，未能领会其意，又或者不愿再提当年之事，只笑道："贯学士可不只会两下子。他武功非凡，十三岁便威震武林，二十岁无敌于天下，天纵奇才，武功之高，令人难以想象。"

倪昭奎只好随口应道："佩服！佩服！"

贯云石又连连抱拳道："不敢当。"

杨载又附到倪昭奎耳边，低声道："我再悄悄告诉你一件事，贯云石的妻子姓石，正是石敬瑭[1]的后裔。”

倪昭奎一怔，问道：“什么？”

杨载道：“石敬瑭啊，历史上名声最臭的皇帝，那位‘儿皇帝’。”

倪昭奎皱眉问道：“那跟贯学士有什么关系？”

杨载颇为不悦，道：“怎么这么多年不见，你一点玩笑的心思都没有了？”

贯云石见二人均有不豫之色，忙问道：“二位在说什么？”

杨载忙道：“没什么，我二人为到底去哪里饮酒起了争执。对了，贯学士为何没有去参加大明殿的元旦宴会？”

贯云石道：“我陪姑姑到兴圣宫觐见太后去了。”

杨载久在京师，多次参加廉园聚会，又与文章大家姚燧相熟，甚至还曾做过中间介绍人，说服姚燧将义女真真许给了翰林院编修黄溍[2]，而贯云石则是姚燧的弟子，因而杨载对贯云石很是了解，知道其人淡泊名利，本来袭有万户官爵，却主动让给了弟弟，自己只

[1] 石敬瑭，后晋高祖，五代十国时期后晋开国皇帝。年轻时朴实稳重，寡言笑，喜兵书，重李牧、周亚夫之行事，隶属李克用义子李嗣源帐下，时后梁朱温与李克用、李存勖父子争雄，石敬瑭冲锋陷阵，战功卓著。后唐末帝李从珂即位后，石敬瑭时为河东节度使，双方互相猜忌。清泰三年（936年），石敬瑭起兵造反，后唐军兵围太原，石敬瑭向契丹求援，割让燕云十六州，并甘做“儿皇帝”。随后在契丹援助下，石敬瑭称帝灭后唐，定都汴梁，改国号为晋，史称后晋。石敬瑭晚年尤为猜忌，不喜士人，专任宦官。由是宦官大盛。由于吏治腐败，朝纲紊乱，以致民怨四起。游牧在雁门以北的吐谷浑部，因不愿降服契丹，酋长白承福带人逃到了河东，归刘知远。后晋天福七年（942年），契丹遣使来问吐谷浑之事，石敬瑭既不敢得罪手握重兵的刘知远，更不敢得罪“父皇帝”，由此忧郁成疾，于当年六月在屈辱中死去，时年五十一岁，谥圣文章武明德孝皇帝，庙号高祖，葬于显陵（今河南宜阳西北，遗迹尚存）。

[2] 此为姚燧本人生平最著名事件之一，一度哄传京师。姚燧身居高位，为一代文豪，但与元代社会风尚相合，其性格也有风流洒脱的一面，时常出入秦楼楚馆，有过一段狎妓生活。在与同僚们宴饮时，自然也不乏歌妓侑酒的场面。有一次，姚燧偶于宴席中，遇到一位秀丽娴雅的歌妓，名真真。真真有《解三酲》词云：“奴本是明珠擎掌，怎生的流落平康？对人前乔做作娇模样，背地里泪千行。三春南国怜飘荡，一事东风没主张，添悲怆。那里有珍珠十斛，来赎云娘！”姚燧见真真唱词不凡，微操闽音，便将她招到席前，再三询问，终于得知她是南宋大儒真德秀的后裔，因父亲官微禄薄无法偿还公债而被卖入娼家。于是，姚燧出面请宰相三宝奴为真真落籍。三宝奴以为姚燧自己看上了真真，立即命教坊从籍册除去真真姓名，并送至姚燧府上。姚燧却收真真为义女，许配给史官黄溍。这件事在京师被人传为盛事，嘉兴县阙为此曾赋诗三百余言。《南村辍耕录》以“玉堂嫁妓”为名完整地记载了此事。

以读书为乐，不思仕进。这次被召入翰林，也是因为他与仁宗皇帝私下交情极好，他不去大明殿，多半是不喜欢那里人多嘈杂。

倪昭奎心思全在汪小佩身上，立即心念一动，忙问道："贯学士的姑姑该不会……"

忽有一名三十来岁的蒙古贵妇急急忙忙地跑过来，她身着一袭红色披风，极显华丽贵气。贯云石忙让到一旁，躬身叫道："公主！"

那公主勉强停了下来，道："原来是贯学士。怎么，你人不在大明殿中？"

贯云石先是一怔，随即应道："公主，适才我们在兴圣宫中还见过的。"

公主道："那怎么了？"

贯云石道："公主刚刚在兴圣宫就已经问过微臣这个问题了。"

公主反问道："那我不能再问一遍吗？"

贯云石忙道："当然可以。公主这是要出宫吗？怎么不见扈从？"

杨载熟知宫廷礼仪，知道这位公主来参加兴圣宫宴会，必定是经西面西华门进出，她径直南行，分明是要去大明殿寻人，忙告道："高丽王今日因故缺席，只有高丽王世子及二王子来参加宫宴，礼仪太监方臣佑还专门提到过。"

方臣佑是大宦官，来自高丽，自蒙哥汗时便已在蒙古王庭当差，事六朝二太后，参掌机密，身份极其显赫。

那公主先是一怔，随即没好气道："多事，要你管。"说罢，气咻咻地继续朝前走了几步，又掉过头来，原路折返。

倪昭奎好奇问道："不是说参加宫宴者都要穿白衣吗？当然了，贫道是方外之人，是个例外。"

贯云石答道："按照惯例，公主、诸王王妃及百官女眷，均不列席大明殿朝会，只参加兴圣宫宫宴。答己太后为人宽厚，曾特意下旨声明宫宴没有服饰要求，因而公主都穿得随意些。"

杨载接口笑道："老倪是知道的，在我们中原习俗中，大过节穿白色有些不妥。既然有太后懿旨，大家伙儿便都尽量穿得鲜艳些。我和贯学士一身白衣，也是没有办法。”

倪昭奎点了点头，又道：“这位公主好生面熟。”

杨载笑道：“她是宝塔实怜公主啊，当年的梁王之女，你在杭州亲自接待过她的。”

倪昭奎道：“啊，那她不就是高丽王后吗？”

杨载道：“是啊，宝塔实怜公主嫁给了高丽王世子——也就是现任高丽国王忠宣王王璋，她当然就是王后了。”旋即领会了好友的真正话意，笑道：“不独王后人在大都，就连高丽国王也一直滞留在大都呢。”

倪昭奎讶然道：“这是怎么回事？早年忠烈王在世，忠烈王、忠宣王父子争权，忠宣王不愿意回国，倒也情有可原，而今忠烈王已经过世数年，忠宣王如何还不肯回国？”

杨载笑道：“这就要问高丽王自己了。”

倪昭奎久在江南，自是难以知悉高丽王室的诸多内幕，但他对这些也不怎么关心，只向贯云石问道：“贯学士刚才说陪姑姑到兴圣宫，这位姑姑，该不会就是当年随侍阔阔真公主的汪女官吧？”

贯云石道：“是啊，就是她。”

原来汪小佩在异国他乡生活了二十年，身患重病，也想叶落归根。阔阔真公主知悉她的心愿，便命她归国养病。汪小佩也是刚到大都，因为尚携带有伊儿汗国的国书、礼物，要进献给答己太后及仁宗皇帝，所以抱恙参加了兴圣宫的宫廷宴会。

本来汪小佩有伊儿汗国正使的身份，有资格出席大明殿诈马宴，但诈马宴之前尚有隆重朝会，参宴人员自清晨起便须在皇宫崇天门等待，之后更有一系列烦琐的礼仪，比参与兴圣宫宴会要辛苦得多，汪小佩遂以有病为由，推辞了诈马宴。而且随汪小佩来到中国的另外两名伊儿汗国使者，亦与她共同进退，未赴大明殿朝会，直接随汪小佩来到了兴圣宫。

倪昭奎既惊且奇，略一思忖，忙问道："汪女官人还在兴圣宫中吗？可否让贫道见一见？贫道有事想要当面请教。"

杨载已大略猜到老友的心思，低声委婉劝道："老倪，过去的事……"

贯云石答道："姑姑人就在前面的琉璃暖亭中。我是陪她出来的，她说想静一静，我便先行离开，在这附近晃悠。"

杨载忙道："哎呀，原本我们也想去暖亭饮酒，既然有人先到，我们还是换个地方吧。"

倪昭奎却甚为固执，道："机会难得，贫道今日务必要见到汪女官人。"

贯云石沉吟片刻，问道："倪真人可是为当年聚远楼之案？"

倪昭奎正色道："贯学士可能还不知道，聚远楼那件事后，我就因'失职'罪名被逮捕下狱，关了两年，才因大赦而放出。两年之中，受尽折磨。"

贯云石奇道："竟有此事？"

杨载道："杨暗普做的，这是他上任江浙行省左丞相后做的第一件事。我一直很奇怪，本来好好的一个人，怎么会突然变成那样？实在不可理喻。"又叹息道："老倪，苦了你了，我实在不该让你一个人承担的。"

倪昭奎摇头道："是贫道派人通知你尽快逃走，不事了绝不要回来。杨暗普摆明了是要将杨琏真迦之死的账算到我等头上，又何必多一个人陷身牢狱吃苦。"又道："既然贫道因失职入狱，所以弄清楚当年聚远楼的真相，是贫道的毕生之愿。原以为汪女官人在伊儿汗国，此心愿无法了结，不想她刚巧回到中原，且人在皇宫，可谓天意。"

贯云石忙道："我姑姑重病缠身，时日无多，经不起刺激。倪真人实在想问的话，可以问我。"

倪昭奎顿住脚步，正色道："若是贯学士早已知悉内情，并肯坦言相告，贫道也就不必再见汪女官人。不过此事事关重大，贯学士可知道我要问什么吗？”

贯云石点头道：“知道。这件事，我本来发誓不说，但适才得知杨暗普因其父杨琏真迦之死而加害过倪真人后，我心中有愧，不将实话告知，怕是一生难安。”

贯云石又顿了顿，这才一字一句地说道：“当年毒杀杨琏真迦的，正是我姑姑。”

第二章

男儿末济

元世祖忽必烈建立元朝时，最初建都于上都，上都位于大都正北一千里处，位置偏僻，交通不便，气候也相当恶劣，时人称『上京六月凉如水』，又有『上京六月冷于秋』之语，足见上都是多么寒冷。而当时的大都名燕京，曾为金朝中都，除了已有相当建制的城池外，且春、夏、秋、冬四季分明，自然环境比上都要好许多，忽必烈最终决定迁都。新的都城名为大都，由汉人大臣刘秉忠负责整体规划。

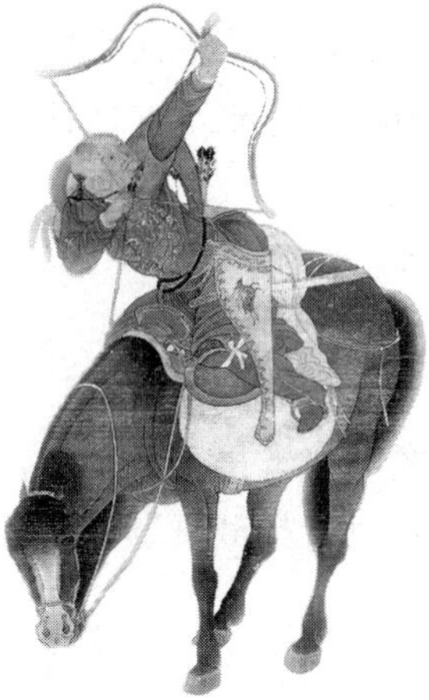

游莫羡天池鹏，归莫问辽东鹤。
人生万事须自为，跬步江山即寥廓。
请君得酒勿少留，为我痛酌王家能远之高楼。
醉捧句吴匣中剑，斫断千秋万古愁。
沧溟朝旭射燕甸，桑枝正搭虚窗面。
昆仑池上碧桃花，舞尽东风千万片。
千万片，落谁家？愿倾海水溢流霞。
寄谢尊前望乡客，底须惆怅惜天涯。

——范梈《王氏能远楼》

倪昭奎本欲询问之事，无非是汪小佩与刺客金石的关系，不想贯云石先说出了当年僧官杨琏真迦是遭汪小佩毒杀一事。杨载、倪昭奎二人均大为意外，倪昭奎更是一时怔住，不知所措。

贯云石叹道：“这件事，我也是不久前才知道，知道后也是相当震惊，跟二位的反应一模一样。”

杨载讶然道：“怎么会是这样？”

他当年曾协助黄公望、倪昭奎经办此案，知悉每一处细节，旋即会意过来，道：“啊，我明白了，她在那杯倒给杨琏真迦的奶酒中预先下了毒。”

贯云石道：“不错，正是如此。但因为葡萄酒有毒，大家没注意奶酒，所以都没有人发现真相。”

倪昭奎醒过神来，忙问道：“这件事是汪女官亲口告诉贯学士的吗？”

贯云石摇头道：“不是，姑姑从来没提过，是另外有人发现了。”

杨载愈发惊奇，道："那人是谁？"

贯云石道："他当时人也在场，你二人应该都见过他，就是名医危碧崖危老先生的孙子——危亦林。"

当年阔阔真公主西行之时，西北海都等诸王尚未平定，西赴伊儿汗国，必须得走海道。一行人将会在海上漂泊数月，而阔阔真公主生长在北方草原，极可能水土不服，因而女大夫危子美被指定随行。危子美是名医危碧崖之女，途中没少为阔阔真公主的身体状况操劳，即便多年之后，阔阔真公主仍对她心怀感激。此次汪小佩归国，所携之物中，便有阔阔真公主指名送给危子美的贵重礼物。

而再凑巧不过的是，危子美之侄危亦林已成为当世名医，通晓内、妇、儿、眼、骨、喉、口齿各科，尤其擅长骨科，大元太医院正筹划刊刻其著作《世医得效方》[1]，所以危亦林人刚好身在大都。汪小佩听说后，便命人将危亦林请来，一是请他将阔阔真公主的礼

[1] 危家累世行医，危亦林五世祖危云仙、祖父危碧崖均是当世名医，对医理有较深研究，至危亦林时，危氏医名达到巅峰。危亦林自幼聪颖好学，博览群书。二十岁开始行医，对祖传医术有着浓厚兴趣，将祖传医书及验方详细加以阅览、研究，并在行医过程中进行验证和修改，其医道日益精进。最为难得的是，危亦林继承和发展了危氏本家四代医学经验，积五世医方，结合自己的实践经验，分成大方脉杂医科、小方脉科、风科、产科兼妇人杂病科、眼科、口齿兼咽喉科、正骨兼金镞科、疮肿科、针灸科、祝由科，著成《世医得效方》一书，全书20卷50余万字。经江西官医提举司报送元朝太医院，太医院行文河南、江浙、江西、湖广、陕西五行省官医提举司（其他行省未设此职）重校，然后经太医院核定，最终刊刻发行，成为各行省通行使用的医疗手册。全书编次有法，科目无遗，论治精详，是上承唐宋，下启明清的一部重要方书，依当时医学13科分类，多选载前代医学文献及家传验方，在骨伤科证治方面载述尤详。书中翔实和突出地记述了关于麻醉药物的使用，用草乌散（用曼陀罗花配制）进行全身麻醉的记载，比日本人华冈青州早450年。对于骨折、脱臼、跌打损伤、箭伤等整复治疗也有精辟的论述，特别是首创整复脊椎骨折悬吊复位法，比英国达维斯1927年提出的悬吊法早600多年，对今天的临床仍有重要的指导意义。《世医得效方》的骨伤科成就，代表了金元时期中国骨伤科的发展水平，居于当时世界医学的前列。该书被清朝收入《四库全书》子部，称其"载古方甚多，皆可以资考据"。数百年来，一直被医家推崇，在国外也有相当影响。美国国会图书馆藏有一部元刻本，朝鲜有重刊本。1964年，该书由上海科学技术出版社重新出版发行。1990年，人民卫生出版社又以元至三年初刻本为底本，汇集其他精善版本，重新出版。特别值得强调的是，危亦林所著在元朝便已经得到了官方认可及推广，这是非常难以达到的成就。当时太医院御医必须是蒙古人和色目人，对汉人，尤其是南人出身的汉人倍加防范，而危亦林刚好是南人身份，若不是其著作极其突出，根本无法通过太医院的审核。

物转交给其姑危子美；二来也是慕名请危亦林为自己治病。

汪小佩的病情极重，危亦林为此滞留在高粱河贯氏疏仙园中。外出多日的贯云石正好当晚归来，见有佳士不顾严寒，坐于廊下，大为好奇，遂独自过去打招呼。

那人正是危亦林，他一见到贯云石，便起身抱拳道："贯学士。"

贯云石却不认识对方，问道："阁下是……"

危亦林道："我是危亦林。二十年前，我们在聚远楼见过一面。"

贯云石"啊"了一声，道："你是那位危老先生的孙子？"

危亦林笑道："正是。"

贯云石当即笑道："故人？"

危亦林亦笑道："故人。"

二人遂并排坐在廊下，一道仰天观赏寒月。虽然这才是他们第二次见面，但他们却感觉极为亲切，像是认识了许多年的老友。

贯云石忽道："当年那桩事……"

危亦林也接口道："当年那桩事……"

二人忽转向对方，异口同声道："你可有疑问？"

二人均是一怔，随即哈哈大笑起来。贯云石先道："疑问太多了。"

危亦林点头道："我也有许多疑问。"

贯云石遂道："我是此宅主人，危先生远来是客，请危先生先说。"

危亦林道："嗯……嗯，这个……"

贯云石道："危先生有所迟疑，是因为事情与我姑姑汪小佩有关吗？"

危亦林很是惊讶，问道："贯学士如何会这样认为？"

贯云石道："我自有证据。"

危亦林见对方坦率，便直言告道："不错，我怀疑那件事情跟尊姑姑汪女官有关。杨琏真迦是中毒而死，葡萄酒中下了砒霜剧毒，这一节是不错的，但杨琏真迦的中毒症状却与砒霜中毒的症状不同。"

贯云石原本怀疑姑姑与行刺海漕万户朱清事件相关，却料不到危亦林谈及的却是僧官杨琏真迦中毒身亡一事，不由得大吃一惊。

危亦林见贯云石反应剧烈，也很奇怪，道：“贯学士不是说有证据证明事情跟汪女官有关吗？何以还会如此惊讶？”

贯云石道：“是，但我所说之事，与杨琏真迦无干，请危先生继续说。”

危亦林道：“我已经说了呀，杨琏真迦喝下的葡萄酒中，含有砒霜剧毒，但其死状，却与中砒霜剧毒不符，所以在那之前，杨琏真迦必定已经中了其他的毒。”

事发时，贯云石人并未在场，但他却不止一次听到父亲叙说当年的事，所以他对当日的情形一清二楚，当即醒悟，问道：“危先生是说我姑姑敬给杨琏真迦的那杯奶酒中有毒？”

危亦林却并未点头肯定，只谨慎地说道：“我是说，这个可能性很大。我当时人就在场，闻出葡萄酒中下了毒，但杨琏真迦却非死于砒霜中毒，我觉得很奇怪，还想去查验阔阔真公主案上的奶酒，却发现奶酒早已经被人打翻了。”

贯云石道：“那是侍卫长斡朵思不花所为，应该是为了保护阔阔真公主。”

危亦林道：“也有可能是那位侍卫长提前毁灭证据。如此，奶酒中是否有毒，便无从查证。”

贯云石很是不解，问道：“可我姑姑为什么要杀杨琏真迦呢？而且她以毒酒当众杀人，不是一样要牵累她自己吗？我是说，如果没有高丽人投毒这件意外之事的话。”

危亦林道：“这件事，我也反复思考过，料想奶酒中所下的是一种慢性毒药，等到日后杨琏真迦毒发身亡时，汪女官一行早已离开杭州，所以她可以全身而退。但杨琏真迦随即喝下了有毒的葡萄酒，两种毒药药性冲突，他当即倒地死亡，甚至不曾感受到砒霜剧毒的痛苦。”

贯云石道：“但不管怎样，最终令杨琏真迦毒发身亡的还是高丽人投了毒的葡萄酒，是不是？也许奶酒中没有毒呢？也许杨琏真迦反应异样，只是因为他异于常人呢？”

危亦林道："是有这个可能。"

贯云石转头朝堂内看了一眼，问道："危先生没有对我姑姑说过什么吧？"

危亦林正色答道："贯学士，适才这番话，我只在当年对祖父说过，祖父叫我不可乱说，我便再也不曾开口。今晚我与你一见如故，这才将疑点告诉你，也算是了结我多年来的心愿。你放心，我心愿已了，无论后面发生什么事，我再也不会提及此事。"

贯云石踌躇良久，才道："当年我年纪小，大人们以为我不懂事，所以谈话时也不会特意避开我。我曾听到阔阔真公主是应姑姑之请，才出面营救杨琏真迦。这件事，我一直很是不解——姑姑素来严峻，性子也有些急，可终究还是一个好人，怎么会救杨琏真迦那样的人？现下想来，极有可能是姑姑想利用杨琏真迦向阔阔真公主道谢之机，亲手杀了他。"

危亦林怔了一怔，忙问道："汪女官跟杨琏真迦可是有过恩怨？"

贯云石道："没有。也许有，只不过我不知道。不过我曾听家母提过，当年祖父倒霉一事，似乎也与姑姑大有干系。祖父死后，姑姑是因为内疚，这才离开大都，去了北方草原。"

当年阿里海牙被逼自杀，家产也被抄没，宰相桑哥出力不少，而杨琏真迦刚好是桑哥同党，这两件事，或许内中有什么联系。或许当年张楚楚摇身变为汪小佩，来投阿里海牙，只是想要借养父的势力除掉杨琏真迦，却不想阿里海牙被桑哥和杨琏真迦联手扳倒。

危亦林问了原委，揣测道："既然汪女官是生父死后才来投奔你们贯家的，会不会是杨琏真迦害死了她的生父？"

贯云石摇头道："这我就不知道了。在我们家里，姑姑的生父是个禁忌，谁都不能提起。不过我曾听其他知情者说过，姑姑生父名叫张惟孝，正是他杀了姑姑的生母。"

危亦林闻言悚然而惊，遂不再谈及汪小佩，只问道："贯公子一开始所称的疑点太多，又是指什么？"

贯云石摇头道："我忽然不能确定了。"

危亦林笑道：“是不能确定，还是不想说？”

贯云石不答，只正色道：“我预备搬去杭州定居[1]，期盼日后有缘，与危先生在杭州聚远楼一聚。”

危亦林闻言很是诧然，道：“贯公子是本朝最年轻的翰林学士，文武全才，前途无量，何以年纪轻轻便想要退隐林泉？”

贯云石叹道：“我实在是做不了什么，什么都做不了，除了隐居，再没有别的出路。”

贯云石自是心有所感，竟当着人生中才见第二面的“故人”真情流露。危亦林有妙手回春之术，却知心病难医，是以不再多问。二人便在寒冬的月色中默默地坐了半夜。

这便是贯云石知悉姑姑汪小佩参与毒杀杨琏真迦事件的全过程。倪昭奎听了，惊奇万分，愈发觉得汪小佩此人不简单，神秘莫测。

杨载之诧异其实不在倪昭奎之下，却忙不迭地告道：“实话告诉贯学士，我一早就怀疑奶酒中有毒。”

贯云石忙问道：“这么说，杨编修也曾经怀疑过我姑姑？”

杨载道：“也不是。当时情况错综复杂，况且我认定奶酒有毒时，也没有怀疑过汪女官，只以为是朝廷令阔阔真公主毒杀杨琏真迦，以平民怨。”

贯云石便转向倪昭奎，问道：“我适才一番话，可有解答倪真人这么多年来的疑惑？”

倪昭奎行了一礼，道：“多谢贯学士坦言相告，其实我想问的，不是这个。”

贯云石目光闪动，面上立时有了惊疑之色，他踌躇道：“该不会是……”

[1] 贯云石后果然辞去官职，独自搬到杭州生活，留下诸多轶闻趣事。某日，贯云石忽然暴毙，年仅三十八岁。其事迹将在吴蔚后续作品《沉醉东风》再行详述。

话虽未挑明，然倪昭奎耿耿于怀的无非是当年聚远楼事件，而当日楼中发生了两件事，一是投毒，二是行刺。既然贯云石说出了姑姑汪小佩毒杀杨琏真迦的真相仍未能释倪昭奎之惑，那么他想询问的，当是行刺事件了。

倪昭奎道:“原来这件事，贯学士也是知情者。”

贯云石问道:“倪真人是如何知道的？”

倪昭奎道:“当年公望去了兰溪，打听到汪小佩原名张楚楚，跟仁山书院的金石原是一对情侣。金石便是当日混入聚远楼行刺朱清的刺客。”

贯云石尚未反应，杨载先“啊”了一声，道:“这件事，我怎么不知道？我是说，汪小佩跟金石是情侣这件事。”

倪昭奎道:“贫道也是后来去公望的家乡探访，一再追问，他才告诉我的。”

杨载忙问道:“那金石，还有海容，他父女二人……”

倪昭奎摇了摇头，道:“多年来一直没有下落。”

杨载不免有些怅然，叹道:“如此，公望可是伤透心了。我还以为朱清一死，海容便会再度出现。”

倪昭奎道:“不会，公望早已看淡这件事。”

他不便当着贯云石的面多谈好友私事，便问道:“请问贯学士还知道些什么？”

贯云石见倪昭奎已知悉姑姑与刺客有关，甚至连刺客的姓名、来历都打听得一清二楚，遂实话告道:“其实我当日见过刺客。不但见到了他面貌，还听到了他与我姑姑的谈话。”

原来金石谋划行刺，早已提前进入聚远楼，并一直躲在顶楼。那日黄公望独自到顶楼赏景，金石人就伏在梁上。麻烦的是，当时还是孩童的贯云石也来了顶楼，且不肯随黄公望下楼，一直滞留在那里。金石不得不有所行动，待到贯云石到栏杆边时，他突然从梁上跃下，将贯云石打晕，把贯云石从围栏处拖开。

也就是在那时，庭院中的侍卫长斡朵思不花觉察到了顶楼异样。黄公望告知江西行省贯平章的小公子贯云石在顶楼后，汪小佩立即上楼查看，很快发现了晕倒在地的贯云石。不待她惊呼出声，有人从暗处出现，叫道："楚楚，是我。"

因为金石下手不算太重，贯云石此刻已经清醒了过来，却有些茫然，便索性继续装晕。

汪小佩当即起身，道："果然是你。我还以为我那日看错人了。"又质问道："你来这里做什么？是想对什么人不利吗？"

金石倒也干脆，直言告道："我来杀杨琏真迦。"

汪小佩惊愕地问道："你没来由地杀他做什么？"

金石道："此人祸害江南已久，我已除掉他的党羽允泽，今日该轮到杨琏真迦本人了。"

汪小佩道："胡说八道。朝廷派了钦差理算杨琏真迦，杨琏真迦正在家待罪，怎么会来聚远楼？你该不会是想行刺梁王吧？"

金石摇头道："不是梁王。"见汪小佩不信，便解释道："皇帝忽必烈宠爱次子答剌麻八剌，皇后察必宠爱三子铁穆耳，就长子梁王最不受宠，他无论如何都不可能继承皇位，我杀他做什么？"

汪小佩道："那你想行刺阔阔真公主？"

金石道："不是。杀了阔阔真公主，并不能破坏元朝与伊儿汗国的联盟，大元皇帝只会继续挑选卜鲁罕部落的女子，嫁往伊儿汗国做王后。你别疑神疑鬼了，我真是为杨琏真迦而来。我听说朝廷已经赦免了杨琏真迦，而且是因为阔阔真公主求情。料想杨琏真迦本是聚远楼主人，听说阔阔真公主在此宴饮，必会亲自赶来道谢。"

汪小佩凝视了金石半晌，见其并无异色，这才勉强信了，当即道："这件事不必由你来做，你快些走吧。"

金石奇道："这是什么意思？"

汪小佩道："我的意思，你还不明白吗？莫非这么多年过去，你人变得傻了？"

金石踌躇片刻，才道："好，我听你的。但我现在走不了，得等到宴会结束。”

汪小佩遂问道：“你是怎么进来的？”

金石道：“经密道进来的。允泽告诉过我，聚远楼下有一条密道，入口就在一楼。”

汪小佩很是诧异，却来不及多问密道之事，道：“那好，你先躲在这里，等宴会结束，你再从密道离开。”

金石应道：“好。”

汪小佩又道：“我们先说好了，如果你被人发现，或被人捉住了，我决计不会救你。”

金石正色应道：“如果我出了事，请你一定不要来救我。即使见到我，也要装作不认识我。”

汪小佩先是一怔，随即冷笑道：“求之不得。”

金石又朝贯云石一指，道：“那他怎么办？他不但看到了我的容貌，还听到了我们刚才的对话。”

汪小佩惊奇地望向贯云石，贯云石见装不下去了，只好坐起身来，叫道：“姑姑！”

汪小佩道：“云石，你……”

贯云石点了点头，道：“你们刚才的话，我全都听见了。”又指着一身侍卫服饰的金石问道：“这个人不是真的侍卫，他到底是谁？”

汪小佩道：“是……”

金石插口答道：“我姓金名石，是你姑姑的旧情人，如若不是出了意外，我们早就结婚生子，快快乐乐地生活在一起了。”

汪小佩脾气不好，可这次居然保持了沉默。

贯云石道：“可是我刚才听到你说你要杀杨琏真迦。”

金石道：“不错，我现在是一名刺客。”重重看了汪小佩一眼，又道：“这是我自己选择的路。”

汪小佩道：“好了，我们该走了。你自求多福吧。”

金石道：“你是公主女官，得预先张罗许多事，先下去吧。你侄子必须留下。”

汪小佩忙道："他还是个小孩子，不懂事。"

金石道："就因为他是个不懂事的小孩子，我才要将他先留下，不然他随口说出顶楼有人，我还有活路吗？放心，宴会一结束，我便会自行离去，你自可来这里接回你侄子。"

见汪小佩尚有所迟疑，金石又道："难道你还信不过我吗？我既知这位小公子是你养父的亲孙，又怎会对他不利？"

汪小佩不便久留，遂勉强答应，又蹲下来安慰贯云石："你先跟金叔叔在一起，等宴会结束，姑姑就来接你。"

贯云石本就不想参加宴会，居然应道："好。"又问道："爹爹问起，姑姑要怎么说？"

汪小佩道："嗯，我就说你身上不舒服，先回行馆了。"

贯云石满口应了。汪小佩狠狠地瞪了金石一眼，转身欲去。金石叫道："楚楚……"

汪小佩虽未相应，却还是顿住了脚步。

金石讪讪半响，才问道："这些年，你过得还好吗？"

汪小佩终于回过头来道："还好。"又问道："你又过得怎样？你坚持与朝廷作对，应该是日日夜夜提心吊胆吧？"

金石道："当年我与你斗气，声称你若投回蒙古养父的怀抱，我便终身与大元为敌。这么多年来，我的确是踩着刀尖儿过日子，但我觉得很有意义，希望终有一天，通过众多仁人志士的努力，能将蒙古人赶出我们汉人的地盘。"

汪小佩道："这么说，你是在庆幸当年与我分手了？"

金石道："你我本约好只做乱世的旁观者，是你先违背了誓言。"

汪小佩道："我不想再提过去之事。总之，今日一别，后会无期。"赌气转过身去。

金石伸手欲拦住汪小佩，但终究还是任凭汪小佩下楼去了。

汪小佩离开后，金石发了一会儿怔，转头看了贯云石一眼，便取下腰带，将他手脚绑住，又撕下一片衣襟，塞入他的口中。

贯云石不知对方想做什么，这才有些恐慌起来。好在金石将他绑好后，便再无动作，只默默缩在围栏后，暗中窥测楼下动静。

贯云石大致叙说了往事，道：“后来之事，二位早就知道了。原来金石真正想行刺的是海漕万户朱清，之前的一番话，不过是幌子，竟然还骗过了我姑姑。后来宴会开始，楼下有所动静，金石在围栏结好绳索后，便径直下了楼。这也是我最后一次见到他了。”

杨载这才恍然大悟，道：“原来汪女官早知道了密道之事，所以她毫不担心，以为金石早已从密道溜走了。”

倪昭奎道：“但朱清声称刺客是海盗旧部辛亮这件事，汪女官总该心有疑虑吧？”

杨载沉吟道：“或许有，但金石欺骗汪女官在先，二人又有不必相救的约定，她不肯再出头，也是情理之中。”又问道：“后来汪女官可有再提过此事？”

贯云石道：“后来姑姑上来顶楼，解开我的绑缚，又叮嘱了我一番，教我有人问话，就这般这般回答。我很害怕，满口应了。她又反复教了我几遍，直到我能脱口而出，姑姑这才引我下楼。那之后，姑姑再未提过当日之事。不久到了泉州，她随阔阔真公主登船，远赴伊儿汗国，从此天涯万里，也没有机会了。”

或许汪小佩并不知道金石意外落入朱清之手，以为昔日爱人早已全身而退，而朱清曾受益于仁山书院金氏，即便朱清认出了金石，仍指证刺客是海盗旧部辛亮，是有意庇护金氏，以报昔日之恩。又或许汪小佩心中有所疑虑，但料想朱清此举必有原委，极可能是知道了自己与金石的关系，要引自己上钩，为了自保，只能不闻不问。

但最为古怪的是，金石被女儿金海容巧计营救，逃出杭州，从此杳无音信，即便后来朱清、张瑄身败名裂，他们再也未出现过，实为一大奇事。

倪昭奎当年一直暗恋金海容，虽然明知金海容与黄公望两情相悦，却依旧心意不改。而今他虽已是真人高位，但思及往事，柔情似水涌动，心中仍然会隐隐作痛。这么多年来，他放不下的，与其说是聚远楼之案，倒不如说是金海容的下落。因而贯云石的一番话，虽然解了他心中疑惑，却未能平复胸中意气。踌躇了一会儿，方道："贫道还是想拜会一下汪女官。"

贯云石一怔，问道："莫非我适才所言，仍不能令倪真人满意？"

倪昭奎道："不是，贫道只是想见见汪女官。贯学士放心，贫道不会刻意提及当年聚远楼之事……"

杨载忍不住插口道："倪真人想向汪女官打听金石父女的下落。"

贯云石愕然道："他父女二人失踪了吗？"

杨载道："失踪了二十年。"

贯云石道："可我姑姑人一直在伊儿汗国，最近才经由西域归国，如何能知晓金石父女下落？"

倪昭奎道："问问总是无妨。"

杨载道："当年朱清派了人监视汪女官，听说还收买了行馆的人，就是怀疑汪女官与金石父女失踪事件有关。"

贯云石忙道："我姑姑是朝廷女官，怎么会介入营救刺客之事？"

倪昭奎道："不管怎样，聚远楼事件后，金石父女便彻底消失了。"

杨载道："贯学士可能不知道，金海容与黄公望原本是一对情侣，朱清为了逼迫金海容现身，还将黄公望拘押在太仓两年。"

贯云石道："但金海容从未出现过？"

杨载点了点头，道："我所认识的金海容，是个率性的奇女子，绝不会如此无情。"

贯云石道："莫非二位怀疑金石父女跟随我姑姑去了伊儿汗国？"

杨载摇头道："这一节，我们倒是没想过。我们只想知道金氏父女是否平安，哪怕只有简单的'还好'二字，也足以了结我们这些人多年来的牵挂。"

贯云石想了想，才道："这样吧，我先去问下我姑姑，转达倪真人的意思，如果她同意，我便引二位去见她。”

倪昭奎、杨载自无异议，三人遂往太液池暖亭走去。

一路上，杨载见气氛颇为凝重，便有意岔开话题，道：“太液池当以金秋月下最美，贯学士以为如何？”

贯云石想了想，才道：“不能更同意。”

倪昭奎也顺势问道：“可有典故轶闻？”

贯云石遂道：“当年中秋之夜，武宗皇帝与诸嫔妃泛舟于太液池中。武宗皇帝见美景当前，心情愉悦，遂对嫔妃们说：‘昔西王母宴穆天子于瑶池，人以为古今莫有此乐也。朕今与卿等际此月圆，共此佳会，液池之乐，不减瑶池也。惜无上元夫人在坐，不得闻步玄之声耳！’骆妃应声而出，当面为武宗皇帝跳《月照临》舞，并即兴作歌道：‘五华兮如织，照临兮一色。丽正兮中域，同乐兮万国。’武宗皇帝龙颜大悦，遂赐八宝盘玳瑁盏，诸妃各起贺。兴尽之后，武宗皇帝又与嫔妃们同唱《龙归洞》之歌，这才驱舟而还。”

杨载笑道：“好一个《月照临》，好一个《龙归洞》，可谓应景之至。”

贯云石道：“泛舟太液池中，月色固然可喜，但听说琉璃暖亭赏月，亦是一绝，人在亭中，影随光动。”

倪昭奎道：“贫道正想见见这大名鼎鼎的琉璃暖亭到底是什么样子。”

琉璃暖亭呈八角设计，顶盖及四面防风墙均为半白半透明的琉璃材质，只在南面开有小门。门上帘子随季节而变，春为花帘，夏为竹帘，秋为草帘，而现下隆冬时节，则是厚厚的毛毡。

到了亭前，尚能隐隐约约见到亭中有个人影。贯云石先道：“姑姑，侄儿回来了。”

不闻汪小佩回应，贯云石便自行掀开门帘，一只脚刚迈进门槛，他便大叫了一声：“姑姑！”随即甩帘而进。

杨载道:“不好，又出事了。”抢先跟了进去——

却见一名白发老妇坐在石凳上，上半身则伏在琉璃圆桌上，头歪在一旁，眼睛瞪得老大。脚下则是一摊猩红血迹，因为天气寒冷，已然凝固成雪冰状。走得近些，方才看到那老妇双手捧腹，原来是胸腹要害处中了一刀。那老妇，正是汪小佩。

贯云石任万户官职时，曾领兵打仗，上过沙场，有着极强的应变能力。他上前探过鼻息、确认姑姑已无生命迹象后，便径直奔出暖亭。

倪昭奎进来看到汪小佩死状，很是叹息，道:“她的生父杀死生母，晚年她不远万里归国，却惨死于皇宫之中，这等际遇，天底下再也没有谁比她更惨了。”

忽有感应，倪昭奎忙问道:“这件事，不会跟贫道有关系吧？”

杨载一愣，将手中银裹木漆酒瓮重重放在圆桌上，道:“能有什么关系？汪小佩刚回大都，你也是新来京师。”

倪昭奎道:“贫道刚想向她打听金石父女之事，她便莫名遇害。”

杨载道:“你不来暖亭，她就不会遇害了吗？”顿了顿，又道:“不过老倪你说得对，汪小佩刚从万里之外的伊儿汗国回来，不可能结下什么仇家，她忽然遇害，一定是因为旧怨。走，我们去找凶手。”

倪昭奎忙问道:“老杨知道凶手是谁？”

杨载道:“我跟你说过皇宫中有寺庙、道观吧？这寺庙不是普通的寺庙，而是类似前朝的皇族家庙，都是由高僧主持。这附近，就有一座弘仁寺。这里最早是虎城，也就是皇家动物园，后来因为附近新建了兴圣宫，怕虎城动静太大，惊扰了答己太后，就干脆改建成寺庙了。”

倪昭奎有所会意，道:“呀，老杨该不会是说……”

杨载点头道:“主持弘仁寺的高僧，正是杨暗普。”

倪昭奎虽有预感，但仍大吃一惊，道:“怎么会是杨暗普？”

杨载反问道:“为何不能是杨暗普？他早先因为要主持江南佛教事务而出了家，后来在江南失势，回朝后便入了宣政院，而后得到答己太后宠幸，便入宫主持弘仁寺事务。”

倪昭奎忙问道：“你是要去找杨暗普吗？不要去，不必多此一举。”

杨载闻不惯暖亭中浓重的血腥气，摆手道：“先出去再说。”

倪昭奎跟出来问道：“老杨可知道贯云石掉头去了哪里？”

杨载揣测道：“应该是去报官了。嗯，都城及皇宫警卫都归枢密副使札合负责，贯云石极可能是去找他了。”

倪昭奎摇头道：“不对，贯云石一定是去兴圣宫见答己太后了。你都能想到弘仁寺住持杨暗普是凶手，贯云石会想不到吗？但他知道以杨暗普的身份，一般人动不了他，是以一定会先赶去兴圣宫，恳求答己太后为他做主，要为汪小佩报仇雪恨。”

杨载这才醒悟过来，道：“不错，应该是这样。老倪，多年不见，你可比我聪明多了。”

倪昭奎道：“你之前不提暖亭之事，是我嫌冷，才不得不赶来这边。是不是因为这里距离弘仁寺太近，怕遇到杨暗普？”

杨载道：“差不多是这样吧。”

忽听到北面传来一阵嘈杂声，夹有“抓刺客”的高叫声。二人愕然回头，正见一名穿着西域服饰的中年男子匆忙奔跑过来。

杨载忙迎上前叫道：“喂，那边出了什么事？”

那男子匆忙答道：“好像张平章遇刺受伤了。我正奉命寻人呢。”

倪昭奎一见到那男子，如遭雷击，立时全身发麻发酥。又见那男子抬脚欲走，忙叫道：“站住！站住！”

那男子勉强停下来，问道：“真人还有何吩咐？”

倪昭奎失声道：“你……你该不会就是海容吧？”

杨载摇头道：“老倪，你这真人白当了，想海容都快疯魔了。我总以为，这么多年过去……”待看清那中年男子面目时，杨载也愣住了，问道：“你……你是金海岩吗？”

那男子正是金海容兄长金海岩，见自己的身份已被识破，当即揭下头上的毡帽，苦笑道：“旁人总说我和海容像是一个模子里刻出来的，想不到这么多年过去，你们竟然还能一眼认出我。”又道：“你应该是杨载杨编修，这位应该是倪昭奎倪真人了。”

倪昭奎抢着问道：“海容人在哪里？她人可还好？”

金海岩正色应道：“海容的下落，我只会告诉黄公望一人。”

倪昭奎跺脚道：“公望远在南方，你这不是有意吊我们胃口吗？”

金海岩奇道：“你二人不知道吗？中书平章政事张闾在江浙任上时，便聘请了黄公望做书吏，而今又带他入京，他正在御史台察院[1]任职呢。”

杨载惊道：“什么，公望也来了大都？”

倪昭奎道：“难怪适才在大明殿，张闾主动找我二人搭讪，原来是因为公望。”

杨载却很是不解，道：“公望既来了大都，为何不来见我？”

金海岩冷然道：“你杨载而今是翰林院编修，黄公望仍然只是个小小书吏，你二人身份地位相距甚大，他有何面目见你？”

---

[1] 忽必烈召见由廉希宪推荐的汉人张雄飞，当议论到任职者多非其材，政事废弛时，张雄飞建策设立御史台“为天子耳目”。同时，西夏儒者高智耀（其人故事可参见吴蔚小说《钓鱼城》）也向忽必烈建议，仿效前代，置御史台。忽必烈接受他们的建议，于至元五年（1268 年）七月，初立御史台，以中书省右丞相塔察儿为御史大夫。御史大夫以下，设御史中丞、侍御史、治书侍御史。御史台的长官，照例也是专用蒙古人。《元史·太平传》载：“（至正）六年（1346 年）拜御史大夫。故事台端非国姓不以授，太平固辞，因特赐姓而改其名。”太平非蒙古族，元顺帝任命他为御史大夫，还得“赐姓而改其名”才行，可见非蒙古人不可任其职。御史台设立时，忽必烈诏谕说：“台官职在直言，朕或有未当，其极言无隐。”由于皇帝重视，元代御史制度空前发达，御史台不仅“纠察百官善恶”，也有指陈“政治得失”的职责。忽必烈敕令中书省、枢密院，凡事要与御史台官员同奏。御史台建立后不久，曾奏言数月间“追理侵欺粮粟近二十万石”，可见捡括、料理财赋也是御史台的重要责任。御史台之下设殿中司和察院，殿中司由殿中侍御史统领，主管纠察朝廷百官。察院设监察御史若干人，“司耳目之寄，任刺举之事”。御史台称内台（又称为中台），另设“行御史台”，置官品秩同于内台，称为外台。至元十四年（1277 年），始置于扬州，称江南行御史台。至元二十一年（1284 年）闰五月迁于杭州，至元二十二年（1285 年）二月又徙于江州，同年五月，再徙杭州。至元二十三年（1286 年）四月徙建康，至元二十六年（1289 年）五月复徙扬州。至元二十七年（1290 年），置云南诸路行御史台，至此始有二“行台”。大德元年（1297 年），移云南行台于京兆，称陕西行台，而云南改立廉访司。元建国初，曾立提刑按察司四道（即山东东西道、河东陕西道、山北东西道、河北河南道），分隶于御史台、行御史台，掌管监督纠劾地方官吏之不法行为，兼劝农事。至元二十八年（1291 年）二月改称肃政廉访司，后来增至二十二道：内道八，隶御史台；江南十道，隶江南行台；陕西四道，隶陕西行台。

倪昭奎怒道："喂，你这般冷嘲热讽做什么？你可知道公望当年为了海容……"

杨载摆手道："我跟公望深情厚谊，与地位、身份无关。你应该不是什么皇宫侍卫，而是想方设法混进皇宫的。你又是来做行刺之事吗？"

金海岩冷笑道："你二人出生时，宋朝尚未灭亡，明明都是宋人，却甘心为异族效力，可还有羞耻之心？不过你二人还算好，一个是文词之臣，一个是方外之人，表面接受元廷的官职，并没有做实际危害百姓的事，黄公望就不一样了……"

忽有人疾步过来，金海岩便将帽子重新戴上，急欲离开。来人却是贯云石，一见到金海岩，便举手招呼道："你是出来寻我姑姑的吗？她已经遇害了，有人下毒手杀了她。"

金海岩大吃一惊，忙问道："汪女官人在哪里？"

贯云石道："就在暖亭里面。杨编修、倪真人没告诉你吗？"

金海岩不及多问，急急冲进暖亭。

杨载心念一动，忙上前问道："这人是谁？"

贯云石道："他是跟随我姑姑出使大元的伊儿汗国使者，怎么了？"

杨载道："没什么。对了，汪女官遇害一事，贯学士可有禀报太后？"

贯云石道："原本是要禀报皇帝、太后的，可兴圣宫出了大事，上下正乱作一团，我便没有再去多事。"

杨载忙问道："兴圣宫出了什么事？"

贯云石道："大宦官李邦宁死了。"

杨载惊道："李邦宁吗？我刚刚还见过他的。"

贯云石道："他的尸体被丢在了延华阁旁边的鹿顶井中。那口水井是兴圣宫的饮用水源，刚有宫人去汲水时，发现井中有具死尸，急忙叫人，打捞上来一看，才发现是大宦官李邦宁。他胸口被人连捅两刀，身子尚未发胀，显然刚被人丢入井中不久。"

杨载皱眉道："到底怎么回事？这里可是皇宫，竟然接连出了两桩命案。"

贯云石举手朝弘仁寺方向指了指，道："姑姑之死，我原本怀疑是他做的，但现下皇宫出了大事，除了我姑姑和李邦宁之外，听说中书宰相张闾也遇刺了，所以我又怀疑姑姑之死可能只是意外。"

杨载摇头道："不会是意外。刺客被李邦宁撞见，杀死对方灭口倒有可能，但汪女官一直坐在暖亭中，即便刺客凑巧路过这里，他根本没理由专门进暖亭杀人。"

刚好金海岩自暖亭出来，问道："这到底是怎么回事？"脸上颇有悲愤之色。

贯云石道："我也不知道。你先回兴圣宫，与另一位使者一起候命。"

金海岩应了一声，私下却朝倪昭奎招了招手。倪昭奎以为对方要告知金海容的下落，满心欢喜，忙随其走到一旁。不想金海岩劈头盖脸地问道："是不是倪真人做的？"

倪昭奎愣了一下，这才会意过来，问道："你是说贫道杀了汪小佩吗？贫道为什么要这么做？"

金海岩道："当年杨暗普将丧父之痛发泄到倪真人身上，以失职的罪名将你逮捕下狱，折辱了你两年。而事实上，毒杀杨琏真迦的，正是汪女官。你积怨未消，转而迁怒于她，也是极有可能的。"

倪昭奎大为称奇，问道："你怎么会知道这些？"

金海岩冷笑道："倪真人可知道世上没有不透风的墙？何止我知道，杨暗普早就知道了，不然他为何性情大变，还那样对待你？还不是因为他没有办法去向伊儿汗国的汪女官复仇，便将一腔怒气转而发泄到你身上。"

顿了顿，又道："若是倪真人想问杨暗普怎么会知道真相，我也可以实话告诉你，是前海漕万户朱清告诉他的。朱清收买了行馆执役，偷听到了阔阔真公主和汪女官的谈话，是以知道了真相。"

倪昭奎道："原来是这样。这也算解了我心中的一处疑问。"

倪昭奎叹了口气，朝弘仁寺指了指，道："就算你说的都是对的，我对旧事怀恨在心，有心报仇，但杨暗普近在咫尺，我为何不去杀他，反而要来找汪小佩？不管怎么说，她跟海容父亲到底还是……"

金海岩失声道："你是说，杨暗普人就在皇宫之中？"

倪昭奎道："原来你还不知道这件事。是了，你是汪女官的随从，新从伊儿汗国回来，当然不会知道了。"

金海岩也不理会倪昭奎的嘲讽，回头看了暖亭一眼，便转身离去。

杨载问道："现下怎么办？"

贯云石拱手道："二位大可自便，我已经命人知会枢密副使札合，他很快就会率人赶至现场。"

杨载遂道："如此也好。贯学士，望你节哀顺变，不要因令姑之死伤了身子。"

贯云石点了点头，又告道："正月十五时，廉园万柳堂会有一场元宵宴会，欢迎二位前去做客。"

倪昭奎奇道："廉园就是廉老夫子的花园别墅吗？贫道久仰大名。"

贯云石道："那么倪真人一定要来。就算我人不去，也会请表兄送请帖给二位。"

拱手作别后，贯云石便独自进了暖亭。杨、倪二人走出老远，仍然能听到亭中传出的啜泣声。

倪昭奎叹道："这位贯云石贯公子，也是性情中人，就是太压抑自己了。"

杨载道："贯云石出生的那一年，刚好他祖父阿里海牙被逼自杀。知情者都说，贯云石不执着于名利，主动让爵，跟这件事大有干系。"

倪昭奎刚要答话，忽有一队蒙古军士急奔过来。领头者认识杨载，问道："杨学士可有见到一名色目人打扮的男子？"

杨载道："有见到啊，好多呢，都往兴圣宫去了。还有啊，我不是学士，是编修，告诉过你好多次了。”

领头军士不及多言，匆忙率军士赶去兴圣宫。

众军士已急急离去，杨载见倪昭奎仍停滞不前，只朝兴圣宫方向张望，问道：“怎么，你还想插手金海岩之事？放心，他的真实身份不曾暴露，又有伊儿汗国使者这层幌子，定能全身而退。”又道：“难道你不惦记公望吗？”

倪昭奎骤然醒悟，道：“是了，你我该去找公望才对。今日是新年的第一天，若是三名老友能齐聚一堂，当真是天大幸事。只是不知他人住在哪里。”

杨载道：“不是说他在御史台任职吗？去御史台找当值的官员问一下便知道了。”

倪昭奎思忖道：“或许我能猜到公望住在哪里。”

杨载根本不信，哈哈大笑道：“怎么可能，京师这么大，你又是第一次来大都，人生地不熟。”又打趣道：“莫非咱们倪真人当真修道有成，能掐善算？”

倪昭奎道：“能远楼。”

杨载笑声戛然而止，他猛地一拍脑门，叫道：“是了，能远楼！公望极可能住在能远楼！”

元世祖忽必烈建立元朝时，最初建都于上都，上都位于大都正北一千里处，位置偏僻，交通不便，气候也相当恶劣。时人称“上京六月凉如水”，又有“上京六月冷于秋”之语，夏六月便有冷冰之说，足见上都是多么寒冷。

而当时的大都名燕京，曾为金朝中都，除了已有相当建制的城池外，且春、夏、秋、冬四季分明，自然环境比上都要好许多。忽必烈最终决定迁都。新的都城名为大都，由汉人大臣刘秉忠负责整体规划，花剌子模人亦黑迭儿丁设计，郭守敬担任都水监。

大都并没有沿袭金中都的位置，而是营建于金中都的东北郊。整座城池呈南北略长的长方形，分外城、皇城、宫城。

宫城即皇宫大内，沿袭了中原王朝“居中不偏”“不正不威”“至高无上”的皇权至尊传统，处在最里层，且位于整个大都的中轴线上。

外城四面城墙为砖城，周围有护城河环绕。南城墙开三门，中为丽正门，西为顺承门，东为文明门；西城墙开三门，南为平则门，中为和义门，北为肃清门；东城墙开三门，南为齐化门，中为崇仁门，北为光照门；北城墙开二门，东为安贞门，西为健德门。

城墙笔直，且都有马面。各城门处均建有瓮城，除齐化门、和义门的瓮城为方形外，其余城门的瓮城均为圆形。

城内街道基本上呈棋盘形，各个城门之间道路都是干道，为宽阔平直大道，阔二十四步，可通马车，却不直通，呈九经九纬状：丽正门是大都的正南门，正对皇宫，可以直通天街，一直往北到海子；从文明门进城，往北到光照门内大街，相交成为丁字路；从北部健德门进城后，大街往南直通海子，拐向东南；从安贞门进城，往南直通崇真万寿宫。

东西方向的大街也不直通。从齐化门到平则门之间有皇宫、太液池相隔，从崇仁门到和义门之间有海子相隔，从光照门到肃清门之间有北宫相隔。

大街两旁，还修有排水沟渠，皆用条石砌成。

除大街之外，城里还有小街、大巷、胡同，小街阔十二步，大巷共计三百六十四条，胡同二千九百条，多为东西方向，由此形成“大街小巷”的布局。

因蒙古起自草原，元廷对绿化十分重视，所有街道两旁，都种上了花草树木。时人多作诗以述其景，如“文明街上千株树，尽是都人手种成”，又如“今年五月燕山路，夹道槐阴不知暑”。其他如“九衢荡荡绿槐风”“都门辇路花万株”“都门四十里青青”等诗句，不胜枚举。这些花木既装饰了大都街景，也改善了城中居民的生活环境。

新建的大都比旧燕京城宽敞许多，城内共五十坊，十万户，市集三十多处，分散在皇城四周的城区和城门口百姓集结地带，钟楼和鼓楼则是全城商业活动中心。

中部及东城区为官府、贵族宅邸集中地，高档商市较多，如文籍市、纸札市、靴市等。

北城区积水潭一带成了南北漕运的终点码头，往来商旅络绎不绝，是全城人流来往最频繁之地，附近一带由此形成繁荣的商业区。位于积水潭北岸的斜街最是热闹，除了生意最好的歌台酒馆外，米市、面市、帽市、缎子市、皮帽市、穷汉市[1]、金银珠宝市、铁器市、柴炭市、鹅鸭市等也是一应俱全。

顺承门内羊角市也是大都城内繁华之地，有羊市、马市、牛市、骆驼市、驴骡市等，为牲畜交易市场集中处，买卖奴隶的人市也在此处。

除此之外，和义门、顺承门、安贞门外各有果市，中书省前有文籍市、纸札市，翰林院东有靴市，丽正门外三桥、文明门丁字街、和义门外各有菜市等。

能远楼位于积水潭斜街街尾，距离漕运码头颇近，可凭窗眺望海子。酒楼旁边刚巧有一片山岗挡住了码头，算是闹中取静之地。

黄公望确实住在能远楼，而且住在最贵的贵宾楼。倒不是他想住贵宾楼，而是每年元旦时，各国各地均有赶来大都朝拜的使者，而使者通常带有大量随从，使者可以住官方驿馆，但随从太多的话，便只能住客栈，是以每逢重大节日，京师客栈、酒楼总是无一例外地爆满。一个月前，黄公望随长官张闾抵达大都，因一时难以租到合适的住处，便选择住客栈，首选自然是声名远播的能远楼。

能远楼虽然一早满员，但店家王年交听说黄公望在御史台当差后，有心巴结，便告诉他贵宾楼的第一层、第二层被人花大价钱

[1] 一些城市贫民既无资产经商，又无手艺做工，为了糊口，只能从事简单的体力劳动，这种廉价劳动人口集中处被称为穷汉市。穷汉市中除了贫苦劳力外，还有一种特殊人群——乳妇，即俗称的奶妈。

全包了。包下第一层的是个生意人，名叫杜倍，侍从众多，刚好够住。包下第二层的则是个名叫陈宝生的大富商，一包就是一年不说，且只有一个人。他自己住了东边最大最豪华的套房，而剩下五套房则全部空着，这其中还包括格局跟东套房一模一样的西套房。

刚巧陈宝生出去办事，店家王年交便叫住他，说明了黄公望的情况。那陈宝生十分年轻，不过二十余岁，一张脸晒得通红，根本看不出半分富家子弟的样子。他本满口拒绝，但后来听说黄公望来自永嘉，便称自己也是南人，不但同意让黄公望入住西套房，还大打折扣，仅仅象征性地收了一点钱。

黄公望刚道了谢，又有一名年轻女子来到柜台，非要入住能远楼。她听说陈宝生一人包下一层贵宾楼后，便上前纠缠不休。陈宝生无奈，也只好同意那女子入住，让她在剩下的四套空房中随意选。

那女子听说其余四套房是南北相对，而西套房是南北通透，面积比那四套房要大上一倍多，便又来纠缠黄公望。黄公望本就无所谓，不过是想寻个临时住所，当下应了，跟那女子换了房。

那女子这才满意地笑道："多谢黄先生让房。我们现下是邻居了，认识一下吧，我叫郑榕，榕树的榕。"

黄公望早已娶妻生子，本没有心思跟那女子搭讪，忽听到她名字中带一个"榕"字，不由得心里一颤，立时想起了当年与金海容在西湖酒肆相识的情形。那是他曾下定决心要娶作妻子的女子呀，就那么离奇地从他的生命中消失了，他甚至不记得她的样子了。

当年海漕万户朱清以借调名义将黄公望变相拘禁在太仓，无非是要引金海容主动现身。而黄公望答应以书吏的身份为朱清效力，则是因为朱清保证不再追查金石父女下落。双方就这样僵持了一年。一年后，黄氏长辈坚持要为黄公望迎娶未婚妻叶氏，朱清倒也大度，放黄公望还乡，还赠送了路费。

婚礼结束后，黄公望度过短暂的假期，便又返回了太仓。朱清很是感叹，道："你为了金海容，肯屈身于此，而金海容在你娶妻时也不曾露面，看来正如旁人所言，她对你并无多少真情实意，之前不过是在利用你而已。”

又过了一年，叶氏产下一子，黄公望趁机请辞。朱清已对金海容失去了兴趣，又正好赶上元世祖忽必烈去世，而朱清之前一直认为晋王——之前的梁王甘麻剌最有机会继承大统，便将全部赌注压在了甘麻剌身上，结果最后是梁王的三弟铁穆耳做了皇帝，因而朱清的当务之急是讨好新皇帝，遂决意放手，允准黄公望辞职不说，还赠送了黄公望一大笔礼金。

离开太仓、回到家乡后，黄公望的生活就简单多了，无非是孝敬长辈、爱护妻儿。他仍心怀凌云之志，但之前诸事，如朝廷胡乱用人，竟在理算杨琏真迦后火速提拔其子杨暗普任江浙行省长官；杨暗普不思做好地方长官而是疯狂报复倪昭奎等事，对黄公望打击极大。他有心再度进入官场，却又视官场为险途，不是于他个人有何风险，而是他相当清楚，在当今时局下，自己注定难以有所作为。

好的是，自从黄公望结婚生子，黄氏长辈们便不再以光宗耀祖来要求他，至少明里如此。黄公望虽然感觉对不起养父的殷殷期望，但心理上的负担还是减轻了许多。

然而当杨载以布衣召为国史院编修的消息传来后，黄公望还是感到了切切实实的失落。他不是不为老友高兴，而是与杨载所取得的成就相比，他实在有些自惭形秽。甚至连出家为道的倪昭奎，也成了江南道教的首脑人物，为朝廷所重视。

但他又能怎样呢？他已过不惑之年，既无杨载之文名，又缺倪昭奎之灵性，难以效仿二人。

转机起于半年前——时任江浙行省平章政事的张闾忽然派人来找黄公望，称听到官署老吏对黄氏夸赞有加，是以想聘请他做书吏。黄公望既意外，又有些受宠若惊，毕竟这是二十年来第一次有行省长官派人来聘。但他经过深思熟虑后，还是拒绝了，因为张闾在江浙行省任上时，并没有什么好声名。

张闾的手下离开后，黄氏族人都指责黄公望不该这样拒绝堂堂行省长官的聘请，甚至还有“好吃懒做，坐吃山空”一类的风言风语。黄公望深受刺激，也颇感后悔。

过了两个月，张闾竟再度派人来，称仁宗皇帝新即帝位，他也将要调入中书省担任要职，希望黄公望能再考虑一下，即便不愿意直接入中书省担任书吏，鉴于他之前有在浙西廉访司任职的经历，也可以安排他进御史台任职。黄公望终于心动，答应随张闾进京，遂有后来之事。

独在异乡为异客，每逢佳节倍思亲。对每一个在外漂泊的游子而言，节日总是格外难熬，尤其是新年这样的重大日子。

御史台新年照例放假三日[1]，黄公望也未外出，只待在房间中，守着火盆发愣。忽有人敲门，开门一看，竟是“邻居”郑榕。

黄公望先是一怔，随即问道：“小娘子有事吗？”

郑榕笑道：“我刚下楼点了些酒菜，一会儿让他们送来这里。”

黄公望又是一怔，问道：“送来我房中吗？”

郑榕道：“我不想孤孤单单地过新年，黄先生不也是一个人吗？我们正好结个伴。还有房东，也把他叫上。”

黄公望问道：“谁是房东？”

郑榕道：“住在那边东套房的陈宝生啊。我二人住的房间，都是他预先包下的，他不是房东是什么？”

[1] 元世祖至元元年（1264 年），元世祖忽必烈对官员休假日做出规定：“若遇天寿（忽必烈生日）、冬至，各给假二日；元正、寒食，各三日；七月十五日、十月一日、立春、重午、立秋、重九、每旬，各给假一日。”至元十四年（1277 年），又对每月的假日进行了调整，将每月初十、二十、三十日放假，改为初一、初八、十五、二十三及乙亥日放假，并规定这几天不许杀生。从假日的安排可以看出，元代的岁时活动，基本遵循汉地的传统习俗。但是元朝皇帝每年都要带领大批随从人员前往上都避暑，一年中有近半年的时间在上都度过，所以元代宫廷的四季节庆活动，尤其是春、夏、秋三季的活动，往往受到影响，会有一些特殊的安排。又，在中国历史上，“生日之礼古人所无”（顾炎武《日知录》）。唐代唐玄宗定自己生日为“千秋节”，首次规定以皇帝生日为官方节日，官员放假一到三天，对罪犯施行大赦，后世因之沿袭。在皇室的引领下，庆生习俗才慢慢在民间普及开来。宋代，皇帝生日的名称有“长春节”（开国皇帝宋太祖赵匡胤诞辰日）、“寿宁节”“寿圣节”等。“天寿节”是忽必烈的诞节名称。到清代，帝后生日最常用的词语包括：万寿节（皇帝生日）、千秋节（皇后生日，有时也可以用于皇太后生日）。

黄公望踌躇道："这个，怕是不好吧？"

郑榕笑道："有什么不好的？"也不待黄公望拒绝，自行跑去叫陈宝生。拍了半天门，无人相应，只得悻悻回来，道："房东不在房中，应该是出门走亲访友去了。"

黄公望道："小娘子是一个人在京师吗？你我男女有别，共处一室，怕是多有不便。"

郑榕先是一怔，随即哈哈笑道："黄先生是怕别人说闲话吗？你的年纪，都足以做我父亲了。"

黄公望道："不错，我长子亦已成人，只比小娘子略小几岁。"

郑榕笑道："那么黄先生还忌讳什么？"

黄公望无奈，只得放郑榕进来。郑榕又道："先生叫我榕儿吧，不要叫我'小娘子'，听着怪别扭的。"

不一会儿，店家王年交亲自引伙计送酒菜上楼，除了郑榕所点的酒菜外，另外还多了一条鱼、一大盘羊肉、两坛酒，摆了满满一案桌。

郑榕奇道："这几样我没点啊。"

王年交笑道："今日大年初一，多出来的都是送的，算是小店的一点心意。"

郑榕为人爽朗，也不客气，当即照单全收。又问道："这是什么酒？我可喝不惯你们大都的奶酒，葡萄酒也不好喝，一股酸酸的怪味，跟我以前喝过的大不一样。"

王年交笑道："大都的葡萄酒都是官卖，用葡萄纯酿[1]，跟以前

[1] 唐代诗人王翰有"葡萄美酒夜光杯"之句。王翰（其事迹可参见吴蔚小说《璇玑图》）提到的"葡萄酒"，为粮食和葡萄混酿。而元代的酿造方法是将葡萄捣碎入瓮，利用葡萄皮上带着的天然酵母菌，自然发酵成酒。元诗人周权有《葡萄酒》诗记载这种酿酒方法："累累千斛昼夜舂，列瓮满浸秋泉红。数宵酝月清光转，秾腴芳髓蒸霞暖。酒成快泻宫壶香，春风吹冻玻璃光。甘逾瑞露浓欺乳，曲生风味难通谱。"又，据《元典章》记载，元大都的葡萄酒基本上都是官卖，即由官府垄断经营。元廷为此专设大都酒使司，负责向大都酿葡萄酒的酿酒户征收税。而大都坊间的酿酒户，有起家巨万、酿酒多达百瓮者。

中原混合粮食发酵的酒大不一样，小娘子喝不惯也正常。至于这两坛酒，不是槽房[1]的五谷酒，是鄙店用粮米自酿的酒，而且不是传统的‘绿蚁’[2]，鄙店自酿的酒呈清亮的黄色，故而取名为‘黄酒’[3]。我听二位说话都带着南方口音，料想应该是南人，这黄酒绝对合二位心意。”

伙计已将酒坛泥封挖开，黄公望深吸一口气，道：“好香。”

王年交笑道：“我一看便知黄先生是懂酒之人，而且酒量不凡，所以特意多拿了一坛。”

黄公望自辞官还乡之后，竭力克制，已极少饮酒，此刻闻见酒香，心中酒念登时蠢蠢欲动，一股豪情直冲上头，便也不客气，抱拳道：“多谢。”

王年交又道：“对了，楼下客堂阁子包间中有一位贵客，听说黄先生住在这里，也想要上来拜访。”

黄公望问道：“是谁？”不待店家回答，便道：“快些请贵客上来。”心想不管贵客是谁，多了一人饮酒，便不会有人嚼舌根，毕竟郑榕是女孩子，风言风语会令其清白有损。

[1]槽房，又作槽坊、酒坊，指用粮食造酒的作坊。槽房酒主要用来供应大都平民等非官宦人家。

[2]古代酒酿，尤其家酿较为粗糙，未经过榨煮过程，酒熟后即可过滤饮用。过滤不净的话，碎米、碎渣浮在酒面，甚至有的连酒糟也没有滤出，因此被称为“浊酒”，表面的浮物则称为“玉浮梁”。古人既说喝酒，也说吃酒，即表示喝酒时连同酒糟等杂质一起吃下。由于浊酒不够纯净，即《释名》所言“酒有沉齐，浮蚁在上，沉沉然如萍之多者”，时间一长，酒面浮物就变成了淡绿色的如蚁的糟沫，故而酒又多了“绿酒”“酒绿”“绿蚁”等称谓。唐人白居易有诗云：“绿蚁新醅酒，红泥小火炉。晚来天欲雪，能饮一杯无？”

[3]据考，元代已出现“黄酒”（真正意义上的黄酒）的称呼。元朝为一个民族大融合的朝代，东西方交流盛况空前，许多西方技艺被引入中国，如葡萄酒酿造等，工艺均与前朝大不相同，东西、南北工艺大融合，促进了整体酿酒业水平的提高。随着工艺的进步，中国传统的发酵米酒不再呈现绿色，而是变为黄色或棕黄色，此即米酒的最高境界——“黄酒”。这是因为在酿造、贮藏过程中，酒中的糖分与氨基酸形成美拉德反应，生成类黑精的物质所致，而黄酒的色泽会随贮存时间的增加而变深，这也是黄酒又名“老酒”，越陈越香、越陈越好的原因。元末明初杂剧作家贾仲明有《吕洞宾桃柳升仙梦》杂剧，第一折中，有酒保念词道：“酒店门前三尺布，人来人往寻主顾。黄酒做了一百缸，九十九缸似头醋。”明确指出黄酒的概念。《清诗铎》所收吴升的《薄薄谣》也有“黄酒价贵买论升，白酒（此白酒非今白酒，而是米酒）价贱买论斗”之句，表明当时的黄酒由于品质更高，在价格上已与低档次的传统米酒拉开了很大距离。

有人应道："是我。"

一名年近四旬的男子出现在门口，虽然面貌变了一些，却依稀能认出来，正是现任高丽国王忠宣王王璋。

黄公望原以为贵客会是老友杨载，却料不到竟是王璋，忙迎上前行礼，道："世子……不，大王。"

王璋忙道："你我本是旧识，不必拘礼，就当是老朋友来访。"

郑榕见王璋挥了挥手，店家便率伙计毕恭毕敬地退了出来，房间门外又出现了四名黑衣侍从，分立左右，不禁好奇地问道："他是谁？"

黄公望微一踌躇，即道："高丽王。"

郑榕"啊"了一声，道："你就是那个先当过一次国王，后来被废，而后又当了国王，却总留在大都的高丽王吗？你看起来也不老啊，怎么经历了那么多事？"

黄公望忙道："榕儿，不可无礼！"

王璋笑道："不碍事。"回身举了举手，示意侍从掩上房门，这才问道："黄先生是何时来了京师？"

黄公望道："大概一个月前吧。"

王璋道："听王店家说，黄先生现今在御史台任职？"

黄公望当即抱拳道："惭愧，黄某一事无成，迄今还只是个小小书吏。"

王璋本待提起杨载之风光，听了这话，便止住了话题，笑道："来，你我今日把酒言欢，好好叙叙旧。"

黄公望遂请王璋坐了上首，又问道："今日皇宫不是有大型宴会吗？大王如何会独自在能远楼饮酒？"

王璋脸色登时黯淡了下来，长长叹了口气，才道："本王的那些事，黄先生想必都听说了。"转头看了郑榕一眼。

郑榕忙道："大王不必理我，就当我不存在好了。"

王璋遂道："今日是赵丽的生辰。"提及心爱的赵丽赵妃，自是满腹辛酸往事——

原来当年确认聚远楼投毒为高丽人所为后，高丽王世子王璋当即率人赶回了高丽。赵丽当然也在随从之中，不过她已摇身变为世子心腹大臣赵仁规之女，堂而皇之地跟在了王璋身边。

扈从王璋的大将军印侯原是蒙古人，是王璋生母安平公主的心腹，将赵丽原是美人计“棋子”一事原原本本禀报了安平公主。安平公主大怒，召来爱子，命他立即驱逐赵丽。王璋却坚决要娶赵丽为侍妾，甚至以死相逼。

最终，安平公主还是拗不过爱子，只得同意，召了赵丽进来，褪下手腕上的珠子，亲手为她戴上。如此，就表示承认了赵丽的儿媳身份。

赵丽第一次见到安平公主，见她面带笑容，态度端庄和蔼，与想象中判若两人，还一时不知所措。

等王璋携了赵丽退出，安平公主立时粉脸一沉，拍案怒道：“你们是怎么办的事，竟令世子陷入这样的险境？若不是这赵丽反水，只怕……只怕……”越想越愤怒，当即抓起案上的瓷杯，往地上摔去。

旁人都躬身站在一旁，大气也不敢出。大将军印侯见同伴尽朝自己使眼色，只得勉强上前劝道：“公主息怒。好在世子吉人自有天相，最终化险为夷，林保保等人尽已伏法。臣等再调兵，将首脑人物林惟干剿灭，彻底平了这股武人反贼，为世子出口气。”

安平公主听了连声冷笑，道：“林惟干！枢密副使囊加歹不是说他亲自逮捕的林惟干，绝不可能有假吗？”

印侯忙道：“那是囊加歹自己说的，是为了推脱责任。不过说到底，这也不能怪囊加歹，他又不认识林惟干，怎么知道所逮之人只是替身？”

安平公主怒道：“你们这些人，一个个都是猪脑子，凡事都要本公主来操心。赵丽都已经供出了林保保这些人，他们还有必要冒险杀赵丽灭口吗？”

印侯不知安平公主为何突然转了话题，有些蒙，问道：“公主的意思是……恕臣愚钝……”

安平公主连声骂道：“猪脑子！猪脑子！你好好想想看，林惟干主谋之事已然败露，他的手下为什么还要追杀赵丽？要本公主说，囊加歹逮捕的林惟干就是真的，不是什么替身。”

印侯还是不明白这其中有什么联系，却不敢询问，只好顺口接道：“那么高丽国内的林惟干是有人冒充的了？”

安平公主道：“笨！你亲眼见到有人冒充林惟干吗？”

印侯道：“当然没有。”又硬着头皮道：“臣愚钝，还请公主把话说得明白些。”

安平公主道：“猪脑子！林氏全族都完蛋了，三别抄军也不在了，还冒充什么林惟干！本公主问你，还有谁想害世子？还有谁？”一边说着，一边抬起手臂，朝东边指了指。

印侯“啊”了一声，结结巴巴道：“公主的意思是……是……”他已猜到安平公主认定是前世子王滋派人行刺，却不敢说出口。

安平公主气咻咻地说道：“本来本公主还有一念之仁，却不想他为了夺回世子之位，竟然敢对璋儿下手，而今不得不斩草除根了。”又重重一拍桌案，怒道：“你们还愣在这里做什么，还不去办事！”

印侯忙摆手令诸人退出，自己则小心翼翼道：“公主，这件事……事关重大，还是等查清楚后……”

忽见安平公主伸手去抓另一只杯子，印侯忙躬身道：“臣等这就去办事。”忙不迭地退了出去。

过了一段时间后，忠烈王长子王滋神秘暴死，次子王滑则因骄恣罪名被勒令出家为僧。高丽臣民私下都议论说王滋是为安平公主所害，而王滑侥幸活命，则是因其母盘珠只是宫人，出身卑贱，永远无力与安平公主的亲子王璋争锋。

世上没有不透风的墙，流言最终还是传到忠烈王耳中。忠烈王一下子跌坐到地上，如同小孩子一般号啕大哭起来。侍从、宫人上前搀扶，都被忠烈王大力甩开。众人遂不敢上前，只远远退开，生怕惹上祸事。

忠烈王哭了许久，又自己爬起身来，回到书案前坐下。在场者均以为忠烈王要写奏章弹劾自己的王后安平公主，但事实并非如此——那竟是一封请求继续与元朝通婚的文书。忠烈王称已与大元有翁婿之亲，想亲上加亲，再为世子求娶大元公主。

彼时元世祖忽必烈已死，元成宗铁穆耳在位，接到高丽王的上疏后，欣然同意。元成宗的三个女儿年纪都还小，他也舍不得以亲女下嫁高丽，遂选中长兄甘麻剌之女宝塔实怜公主，令其下嫁高丽王世子。

于是，忠烈王受大元公主钳制、欺凌的命运，也一样降落在其子王璋身上。高丽国人还以为忠烈王爱惜世子，为其求娶大元公主，进一步巩固地位。然有识大臣均知忠烈王是在报复世子，或者说，报复王后安平公主。

元贞二年（1296年）十一月，高丽王世子王璋与宝塔实怜公主在大都举行婚礼，为一时盛事。当日先在皇宫大明殿举行宴会，“皆用本国油蜜果”，诸王、公主及在京文武大臣均参加了婚宴。宴会持续了一整天，一直到晚间才结束。宫中乐伎又奏《感皇恩》之调，以示庆贺。

大明宫宴会后，王璋又与宝塔实怜公主到隆福宫拜见皇太后伯蓝也怯赤。伯蓝也怯赤即真金正妃，元成宗铁穆耳之母，也是宝塔实怜的亲祖母、王璋的舅母。一对新人亲上加亲，伯蓝也怯赤太后很是高兴，在毡帐置酒，一直到深夜，才兴尽罢宴。

但这只是典型的政治联姻，宝塔实怜公主胸无点墨、骄横跋扈，王璋一向不喜欢她，虽然被迫娶了公主做正妃，心中真正挂念的却是人在高丽的赵丽。不过新婚宴尔之际，双方均有所收敛，面子上都还算过得去，表面的风光暂时掩盖了夫妇二人性格上的巨大差异。更何况在大都之时，王璋忙于各方应酬，一时之间，也顾不上更多。

大德元年（1297 年）五月，王璋之母安平公主去世。六月，王璋携宝塔实怜公主回高丽奔丧。

当时有流言说安平公主是遭人暗害而死，毕竟公主还不到四十岁，王璋对此深信不疑，一回到王宫，他便对父亲忠烈王称，母后之死是受某些受宠者诅咒所致，要求彻查母后死因。

忠烈王畏惧儿子背后的元朝势力，不敢公然反对，只建议等服完丧后再说。王璋却置若罔闻，派人逮捕了宫女无比和宦官陶成器、崔世延等七人，对他们施以各种残酷刑罚，迫使他们招供，再以“将公主诅咒致死”的罪名将诸人处死。又流放相关人等四十余人，使“国人震慑”。

牵连之人，均为忠烈王心腹，其中宫女无比更是忠烈王最宠爱的女子。明眼人都知道忠烈王与世子虽有父子之名，却无父子之情，他们之间的宿怨由来已久，矛盾日益尖锐，王璋是在借母亲之死向父亲报复。无论如何，王璋之雷霆手段，令整个高丽都为之胆战心寒。

除此之外，王璋还提拔印侯、金珲、洪奎、郑可臣等心腹亲信到高丽朝中担任要职，树立起自己的权威。

最为奇特的是，彼时王璋已有二子王鉴、王焘，均为蒙古侍妾也速真所生，他却收养了同父异母的兄长王滋——已故高丽前王世子——之子王暠，视为己子，封延安君，养育于宫中。宫人们都说，王璋对侄儿王暠的宠爱，远远超过了亲生儿子。

忠烈王身为国王，不但无法阻止心爱的女子被杀，而且连手中的朝政大权也被亲生儿子一步一步架空，不得已向元朝上表，请求退位。表文由高丽宰相佥议中赞郑可臣拟写，由大臣赵仁规奉表赴元。元成宗收到禅让奏表后，便顺水推舟，册封王璋为高丽国王，忠烈王则改封为逸寿王。

大德二年（1298 年）正月十九日，接到元朝诏书的忠烈王正式传位给儿子王璋，自己退居已故大臣张舜龙的府邸，号称德慈宫。

王璋即位为高丽忠宣王，又率百官来到德慈宫，尊奉忠烈王为光文宣德太上王。忠烈王身穿黄袍，忠宣王身穿紫袍，一道接受臣民的朝贺。忠烈王是高丽王朝乃至朝鲜半岛历史上第一位正式的太上王，故被称为“三韩罕有之盛事”。

为了安抚父亲，弥补忠烈王失去无比后的空虚，王璋还找了个姓金的美貌寡妇[1]，封为淑昌院妃，献给忠烈王。

王璋在政治上取得了极大成功，如愿坐上了高丽国王的宝座，但后宫却不平静，不平静的根源，自然来自大元公主宝塔实怜。

昔日忠烈王执政，王后安平公主亦处处挟制，忠烈王均忍气吞声，任凭安平公主胡作非为，哪怕一国之主的面子扫地。安平公主虽完全凌驾于国王丈夫之上，倒也没有进一步的过分之举。都能当众殴打丈夫，还能怎么过分呢？到晚年时，安平公主甚至还允许忠烈王亲近别的女子。

但王璋之性情却与其父大不相同——忠烈王对王后安平公主又敬又怕，不敢有丝毫忤逆；王璋则颇有个性，娶宝塔实怜公主为正妃后，便将其置于深宫，表面敬重有加，其实是冷落一旁，不予理睬，只宠幸最爱的赵妃赵丽。

宝塔实怜公主的性情与安平公主如出一辙，她自然妒火中烧。她自幼娇宠，没读过什么书，也无甚见识，身边更没有得力心腹，只是不断地大吵大闹，以此来向丈夫示威。王璋早有准备，总是以老办法来应付，不理不睬。

对宝塔实怜公主而言，她的处境堪忧。虽然她背后有大元做靠山，但自古以来，嫁出去的女儿，泼出去的水，她既嫁到了高丽，这辈子都只能是高丽人。

而宝塔实怜公主最大的问题，在于她没有生下一儿半女。王璋二子均为懿妃也速真所生，而也速真亦是蒙古人，原是安平公主

[1] 该金氏为高丽大臣金良鉴之女，初嫁进士崔文，后入宫为忠烈王妃，忠烈王死后，又被忠宣王收继，封为淑妃。

的心腹侍女。按照元朝控制高丽的传统，如果宝塔实怜公主不能生出儿子，那么下一任高丽国王将是也速真之子。王璋本人是子凭母贵，宝塔实怜公主虽是大元公主兼高丽王后，身份尊贵至极，但要保持住这份荣光，就只能母凭子贵。

为了让丈夫亲近自己，宝塔实怜公主便写了一封信给祖母伯蓝也怯赤太后，声称她被赵丽诅咒，以致失宠于高丽国王。公主的两名心腹随从阔阔不花和阔阔歹带着这封信，启程前往大都。

忠宣王王璋听说宝塔实怜公主派出信使后，也有所畏惧，急派心腹朴瑄去追阔阔不花和阔阔歹兄弟，询问书信的内容。阔阔兄弟非但不答，反而将朴瑄痛打了一顿。

忠宣王王璋闻讯，急忙派人去向阔阔兄弟赔罪，送上许多家产奴婢。阔阔兄弟这才出声指点，称关键仍在宝塔实怜公主身上。忠宣王王璋虽然努力弥补，但他十分厌恶宝塔实怜公主，不愿意亲自面对她，便请父亲太上王忠烈王出面，携带许多贵重礼物，前去抚慰宝塔实怜公主。宝塔实怜公主见丈夫都不肯亲自来赔罪，愈发气愤，继续派阔阔不花回元朝送信。

阔阔不花尚在途中，又有兴风作浪者在宫门上张贴匿名告示，揭发朝中重臣赵仁规之妻正在诅咒宝塔实怜公主，让忠宣王不爱公主，只爱她的女儿赵丽。

宝塔实怜公主听说后，立即下令逮捕赵仁规全家，包括忠宣王王璋最为宠爱的赵丽，将他们囚禁于巡马所。

忠宣王王璋见事情闹大了，忙亲自去见宝塔实怜公主，苦苦哀求，告知赵丽并非赵仁规的亲女，赵仁规妻子根本不可能诅咒公主。高丽元老金方庆等人也出面劝宝塔实怜公主收手，宝塔实怜公主一概不听。但赵仁规是高丽重臣，宝塔实怜公主在高丽根基不深，也不敢随意处置他，只派人赶赴元朝，控诉此事。

不久后，宝塔实怜公主的心腹阔阔不花带着伯蓝也怯赤太后的使者来到高丽，出示元成宗的圣旨，正式下令逮捕赵丽及相关人等。赵仁规之妻受到刑讯，备受摧残，情状极其惨烈。赵妻不胜苦楚，被迫诬服，且屈打成招后即死于狱中。伯蓝也怯赤太后的使者遂带着赵妻的认罪状回国。

后元廷又派人来到高丽，将赵仁规和赵丽押解回元朝。为审理此案，先后往返高丽的元朝使者多达一百多名。最终证实了赵丽并非赵仁规亲女，赵仁规遂被释放回高丽。

忠宣王王璋多次派人前往元朝，元廷只称赵丽下落不明，传闻已被伯蓝也怯赤太后下令以“教杀时血不教出”的方式残酷处死。

忠宣王久在元朝，知道蒙古人处死有身份的贵族多用不见血的方式，且男女处决方式有所不同——

男子被捆绑后裹进毡毯，然后被反复拖曳抛甩，受簸震至死。当年东道叛王乃颜即受此刑而死，受元世祖忽必烈宠爱的威尼斯商人马可·波罗还将详细的行刑场面写进了其游记中。

女子则是被剥去衣衫，用线缝住身上的七窍后，再投入水中活活淹死。贵由大汗之皇后海迷失即受此刑而死。王璋简直不敢去想，自己心爱的女子被缝住了七窍后，会是什么模样。

赵丽等人被押回元朝后，伯蓝也怯赤太后又派了五位喇嘛和两名道士来为宝塔实怜公主作法，以祛除诅咒，令忠宣王移情于公主，但收效甚微。

元廷又派高丽旧臣洪福源[1]之子洪君祥宴请忠宣王王璋，试图

[1] 洪福源，本名福良，祖上是唐朝时到高丽来的移民，“唐遣才子八人往教高丽，洪其一也”，为怀念故国，便将留居地命名为“唐城”。其父洪大纯在高丽高宗时任麟州都领。蒙古东进攻打高丽时，洪福源在其父职下任神骑都领，在高丽军节节败退的情况下，洪福源请求与蒙古议和，但遭到权臣崔瑀的反对，洪福源便自己率众千余投降蒙古，蒙古对其大加赞赏，并令其为先锋向导。后高丽难以抵挡蒙古兵锋，被迫议和，洪福源因投诚有功被蒙古人命为高丽东京总管。但以崔瑀为首的武臣并不愿意接受蒙古统治，很快发动兵变，袭杀了留守高丽的蒙古官员。争斗中，洪福源父洪大纯、叔洪百寿被俘，高丽下令以洪福源叛国为由，将其父、叔流放孤岛，洪福源本人则出逃朝鲜半岛北部，率龟州四十余城的降民往投蒙古辽东。彼时蒙古窝阔台大汗执政，为表彰洪福源对蒙古的忠诚，赐其金符，并令其为高丽第一任军民长官。不久，蒙古兴师问罪高丽，一路所向披靡，高丽乞和，献牛羊、皮革、金、银无数，释放洪福源父、叔，并封洪大纯为大将军、洪百寿为郎将。蒙古由此撤军，将高丽降民万余迁至辽东，不久又在辽东沈州设沈阳路安置降民，令洪福源管治。1258 年，洪福源到蒙古本部哈拉和林朝见蒙哥汗，当时高丽宗室王綧以质子入侍蒙古，受蒙哥汗的重用，尚以公主。洪福源到哈拉和林后，先住在王綧家。本来王綧并不反感洪福源，但与其交谈后，对其出卖母国高丽的（转下页）

说服王璋爱上宝塔实怜公主。但事已至此，王璋别说宠爱宝塔实怜公主，就连与她见面，也是一种痛苦的折磨。

这只是家事，还有国事。忠宣王王璋本是有志之人，长年在元朝生活，目光、胸襟远远超过历任高丽国王，即位后力图有一番大的作为。当时的高丽经历了武臣政权和元朝干涉，田柴科制崩溃，社会经济紊乱，土地兼并盛行。忠宣王王璋登基即位后，“好立新法”，立即下令废除政房——此政房为武臣执政时所设，专用来左右朝廷人事——将人事权归属翰林院，由此大大强化了王权。又减少宰相人数，并另设词林院，由科举出身的饱学之士掌管，以分宰相之职。还采取措施，遏制越级超授及录用随从入元人员的现象，鼓励举荐世家子弟以外的德才之士，以澄清吏治。

社会经济方面，忠宣王王璋主要是采取措施强化国家财政，限制土地兼并，打击权门势族，要求归还被强占的功臣子孙的土地，要求寺院及权势之家将冒受赐牌而非法强占的土地或归原主，或纳国税，又命有司核查被“压良为贱”的奴婢。

最受重视的是盐税。忠宣王王璋一即位，便明令禁止“诸宫院寺社与势要之家”私营盐业，又颁布榷盐法，实行食盐专卖，征发盐户，设立盐仓。尽管土地改革因为权门势族的抵制而阻碍重重，最终不了了之，但盐法改革却是卓有成效。榷盐法实施之后，高丽年收入增加了四万匹布，大大充实了国库。

除此之外，忠宣王王璋还下令设立有备仓，并颁布了烟户米法，以赈济百姓。

忠宣王王璋还采取了振兴文教的举措，既以“我国古称文物侔

(接上页) 行为很是不满，于是联合出使蒙古的高丽使者陷害洪福源。王綧妻子是蒙古公主，信奉萨满教，王綧便称洪福源诋毁蒙古萨满。王妻很是不满，跑去告诉蒙哥汗，说洪福源欲谋害蒙古皇族，蒙哥汗遂下令处斩洪福源。使者到达王綧府邸时，洪福源惊悉噩耗，跪泣求恕，王綧为之动容，但不及赶去向蒙哥汗请恕，洪福源被斩，家产没收。三年后，洪福源次子洪俊奇（小字茶丘）为父申冤。彼时忽必烈已为蒙古大汗，遂下令为洪福源昭雪，赠其为嘉议大夫，封沈阳侯，谥忠惠。洪氏因王綧害死洪福源一事，多有倾轧高丽王室之举，如忠宣王王璋就曾多次遭洪重喜（洪福源之孙，长期担任辽阳行省右丞）弹劾。

于中华”而自豪，又叹息高丽“雕虫篆刻之徒实繁，经明行修之士绝少”的局面。即位之初，便赐养贤库银五十斤，用来培养人才，并命令艺文馆搜罗高丽各地有高深学问的人士，任命他们为训导。

忠宣王王璋所实施的一系列改革是全方位的，一方面强化了王权，另一方面则维护了民生。然而，这些措施却触动了高丽权门势族的既得利益，同时也侵犯了宗主国元朝的权威，有“僭越”之嫌。之前有人故意在高丽王宫的宫门上张贴告示，陷害重臣赵仁规的妻子，但并非针对赵仁规本人，此人的目标其实是忠宣王王璋。正是在不断派使者奔赴高丽调查审理赵妃一案的过程中，元廷了解到了忠宣王改革的事实，也就是所谓“僭越”的内幕，决定出手干涉。

大德二年（1298 年）八月，元朝派遣使者孛鲁兀来到高丽，诏宣忠宣王王璋和宝塔实怜公主入朝大都。八月十八日，高丽王宫为忠宣王和宝塔实怜公主举行了盛大的饯别宴会。正当众人酒酣之际，孛鲁兀突然宣布元成宗铁穆耳的圣旨，宣布收缴忠宣王的高丽国王之印，废其国王之位，贬为逸寿王。忠宣王王璋还没反应过来，便遭到蒙古军士逮捕，并被软禁起来。

翌日，孛鲁兀又赶赴寿宁宫，向太上王忠烈王颁诏，称忠宣王“莅政以来，颇涉专擅，处决失宜，众心疑惧，盖以年未及壮，少所经练，故未能副朕亲任之意，今遣使……使之明习于事”，于是太上王忠烈王复位，忠宣王王璋遭废黜退位，而忠宣王王璋在位时间还不到七个月。

忠烈王传奇复位后，之前撰写禅位表文的宰相郑可臣服毒自杀，据说表文中的很多内容都是迎合忠宣王王璋，而违背了忠烈王的本意。

当然，元廷虽令忠烈王复位，却也没有完全放手，专派阔阔出、哈散两名大臣来到高丽，“伴议国事”，等于是监视忠烈王的一举一动。

忠宣王王璋退位后，即与宝塔实怜公主一道被元廷使者孛鲁兀挟裹到大都。

元廷召王璋入朝，不过是为了阻止他在高丽国内行新法之政，并协调他与宝塔实怜公主之间的关系，倒也没有对他怎样，王璋依旧在大都过着优渥的生活。但是忠烈王和忠宣王父子长期不和，王璋的心腹大臣印侯等人认为，王璋失位是其父忠烈王从中挑拨离间所致，决意展开反击。

大德三年（1299 年）正月，印侯向元廷钦差哈散告发高丽万户韩希愈谋反，因韩希愈是忠烈王心腹，自然会牵连忠烈王。

哈散接报后很是重视，密令其子前往高丽王宫侦探动静，但其子回报说一切正常。哈散仍不敢怠慢，又逮捕了韩希愈，还请来忠烈王一道审讯，同样查无实据。忠烈王明白这是有心人从中作梗，为了自保，遂主动将韩希愈等相关人员流放到海岛。

印侯却不满足，因为他希望韩希愈的招供会牵扯出忠烈王，于是将事情闹到元廷。元廷不知真假，遂召哈散回京。

哈散为人还算公允，如实向元成宗回奏，称此事是印侯为了让忠宣王王璋复位所罗织的阴谋。元廷遂命人将韩希愈等涉案人员押到元朝复审。

刚好此时皇太后伯蓝也怯赤去世，忠烈王入朝吊丧，亲自向元朝解释，元廷这才释放了韩希愈等人。

韩希愈事件后，哈散再次上奏，称高丽国王无法弹压其众，请求派流官[1]与忠烈王共同治理高丽。元成宗批准此议，任命阔里吉思为征东行省平章政事，耶律希逸为左丞，从此对高丽展开事无巨细地干涉。

阔里吉思认为高丽有横征暴敛、民少官多、刑罚不中等诸多弊

[1] 流官，朝廷任命的不世袭，有品级，有任期的官员。历史上有著名的“改土归流”事件，“土”指土司，“流”即指流官。自元朝始，西南少数民族地区开始实行土司制度，明朝沿袭元朝的统治办法，设宣慰司、土知府等各级政府机关，任用少数民族首领担任土司长官，允许世袭，但他们必须忠于朝廷，按期给朝廷交纳贡赋。明成祖永乐年间，西南两宣慰司发动叛乱，明朝平定叛乱以后，改设贵州布政使司，从此贵州成为省一级行政单位。这种取消土司衙门、改由朝廷派流官直接统治的变革，称为“改土归流”。但明朝实行的地区很有限，到清朝雍正年间，开始了大规模的“改土归流”，大量委派流官代替土司。

端，决意拿高丽奴婢制度开刀，下令将父母中有一个是良民的奴婢予以解放。忠烈王搬出了元世祖不革土风的圣旨，请求制止阔里吉思等人干政的行为。元成宗最终妥协，召还流官阔里吉思等人。

流官事件对高丽的影响很大，国中有人将此事归咎于忠宣王。高丽朝廷急遽分化为两派，以宰相宋玢为首的忠烈王派及以宰相洪子藩为首的忠宣王派，双方由尖锐对立，迅速发展成不择手段地争权夺势。

忠烈王因王后安平公主已死，等于失去了一大靠山。而忠宣王在触怒元廷之后，仍然能够在高丽国内有影响力，其元世祖外孙的身份其实微不足道，真正有效的是其正妃宝塔实怜公主。忠烈王派认为，只要能争取宝塔实怜公主的支持，便等于除掉了忠宣王的靠山。而忠宣王夫妇二人长期不和，正好给了忠烈王派机会。但宝塔实怜公主到底是忠宣王的妻子，如何让她背叛丈夫呢？

忠烈王派想出了一个办法，这便是令宝塔实怜公主改嫁。忠宣王的妻舅瑞兴侯王琠正在元朝做禿鲁花，也就是高丽人质，其相貌英俊，又与宝塔实怜公主年纪相当，正是最合适的人选。

尽管元廷做出了种种努力，想让忠宣王王璋和宝塔实怜公主产生感情。宝塔实怜公主为自己的利益考虑，也多次向王璋示好，但宝塔实怜公主害死了王璋最爱的赵丽，王璋心中实不能释怀，夫妇关系总是十分冷淡。王璋甚至表示宁愿出家为僧，也不愿意与宝塔实怜公主同房。

而宝塔实怜公主也是耐不住寂寞的人，为了满足肉欲，不时与近侍淫乱。王璋发现后，对公主更加不屑，夫妇就此分居。宝塔实怜公主十天半个月见不到丈夫一面，一怒之下，她干脆搬去了祗候司居住，方便与下人通奸。

这时候，瑞兴侯王琠出现了。王琠容貌出众，有贵族风范，总是穿着华丽服饰出现在宝塔实怜公主面前，眉目传情。宝塔实怜公主有所意会，她自知与忠宣王王璋再无和好可能，也不想就此守活寡，便有意改嫁瑞兴侯王琠。而她的改嫁，也就意味着元朝将要扶持瑞兴侯王琠做忠烈王的继承人。

既然宝塔实怜公主已经动心，忠烈王便派闵萱出使元朝，上表请求让宝塔实怜公主改嫁。闵萱抵达大都后，见忠宣王王璋在元廷中仍然得势，心中畏惧，不敢进奉此表。

不久后，忠宣王王璋在皇家行在[1]香水园游玩时，遇到刺客行刺，险些当场丧命，全靠随从舍身搭救，方才化险为夷。

香水园遇刺事件令忠宣王王璋大为恼怒，认为父子情谊到此已全部完结，指使心腹展开激烈反击——

在元朝国内，忠宣王派利用“谋归日本”的罪名，设法铲除了忠于忠烈王的石胄、石天补父子。

在高丽国内，忠宣王派的大臣洪子藩、元冲甲、金深等又发动政变，包围王宫，逮捕了忠烈王的心腹吴祁，派人把他押送到元朝，并“建议”忠烈王向元朝请求放忠宣王王璋回国。

忠烈王派为了挽回局面，请求忠烈王利用入朝的机会，亲自向元朝建议，将宝塔实怜公主改嫁瑞兴侯王琠。忠烈王同意了，然而他人还在途中，便接到了元廷不许他入朝的诏令。

忠烈王派的宋邦英、宋璘、宋均等见忠宣王在元朝根基犹在，便派人用畏兀儿体蒙古文冒写反信，以诬陷忠宣王。不巧的是，这封信意外落入了元朝使者塔察儿手中，计划未能进行，便先行败露。

元廷对双方倾轧了如指掌，多次派人出使高丽，协调忠烈王、忠宣王父子矛盾，并且抓捕陷害忠宣王的宋邦英等人到元朝。忠烈王失去心腹大臣的支持，不得不向元朝请求让忠宣王归国，意图再度退位以求自保。

忠烈王派虽然失败，但忠宣王因失去宝塔实怜公主的支持，也处于相当不利的地位。当时元成宗病重，成宗皇后卜鲁罕掌握朝政

[1] 行在，天子巡行所到之地。历史上最著名的行在为杭州。靖康之变后，宋室南渡，宋高宗为显示收复故土的决心，在杭州设立临安府（意为临时安顿之意），称之为行在。《马可·波罗游记》及同时期的西方著作均将杭州称为行在，可见直到元代早期，行在仍是对杭州最常见的称呼。

实权。被逮捕到元朝的宋邦英宋氏家族曾与元成宗的乳母联姻，又与卜鲁罕皇后宠爱的高丽出身的宦官李福寿过从甚密，因而宋邦英等人虽有诬陷忠宣王之实，却未被进一步追究，他们很快就在皇后卜鲁罕的庇护下返回高丽。元廷也不准忠宣王王璋归国，等于认可忠烈王继续执政。

由于忠烈王和忠宣王两派互掐不断，元廷再派官员忽怜、林元到高丽“镇遏”。不久，忽怜病重，高丽人为其献药。忽怜拒绝道：“你们国家奸臣执命，父子相图，所以皇帝让我来监视。我如果喝这药死了，难道不会成为新一轮倾轧的借口吗？况且死生有命，就算有良药又有什么用呢？”旋即病死。

风传忽怜死得离奇，另一元朝官员林元有所畏惧，也主动离开高丽，返回元朝。

而人在大都的忠宣王王璋因失去高丽国中的财力支持，在元朝的处境越来越困窘，甚至有过卖宝带的念头，后来不得不借钱来维持生计。

忠烈王听说后，终于动了怜悯之心，毕竟他已年过七旬，子嗣中唯有忠宣王王璋一人在世，瑞兴侯王琠再支持他，也不是他的亲生儿子。大臣崔有渰更是以宗庙祧迁之利害关系向忠烈王进谏，暗示瑞兴侯王琠为远支王族，再怎么样，也比不上亲儿子忠宣王。忠烈王听后，为之动容。

大德十年（1306 年），忠烈王入元朝拜，忠宣王王璋亲自到蓟州迎接。以往忠烈王到大都，要么居住在官方驿馆，要么居住在元臣洪君祥[1]的大都宅第，这次却主动下榻在忠宣王府邸。父子关系

[1] 洪君祥为高丽旧臣洪福源第五子，自洪福源死后，洪氏家族（主要是洪福源次子洪俊奇）不断设计陷害高丽王室，只有洪君祥认为自己仍是高丽人，一直对高丽友善。他曾明确对忠烈王说：“臣既邻不庭之俗，庶当躬自致讨，以效微劳。”并献马于忠烈王。忠烈王很是感动，屡赐鞍马衣带以宠之。《高丽史》中明确记载忠烈王入元朝觐时，有三次住在洪君祥在大都的家中。元廷也曾派洪君祥调解忠宣王王璋与宝塔实怜公主的矛盾。

明显好转，甚至传出父子二人将一同返回高丽、共同治国的消息。

消息传开后，那些曾经费尽心力铲除忠宣王的忠烈王派大臣，如宋邦英等开始不安，一旦忠宣王重回高丽，局面将对他们极端不利，为了保全性命，他们不得不加紧挑拨离间。

刚好忠烈王因年事已高，上厕所时不慎跌倒，摔落了牙齿，数日之内均无法进食。扈从国王的宋邦英等人趁机挑拨，请忠烈王离开忠宣王府邸，改搬到儿媳宝塔实怜公主居住的祗候司。

与此同时，宋邦英联络宦官李福寿和元成宗的乳母，由二人一道向卜鲁罕皇后进谗言，试图说服元廷同意宝塔实怜公主改嫁瑞兴侯王琠，并令忠宣王剃发出家，以此扶持瑞兴侯王琠成为高丽王位继承人。

卜鲁罕皇后包括左丞相阿忽台均同意此事，但右丞相哈剌哈孙却不同意，认为忠宣王王璋的生母是元世祖亲女安平公主，是元世祖的外孙，身份远非瑞兴侯王琠所能比拟。

忠宣王派大臣洪子藩见忠宣王王璋处境危急，急忙向中书省上书揭发宋邦英等人挑拨离间忠烈王、忠宣王父子以及欲谋改嫁宝塔实怜公主等事，登时朝野哗然，改嫁之谋由此流产。

宋邦英等人便请求让忠烈王归国，但忠烈王担心途中遭忠宣王王璋暗算，不肯离开大都。后来实在想不出滞留的理由，便使出苦肉计，自己喝药得了痢疾，以致卧病在床。又派人求见摄政的卜鲁罕皇后，请求和儿媳宝塔实怜公主一起回国。这要求有些荒唐，就连向着忠烈王一派的卜鲁罕皇后也以“翁媳同行不便”为由，不予批准。

转眼到了大德十一年（1307 年），正月初八，元成宗驾崩，元廷发生皇位之争。忠宣王王璋因卜鲁罕皇后一向支持忠烈王，早已经将赌注压在怀宁王海山身上，最终取得成功。随着海山即位为元武宗，曾与海山“同卧起、昼夜不相离”的忠宣王王璋一飞冲天，取得了空前的胜利——

忠烈王的心腹大臣王惟绍、宋邦英、宋璘、宋均等，包括瑞兴侯王琠在内，均被元武宗派人逮捕，由刑部审讯后，匆匆处决于大都文明门外[1]。另有三十六人遭流放，忠烈王本人也从宝塔实怜公主府被强行转移到庆寿寺[2]，忠烈王派彻底冰消雪释。尽管忠烈王名义上还是高丽国王，但高丽国政已完全被忠宣王遥控，忠烈王沦为毫无实权的傀儡。

大德十一年（1307 年）四月，元廷命忠烈王回国，忠宣王王璋则在大都遥控朝政。元武宗海山以定策之功，授忠宣王王璋“推忠揆义协谋佐运功臣”之号，不久又封他为“沈阳王”，授“开府仪同三司太子太傅上柱国驸马都尉”，并令其入元朝中书省参与国政，赏赐给他各种金银珍宝。

至大元年（1308 年）七月十三日，忠烈王薨于开京神孝寺，享年七十三岁。

忠宣王王璋回国奔丧，并再次即位，兼任沈阳王，不久升格为一字王[3]沈王。王璋同时拥有了两个王号，一时风头无两。

依照先例，先王要上庙号、谥号，忠宣王王璋记恨父亲，不许高丽国内自上庙号，而是请谥于元，于是高丽大臣只给忠烈王上了“纯诚守正上升大王”的尊号。而元廷在之后也只赐谥忠烈，忠烈王便成为高丽历史上第一位没有庙号的国王。

忠烈王热爱诗歌，还是世子时，便有《龙楼集》刊行于世，即位后也常与文臣唱和，并多次亲自以诗赋取士。其诗作中有“万事不成身便死”之句，可谓他一生的最好写照。

靡不有初，鲜克有终，非忠烈之谓乎？

[1] 本来忠宣王想留下瑞兴侯王琠的性命，但元朝宰相不肯同意。史籍未记载该宰相姓名，但据事情的前因后果来看，当为右丞相哈剌哈孙。

[2] 庆寿寺，曾以“长安分塔”之奇景享誉于世。该寺创建于金世宗大定二十六年（1186 年）。寺内有双塔，故又称双塔寺。双塔构筑精巧，右边的九级塔是元代该寺住持海云佑圣国师之灵塔，左边的七级塔是其弟子继任住持可庵大禅师之灵塔。塔内安放的是塔主的骨灰。20 世纪 50 年代中期以前，在早晨太阳似出未出之时，站在西单牌楼东南角老长安戏院门前的位置向东看，会看到两塔一在路南，一在路北，分而立之。再由西向东走，临近塔的时候再看，两塔却都位于路北的庆寿寺内，而且挨得很近，仿佛长幼相依。此景象由晨光的光学作用造成，因地处西长安街，故被称为“长安分塔”，属著名的“燕京十景”之一。1954 年，为拓宽西长安街，拆掉了双塔。

[3] 此王号等同于蒙古宗王，“一字王”为元朝级别最高的王。元武宗海山即位前，也只封怀宁王，为“二字王”。

第三章

往事堪嗟

现任大元皇帝仁宗爱育黎拔力八达跟之前的武宗皇帝海山虽是一母同生的亲兄弟，但性情大不相同——武宗好武，只用蒙古人和色目人，对汉人大力排斥；而仁宗皇帝雅好儒术，早年从太常少卿李孟学习儒家典籍，即位后便命大臣将《大学衍义》节而译之为蒙文，赐予臣下，还说：『治天下，此一书足矣。』又将《贞观政要》《资治通鉴》等书摘译为蒙文，令蒙古人、色目人诵习。

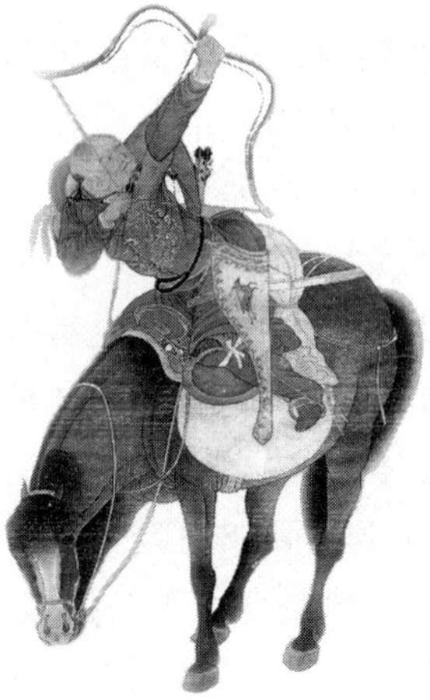

日上高城望大荒，西山东海气茫茫。
铜驼踪迹埋荒草，元菟风尘识战场。
礼乐可知新制度，山河谁问旧封疆？
书生慷慨何多感，转忆轮台汉武皇。

青山连壁是居庸，古北渔阳一线通。
人物尽随风土变，川原须是古今同。
淡烟著柳金沟暗，小雨飞花玉殿空。
昨夜角声吹不起，老乌啼过建章宫。

——王冕《南城怀古》二首

忠宣王王璋虽然复位，但他的治国热情已在与父亲忠烈王一系列的争斗中消失殆尽。第二次即位后不久，他便再度赴元，从此滞留大都不归，只通过传旨来控制高丽朝政，故而被称为“传旨政治”。

王璋一生大多时间都在元朝，母亲又是蒙古公主，兼之有与父争权夺位之事，多数高丽臣民都不喜欢他。但王璋旋即办了一件大事：他设法令元武宗将征东行省的数百名官僚尽数撤回，仅保留高丽王为行省丞相。如此，等于再无蒙古流官干预高丽内政。此举为高丽争取到了极大的自主权，也令王璋得到国内民众的衷心拥戴。

虽然再度复位为王且获得了高丽臣民的支持，但家庭矛盾并未解决。王璋与宝塔实怜公主依然长期分居，夫妇关系处于名存实亡的状态。好的是，王璋既已在皇帝面前得势，与武宗、仁宗均情若兄弟，宝塔实怜公主也不敢太放肆，从此只老老实实地待在家里，与自己身边的“小白脸”厮混。

王璋身边虽然也有不少侍妾，但总不能忘怀清丽可人的赵丽，而每一次思及赵丽，便又会对宝塔实怜公主多一分怨恨。因而在赵丽生辰这天，他无论如何都做不到与宝塔实怜公主携手共赴皇宫宴会，也不愿意在宅邸中与子嗣、臣僚共贺新春，便干脆来到闻名遐迩的能远楼，独自借酒消愁。

黄公望虽久在家乡闲居，却也关注时事，对王璋登位、失位又复位的传奇经历也有所耳闻，见其神色黯然，当即安慰道："过去的事就算了，多想无益。大王而今是一国之主，位高权重，还有什么看不开的？"

郑榕接口道："是啊，你是高丽国王，有用不完的钱财、使唤不完的奴婢，还一副愁眉苦脸的样子，那我们这些平民老百姓，不早该跳河自杀了？"

王璋为人亲和，并无国王的架子，也不介怀，笑道："这位小娘子说话颇为风趣。对了，你如何会孤身一人来京？是来大都投奔亲眷吗？"

郑榕脆生生地答道："不是，我来找人。"

黄公望奇道："原来榕儿是来大都找人，怎么从来没听你提起？"

郑榕道："黄先生在衙门当差，每日早出晚归，见面也只是点个头，哪里有机会说得上话！"

黄公望一怔，刚要回答，忽听到门外侍从叫道："杨学士。"

随即有男子声音应道："我都说过许多遍了，我不是翰林院学士，而是国史院编修。"

王璋笑道："是杨载。想不到他也没有参加皇宫宴会，而是来能远楼找黄先生，你们也是老朋友、老交情了。"

黄公望忙站起身来，急跨出数步，至门前时，却又有所犹豫。恰在此时，房门被大力推开了，两个中年男子并排站在门前，正是杨载和一身道士打扮的倪昭奎。

见到杨载，黄公望倒不意外，毕竟他早知悉对方在京师任职，但见到倪昭奎时，黄公望相当惊讶，问道：“老倪何时来了京师？”

倪昭奎尚未回答，杨载抢先道：“怎么先问老倪，不问我？我好歹也算是地主。”又上下打量忠宣王王璋，奇道：“高丽大王如何会在这里？”

王璋漫不经心道：“刚好路过能远楼，便上来坐坐。”

杨载又打量了郑榕一番，这才将目光重新落到好友身上，不无埋怨道：“公望，你为人不厚道，来京师一个月了，也不去找我。要不是今日意外听说你来了大都且在御史台任职，我还不知道要被你瞒多久。”

黄公望忙道：“是我的不是。不过我也猜到你今日会来，料想张平章在宫宴上遇到你，必会告知我来京之事，只是想不到老倪也来了。”

老友相见，自是欢欣。然美中不足的是有两个外人在场，三人谈话有所顾忌，不能畅所欲言。

寒暄一番后，大家分宾主坐了。杨载好奇问道：“榕娘年纪轻轻，竟敢一个人来京师，不怕遇到坏人吗？”

郑榕道：“遇到坏人也没什么了不起啊，我有点本事，会两下武艺，一定能将坏人打走。”

杨载哈哈笑道：“听榕娘这说大话的语气，就知道你没什么真本事。还将坏人打走呢，不被坏人坑蒙拐骗就不错了。”

黄公望与郑榕同时入住能远楼，房间又紧挨着，算是做了一个月的邻居，对她印象颇好，忙道：“这位杨编修最爱开玩笑，榕儿不要介意。”

王璋道：“对了，榕娘说是来京师找人，到底找谁？不妨说出来，我们一道帮你找。”

郑榕道：“我来找我哥哥。他名字叫作郑槫，你们见到他的话，一定要告诉我。”

杨载笑道：“我们又没见过你兄长，不知道他的相貌，就算见到他，也不知道他是你兄长呀。”

郑榕道：“我哥哥很高大，很魁梧。还有，他长得跟我有几分相像，我们是亲兄妹嘛。”

众人闻言又笑了。倪昭奎立刻想到不久前在皇宫离奇遇到金海岩的经历，那金海岩当真跟其妹金海容相貌极为相似，以致熟人看到，一眼便能猜到他是金海容的兄长。杨载猜到倪昭奎的心意，朝他点了点头，又摇了摇头。

黄公望问道：“你兄长为何丢下你不管？”

郑榕道：“不是不管，是家中长辈为哥哥娶了一房妻子，哥哥不喜欢，在成亲当夜偷偷跑了。”

此话众人听在耳中，心头各有一番滋味。尤其是黄公望和王璋，可谓感同身受。

杨载笑道：“原来你兄长是个逃婚的主儿。好，有勇气。”又问道：“榕娘怎么知道你兄长来了大都？”

郑榕道：“我哥哥曾到北方游历一年。听说他在大都看上了一名歌妓，还一度想为她脱籍赎身，但未能成功。亲朋好友那里，我们都找过了，但没找到人，所以我猜哥哥多半来了大都，来找那位相好的歌妓。”

王璋问道：“那位歌妓叫什么名字？说不定本王能帮榕娘打听到。”

郑榕道：“真真。”

杨载先是一怔，随即哈哈大笑道：“榕娘胡编的吧？我认识真真，她是姚燧姚大学士义女，还是我出面说媒，姚大学士才将真真许给了她现今的丈夫，史官黄瑧。”

郑榕道：“我又不认识真真，胡编得出来吗？”有些生气，又问道：“杨学士说真真嫁人了，对吧？那么我哥哥呢？”

杨载奇道：“榕娘是在问我吗？我怎么会知道你兄长的下落？”

黄公望忙道：“榕儿的意思是，你既然跟真真相熟，不妨抽空问问她，有没有见过她兄长。”

郑榕忙道："对，就是这个意思。我哥哥名叫郑樗。我是榕树，他是臭椿树，好记吧？"

杨载意味深长地看了黄公望一眼，道："原来榕娘的'容'字，是带木的。"

王璋笑道："《庄子》中，惠子可是称樗树质地不好，不能成材。"

郑榕道："是啊，所以我哥哥字无用，号散木。"又道："成材有什么好，还不是被人砍了去做上梁木。"

王璋道："对了，本王想问你，你大老远从家乡跑来大都，寻到你兄长后要怎样，是要带他回家乡继续成亲吗？"

郑榕道："不是，我原本只想来看看哥哥喜欢的女子是什么模样，看看她对哥哥好不好，只要哥哥平安快乐，我就放心了。不过现下听到杨编修说真真嫁了人，新郎却不是我哥哥，我开始有些担心了。"

黄公望闻言心念一动，暗道："若是当年我不顾一切，抛弃长辈安排的婚事，去寻找海容，会不会有这样一个真心关爱我的人到处寻我？"

杨载却连连摆手道："不用担心，你哥哥既性情风流，说不定又爱上别的女子了。眼下大过年的，寻人多有不便啊。等休完假吧，休完官假，我帮榕娘去向真真打听你兄长的下落，反正也不差这几天。"

门外忽有一阵嘈杂声，忠宣王的侍从来不及叩门，便冒冒失失地冲进来禀报道："枢密副使到了。"

话音刚落，便见到枢密副使札合大踏步进来。众人都颇为吃惊，一齐站起身来。

札合见高丽王王璋也在此，极感意外。王璋不但是高丽国王，还有宗王头衔，札合不敢怠慢，忙上前见礼，又与杨载、倪昭奎招呼了一声，这才问道："你便是黄公望吗？"

黄公望道："正是下吏。副使君有何吩咐？"

札合道："答己太后懿旨，命你立即赶赴皇宫，主理命案。"

御史台查案再平常不过，但主持查案的该是御史才对，尤其是涉及皇宫的命案，而黄公望不过是一名无品无级的书吏。他怀疑自己听错了，一时愣住。

杨载心念一动，忙问道："该不会是兴圣宫那两起命案吧？"

札合道："杨编修刚从皇宫出来，想必已经知道一些了。贯学士也有供词说，曾与杨编修、倪真人在一起。不过不是两起命案，而是三起。"

杨载讶然道："除了宦官李邦宁和女官汪小佩，还有谁？"

札合尚未回答，黄公望先惊问道："是汪小佩吗？"

倪昭奎点了点头，示意此汪小佩，便是当年的汪小佩。

黄公望惊愕交加，又问道："汪小佩在皇宫遇害了吗？"

札合点了点头，道："除了汪小佩、李邦宁、杨暗普三人被杀外，举荐黄先生入御史台的张闾张平章也在御苑附近遇刺了。好在张平章本人会些剑术，抵挡住了刺客，兼之附近直庐[1]的卫士及时赶到，张平章只受了轻伤，并无大碍。"

倪昭奎也惊问道："杨暗普被杀了吗？"

札合点了点头，道："他人就死在兴圣宫的后墙外，也是胸前中了两刀，跟李邦宁一样。"

倪昭奎心道："该不会是金海岩做的吧？他伪装成伊儿汗国使者，由汪小佩带入宫中，必定有重大图谋。"

札合又道："自大元立国以来，皇宫中还从来没有发生过行刺事件及凶杀命案，而事发时，太后、皇帝都在兴圣宫，为此他们大发雷霆。张平章竭力向太后和皇帝举荐了黄先生，称你是破案奇才，当年全靠你，才得以破获聚远楼投毒案。太后遂决定破格任用黄先生，由黄先生来调查三起凶杀案、一起行刺案。"

---

[1] 直庐原意为直（值）宿之庐，为侍臣值宿之处。唐人姚合《西掖寓直春晓闻残漏》诗云："直庐仙掖近，春气曙犹寒。"元代在皇宫中修建了大量直庐，供宫中警戒卫士休息。

黄公望惊疑交加，虽然极想了解事情真相，尤其是汪小佩和杨暗普两起命案的真相，但心中却有个声音不断提醒他：“千万不要接！千万不要接！”

他勉强定了定神，道：“这个嘛……黄某才疏学浅，怕是难当大任。”

札合厉声道：“这是答己太后的懿旨，也是皇帝的意思，你想抗旨吗？”

黄公望见无可推卸，便点头道：“好，请副使君在外稍候，我换身衣衫便来。”

札合这才和缓了脸色，又向高丽王王璋欠了欠身，随即离开了屋子。

王璋笑道：“恭喜黄先生，来京师方才一个月，便得到太后、皇帝的重用。”

杨载不以为然道：“何喜之有？摆明是案情重大，枢密副使札合这些人不想接这烫手山芋。”

又道：“公望，事已至此，你是推脱不掉的，不然便会被安上抗旨的罪名，直接被砍掉脑袋。放心，还是跟从前一样，我帮你。”又转头问道：“老倪你呢？”

倪昭奎有所迟疑，只道：“贫道……”

黄公望忙道：“老倪已是方外之人，不宜再参与红尘中事。”

郑榕突然插口道：“但倪真人还是黄先生的好朋友，是不是？”

倪昭奎踌躇不答，黄公望忙道：“当然是好朋友，但这是两码事。”

王璋忙道：“本王也可以略助一臂之力，只是……”一边说着，一边望向杨载。

杨载心领神会，问道：“大王还是想讨要姚燧姚大学士的诗文吗？”

姚燧学识渊博，被奉为文坛魁首，文人名宦多以求文为事，“其不得者，每为愧耻”。高丽王王璋好与文士结交，又好附庸风雅，也慕名向姚燧求诗文，并赠送了五十筐币帛、金玉、名画。姚燧看不惯当年王璋不顾孝道、与父亲争权之事，便没有答应。王璋碰了钉子，虽然面子上下不来，但对姚燧的诗文愈发渴慕。

王璋被杨载说中心事，忙道："只要杨编修出力促成此事，本王一定在答己太后面前为黄先生美言。"

郑榕插口道："美言？大王的意思是，黄先生一定抓不到凶手了？"

王璋面色一沉，道："本王哪有这么说？"

郑榕道："如果黄先生破案，那便是大大有功，朝廷定会有封赏，自不必大王去太后面前美言。若黄先生未能破案，太后、皇帝必定迁怒于他，说不定还会找他当替罪羊下狱，那时才需要大王美言。"

王璋讪讪笑道："好个伶牙俐齿的小娘子。"

杨载心想："王璋与答己太后关系亲密，是以接连两朝得势。这几起案子不简单，查起来困难重重，万一公望误了期限，或是调查没有结果，有高丽王相助，总是好的。"

于是抱拳笑道："向姚大学士求诗文这件事，包在我杨载身上，还请大王不要忘记刚才的承诺。"

王璋笑道："那是当然。"也自拱手辞出。

黄公望知道杨载的所作所为都是为了自己，深为感激，只是一时不及多言，匆匆换了官服，预备赶赴皇宫。他在里屋更换衣衫时，杨载跟了进来，悄悄说了僧官杨琏真迦实为汪小佩毒死一事。事隔多年，多少惊涛骇浪俱已平静下来，黄公望闻言，倒也不感到意外。

杨载诧然道："公望一点都不惊奇吗？"

黄公望笑了一笑，淡然道："这么多年过去，能让我惊奇的事已经不多了。"

杨载道："公望当年不告诉我汪小佩的身份。前不久，我听说她原名张楚楚，跟海容的父亲金石原本是一对情侣时，可是大吃一惊。"

黄公望道："聚远楼那件事，原本与你无关，全是因为我，你才被卷了进来，还不得不在外逃亡了两年。我一直心怀愧疚，所以后来我也就没再提关联之事。”

杨载道:“当年那件事对我没有什么影响，我只是四处游荡，实在不算什么，老倪可真是吃了不少苦。”

黄公望不愿多提往事，道:“我们走吧。”

郑榕一直留在客房，见二人出来，忙叫道:“你们都走了，这些酒菜我可都一个人吃了。”

黄公望道:“请自便。”

郑榕道:“当然要自便了，本来就是我自己花的钱。喂，还有两坛酒呢。”

黄公望头也不回道:“酒给我留一坛。”

走出能远楼，却见楼前除了枢密副使札合一行外，还有一名年轻道士引着一名十岁出头的小公子。倪昭奎忙迎上前去，叫道:“瓒儿，你怎么来了？”

年轻道士名李晶，是倪昭奎座下大弟子，忙告道:“小公子非吵着要见师傅，弟子只好带他去了皇宫。刚好遇到王真人一行人，说师傅来了能远楼，弟子便一路打听寻过来了。”

倪昭奎道:“幸亏离开皇宫时，贫道曾向师傅辞别。”

杨载奇道:“这就是尊父爱妾生的三弟吗？名字叫倪瓒？早先不是说叫倪珽吗？”

跟出来的店家王年交笑道:“真人竟有年纪这般小的弟弟，做真人儿子都嫌小了，孙子还差不多。看来真人的父亲当真是老当益壮。”

倪昭奎弟子李晶忙上前斥道:“不可无礼。”

倪昭奎哈哈一笑，道:“无妨。何况这也是事实。”又为幼弟倪瓒引见杨载等人。

倪瓒年纪虽小，却很有富家公子风范，也极识礼数，但礼貌之中浸沁着一股清高与冷淡[1]，唯独对黄公望热情些，道："我总听大兄提到先生。"

一旁的枢密副使札合催促道："我们该走了。"又让军士牵了一匹马给黄公望。

杨载举手道："我也去。我既是证人，也是好友，应该能帮上忙。"

现任大元皇帝仁宗爱育黎拔力八达跟之前的武宗皇帝海山虽是一母同胞的亲兄弟，但性情大不相同——武宗好武，只用蒙古人和色目人，对汉人大力排斥；而仁宗皇帝雅好儒术，早年从太常少卿李孟学习儒家典籍，即位后便命大臣将《大学衍义》节而译之为蒙文，赐予臣下，还说："治天下，此一书足矣。"又将《贞观政要》《资治通鉴》等书摘译为蒙文，令蒙古人、色目人诵习[2]。在此大环境下，札合也不敢随意得罪文臣，尤其是翰林院文士，得知杨载是与倪昭奎合乘一车过来后，便命手下军士牵了一匹马过来，交给杨载。

[1] 学术界有一种说法，《红楼梦》中的妙玉即是以倪瓒为人物原型的。

[2] 元仁宗即位后即推行"以儒治国"政策，儒化官僚队伍，是其重要举措。自元朝建立以来，儒士在历任元朝皇帝执政时均未能起到重要作用，这在历史上十分罕见。即便有因文才而得宠的大臣，也只是备召顾问的角色，未能参与到军国大事中。元朝朝中大多数高级官员，不是以学问作为补选的基本标准，而是以出身作为标准，通过承袭和荫的特权来获取官职，如书中人物贯云石生下来就有三品万户官职。而绝大多数中下级官员则是由吏入官，即前文中一再提及的"以吏代士"。如此造成的结果是，高级官员也好，大多数人都没有受过儒学教育，也不具备儒家的政治倾向。爱育黎拔力八达为太子时，便已经意识到朝廷官员水平总体低下，是以一当上皇帝，便积极采取措施来提高官员水平。如规定汉人职官子孙承荫，需考试一经一史，考试合格者直接任职，免去见习期。蒙古和色目职官子孙承荫者可以选择考试，通过考试的人授官时比原袭职务高一等。以此来为改善通过承荫得官者的教育水平。另外一项重大举措是恢复了科举考试制度。隋朝科举制度的创立，极大地影响了之后中国的历史。科举任人唯贤，重才学而不重门第，由此被天下人视为登龙门的唯一途径，深刻地影响了中国政治社会文化的多个层面。在中国古代，读书人的出路只有做官这一条正途，而要出仕为官，就必须通过科举考试，科举考试也成为执政者甄选精英的主要途径。在忽必烈一朝，曾围绕恢复科考问题展开过争论，但最终没有采取任何实际行动。最主要的原因是，元廷主要依靠承袭制来补充官员队伍，如采用可靠制度，文化程度高的汉人将远远比其他人有优势，将会损害蒙古人、色目人甚至汉人贵族家族的承袭和荫的特权。另外一个原因是，即便是赞成科考的汉人士大夫，在采用何种科目考试问题上也不能统一。一派赞成采用宋朝和金朝的考试科目，注重文学和经学；另一派则主张在科目中去掉文学，注重重要经典和策问考试，因此，科举考试一直未能恢复。元仁宗即位后，请求恢复科考的大臣越来越多，皇帝本人也很赞同。本书主要人物之一杨载即参加了元朝第一届科考，并顺利及第。此段情节将在后面涉及。

黄公望忙道："老倪既然还携带了幼弟在身边，便安心去陪他玩吧。"

倪昭奎而今是道教上层人物，已有真人尊号，确实不适合再像从前那样，与黄公望一道东奔西跑地查案，便顺势同意。倪瓒对黄公望颇为眷恋，依依不舍，黄公望便上前牵起他的手，送他上车。

杨载悄悄笑道："其实老倪也有杀人嫌疑，应该揪着你去命案现场对质。"

倪昭奎忙回头看了幼弟一眼，道："别当着小孩子的面说这些。怎么，老杨怀疑我杀了杨暗普？"

杨载笑道："你有杀人动机啊。但从进大明殿开始，你就一直没有离开过我的视线，我可以证明不是你动的手。我身为编修皇帝实录的史官，这份证词，应该还是有点分量吧。"

倪昭奎沉吟道："嗯，那个……"

杨载收敛笑容，问道："你想说是金海岩杀了杨暗普？"

杨载转头看了黄公望一眼，道："这可难办了。海容那件事对公望打击很大，直接导致他沉寂了这么多年，而今刚一复出，又遇到海容的兄长，偏偏太后和皇帝还指名让他去查这几起怪案。"又道："这姓金的，当真是公望命中的魔障。"

倪昭奎踌躇问道："老杨觉得会不会是海容出了什么事？"

杨载道："什么事？"

倪昭奎道："我也说不好。但我听金海岩说话的语气，总有一种不好的感觉。"

杨载悄声道："很明显，金海岩跟他父亲金石一样，是个反元分子。而我在为朝廷效力，你也接受了大元皇帝的封号，他与你我二人是敌对的，你感觉能好吗？"

黄公望已将倪瓒抱上车，又特意走过来告道："老倪，你三弟很可爱。"

倪昭奎奇道："瓒儿竟肯让公望抱吗？实在难得。"

黄公望很是不解，道：“有什么不对吗？”

倪昭奎道：“瓒儿生来有洁癖，一般是不让人碰的。别说抱，就是最普通的牵手，也是极难。”

杨载哈哈一笑，道：“当真是有其兄，必有其弟。”

倪昭奎连连摇头道：“我这病早好了，坐过一场牢，哪还能有什么洁癖！倒是瓒儿，比我当年有过之而无不及。”

黄公望只笑了一笑，道：“我们走吧，札合副使已经催了好几遍了。”

话音未落，郑榕便急匆匆地从酒楼冲了出来，嚷道：“我也想去皇宫查案。”

札合一愣，问道：“你是谁？”

郑榕看了黄公望一眼，脱口便道：“我是黄公望的义妹。”

她的年纪比倪瓒要大上许多，连倪瓒都能是倪昭奎的弟弟，她是黄公望的义妹，也没什么稀奇。更何况札合刚刚在黄公望房中见过郑榕，立时信了她的话不说，居然还点头同意，道：“李邦宁死在兴圣宫中，另外两名死者也死在兴圣宫附近。兴圣宫是答己太后寝居之地，宫女甚众，黄书吏和杨编修二位身为男子，进进出出，难免有不便之处。黄先生，就让令妹跟在你身边，万一太后有事，她居中传话，倒也方便。”又朝军士招了招手。

黄公望对郑榕的身世来历一无所知，怎敢以义兄的身份带她入宫？出一点差池，那可就是满门抄斩的大罪。他正准备说明郑榕是在开玩笑、她根本不是自己义妹时，郑榕已接过军士递过的缰绳，翻身上马，一夹马肚，利落地驱驾前行。

札合“咦”了一声，随即赞道：“黄先生的这位义妹英姿飒爽，大有我蒙古女子之风。”

黄公望正欲说明真相，杨载低声道：“不妨将计就计。”

黄公望莫名其妙，问道：“什么将计就计？”

杨载道：“你说呢？当年你在西湖酒肆饮酒，有年轻女子找你搭讪，后来结果如何？如今你住进能远楼，又有一名年轻女子紧紧缠住你，你觉得这是巧合吗？”

黄公望很是惊异，又自嘲道：“我没才没貌没权势，也没地位，而且早已娶妻生子，算是老人了，实在没什么可图的。”

杨载笑道：“但你在御史台当差啊，就跟你当年在江浙行省做书吏一样，处在颇为关键的位置。”

黄公望见札合及手下已经上马驰去，也不及多言，向杨载招了一下手，各自翻身上马，追了上去。

元朝皇宫宫禁远不如前朝森严，如唐朝官员受召入宫，须将鱼符勘合[1]，同时出示给宫禁卫士看，方可进宫。而枢密副使札合一行来到西华门时，札合仅拍了拍腰间的官印，卫士便让了开去，并且任凭札合的随从跟入。

兴圣宫在皇城之西北，万寿山之正西。因该处最早是教育皇太子的场所，元世祖忽必烈取名兴圣，是期待太子成为圣贤。

正殿为兴圣殿，共七间，东西一百尺，南北九十七尺。后有寝殿，以柱廊与正殿相连。柱廊六间，南北九十四尺。寝殿五间，两端复有小殿，各三间。

正殿四面悬朱帘琐窗，花斑石铺地，上以花地毯覆盖，中设屏榻，张白盖帘帷，皆为锦绣。

跟大明殿一样，兴圣殿也是宴饮场所，中设御榻，诸王、百僚等坐床重列左右。

另一主要建筑是延华阁，与兴圣殿不同，延华阁位于兴圣宫后苑山字门内，四面均临花苑。阁有五间，七十九尺见方，规制高爽。十字脊顶，以白琉璃瓦覆盖，青琉璃瓦装饰，檐脊还立有金制

[1] 唐代制度，五品以上官员都有随身鱼符，形状像鱼，上面刻有所有者的姓名、任职衙门及官居品级等，是五品以上官员出入宫禁的凭证，三品以上用金，四品用银，五品用铜。鱼符分左右两枚，上凿小孔，以便系佩，右符随官员本人，左符进大内，皇帝如有征召，颁下左符，与右符勘合后，即证明没有诈伪，官员才可应命。武则天即位后，将鱼符改为龟符，即为“金龟婿”的来历。

宝瓶。阁外有丹陛，阁内设御榻。旁有畏兀儿殿、圆亭、芳碧亭、徽清亭、鹿顶房、鹿顶井等。

彼时兴圣殿宴会已经结束，仁宗皇帝已返回大内，答己太后则暂时去隆福宫居住，一众宾客也已散去。虽则这些身份显赫的宾客亦有杀人嫌疑，但答己太后认为宴会未能尽兴已是遗憾，自己身为主人，不能令众宾客满意而归，已是大大的失礼，再将所有人扣押盘查的话，只会愈发令人扫兴。

更重要的是，皇宫之内发生恶性杀人事件，一旦传扬出去，将有损大元皇室的威严。答己太后之所以令御史台书吏黄公望来调查皇宫命案，也是觉得黄公望籍籍无名，且地位卑微，他出面调查的话，不会惊动众人，亦不会引发满城风雨。

杨载环视空荡荡的兴圣正殿，叹道："人去殿空，这还怎么查？"

札合也不回答，只道："这里就全权交给黄先生了，本使也会率人从旁协助。"

黄公望道："先去看李邦宁的尸首吧。"

札合道："他的尸首在兴圣宫后苑延华阁边。"又叹道："那口鹿顶井的井水格外甘甜清冽，为答己太后所爱，是以指定它为饮水井，这下可全毁了。"

一行人遂往兴圣宫后苑而来。

一路上郑榕连声惊呼，不断叫着"这里好大""这里好美"，又问道："我能四处走走看看吗？"

札合干脆地答道："不能。"

郑榕又问道："我想问枢密副使一句，皇帝的大印，就是那个名叫传国玉玺的大印，放在哪里？"

杨载闻言，立即朝黄公望使了个眼色。

札合只以为郑榕是黄公望的义妹，头一次入宫，事事新奇，遂如实答道:“玉玺是天子之物，皇帝住在皇宫大内，传国玉玺当然是在大明殿了。”

杨载有意问道:“榕娘关心传国玉玺做什么？”

郑榕道:“好奇啊。杨编修不好奇吗？”

杨载微微一笑，也不作答。

延华阁的鹿顶井即是大宦官李邦宁的葬身之所。该井因井上建有鹿顶亭而得名。鹿顶则是一种独特的建筑形式，其顶三椽，平若筒，在元朝宫廷中很常见。

李邦宁的尸首仍停放在井旁，有卫士守在一旁。札合告道:“尸首打捞上来后，便再未动过。”又朝延华阁指了指，道:“从这里到延华阁庭院，一路都有血迹。因而本使推算，李邦宁当是在延华阁遇害。”

黄公望问道:“一路可有拖曳痕迹？”

札合道:“没有。”

黄公望沉吟道:“那么当有两个人，才能将李邦宁抬来这里，丢进井中。”

札合摇头道:“未必，李邦宁身材不短，但瘦瘦弱弱，也不算太重，一个人便足以将他扛来这里。”

黄公望道:“李邦宁身体颀长，若是凶手独自移尸，背负或是肩扛是最有效的。而李邦宁胸口中刀，凶手背了他，衣衫必定染上大量血迹，极引人注意，这只是其一；其二，凶手背负尸首至此，一路便不会再留下血迹，肩扛也大致差不多。”

杨载接口道:“不错，血迹应当都落到凶手背上了。”

札合呆了一呆，道:“黄先生果然厉害。张平章慧眼识人，没有推荐错人。”

黄公望对皇宫并不熟悉，问道:“延华阁是做什么用的？”

札合道:“原先是便宴的地方，不及大明殿和兴圣殿那般正式。

但答己太后因为同时有兴圣宫和隆福宫两处住所，一般是正宴在兴圣殿，便宴则在隆福殿举行。刚好兴圣宫西面的天库库藏不够了，答己太后便将延华阁改作了收藏贵重物品的地方。”

郑榕忽然插口道：“这么说，凶手应该是来延华阁偷东西，被这位老宦官撞上，是以凶手杀了他灭口。”

札合赞许地看了郑榕一眼，道：“答己太后也是这般想，所以才下令放走了全部宾客，因为……”

郑榕抢着说道：“因为宾客都是公主、贵妇及身份显赫之人，断不可能做出这种小偷小摸的事。”

札合居然露出了一丝笑容，道：“是，答己太后是这个意思。”

黄公望问道：“如果凶手是打算来延华阁偷窃，那么李邦宁又为什么来这里呢？”

札合道：“这就是奇怪的地方。李邦宁名义上是宦官，其实他早已不在皇宫中当差。虽然他也时不时地进宫参拜太后，但今日他该在大明殿参宴才对，就算是跟随皇帝来了兴圣宫，也该在前面大殿中。他出现在后苑延华阁，实在有些古怪。尤其今日两宫同时举办盛宴，宫中人手多集中在大明殿及兴圣殿两处，到延华阁附近的，应该只有来汲取井水的庖人才对。”

杨载忙道：“有一件事，可能会有些唐突，但我也要说出来。今日我半途离宴，离开大明殿后，在内藏库附近遇到了李邦宁。他神色匆匆，有些古怪，可见他先后出现在内藏库及权当天库使用的延华阁，应当不是巧合。”

郑榕问道：“杨编修是暗示这老宦官也想偷东西吗？”

杨载道：“以李邦宁的身份，似乎不大可能做出这种事。”

黄公望道：“那么延华阁可有失窃之物？”

札合道：“没有。延华阁锁匙重重，钥匙一向由答己太后亲自保管，就算想行偷窃之事，也难以得手。本使亲自检查过了，每一道门锁都完好无损。”

郑榕好奇问道：“不是说皇宫戒备森严吗，怎么还能有小偷混进宫来？”

札合道：“戒备森严是没错，不过主要在外围以及太后、皇帝寝宫。”

郑榕又问道：“也就是说，进来皇宫难如登天，但一旦进来了，便可从容行事，是这样吗？”

札合道：“也不是，皇宫也有卫士交叉巡逻。但兴圣宫是答己太后的住处，按照规定，我等只能在外围警戒，不奉召，不能进来。太后虽然也有自己的卫士，负责兴圣宫内部警戒，但延华阁位于后苑，又是库藏之所，警卫就相对少些。尤其在今天这样的日子，一名卫士没有，一点都不奇怪。”

忽有卫士引着一名中年男子过来，那男子却是高丽王王璋。

札合大为惊讶，忙迎上去道：“大王来这里做什么？”

王璋道：“唔，本王今日不曾到皇宫参宴，听说兴圣宫出事后，生怕惊扰了答己太后，刚去了隆福宫拜见，好在太后安然无恙。本王告辞出来，听说你们来了这里，本王便过来看看。”

杨载忙将王璋扯到一旁，问道：“实话说，大王是不是觉得有什么不妥？”

王璋微一踌躇，即说了实话，道：“死了三个人，除了这个李邦宁外，另外两个，汪小佩和杨暗普，都跟当日聚远楼事件有关。”又朝黄公望撇了撇嘴，道：“而两次主持案件调查的，又都是他。”

杨载问道：“那怎么了？”

王璋直言告道：“本王心里很是不安。”

杨载奇道：“为什么不安？大王的宿敌数年前便已被彻底剪除，不早该高枕无忧了吗？还是大王觉得这几个人的死跟大王你自己有特殊关联？”

王璋吓了一跳，忙道：“这些人跟本王一点关系也没有！”

杨载道：“那大王为何会如此不安？”

王璋凝视杨载半晌，又转头看了看正忙着勘验尸首的黄公望，举手道："告辞。"遂拂袖而去。离开前，甚至不曾向诸人招呼一声。

郑榕好奇问道："高丽王来了，怎么这么快就又走了？"

杨载答道："他闻不惯这里的死尸味。"又故意装出惊奇的样子，道："咦，你一个小女子，胆子倒挺大。"

郑榕不以为然道："我老家在海边，不时能看到被海水冲上岸的死尸。这不算什么，听说崖山海战[1]那会儿，海面上浮尸十几万。这不是夸大之词，是我祖父亲眼所见。他老人家对此的形容是'人间地狱'，回家后他还大病了一场。"

杨载忽而有所感慨，道："文天祥文丞相有诗道：'朅来南海上，人死乱如麻。腥浪拍心碎，飙风吹鬓华。'满海浮尸，当真是人间地狱。"

郑榕忽然道："咦，杨编修该不会就是写《题文丞相书梅堂》的那个杨载吧？"

杨载这次是真的惊奇了，问道："榕娘去过吉州庐陵[2]吗？"

郑榕道："是啊。"咳嗽了一声，吟诵道："大厦就倾覆，难以一木支。惟公抱忠义，挺然出天姿。死既得所处，自顾乃不疑。恻怆大江南，名与日月垂。我行见遗墨，再拜堕涕洟。名堂有深意，亦唯岁寒枝。可知平昔心，慷慨非一时。峨峨著栋宇，昭昭示民知。勿使风雨败，永慰千古思。"

[1] 南宋祥兴二年（1279 年）正月，元将张弘范得知宋军主力在崖山，于是大举进攻此地。宋军主帅为张世杰，为张弘范堂兄。决战前，张弘范自己不愿意出面劝降堂兄，便让被俘的宋朝丞相文天祥写信给张世杰。文天祥书不从。张弘范又另外派人招降，为张世杰所拒，大战不可避免。这场著名的崖山海战历时二十多天，双方共投入兵力五十余万，动用战船二千余艘，最终以宋军全军覆没而告终。宋军败局已定时，宋臣陆秀夫见大势已去，先逼迫自己的妻子儿子跳海自杀，然后对宋帝赵昺说："国事至此，陛下当为国死。德祐皇帝辱已甚，陛下不可再辱！"随即抱着九岁的宋帝赵昺投海而死。赵昺身边的很多大臣宫人也都投海自尽。崖山海战结束数天之后，漂浮在崖山附近海面上的尸体多达十几万，惨不忍睹。这些人大都是自杀殉国，这种宁死不降的勇气被时人和后世推崇。

[2] 庐陵，今江西吉安，为宋朝名臣文天祥故乡。咸淳六年（1270 年），文天祥因得罪权臣贾似道被罢官，回到家乡，在庐陵西的文山修建宅舍，打算长期隐居，梅堂即建于此时。梅堂牌匾为文天祥亲手所书。

这正是杨载游览庐陵梅堂后所题诗作。杨载道："原来榕娘真去过文山梅堂。"

郑榕忽压低声音道："杨编修是大元的官儿，却作诗悼念前朝宰相，充满景仰缅怀之情，会不会有点那个……"

杨载正要回答，忽听到枢密副使札合惊叫了一声，便顾不上理会郑榕，赶了过去。见黄公望正设法扒开了李邦宁身上已结成冰块的外衣，从其怀中掏出来一串铜匙，有长有短，形状各异。

札合道："最大的这把钥匙，是开内藏库的，本使见过很多次。剩下的这几把嘛……"

黄公望道："说不定是开延华阁的。"

刚好有一名二十余岁的蒙古女子过来。札合忙介绍道："这位是清涟，是答己太后身边的女官。"

那清涟娴雅有礼，道："小女子名清涟，非青莲居士之青莲，而是'濯清涟而不妖'的清涟，请各位多多指教。"

杨载虽在翰林日久，也时不时混进皇城游太液池，但却不认识清涟，笑道："是清涟，而不是青莲，就是说娘子不是青色莲花，而是白莲啰。"话一出口，便意识到不妥——

有宗教名白莲教，原是佛教净土宗的一派。入元后，由于蒙古执政者在宗教上实行开明政策，白莲教亦是大盛。在传播过程中，其教义发生了变化，教内也分成不同宗派，许多教徒明显有反元倾向，发生过多次武装反元事件。元武宗海山即位后，即下诏明令禁止白莲教，白莲教由此遭到沉重打击。

禁令下后，庐山东林寺僧普度慨然以复教为己任，率弟子十人，芒屦草服，来到大都。皇帝海山既然下诏禁止白莲教，断不可能收回成命，普度便将功夫下在了"通达儒术，妙悟释典"的皇太子爱育黎拔力八达身上。当然，以普度的身份，不可能接近皇太子，高丽王王璋在其中起到了穿针引线的作用。

当年王璋与亲父忠烈王争权白热化之时，经济上一度困窘。王璋在福建武夷山游山玩水时结识名为萧觉贵的富商，主动伸出援助之手，借钱给王璋，帮他渡过了难关。而这萧觉贵，名义上是个商人，其实是建宁白莲都掌教报恩堂住持，号性空普慧居士。

萧觉贵既与王璋交好，而王璋又与皇太子爱育黎拔力八达情若兄弟，普度便很容易见到了皇太子。普度献上自己所著《庐山莲宗宝鉴》，爱育黎拔力八达阅毕，赞赏有加，当场令人刊板行印。

爱育黎拔力八达又询问道："你是不是想得到布施？"普度答："不是。"

爱育黎拔力八达又问："是不是想以此补僧官？"普度答："不是，只是希望太子殿下帮忙复兴白莲教。"

爱育黎拔力八达当时只是皇太子，不能与皇帝兄长逆向而行，于是便将普度的七千言上书转交给武宗皇帝，力证白莲教有益教化，闹事者只是少数，乞将《庐山莲宗宝鉴》颁行天下，以别真伪。武宗皇帝没有解禁白莲教，但碍于皇太子的面子，还是下了一道诏书，慰抚普度。复教之事遂未成功。

武宗皇帝迷恋酒色，与前面几任蒙古皇帝一样好大口饮酒。他本是沙场名将，却很快被酒色掏空了身子。群臣因武宗皇帝性情刚毅果决，均不敢相劝。只有大臣阿沙不花见皇帝面色憔悴，忍不住进谏道："八珍之味不知御，万金之躯不知爱，此古人所戒也。陛下曲糵是耽，嫔嫱是好，犹两斧伐孤树，未有不颠仆者。陛下纵不自爱，如宗庙社稷何？"

武宗皇帝听后大喜道："非卿不闻此言！"立即命人赐酒。

阿沙不花本是劝谏武宗不要饮酒，却不想到皇帝竟当场赐酒，大失所望，顿首谢绝道："臣欲陛下节饮而反劝之，是臣言不足信也。"

极富戏剧性的是，左右立即向武宗道贺，贺皇帝得一直臣。武宗皇帝也觉得是好事，便顺势下诏晋升阿沙不花为中书右丞相。

阿沙不花因劝酒得任宰相，武宗皇帝却因嗜饮而早早丢了性命，在位仅三年。他的英年早逝，也令普度、萧觉贵等人所谋之事，迅速有了进展。爱育黎拔力八达一登上皇位，便颁布圣旨，由宜政院出榜，解除禁令，恢复白莲教为合法宗教。普度等人终于如愿以偿。天下白莲教徒均欢欣鼓舞，普度也被誉为白莲教功臣，受封“白莲宗主”之号。

虽然当今仁宗皇帝支持白莲教，但杨载却仍有所顾虑。

而此刻杨载竟将答己太后的心腹女官比作白莲，对方尚未回应，但他自己已觉得不妥，这比喻极可能会冒犯到对方。

果然枢密副使札合不满道：“清涟是答己太后最宠信的心腹女官，杨编修不可乱开玩笑。”

杨载忙自嘲道：“我这胡言乱语的性子，是该好好改改了。”

清涟依然是那副娴雅的样子，似乎并不介怀，道：“无妨，杨编修不过是随口一说而已。”又向黄公望道：“太后听说黄先生已经入宫，特命我来兴圣宫看看。因为是张平章极力推荐的能人，太后对黄先生的期望很高。”

黄公望不敢怠慢，连忙道谢。又道：“下吏当竭尽所能，不负太后所望。”

清涟问道：“黄先生可有所发现？”

黄公望便伸出手来，将钥匙展示给对方，问道：“这些钥匙，清涟女官可曾见过？”

清涟奇道：“这不是延华阁的钥匙吗？这钥匙一向由答己太后亲自保管，黄先生如何会得到？”

札合忙道：“这是黄先生刚从李邦宁的身上搜出来的。”

清涟忙道：“黄先生可否将钥匙暂时借我一用？”

黄公望应道：“当然。”忙将钥匙奉了过去。又道：“这上面还结有残冰，有些冻手，清涟女官小心些。”

清涟伸手去接，碰到钥匙之时，果然觉得寒冷刺骨，略缩了一下，但仍然接了过去。随即匆忙转身离去，应该是赶回隆福宫向答己太后汇报去了。

札合转头看了看李邦宁尸首，纳罕不已，问道：“这到底是怎么回事？”

郑榕接口道：“看起来，应该是这个老宦官偷了答己太后的钥匙，想进延华阁偷东西，结果还没来得及进去，就遇到了凶手……”忽意识到什么，改口问道：“嗯，是不是凶手现下是功臣了？”

札合问道：“此话怎讲？”

郑榕指着李邦宁尸首道：“他杀了这个老小偷啊。也就是说，是凶手阻止了本来将要进行的盗窃，他不是功臣是什么？”

杨载道：“表面上是这样，但未必真是如此。李邦宁包藏祸心，已是确认无疑之事。而凶手极可能跟李邦宁一样心怀不轨，他二人在延华阁门前遇到……不，凶手一方有两人，他们三人在延华阁门前相遇，对方杀了李邦宁。但他们不熟悉宫中情形，不知道延华阁虽无守卫，却是门禁重重，进去并不容易，如果用强力砸开门锁，又会被人听到。杀了李邦宁后，他们更担心被人发现，所以便匆匆处理了李邦宁的尸首，尽快逃离了现场。比较可笑的是，这二人如果知道李邦宁身上便有打开延华阁的钥匙，可就不会无功而返了。”

郑榕道：“杨编修说凶手不熟悉宫中情形，那他……不，是他们，他们怎么会知道延华阁旁边有水井呢？”

杨载毫不示弱，反问道：“如果凶手熟悉兴圣宫情形，怎么会不知道鹿顶井是这里的饮用水源？将尸首丢入井中，其实很容易被人发现。”

郑榕道：“不对……”

黄公望忙道：“你二位争论的其实是内盗还是外盗的问题，这问题可暂时搁置，毕竟目下尚无嫌疑人。”

札合问道：“那么黄先生有什么高见？”

黄公望应道：“高见不敢。不过据我来看，李邦宁不是简单的盗窃，而是想找什么东西，所以他手中才会同时有内藏库和延华阁的钥匙。”

杨载沉吟道：“公望是说，李邦宁先进了内藏库，没找到要找的东西，这才来了延华阁？”

黄公望点了点头，道："你不是曾在内藏库门前遇到过李邦宁吗？目前看来，这当是最合理的推测。"

郑榕插口道："那也得先确认剩下那几把钥匙确实能打开延华阁啊。"

杨载奇道："清涟女官都说了那是延华阁的钥匙，你还有什么疑问？净捣乱唱反调。"语气中已有不满之意。

黄公望忙道："好，这里先就这样。"又问道："杨暗普的尸首在哪里？"

札合道："在兴圣宫西外墙，他的尸首也没有被动过。"忙引众人来到兴圣宫西面的墙根下。

到了墙根处，札合先告道："这里刚好是个死角，宫中卫士从东面太液池边道及西面天库巡逻经过时，都看不到这里。若不是先发现了李邦宁尸首，卫士大肆搜索兴圣宫内外，一时还真发现不了这里也躺着个死人。"

黄公望凝视了杨暗普的尸首一会儿，这才道："这里四下都没有拖曳痕迹，杨暗普当是在这里被杀。"

札合道："是，本使也认为是杨暗普自己走到这里的。"

杨暗普今日也曾出席兴圣殿宴会，但他半途离场，也不曾向招待他的女官清涟说明原因，当是临时有急事。而在皇宫这样的地方，又是在兴圣宫外的皇城中，卫士交叉巡逻频繁，就算发生意外，杨暗普随时可以呼救。由此推测，他遭人挟持的可能性很小，极可能他认识凶手，跟着凶手至此。

札合看了郑榕一眼，又道："本使认为凶手一定很熟悉兴圣宫内外的情形。"

郑榕果然有所回应，道："未必，也许是杨暗普自己引凶手来到这里呢？"

黄公望道："不管怎样，既然杨暗普被杀时来不及呼救，当是被人出其不意地杀死，可见他一定认识凶手。”

料想杨暗普中途离席，也是发现了凶手某甲的异常，遂跟随某甲出来，结果某甲发现了杨暗普，便有意引杨暗普至此，趁其不备，将其杀死。又或者杨暗普追上了某甲，问及某甲忌讳之事，某甲假意相告，又以人多眼杂为由推脱。杨暗普遂主动引某甲至此死角，以便进一步询问究竟，却不想此处反而成为他丧命的场所。

杨载沉吟道："会不会凶手杀了李邦宁后，心中忐忑，生怕恶行败露，便提前离场，因此反而被杨暗普盯上？"

郑榕道："杀死李邦宁的凶手跟杀死杨暗普的凶手，未必是同一人啊。"

札合忙道："但皇宫中从未出过恶性事件，一日之内，三人被杀，可谓前所未有。出现一名凶手已是稀奇，同时出现两名或是三名凶手的概率实在太小。"

郑榕狐疑问道："副使君是不是想推脱责任？"

黄公望忙道："榕儿慎言。"

札合摆了摆手，表示并不介怀，又问道："榕娘此话怎讲？"

郑榕道："毕竟副使负责皇宫警戒，放进一名凶手已是失职，如果同时出现两名或是三名凶手，副使的责任可就更大了。"

札合咳嗽了声，道："这个嘛，如果凶手本身就是宾客之一，那么本使……"忽意识到根本不该接此话头，如此，等于间接承认出现刺客是自己的责任。

杨载忙将话题接了过去，他这次倒是赞同郑榕的看法，道："凶手确实不是同一人。"他既决定帮助好友，当然会小心留意一切。在鹿顶井时，他曾细细查验过李邦宁的伤处，而相比之下，李邦宁的伤处要比杨暗普的伤口略长略宽一些。

黄公望却道："未必。"他当即说了自己的理由："李邦宁和杨暗普各自挨了两刀，中刀位置也差不多，甚至伤口大小也差不多，看起来像是同一人所为。然而李邦宁的尸首经井水泡过，捞出来时其人浑身上下尽已湿透。我等赶到时，甚至连服饰都早已结冰。伤口处既沁了水，当然也会结冰。也就是说，冰块撑大撑长了李邦宁的伤口。”

黄公望又道：“除此之外，这二人的伤口处均异常光滑平整，不似寻常刀伤多带卷边，明显是被同一柄精巧利器所伤。”

杨载瞪大眼睛，奇道：“公望怎么会知道这些？”

黄公望道：“这些年闲在家中，左右无事，便以读书取乐。有一阵对医术有兴趣，便读了一些医书，多涉及外伤，是以多少了解了一些。”又道：“之前我在浙西廉访司做过书吏，对刑案也有些兴趣，还读过宋人所著《洗冤录》[1]。”

其实还有一节黄公望尚未提及——

他闲居家乡时，曾协助地方长官破了几桩奇案，江浙行省长官张闾便是因此听说了他的名字。后来张闾又了解到黄公望曾在浙西廉访司做过书吏，是已故翰林学士承旨徐琰任浙西廉访使时的得力助手，这才有聘其为书吏的念头。

一语既毕，黄公望忽然意识到什么，便又往杨暗普怀中去掏，却未能有所发现。

札合忙道：“黄先生想找什么？”

黄公望微一迟疑，即答道：“没什么。”

杨载却洞察老友心意，插口道：“公望不妨再搜下靴子。杨暗普本是党项人，党项人习惯将物事收在靴筒中。”

黄公望闻言，便俯身去摸杨暗普的靴子，当真从右靴中抽出一柄匕首来。

那匕首饰以黄金，精致小巧，刀柄上还镶着一红一蓝两颗大宝石。拔刀出鞘，刃薄如纸，却是寒气森森。

[1]《洗冤录》，又称《洗冤集录》，南宋宋慈所著，是世界上第一部系统的法医学著作，比国外最早由意大利人菲德里写的法医著作要早 300 多年。《洗冤集录》内容丰富广泛，涉及人体解剖、检验尸体、勘查现场、鉴定死伤原因、自杀或谋杀的各种现象以及各种毒物和急救、解毒方法等。该书总结了历代法医的宝贵经验，又在实践中行之有效，是以成为审判官们必读的法学经典著作，从 13 世纪到 19 世纪，总共沿用了 600 多年，迄今仍然有相当的参考价值。该书已被译成多种文字，被公认是世界法学界共同的精神财富。又，宋慈的故事，可参见吴蔚小说《宋慈洗冤录》。

第四章

故人杳杳

蒙古帝国时期，统治中心一直在哈拉和林。元世祖忽必烈即位后，随着征宋战争的进行，元朝统治中心南移，远在漠北的哈拉和林不再适合做都城，忽必烈开始寻找新的建都地点。他先升开平为上都，取代哈拉和林，接着又将位置更为理想的燕京定名为中都，实行两京制度，后又改中都为大都。元世祖至元十一年（1274年）正月，忽必烈在大都皇宫正殿大明殿接受文武百官的朝贺，大都从此成为元朝的统治中心。

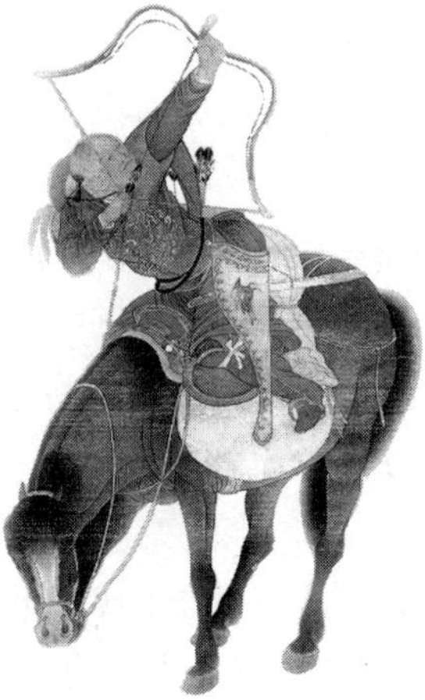

大野连山沙作堆，白沙平处见楼台。
行人禁地避芳草，尽向曲阑斜路来。

祭天马酒洒平野，沙际风来草亦香。
白马如云向西北，紫驼银瓮赐诸王。

牛羊散漫落日下，野草生香乳酪甜。
卷地朔风沙似雪，家家行帐下毡帘。

紫塞风高弓力强，王孙走马猎沙场。
呼鹰腰箭归来晚，马上倒悬双白狼。

五更寒袭紫毛衫，睡起东窗酒尚酣。
门外日高晴不得，满城湿露似江南。

——萨都剌《上京即事五首》

黄公望从死去的杨暗普的靴筒中搜出了一柄匕首，与杨氏胸前伤口比照，竟然正好吻合。这下众人傻了眼，不由得面面相觑。

郑榕问道：“义兄是如何知道这名番僧身上藏有凶器的？”也难怪她发问，毕竟杨暗普是皇家寺庙的住持，靴藏匕首，大不寻常。

黄公望听郑榕称自己为“义兄”，居然还挺顺口，不由得多看了她一眼，这才答道：“我也说不好，只是感觉杨暗普胸前的刀伤太过平滑，凶器定不普通。”

郑榕愈发不解，道：“为何凶器不是寻常之物就该在这名番僧身上？莫非他是什么不凡之人？”

枢密副使札合忙告道：“杨暗普是永福大师杨琏真迦之子。”

郑榕道：“我知道啊。江南人谁不知道杨琏真迦父子的名字！”

杨载颇精古物鉴赏，忙将匕首索要了去，来回翻看了一下，道：“这匕首是宋帝之物，当是昔日杨琏真迦在江南胡作非为时，取自宋皇陵。”

郑榕这才明白黄公望的弦外之音，一时大起佩服之心，又问道：“这么说，这匕首是杨暗普自己的？他是被人用他自己的兵器杀了？”

黄公望点了点头，道：“凶手用这匕首杀了杨暗普，又将匕首塞回杨暗普的右靴筒中。但凶手不知道的是，杨暗普是左撇子。”

他早年在杭州浙西廉访司任职时，跟杨暗普打过交道，留意到一处细节：常人不安时会习惯性搓手，都是右掌在上。杨暗普却是左掌在上，表明他更习惯用左手。

枢密副使札合一直有些糊涂，此时方才会意过来，问道：“凶手用杨暗普的匕首杀了他，又将匕首塞回其右靴筒中，却不知道杨暗普实为左撇子？”

黄公望点头道：“如果是杨暗普自己收回匕首，一定会插入左靴筒中，因为兵器是防身之物，一定会放在最称手的位置，这是人之本能。”

那么问题就来了，且不说杨暗普为何会在靴筒中暗藏利器，既然匕首在他左靴筒中，凶手又是如何取得匕首的呢？如果是杨暗普有心杀凶手，他先从靴筒中取出了匕首，那么凶手势必要经过搏斗方能夺取匕首，为何杨暗普身上没有一点打斗的痕迹？现场的一切情状都表明，他是在毫无防备的情况下被突然杀死的。

再说大宦官李邦宁之死，如果黄公望推测得没错，李邦宁也是被这柄黄金匕首杀死，那么又是谁杀了他呢？是另有其人，还是同一凶手，抑或是匕首的主人杨暗普？

札合道：“杨暗普自进宫担任弘仁寺住持后，人缘颇好，他杀李邦宁做什么？而且李邦宁已经患了不治之症，宫中之人都知道。就算杨暗普跟李邦宁有仇，他用不着自己动手，过不了多久，李邦宁就会病死。”

郑榕道：“那就是凶手先杀了李邦宁，再杀了杨暗普。”

天气寒冷，已难以从尸首本身来判断死亡时间。但如果凶器均是这柄黄金匕首的话，那么肯定是李邦宁先死，然后杨暗普才被杀害。

黄公望道：“不管怎样，杨暗普一定认识凶手，不然二人不会一道走来这处隐蔽之地。这里没什么线索了，我们这就去汪小佩那边吧。等看过那处现场后，再去弘仁寺调查。”

郑榕道：“既然杨暗普的案子已经有了眉目，为何不先查到底，把这件案子先了结了再说？杨暗普的案子查清了，李邦宁的案子也就迎刃而解了。”

杨载插口道：“因为杨暗普跟汪小佩有些关系，说不定三起案子本是一起案子。”

札合闻言很是诧异，忙问道：“汪女官新从伊儿汗国归来，如何会跟杨暗普扯上关系？”

黄公望遂如实告道：“当年汪小佩随同阔阔真公主西赴伊儿汗国，曾到杭州聚远楼做客，那也是阔阔真公主在杭州停驻时的唯一一次正式宴饮。聚远楼嘛，当时还是杨琏真迦名下的产业。”

因朝廷官方宣布杨暗普的父亲杨琏真迦是北上途中病死，黄公望不便公然提及杨琏真迦其实是在那次宴会上中毒而死一事，更不能说毒死杨琏真迦的人正是汪小佩，遂模棱两可地强调了聚远楼。

札合自是知悉杨琏真迦实是在聚远楼饮了毒酒中毒而死，旋即会意，忙接口道：“原来是这样。幸亏张平章举荐了黄先生，不然哪能将这前后诸事联系起来，这些事可是相隔了二十年。”

一行人遂往太液池而来。刚经过兴圣宫，便遇到了太后女官清涟。清涟先告道：“答己太后所藏的延华阁的钥匙都还在，但黄先生搜到的那些钥匙，跟太后的钥匙一模一样，当是复制品。”

杨载道：“那么当是答己太后身边的人盗取了钥匙，李邦宁再复制了一套了？”

清涟道：“钥匙这件事，答己太后会处置的。”又指着身边的蒙古武士道：“这是怯薛长果满。他是奉皇帝陛下之命，来询问案情进展的。”

那果满虽是武士出身，却也爱好文学，与杨载相熟，举手招呼了一声，又问道：“杨编修如何也在这里？”

杨载笑道：“这位黄公望是我的老友，他新来大都，我怕他人生地不熟，想帮帮忙。”

忽有一人从兴圣宫急奔出来，扬手叫道：“清涟女官，本王正要找你。”却是高丽王王璋。原来他离开鹿顶井后，并没有立即离开兴圣宫，还在里面转悠。

清涟行了一礼，问道：“大王有何指教？”

王璋道：“是清涟女官负责安排兴圣宫宴会，对不对？本王问你，兴盛殿西二排第五座，坐的是谁？”

清涟道：“西二排坐的都是在京的行省长官家眷。嗯，让我想想看，第五座，坐的应该是江浙行省长官普照的正妻胡氏。大王忽然跑来询问座次，可是有什么不妥？”又特意告道：“大王的王后宝塔实怜公主坐在东一排第三座，仅次于两位宗王的王妃。”

王璋的注意力只在西二排第五座上，又问道：“不是辽阳行省右丞相洪重喜家眷吗？”

清涟道：“不是。”

王璋还不死心，又问道：“那洪重喜的家眷坐在哪里？”

怯薛长果满忍不住插口道：“兴圣殿宴席早已经散了，大王还追问座次做什么？清涟女官正奉答己太后之命协查兴圣宫命案，误了太后交代的事，谁来承担责任？是清涟女官，还是大王你？”

王璋与现任大元皇帝仁宗关系也算不错，但却不及与前任武宗皇帝海山那般亲密无间。果满是仁宗皇帝的心腹，又是怯薛长，王璋也不敢造次，只好退开。一行人遂继续朝太液池而来。一路上，黄公望又大略叙述了杨暗普一案的最新发现。

怯薛长果满忙道：“不错，我见过这柄黄金匕首，说是宋朝皇帝的遗物。杨暗普最初入宫时，曾打算将它献给皇帝……哦，这指的是武宗皇帝。但武宗皇帝一生戎马，哪里看得上这柄小刀？武宗皇帝说，既然是宋朝皇帝之物，必有贵重之处，让杨暗普自己留着就好。”

黄公望道：“之前我们推测有两人欲到延华阁行窃，但因为没有钥匙无法进入，正好又撞见了李邦宁。那二人不知李邦宁亦有所图谋，身上还怀有延华阁的钥匙，不得已杀了李氏灭口。又将尸首抛入鹿顶井中，随即匆匆逃离了现场。现下看来，这两人中，极有可能……”

郑榕忙抢着插口道：“其中一人就是杨暗普。”

旁人均感愕然。清涟先道：“这应该不大可能。杨暗普入宫多年，不会不知道延华阁锁禁重重。他如果真的要盗取物事，一定会跟李邦宁一样，先设法得到延华阁的钥匙。”

杨载问道：“那又如何解释李邦宁身上的刀伤与杨暗普匕首十分吻合一事？”

清涟道：“既然黄先生认为是有人用同一柄凶器杀死了李邦宁、杨暗普二人，那么我相信黄先生的判断。料想杨暗普的匕首被凶手得到，凶手先用它杀了李邦宁，再杀了杨暗普，还将匕首塞回杨暗普的靴筒中。大概是因为这柄匕首太过抢眼，实是烫手山芋，凶手带在身上，一旦被人发现，等于自承其罪。”

郑榕便转向札合，问道：“依副使君来看，匕首插在靴筒之中，丢失的可能性有多大？”

札合迟疑道：“这个嘛……”他自是认为匕首不可能从靴筒中遗失，但却不愿意得罪清涟。

怯薛长果满道：“凭我的经验，匕首插在靴子中，绝不会丢失，毕竟这是长条状物，不是小件珠子之类。但若是匕首收在怀中的话，那就难说了。”

郑榕道：“那么怯薛长的意思是，杨暗普是将匕首收在了怀中，由此匕首才意外丢失，或是干脆被凶手盗去？”

黄公望忙叫道：“榕儿！”朝郑榕摇了摇头，示意清涟、果满都是有身份、有权势的人，不可造次。

又告道：“适才是我从杨暗普身上搜出匕首的，有留意过他的两只靴筒，左边那只外侧内里缝有暗袋，刚好可以插进匕首，右边靴筒则没有。”

这等于是说，左靴是杨暗普习惯性的收藏匕首之地，既在靴中，又有暗袋，那么丢失的可能性便极低了。

清涟思忖了一会儿，才问道：“既是如此，黄先生可有什么更好的推测？”

黄公望问道：“杨暗普是中途离席的，对吧？”

清涟道：“是，杨暗普离开过一次，然后回来了。坐不了一会儿，又离开了，然后便未再回来。”

杨载插口道：“会不会是凶手今日也在兴圣宫宴会上？不对，那时那人还不是凶手，只是有意图盗窃延华阁者，姑且叫他延华某甲吧。延华某甲中途离席，欲到后苑行窃，杨暗普留意到异状，但出于某种原因，他没有张扬，只自己跟随延华某甲到了延华阁。二人碰了面，大概有一番对话。这时候，李邦宁出现了。杨暗普杀了李邦宁，但却将匕首给了延华某甲，然后他自己回到宴席中，后来见到延华某甲离开，便又跟随离去，结果自己也被对方杀死。到这时，延华某甲才真正成了凶手。”

清涟道：“杨编修的推测，过程倒是很顺。杨暗普留意到异样，跟随延华某甲离去，也有道理。但他为什么要替延华某甲掩饰，甚至不惜杀死李邦宁？在皇宫中杀人，等同于谋逆大罪。”

杨载道：“这一节不难解释，应该是杨暗普担心李邦宁听到了他与延华某甲的对话。”

清涟问道：“那么杨暗普又为何要将自己的防身匕首交给延华某甲？”

杨载道：“我有一个想法，但现在还不想说。”

清涟见杨载神秘一笑，一时愣住。

黄公望遂问道：“有没有符合杨编修描述的与杨暗普前后脚离开的宾客？”

清涟摇头道：“今日兴盛殿中的宾客有几百人，还有许多女眷带着孩子，因为答己太后喜欢小孩子。我的主要注意力都在小孩子身上，怕他们奔跑打闹，弄坏了太后心爱的物事，毕竟以前就发生过这样的事。我留意到杨暗普，还是因为他那一身僧袍太过引人瞩目……”

杨载哈哈一笑，道：“清涟女官其实是想说他头顶高如鸡冠的僧帽太过引人瞩目吧？”

清涟“唔”了一声，道：“总之，因为兴圣殿中宾客太多，席间进进出出的人也不少，我很难留意到每一个人。”

交谈之间，已到了太液池边。却见暖亭附近除了看守现场的卫士外，贯云石也还在。

杨载忙上前招呼，问道：“贯学士，你怎么人还在这里？”

贯云石朝暖亭看了一眼，道：“卫士不准移动姑姑的尸首，说是要等有司官员调查后，我才能接姑姑回家。姑姑一直是一个人，孤苦伶仃了大半辈子，我不忍见到她死后还是如此，便一直留在这里陪她。”

杨载闻言颇为黯然，又为黄公望引见道：“这位是御史台书吏黄公望，是我的老友，正奉答己太后之命调查命案。”

贯云石勉强露出一丝欣然之色，道：“黄先生，我还记得你，当年我们在聚远楼顶楼见过的。”

黄公望忙道：“贯公子，不，贯学士，一晃这么多年过去，你竟然已经是翰林院最年轻的学士了，可喜可贺。”

郑榕插口道："我们是来叙旧的吗？要叙旧，也该找个暖和的地方。"

黄公望忙道："抱歉。各位请稍候，我先进暖亭验尸。"

进来暖亭后，见到汪小佩的尸身，黄公望这才确信汪小佩是真的不在了，一时很是感慨。即便不知是她杀了杨琏真迦，但她在他的心目中也是个神秘传奇的女子，她的人生轨迹与常人大不相同。

杨载紧跟进来，一把推开黄公望，抢上前察看伤口。一连俯身了好几次，似是在找什么，最后还是露出了失望之色，招手叫道："公望，还是你来吧。"自己则掀开帘子先出去了。

不一会儿，黄公望也从暖亭中出来了。众人忙迎上前去。札合先问道："汪女官身上的伤口，可是与杨暗普相近？"言下之意，竟是已认定杀死杨暗普与汪小佩的凶手为同一人。

黄公望见众人均满怀期待地望着自己，忙摇头告道："不是。汪女官身上的伤口纵深要浅很多，而且那伤口根本不致命。她最终的死因是失血过多，兼之天气寒冷，失去了知觉。"

贯云石忙问道："这么说，我姑姑是被活活冻死的？"

黄公望道："差不多是这样。不过，汪女官很快便失去了意识，虽然是被冻死，却也没有受多少罪。"

贯云石大为悲愤，一时按捺不住，又奔进去暖亭，抚尸恸哭起来。

怯薛长果满道："既然黄先生说刀伤深浅对比明显，杨暗普及李邦宁中刀甚深，当是男子所为。"又转头对清涟道："须重点调查兴圣宫内的宾客。"

清涟道："今日兴圣宫的宾客多为女眷，如果凶手是男性，那么嫌疑人一下便能减少一多半了。"

郑榕却专爱唱反调，插口道："这可未必。蒙古女子的豪气不输男儿，精于骑射者不在少数。今日兴圣殿中的女眷宾客，多是蒙古人，对吧？”

旁人未及回应，黄公望先道：“榕儿说得有理，凶手也有可能是女子，而且也不需要有男子一般的气力，因为这柄黄金匕首十分锐利，是世间罕见的利器。当然了，杀死汪小佩的凶手，必是女子无疑，而且所用的凶器，远远不及杨暗普的黄金匕首锋锐。”

怯薛长果满道：“这么说，当有两名凶手了，一名是女子，一名不知是男是女。今日到兴圣宫参加宴会的宾客有几百号人，这要如何查起？”

黄公望道：“清涟女官，麻烦你列两个名单，将今日宾客中同杨暗普、汪小佩相识者分别列出来。”

清涟应了一声，又道：“奉答己太后之命，要为黄先生在皇宫安排一处地方避寒，黄先生看是否要安排在兴圣殿附近？”

黄公望未及回答，杨载抢先答道：“就在这暖亭吧。”

清涟转头看了一眼暖亭，道：“可是贯学士和汪女官都还在里面，而且……”

杨载道：“公望已经验过尸首了，大可将汪小佩的尸身交还贯学士，好让他带回家中安排后事。等清涟女官的名单做出来，便可继续追查下去。”

黄公望也道：“就暖亭吧。这里本身就是案发之处，距离其他两处现场也近，复查起来也方便。我先在这里看看，一会儿再去弘仁寺取证。”

清涟忙道：“黄先生不介意这里是凶案现场就好，我这就去安排人送火炉及酒食过来。至于黄先生要的宾客名单，稍后即到。”

怯薛长果满道：“黄先生查案有理有序，颇有进展，我也要回去向皇帝陛下复命了。”

札合见果满、清涟二人均要离开，忙追上几步，道：“二位，既然答己太后已经指明由御史台来调查案子，我留在这里，是不是有些多余？”

清涟遂道：“枢密副使负责大都治安，公务何等繁忙，不如先回枢密院处理日常事务，这里就由我和怯薛长来照应。”

札合虽然看好黄公望，但仍然觉得要查清这三桩无头命案实非易事，能够尽快摆脱，于他是一种幸事，忙不迭地应了，又与黄公望几人打了声招呼，便率军匆忙离去。

郑榕朝暖亭看了好几眼，忍不住道：“他就是那个让爵给弟弟的贯云石吗？他哭得好伤心，看起来也是性情中人。”

杨载道：“就是他了。榕娘不妨进去劝劝他，人死不能复生，要节哀顺变。”

郑榕闻言一怔，道：“我去劝他？”

杨载道：“就是你。你二人年纪差不了几岁，怎么也算是同龄人，你去劝他，他听得进去。而我和公望都算是你二人的长辈，不知道你们年轻人现下的心思。”

郑榕想了想，才道：“好。”当真往暖亭而去。

杨载想不到能如此轻易将郑榕支开，又见四周还有卫士，忙将黄公望扯到池边，告道：“其实我本来有个大胆推测，但忍住没说，现下看来……”

黄公望忙问道：“什么推测？”

杨载道：“是杨暗普逼迫凶手……不，那时他还不是凶手，仍然是延华某甲。杨暗普将自己的黄金匕首交给了延华某甲，逼迫他来杀汪小佩。”

杨暗普既早知汪小佩是毒杀父亲杨琏真迦的真正凶手，今日在兴圣殿宴席上意外见到她后，必定起了复仇之心。然汪小佩即便没有贯氏家族做靠山，也依然是伊儿汗国的挂名女官，元廷怎么可能为了一个死去二十年的杨琏真迦去得罪伊儿汗国？所以杨暗普必定报不了仇。刚好这时他留意到了延华某甲不同寻常的举动，便跟随其来到后苑，发现对方欲私闯延华阁。

再巧不过的是，大宦官李邦宁骤然现身，在错误的时间，出现在了错误的地点。杨暗普干脆杀了李邦宁，又继续用私闯延华阁的把柄要挟延华某甲，并将匕首给了对方，令其除掉汪小佩。

杨载又道："我本来觉得我这个推测可以拨开云雾见青天……抱歉，我一得意，就爱犯老毛病。"

黄公望忙问道："先不说别的，杨暗普如何会知道是汪小佩毒杀他父亲杨琏真迦的？不是说知情者只有贯云石和危亦林，加上你和老倪二人吗？"

杨载道："不止。金海岩也知道此事，而且他当面告诉老倪，说杨暗普当年就知道了真相，却因为无法找汪小佩报仇，这才将怒气转而撒在了老倪身上，将老倪逮捕囚禁，予以折磨。"

黄公望大吃一惊，问道："金海岩？你是不是说错了？"

杨载道："没错，就是海容的兄长，金海岩。我就知道你会是这样的反应，还说什么'这么多年过去，能让我惊奇的事已经不多了'。"

摇了摇头，杨载又道："本来我和老倪商量过了，不打算告诉你这件事，谁知道你竟被答己太后指名叫来皇宫调查命案，不说是不行了。"

黄公望一时惊疑不定，道："你该不会是说金……他……"

杨载点头道："今日金海岩也在皇宫之中。"大致说了在太液池离奇遇到金海岩，又因对方容貌与妹妹金海容太过相似而被倪昭奎认出一事。

黄公望愈发惊奇，问道："他怎么会在皇宫之中？"忽又想到什么，问道："那行刺张平章的刺客，该不会就是金海岩吧？"

杨载道："或许是吧。以当时情形来看，这种可能性很大。具体怎么回事，要当面问金海岩本人才能弄清楚。好了，不说金海岩了，还是回到眼前吧。这几件案子不破，公望也没法向太后、皇帝交差，搞不好还要成替罪羊。这次是直达天听，可未必有上次聚远楼事件那般幸运了。"

黄公望定了定神，连连摇头道："这不合情理。"

杨载不以为然道："金氏是什么人，你还不知道吗？金海岩混进皇宫，必有图谋，还有什么合不合情理的？总之，这次非常危险，万一被人发现你我跟他认识……是了，你不认识金海岩，你连他的面都没见过呢。"

黄公望道："我是说杨暗普。"

杨暗普不是瞎子，必定发现了杀父仇人汪小佩也出现在兴圣宫宴席中。积累了二十年的愤怒涌上心头，他必定将全部心思都集中在仇人身上，如何还会留意到延华某甲的异常举动？

杨载蓦然醒悟，失声道："是了，我竟没有想到这一点，除非延华某甲就坐在汪小佩的身边或是近处。"

刚好郑榕陪着贯云石走出暖亭，杨载看到，不由一怔，道："这么有效？"

贯云石径直走过来，问道："刚刚榕娘告诉我，说杨暗普也被人杀了，对吗？"

黄公望道："是啊，贯学士人一直在皇宫，竟然不知道这件事吗？"

贯云石摇头道："我不关心旁人的事。"

杨载忙问道："尊姑姑汪女官是一个人受邀来皇宫参加兴圣殿宴会的吗？"

贯云石道："不止一人，还有两名伊儿汗国使者。其中一人，杨编修已经见过了，就是出来寻我姑姑的那鹰。"

杨载与贯云石交换了一下眼色，毋庸置疑，这那鹰就是金海岩的化名了。先不论他如何得到了伊儿汗国使者的身份，他显然不是杀死汪小佩的凶手，因为他经过暖亭时，甚至不知汪小佩死在暖亭一事。

见一旁有队巡逻卫士经过，黄公望便主动上前打听道："听说早先中书省张平章遇刺了，各位可知道是怎么一回事？"

一名卫士应道："今日御苑出了大事，我等奉命搜查时，张平章闻讯赶来查看究竟。他独自离开时，在直庐附近遇到了刺客。幸亏有卫士刚好在那附近，听到动静，及时赶过去救了张平章。”

黄公望已听杨载提及仁宗皇帝提前离开大明殿诈马宴一事，料想或许与御苑有什么关联也说不定，忙问道：“御苑出了什么大事？”

卫士欲言又止，有所迟疑。

杨载已跟了过来，见状忙介绍道：“这位是御史台黄先生，奉太后和皇帝的钦命，负责调查皇宫疑案。”

卫士大概已从别处听过此事，忙应道：“原来你就是黄先生。”

杨载听到“御苑出了大事”一句，也立即联想到皇帝提前离开大明殿一事，忙追问道：“你说出了大事，可是御苑有人遇害？”

卫士答道：“御苑里死的不是人，是养在那里的数十只御鹰。这些御鹰被人投毒害死了，无一只存活。”

原来今日是元宗皇帝改元的第一日，他本欲弄点新奇花样，在大明殿诈马宴开席之时，将在御苑所养的御鹰同时放飞，以为吉兆。然正当大明殿中的仁宗皇帝殷殷期待鹰击长空的壮观场面时，却有心腹怯薛赶来，禀报御苑飞鹰尽数死去。仁宗皇帝表面不动声色，心中却觉得极不寻常，便匆忙起身离殿，赶去了御苑。当查验得知御鹰的肉食中被人投入了剧毒后，仁宗皇帝虽然恼怒，却命相关人等绝不得张扬，只暗中搜索御苑内外。

卫士大致叙述了经过，又特意叮嘱道：“如果有人问起的话，二位千万别说是我说的。之前皇帝下了封口严令，谁也不能外泄御鹰之事。我也是因为黄先生有钦差身份，正奉上命调查皇宫怪案，这才直言相告。”

杨载心道：“看来是有人故意毒杀了御鹰，好破坏皇帝事先安排的好戏。在这样的良辰吉日，御鹰尽死，无疑是一件大大的晦气事，难怪皇帝要下封口令。”

黄公望忙问道：“御苑这件事，可是跟行刺张平章的刺客有关？”

卫士答道：“或许有关，或许无关，反正我们里外都搜过了，没发现蛛丝马迹。”

蒙古人大多爽快耿直，那卫士也是个不吐不快的性子，顿了顿，又忍不住道：“不过要我说，跟刺客应该没什么关系。刺客行刺张平章是真事，张平章还因此受了伤，但张平章遇刺跟御鹰被毒杀，完全是风马牛不相及的两件事。”言外之意，御苑飞鹰与中书宰相不相关，刺客既然已经行刺伤人，张闾当是其明确目标。

杨载哈哈一笑，问道：“如果刺客只着意行刺张平章，为何要选在戒备森严的皇宫动手，他在宫外行刺，不是更容易得手吗？”

那卫士先是一怔，随即应道：“也对。会不会是刺客先投毒杀了御鹰，然后他人一直躲在御苑隐蔽处，后来逃走时，刚好被张平章撞见？刺客怕暴露行踪，所以才不得已行刺张平章？”

杨载笑道：“果真这样的话，就表明张平章是认识刺客的。刺客本不该出现在御苑这种地方，撞见张平章后，怕投毒之事败露，才想杀人灭口。”

黄公望心道：“金海岩极有可能就是行刺张平章的刺客。他应该跟毒害御鹰一事无干，但他冒险潜入皇宫又是怎么回事？他当然不可能是为了行刺张平章而来，正如杨载所言，要行刺张平章，在宫外更容易得手。莫非张平章认得金海岩，金海岩在皇宫有所图谋时，无意中在御苑附近撞见了张平章，他生怕暴露行踪，才不得已要杀人灭口，遂被当作了刺客？”忙问道：“可知道刺客的模样及打扮？”

卫士道：“同伴赶过去营救张平章时，刺客已经闻声先逃了。只远远看到背影，刺客穿着红绿相间的外套。据张平章自己说，刺客蒙着脸，未能看清面貌，但打扮是色目人无疑。”

杨载忙问道：“那么后来你们可有比照刺客的服饰，仔细搜查过宾客？”

那名卫士道：“怯薛长果满得报后，分派了人手，守在大明殿及兴圣宫宫门处，专门留意穿着红绿相间外套的男子，一共发现了五人，仔细核对后，这五人在案发时都在宴会中，所以都无嫌疑。料想刺客应该已经换过衣衫了。”

黄公望又问了刺客的大致身高体形，便向卫士道了谢，等那队卫士走远，才问杨载道：“你和老倪遇到金海岩时，他穿着什么样的外袍？”

杨载道：“黑白相间的色目人外袍，怎么了？”

黄公望问道：“你觉得他是在逃的刺客吗？”

杨载道：“体貌完全符合描述。而且当时金海岩经过暖亭，形迹匆匆，根本不像是找人。就算找人，见到我和老倪在这儿，也该停下来问一声有没有见过一名老妇人，对吧？”

料想金海岩行刺未成，急忙逃离了御苑。但兴圣宫出了事，已内外戒备。金海岩不知是李邦宁被杀，还以为是自己的行迹败露，所以不敢擅自回兴圣宫，以免自投罗网。他一时没有去处，便只能先寻个地方避寒落脚。至于外套，他既想方设法混进皇宫，必是有备而来，事先穿了两套衣衫以便紧急时脱下外衫，或将正反面花色图案不同的衣衫反穿，根本不足为奇。只是人算不如天算，不想他先在暖亭遇到了杨载和倪昭奎，竟被二人认了出来。后来贯云石到来，不明究竟，还以为金海岩是出来寻找汪小佩的，便让对方先回兴圣宫，金海岩遂顺势退去。

黄公望踌躇道：“无论如何，金海岩当与毒杀御苑飞鹰一事无干了。”

杨载点头道：“嗯，我也觉得御苑飞鹰一事，不必再管了，这也不是你我所能涉足的事。”言外之意，是暗示御苑飞鹰被毒杀与蒙古宫廷争斗有关了。

黄公望虽至京师不算太久，但对元成宗之后蒙古皇族内部的血腥宫变可不是一无所知，当即点了点头，道：“好，除非皇帝明确指示，否则你我再不提此事。”

杨载又道：“杨暗普被杀一案，本来金海岩的杀人嫌疑就很大。他从老倪那里听说杨暗普是皇宫弘仁寺住持后，很是气愤，所以老倪一听到杨暗普被杀，第一个想到的就是金海岩。”

黄公望道：“可是金海岩在兴圣宫外，忙于行刺张平章，根本来不及去延华阁行窃，没有机会遇到杨暗普，也就跟李邦宁之死扯不上关系。既然他跟延华阁凶案无干，手中也就不会有黄金匕首，当然也就不可能杀死杨暗普了。”

杨载喜道：“这么说，你认可我的推测，也认为是杨暗普挟持延华某甲来杀汪小佩了？”

黄公望点了点头，道：“只有老杨你的这番推测，才能合理解释延华某甲拥有黄金匕首一事。”

试想仇人近在眼前，杨暗普竟舍弃了日夜携带的利器，何等不合常理！必是有天大的理由，才会令他如此。料想延华某甲受到杨暗普的胁迫，出来杀汪小佩时，汪小佩已然遇害，延华某甲遂回宫向杨暗普交差。杨暗普以为是延华某甲杀了汪小佩，喜不自胜，亲自引他到兴圣宫死角处，以详细问明经过。却不想延华某甲为了保住自己的秘密，竟在递还匕首时，出其不意地将杨暗普杀死。

杨载道：“不错，是这样，一定是这样。”又称赞老友道：“公望，你可真厉害，这都能被你想到。”

黄公望摇头道：“这是群策群力，老杨你更是功不可没。凭我一人，哪里能推算出这么多奥妙。”转头见贯云石正召集人手，预备将汪小佩的尸首运走，忙过去问道：“适才贯学士说有一名伊儿汗国使者那鹰，另一名使者呢？”

贯云石道：“那名使者也是伊儿汗国人，汉名很古怪，叫发财。兴圣宫宴席散后，他和那鹰都来过这里，他们都挺难过的。听说姑姑的尸首不能移动，二人都跪在暖亭外，按中原礼仪，恭恭敬敬地磕了三个头，这才离开。”

黄公望颇为意外，一时难明究竟，便让郑榕留下来协助贯云石，自己与杨载一起来到弘仁寺。

他们询问了一遍寺僧，想了解杨暗普与兴圣宫宴会宾客的交集，却丝毫不得要领，只确认了黄金匕首为杨暗普的心爱之物，片刻不离，就连睡觉也要放在枕边。而且在搜查杨暗普房间时，也发现杨暗普的所有靴子均在左靴筒中缝有暗袋，当是专门收藏匕首所用。如此，愈发证明二人的推测合理，当是杨暗普主动将匕首交给了延华某甲。

延华某甲既然不可能是那鹰，会不会是另外一名使者呢？

既然金海岩假冒了那鹰，另一名使者发财的身份大概也不简单。会不会他就是那名意图闯入延华阁的窃贼，也就是被杨暗普盯上的延华某甲呢？

杨载道："会不会是延华某甲受杨暗普胁迫时，先假意答应了对方，拿着黄金匕首来找汪小佩商议对策，却意外发现她人已经被杀。延华某甲以为跟杨暗普有关，于是赶回去杀了他？"

黄公望踌躇道："这倒是有可能。"

二人便重新回到太液池暖亭，贯云石已引人将汪小佩的尸身运走，郑榕也随之离去。

杨载颇感意外，道："我还以为这位榕娘会死死黏住公望不放呢。我以为她进宫必有图谋，想不到她就这样走了。"

黄公望问道："老杨还怀疑榕儿接近我是别有用心吗？"

杨载沉吟道："她看起来很天真，处处爱显摆，还是小女孩子的心思。果真别有所图的话，当处处隐忍、深藏不露才对。不过还是不可掉以轻心。"

黄公望道："真要确认郑榕的身份的话，去找真真问一下她兄长郑樗不就知道了。"

杨载讪笑道："实话说，最近我跟黄瑮有些不大和睦，不好意思去问他妻子真真的事，尤其还是真真旧日情人的事。不过你放心，我会想办法的。"又指着圆桌上的银裹木漆酒瓮道："这酒是我从大明殿搬出来的，本来打算跟老倪喝个痛快，不想跟他没喝成酒，跟你倒是能浅酌个两杯。"

话音刚落，便有宫人送来了两个火炉，还有肉干、干果、点心之类，摆了满满一桌。

杨载笑道：“这下好了，既热乎，又有了下酒菜。”

黄公望却摇头道：“我已经许久不饮酒了，更何况还有公务在身。”

杨载笑道：“离开能远楼时，你不是还叫榕娘给你留一坛酒吗？”

黄公望道：“等办完宫里的事，回去能远楼，再喝个痛快不迟。”

他也确实肚子饿了，便取了两块糕点，自行吃了。忍了一会儿，终于还是小心翼翼地问道：“金海岩可有提过他妹妹海容的消息？”

杨载摇头道：“没有。老倪当面问过，金海岩只回了一句话，‘海容的下落，我只会告诉黄公望一人’，而且就是他告诉我和老倪，说你人来了京师，正在御史台任职。看起来，他暗地里没少关注你。”

黄公望喃喃道：“是这样吗？”一时便陷入了静默中。

回忆悠远绵长，却又是那般清晰，历历在目。接天莲叶无穷碧，映日荷花别样红。那个有荷香又有月色的美好夏夜，他本来是要向她表白的呀，想不到东海客栈外的一面，竟成了永别。

她还好吗？可有想念过他，还是已经彻底忘记了他？可有跟他一样成亲，膝下有了儿女？

忽见到海容笑语盈盈而来，道：“我回来了。”

他当即站起身来，道：“海容，你终于回来了，我等你等得好苦。”

一旁的杨载见老友神色异常，忙扯了扯他衣袖，叫道：“公望，这是清涟女官。”

黄公望“啊”了一声，回过神来，慌忙道歉道：“抱歉，我认错人了。”

清涟道：“不碍事。这是黄先生要的名单，如若有不解之处，可随时问我。”示意宫人将一张大纸贴在琉璃墙面上。

黄公望定睛一看，那不是一份名单，而是一份详尽的示意图，按东、南、西、北方位绘出了兴圣殿的平面图，宾客名字被一一标记在相关座次上。

清涟又道：“凡是与杨暗普相识的，至少是我知道的，都用朱笔标出。与汪小佩相识的，用蓝笔标出。与李邦宁相识的，就没有必要标记了，他是皇宫中的老宦官，历事几朝，宾客没有不认识他的。当然，除了新赴大都的外国使节。但这些使节也不大可能跟李邦宁有什么联系。”

一见之下，黄公望大为惊叹，赞道：“这么短的时间，清涟女官竟做出了这样一份详细的示意图，实在厉害。”

清涟忙道：“不瞒黄先生说，座次图是现成的，宴会之前便做了一份类似的，我不过是重抄了一份，有些名字换了颜色而已。”

杨载指着座次图道：“这是西二排第五座吗？”

清涟道：“是，杨编修好生厉害，一下子便留意到了。不错，这里坐的是辽阳行省右丞相洪重喜的正妻，但我却告诉高丽王，说这里坐的是江浙行省长官的家眷。”

杨载忙道：“我不是有意多事，而是觉得高丽王今日有些不同寻常，就连他自己也说，他对今日宫中之事莫名感到有些不安。”

黄公望本不关心西二排第五座之事，闻言忙问道：“清涟女官有意不告诉高丽王实话，一定是有自己的理由了？”

清涟道：“黄先生久在江南，大概不了解北方诸事。辽阳洪氏与高丽王室结有世仇。一方是辽阳行省右丞相，世袭沈阳侯，是朝廷监视高丽的耳目；一方是高丽王，封沈王，兼任辽阳行省丞相，还是大元女婿。双方势均力敌，之前可是发生过不少明争暗斗的事。”

杨载道：“但是高丽忠烈王在世时，来大元朝见，不也时常住在洪氏洪君祥家中吗？”

清涟道：“有这回事。但除了洪君祥，其他洪氏都与高丽为敌。而且洪君祥已经去世数年，这唯一的一点旧情也早没有了。而今，洪君祥之子洪迈跟现任高丽王也不大和睦。”

黄公望踌躇道：“或许高丽王是因为在兴圣殿中发现了什么事，才赶来向清涟女官询问座次之事。”

清涟道：“我自是知道高丽王相询必有缘故，但为了大局着想，我只能用谎言骗过他。不过你二位既与高丽王是旧识，或许可以直接问他原因。”一边说着，一边期待地望着杨载。

杨载忙道：“乐意效劳。”

黄公望仔细看那份座次图，却见汪小佩的座次相当靠前，她与两名伊儿汗国使者一道，同坐在西一排第六座。其左右要么是其他汗国的使者，要么是秃鲁花，也就是质子家眷，尽是黑笔标注，也就表明这些人与杨暗普及汪小佩不相识。而杨暗普则坐在东三排第十五座，算是汪小佩的斜对面。

黄公望指着座次图道：“清涟女官当时人就在现场，尽管你没有留意，但在不经意间也可能看到了什么。你再好好想想看，这里，西一排第六座，可有什么奇怪的地方？”

清涟想了想，最终还是摇头道：“好像没有。”

黄公望道：“不用特别集中注意力，闭上眼睛，随意想。”

清涟当真闭上眼睛，脑海中浮现出宴饮的画面，一张张各带表情的脸一一浮现了出来。她蓦然睁开眼睛，叫道：“是了，西一排第六座一度空无一人。”

黄公望忙问道：“清涟女官是说汪小佩及两位使者都不在座位上吗？”

清涟道：“是。不过汪小佩进宫时便说了自己有重病在身，不能久坐，不然会气闷晕倒。我清楚地记得这句话，所以当座位空了的时候，也没在意。”

黄公望问道：“清涟女官可有留意到这三人离席的先后顺序？”

清涟又道：“好像是开席后不久，就没有人了，三个人应该是一起离开的吧。后来只有汪小佩汪女官一人回来，但她坐了一会儿，贯学士便来了，姑侄二人又一道离开，再也没有回来。后来发财使者回来了。再后来，那鹰使者也回来了。嗯，那是兴圣宫出事之后的事了。”

杨载忙问道：“贯云石不是跟汪小佩一道来的吗？”

清涟道："贯学士本来该在大明殿参加宴会的，兴圣殿这边并没有安排他的座次，不知他为何临时过来，估计也是挂念他姑姑的病情吧。"

黄公望与杨载交换了一下眼色，二人均是一般的心思：贯云石虽然不知道杨暗普早已知晓汪小佩是杀父仇人，但却知道二人将会在兴圣殿宴会上遇到，仍有所担心，是以赶了过来。

杨载又问道："那么清涟女官可有留意到杨暗普是何时离开的？"

清涟摇头道："这我可没有印象。汪小佩等坐在第一排，不管怎样，我的目光都会扫到，总有些印象。而杨暗普在两排之后，我不能一眼瞧到他。"又问道："二位可还需要其他协助？"

黄公望沉吟道："今日参宴宾客甚众，必定有人看到杨暗普等人离开，不过众人均已散去，答己太后又明令不准声张，不准公开调查，是以难以取证。"

杨载问道："我们可不可以去兴圣殿看看？"

清涟道："当然可以。"遂引黄公望、杨载二人往兴圣宫而来。

进来兴圣殿时，满殿食具菜肴已被收走，打扫得干干净净，但座次还是按原样摆着，尚未移动。杨载先来到西二排第五座，左看右看，并未发现线索，只闻见一股淡淡的异香。杨载又用力吸了两口气，只觉得沁人心脾，很是舒畅，忙招手叫过清涟，问道："这是什么香？"

清涟奇道："有香气吗，我怎么闻不到？"

杨载道："清涟女官站到这里。"自己则退开两步。

清涟便移步到杨载原先的位置，深吸一口气，奇道："好像是一股香气，这香气好生奇异，又有几分熟悉。"又闻了一下，忽然想了起来，道："这是香水园[1]香花的香气。"

[1]香水园，遗址在今北京延庆上花园。明朝隆庆年间，为避年号隆庆之讳，改龙庆州为延庆州，延庆一名沿用至今。

蒙古帝国时期，统治中心一直在哈拉和林。元世祖忽必烈即位后，随着征宋战争的进行，元朝统治中心南移，远在漠北的哈拉和林不再适合做都城，忽必烈开始寻找新的建都地点。他先升开平为上都，取代哈拉和林，接着又将位置更为理想的燕京定名为中都，实行两京制度，后又改中都为大都。元世祖至元十一年（1274 年）正月，忽必烈在大都皇宫正殿大明殿接受文武百官的朝贺，大都从此成为元朝的统治中心。

但两京制度仍然存在，皇帝每年夏季都会率领群臣往上都避暑。为方便起见，在两京之间修建有许多行在，又称行宫，专供天子停驻。在京畿地区，便有柳林行宫，即辽代的延芳淀，又有下马飞放泊，为金代南苑建春宫旧址。

香水园亦是众多行宫中的一处，位于缙山县，原是辽国太后萧燕燕的花园行宫，虽然距离大都不算远，却是隶属于上都路。这里三面环山，一面临水，神峰列翠，碧水九曲，既有塞外的粗犷雄奇，又有江南的妩媚秀丽，故而有“夏都”之誉，亦是当今仁宗皇帝的出生之地。元仁宗即位后，即将缙山县升为龙庆州，意为庆贺真龙天子降临圣地，领怀来县，原属上都路改隶大都路。而且皇帝每年都会抽出时间，专程到香水园小住一段时间。

香水园有一株香花，只长在行宫之中，别处不曾见到。颜色金黄，花开如碗大，奇香扑鼻。花开时节，花香四溢，不独整个行宫，甚至整条河道都能闻到它的香气，传说这便是河流名为“香水”的来历。且香气持久，甚至超过了龙涎香[1]。此花一年只在春夏之交时开花一次，每次花开不过十朵，愈发珍贵。每每到花开将败

[1]龙涎香，在西方又称灰琥珀，一种固态蜡状可燃物质，多呈阴灰或黑色，是抹香鲸的分泌物，由于它未能消化鱿鱼、章鱼的喙骨，会在肠道内与分泌物结成固体后再吐出。刚吐出的龙涎香黑而软，气味难闻，不过经阳光、空气和海水长年洗涤后会变硬、褪色，并散发香气。世界上最早发现龙涎香的国家是古代中国。到了现代，龙涎香中的许多成分均能人工合成，但还是不能完全代替天然龙涎香，特别是天然龙涎香中的龙涎甾，该物质加入香水中后，会在皮肤上生成一层薄膜，能使香味经久不散。

时，宫人才会采摘下花朵，将花瓣阴干，制作成香囊，供皇太后、皇后及众嫔妃佩戴。

清涟既闻出香花之香，不免很是奇怪——因为香花香囊是皇宫的御用之物，且因为香花每年只开数朵，能制成的香囊有限，只有皇太后、皇后、受宠的嫔妃及公主才能得到，内宫都不够分，当然极少赏赐外臣。

杨载闻言，忙问道："会不会高丽王也是因为从这座位上闻出了香花之气，才赶来向清涟女官追问这里坐的是谁？"

清涟觉得有些莫名其妙，道："这两者之间，有什么关系吗？"

杨载问道："香花香囊虽然金贵，但高丽王后，也就是宝塔实怜公主也得到过，对吧？"

清涟道："当然了。宝塔实怜公主下嫁时，婚礼很隆重，而且是在皇宫中举行。听说她和高丽王……当时还是高丽王世子到隆福宫拜见当时的伯蓝也怯赤皇太后时，皇太后亲手为宝塔实怜公主佩上了一枚香花香囊。"

杨载道："原来是这样。"

清涟见杨载若有所思，忙问道："杨编修可是想到了什么？"

杨载笑道："我有个想法，不过现下说出来，颇为不雅，等我私下向高丽王确认后，再告诉清涟女官不迟。"

清涟道："也好。"又见黄公望在殿中转完了一圈，便上前问道："黄先生可有发现？"

黄公望摇了摇头，又将从杨暗普身上搜到的黄金匕首交给清涟，告道："皇宫的调查和取证暂时告一段落，我打算出宫去了。"

清涟问道："黄先生是要赶去见伊儿汗国使者吗？"

黄公望点头道："他二人是最直接的证人。"

清涟忙道："两位使者住在大都驿馆。这样，我去禀报答己太后一声，然后跟二位一道去驿馆。"

杨载心道："清涟若是同去，金海岩假扮伊儿汗国使者一事，便会立即露馅。"

于是忙阻止道:“这不好。答己太后说了不准张扬，不准公开调查。就算是今日到宫中参加宴会的宾客，目下也大多不知道皇宫中发生了命案。清涟女官毕竟一直跟在答己太后身边，是太后的心腹，认识你的官员应该不少。你跟我们出宫调查，如果被人认了出来，别人肯定会觉得事情不简单。”

清涟觉得也有道理，遂打消了随他们去驿馆的念头。又道:“那么我稍晚些再派人去寻二位。杨编修住在哪里？”

杨载笑道:“清涟女官有事，来能远楼找我就行。公望人住在那里，我当然也要暂时搬过去。”

黄公望失声道:“你不是……”

杨载忙道:“我夫人嫌大都寒冷，入冬前就带着儿子们回杭州去了。”

通常士人在外做官，多不携带家眷，是为传统。杨载因在大都待久了，多年不曾回返江南，为与家人团聚，于数年前将妻子与儿子接来了大都。不想家人均不习惯北方的气候，没少抱怨，终于在去年年底动身回了家乡。

杨载又笑道:“你现今住的不是大套房吗？再多两个人，都住得下。”

清涟很是不解，问道:“杨编修既跟黄先生是老友，何不将他接去自家住，不是更方便吗？”

杨载哈哈笑道:“因为那里是能远楼。清涟女官不会明白的。”

中国历朝历代均有鸿胪寺之设，以主外宾之事。元代虽然是前所未有的大一统国家，来大元的外国使者、商人远超前朝，却未设专门的外交机构，供使节居住的驿馆也相对简陋，因而一般使者多住在本国在元朝任职的官员家中，譬如高丽忠烈王入元朝见，便多住在高丽籍大臣洪君祥家中。

黄公望、杨载寻来驿馆，到门前打听伊儿汗国使者那鹰和发财，门吏笑道:“他二人几日前就离开了，说是要住进女官汪小佩的宅子，好方便照顾。”

黄、杨二人既已知金海岩假冒伊儿汗国使者一事，对此也不惊奇。杨载道："没听贯云石说他姑姑接了伊儿汗国使者回家居住呀。"

黄公望沉吟道："贯云石明显不知情，汪小佩当是瞒过了自己的侄子。或许她另外寻了一处宅邸，专门安置真正的伊儿汗国使者，如果有真的使者的话。"

杨载摇头道："一定有真使者来了大都，只是被汪小佩事先藏了起来。"

假冒使者虽然也是大罪，但只要掩饰得好，仍然能瞒天过海。只是两国互通往来，使者均要携带国书往返，这次伊儿汗国使者连兴圣宫宴会都出席了，元廷势必也有国书降下，若是没有真使者带国书回伊儿汗国，将来势必露馅，这可是杀头重罪。汪小佩人在大都，而且同时得罪了两国，难道还能指望伊儿汗国来庇护她吗？不独她自己，就连贯氏也要受到牵累。

黄公望听了好友的分析，也觉得有理，道："以现下情形来看，出席兴圣宫宴会的两名伊儿汗国使者，不独那鹰是金海岩假冒，另一名使者发财也极可能是旁人假冒。但现下汪小佩已死，寻到二人怕是有些难度。"

杨载道："不管怎样，真使者还在，总会露面。"

汪小佩必定事先安顿好了真使者，只带着假使者入宫参宴。皇宫上下均不认识伊儿汗国使者，也无从确认他们的身份。日后等大元国书降下，汪小佩再将国书交给真使者带回伊儿汗国，如此，天衣无缝。但目下出了纰漏，汪小佩意外遇害，真使者久候其人不至，必定会自动现身。只是如此一来，汪小佩带假使者入宫一事便会暴露，怕是贯氏家族也难逃厄运。

黄公望踌躇道："为今之计，只能指望贯云石先帮忙找到真使者，这样或许还有回旋的余地。"

二人便往西面贯府走去。

途中，杨载道："太后和皇帝专意下令命公望调查皇宫命案，却半句不提御苑飞鹰被毒杀一事，是不是有点奇怪？"

黄公望答道："不奇怪，应该是他们已经猜到了是何方人士所为。"

杨载笑道："所以我们从始至终半句不提是对的。"

黄公望点头道："半句不提。"

杨载又告道："我大概已经知道今日高丽王王璋为何情绪激动了，全是因为香花香囊。"

他先说了香水园香花的来历，又道："那香囊十分难得，只有皇太后、皇后、王妃及公主才有。我猜王璋追问那里坐的是不是辽阳行省右丞相洪重喜的家眷，是因为他怀疑自己的王后与政敌勾结。"

宝塔实怜公主为真金长子甘麻剌之女，在元成宗一朝下嫁时为高丽王世子的王璋，时有祖母伯蓝也怯赤皇太后及三叔元成宗铁穆耳支持，所以她与丈夫王璋争斗最激烈时，元廷坚决地站在了她这边，不惜将已经登上高丽王位的王璋废掉，令其父忠烈王复位。而宝塔实怜公主与高丽王王璋的婚姻，早已名存实亡，不然也不会出现后来的公主想要改嫁的事件。

废黜及改嫁两起事件，表明在宝塔实怜公主的心中，王璋是随时可以被替换的角色。若不是王璋站队成功，早先与海山交好，而海山又成功登上大元皇帝宝座，只怕此时高丽王早已易主，王璋本人也会被迫出家为僧。

王璋的成功，也就意味着宝塔实怜公主的失败，她预备改嫁的情人甚至被处死。疼爱她的父母、祖母早已过世，而今她只是一个被冷落的高丽王后，一个不得朝廷重视的公主。

黄公望讶然道："老杨该不会是说，洪氏为报祖父之仇，有意与宝塔实怜公主勾结，要共同谋害高丽王？"

杨载道："敌人的敌人，就是朋友。宝塔实怜公主恨王璋入骨，只是她地位虽尊，却再也无力与丈夫相争，只能寻找外援。"

或许宝塔实怜公主看到洪氏几代人均不遗余力地倾轧高丽王室，决心之大，令人印象深刻，而洪氏家族的实力亦是不弱，至少与高丽王室争斗多年，还未败过，便主动与其结盟。为了示好，宝塔实怜公主将十分珍贵的香花香囊送给洪重喜的家眷。

而高丽王王璋也不是傻子，定然有所察觉，只是苦无实据。刚好他在兴圣殿闻到香花香气，又知道那排坐的是行省官员家眷，这些人断无可能会拥有香花香囊，立时便会意过来。

黄公望奇道："仅仅一点香花香气，老杨便有这么多联想？"

杨载笑道："我联想到的固然多，王璋想到的更丰富，不然他为何会那般气急败坏？而且那座次早已收拾干净，除了香气之外，别无其他，还能是什么物事刺激了他？"

王璋今日主动到黄公望房中拜访，固然是因为念旧，其实也是极给黄公望面子，毕竟二人身份相差悬殊。按理来说，黄公望应该心怀感激，好好与王璋交往，以结人脉。但不知为何，他就是对这位高丽王喜欢不起来。这个人，没有当上高丽国王前，千方百计地与其父争权，而最终大获全胜、如愿以偿登上国王的宝座后，却又躲在大都，绝少与臣民见面，置高丽国事于不顾，未免太没有责任心。

杨载见黄公望神色，问道："怎么，你不打算管高丽王这事？"

黄公望苦笑道："我哪里管得了高丽王的事！"

杨载笑道："我也管不了，不过我还是打算劝劝高丽王，毕竟相识一场。"

畏兀儿人多聚居在西北郊高梁河[1]一带，那里有个畏兀村。高梁河则是大都居民的饮用水源[2]，河水清澈，河道两边种有成排的柳树，春天柳树冒芽之时，满目尽是嫩黄色，夏季则是绿柳成荫，倒

[1] 高梁河，又称高梁水，金代称高良河，发源于平地泉（现今紫竹院湖），是古代永定河水系中的一个小水系。大约在西汉以前，是永定河出西山后的一条干道。大约在东汉以后，永定河河道南移，原来的河道即成为高梁河。高梁河是元代建都主要依托的水系，该水系一直贯穿于大都的心脏地带，在历史文化中占有十分重要的地位。

[2] 在大都建成之前，人们日常的饮用水源是由城西注入城中的莲花池水系。此水系自汉唐以来一直是本地居民的主要饮用水源，历年既久，水质受到的污染也就日趋严重，不仅味道苦涩，日渐枯竭，而且极易引发各种疾病。大都新城建成后，饮用水源改为高梁河之水系，水源充足，且因很少受到污染，水质好，尝起来有清凉味道。

映于河水之中，堪称大都一景。

贯府名疏仙园，位于畏兀村中心，府中上下正忙着操办汪小佩的后事。黄公望、杨载寻至，请门人入门通报。贯云石的妻子石氏先行迎出，告道："我夫君心情不好，独自在书房静坐，不愿意见外客。"

杨载指着自己鼻子道："我是杨载。"

石氏道："我知道，只是……"

杨载忙指着黄公望道："这位黄公望是专门……"

石氏"啊"了一声，道："我听夫君提过黄先生，黄先生是来调查汪姑姑之死的吧？"

黄公望点了点头，道："我有急事，须得立即见到贯学士，还望贯夫人派人通报一声。"

石氏便不再多问，径直引二人来到书房。

黄公望问道："对了，有一位郑榕小娘子，人可还在这里？"

石氏道："榕娘吗？她帮我夫君送了汪姑姑回来后，人就走了，茶水都没喝一口。"

到了书房外，石氏轻轻叩了叩门，叫道："夫君，黄先生和杨编修来了。"

不一会儿，贯云石开了门，请黄公望、杨载进房坐下。石氏则自行掩上房门离开了。

贯云石先问道："可是我姑姑一案有了进展？"

黄公望道："有些线索，目前正在跟进。我还有些问题想问贯学士。贯学士认识那两名伊儿汗国使者吗？我是说，今日之前，贯学士可有见过那两名使者？"

贯云石道："见过啊，那鹰和发财，先后来疏仙园拜见过我姑姑。"

黄公望忙问道："二位使者可有一同来拜访过汪女官？"

贯云石道："没有。发财先来的，而后是那鹰。"又问道："二位问这个做什么？"

杨载正色道："贯学士，你说实话，你可有发现这两名使者有不妥的地方？"

贯云石居然立即点了点头，应道："有，他二人虽然穿着色目人的服饰，但举手投足之间，包括说话的语气，跟汉人无异。"

黄公望忙问道："贯学士可有问过汪女官，这到底是怎么回事？"

贯云石摇了摇头，道："姑姑身上藏有很多秘密，她不主动说，我绝对不会问。而且就算我主动问，她也不会说。"

杨载奇道："贯学士不担心汪女官的一些不当行径会牵累你们贯氏家族吗？"又忙解释道："公望已经知道当年是汪女官毒杀了杨琏真迦。"

贯云石迟疑了下，才道："姑姑自有分寸。"

黄公望正色道："贯学士，事情怕是比你想象的还要复杂。你早年在聚远楼见过金石，又知他与汪女官本是一对情侣，那么我也就不对你隐瞒了。跟随你姑姑进宫的使者那鹰，其实是金石之子金海岩。"

贯云石意外至极，愣了好长时间，才问道："他……金海岩，他是金石之子？是他杀了杨暗普，替我姑姑报仇吗？"

黄公望道："不是。杀死汪女官的凶手，也不是杨暗普。"

贯云石道："我知道，你们不是说是名女子杀了我姑姑吗？当时我也在场的。但旁人……包括我，最初都认为是杨暗普杀了我姑姑。金海岩既能冒充伊儿汗国使者进宫参宴，想必深为我姑姑信任，多半也知悉当年聚远楼之事，他大概也认为杨暗普是罪魁祸首。"

杨载摇头道："杀死杨暗普的人，绝对不是金海岩。兴圣宫出事时，他人在别处。"

贯云石"啊"了一声，立时会意过来，问道："金海岩应该就是行刺中书省平章政事张闾的刺客吧？"又很是纳罕，道："我姑姑为什么要这样冒险帮他？难道不知道一旦暴露，会给我们贯家带来极大的祸患吗？"

黄公望忙道："金海岩已利用伊儿汗国使者身份顺利离宫，倒是无碍，但目下还有更要紧之事。我二人推测，跟随汪女官入宫的两位伊儿汗国使者，都是假的，但应该还是有真的伊儿汗国使者来了京师，贯学士可知道他们人在哪里？”

贯云石道：“霜儿应该知道。”

汪小佩这次是跟随商队走陆路东行回到元朝，她回来疏仙园时，最初并不是孤身一人，身旁还有一名侍女，名叫霜儿。霜儿原是汉人，自幼被拐卖去了西亚，吃了不少苦，后来意外为汪小佩所救。她聪明能干，是个得力的帮手。但回大都后没几天，霜儿就离开了。贯云石还挺奇怪，汪小佩则解释说霜儿离乡多年，要先回家看看。

贯云石大致介绍完霜儿来历，道：“我当时就觉得奇怪，我姑姑患了重病，霜儿本在服侍她，十分尽心，怎么可能在这节骨眼儿上弃她而去，要回乡探亲呢？”

杨载忙道：“极可能是汪女官派了霜儿去安置伊儿汗国使者了。”

黄公望问道：“伊儿汗国使者还有其他从人吗？”

贯云石道：“这次是有一个百来人大商队东来大都，伊儿汗国只有两名信使。”又道：“二位放心，我会派人去跟商队接触，设法确认这两名使者的形容外貌。”

黄公望道：“贯学士能设法找到霜儿吗？”

贯云石踌躇道：“我曾听霜儿向我夫人打听大都附近的游玩之处，或许她引两名使者出门观光去了，我会派人去我夫人提及的名胜之处看看。”

黄公望道：“甚好。如果找到伊儿汗国使者，贯学士最好先接他二人来府上居住。”

贯云石点了点头，又踌躇道：“料想伊儿汗国使者即便知道真相，看在我姑姑的面子上，也不会张扬出去。麻烦的是，假使者已经在皇宫露过面，万一皇帝想起什么事来，要再召见使者，那可就糟了。除非……除非……”

杨载狐疑问道：“贯学士该不会想让冒牌使者继续假冒吧？别说目下找不到人，就算找到人，一上殿，有人用番语或是蒙古语向使者问话怎么办？”

贯云石也深感为难，问道：“那该怎么办？”

杨载干脆地说道：“先找到使者，接来这里住下，然后对外称二位使者因伤痛于汪女官之死，患了重病，不能见人。朝廷果真有外交信件的话，你贯大学士代他们接了便是。这也是没法子的法子。”

贯云石点点头，道：“好，我先赶紧去想办法找人。”

黄公望道：“我二人就住在能远楼，贯学士找到人的话，麻烦知会我二人一声。”

贯云石应了一声，亲自送二人出门，又问道：“那鹰是金海岩假扮的，发财又是谁？”

黄公望道：“这正是我们想向贯学士打听的。”

贯云石道：“嗯，他看起来比那鹰更像伊儿汗国人，皮肤很黑，但人要年轻许多，应该跟我差不多年纪，还不到三十岁。”又道：“回头我看能不能画出一张画像，给二位送过去。”

黄公望奇道：“贯学士也擅长丹青？”

贯云石道：“擅长谈不上，也就是平日闲时爱胡乱涂抹几笔。”遂拱手作别。

辞出疏仙园，黄公望见天色已然不早，便道：“今日就这样吧，我们先回客栈再说。”又问道：“要不要我先陪你回家一趟，取些换洗的衣服？”

杨载道：“不用，我家里还有一名老仆，一会儿回去能远楼，让店家派伙计去我家取便是。”

回到能远楼时，已是华灯初上。虽是正月初一，大堂却是人满为患，处处热气腾腾，欢声笑语。然一进后院，上了贵宾楼，却又听不到前院的声音。

伙计举灯送二人进房，确认了一遍黄公望所点的酒菜，又指着案上两坛黄酒道：“这两坛酒都没有动过。先生还要再点酒吗？本店除了自酿的特色黄酒外，也有奶酒和葡萄酒。”

杨载笑道：“两坛酒还不够喝吗？”

伙计笑道：“这是自酿的黄酒，酒劲尚不及葡萄酒，对于今天这样的节日而言，两坛不算多。”

黄公望问道：“郑榕回来了吗？”

伙计道：“榕娘早回来了，还将黄先生房中的酒菜都搬去了她自己房中，也不让热，说就着火炉吃冷菜也挺好。”

黄公望道：“不见隔壁点灯啊。”

伙计道：“兴许已经睡下了吧。这层楼就住了黄先生、榕娘以及陈公子三位。陈公子外出访友未归，要不是黄先生回来，还真有点冷清呢。”

黄公望道：“楼下那姓杜的富商呢？他不是带着许多侍从吗？”

伙计道：“杜翁出门游玩访客去了，楼下一个人都没有。”又笑道：“早先陈公子嫌楼下吵，还寻下去，跟杜翁争了几句嘴，两个人素来不大和睦。也亏得他二位今日都出了门，杜翁手下人不少，若留在店里，肯定是聚在一处喝酒说笑，折腾一夜，跟大堂那些人一样。偏偏陈公子喜欢安静，非得闹将起来不可。”一边说着，一边下楼去了。

杨载叹道：“可惜老倪人不在。”

黄公望笑道：“现在老倪身份不同了，再跟我们这些凡夫俗子在一起吃吃喝喝，怕是有损真人形象。”

杨载道：“你知道吗，现在杭州也解除火禁了，民众晚上也可以点灯。”

黄公望不免很是感慨，道：“一晃二十年过去，你我都老了。”

忽听到门前有人道：“人老了不要紧，心不老就行。”侧头一看，却是倪昭奎推门走了进来，其三弟倪瓒紧随其后。

杨载笑道：“刚刚公望还说倪真人的身份变了，不能再跟我们凡夫俗子一道吃吃喝喝了。”

倪昭奎笑道:“真人也是凡夫俗子，一样要吃喝。”又指着倪瓒道:“今日我三弟在身边，可别谈扫兴的事，也别谈少儿不宜之事。”

杨载笑道:“那是自然。”

正好两名伙计送火盆、餐具及糕点、蜜饯进来，杨载一拍案桌，豪气地叫道:“拿一叠瓦盆来。”

伙计不由得一怔，一人问道:“什么?”

杨载道:“就是用来喝酒的瓦盆。”

黄公望忙道:“我已经很久不饮酒了，更不要说摔瓦盆了。”

那伙计终于弄明白瓦盆是什么，连连摇头道:“我们这里没有这东西，喝酒都是用陶杯。”

杨载道:“那就拿三只大碗……”转头看了倪瓒一眼，改口道:“不，四只。”

倪瓒忙道:“我不喝。”

杨载笑道:“你兄长是出家人，都没有忌酒。就算你是小孩子，但今日过节，没什么规矩。”

倪瓒却固执地摇头道:“我不喝。”

倪昭奎忙道:“瓒儿生有洁癖，不习惯用外面的餐具。”

杨载道:“好，随你，不喝就不喝吧。”又有意道:“你不用外面的餐具，岂不是出门吃饭都得自带餐具了?那你今日没带餐具可不合适了，只能眼巴巴地看着我们吃。”

倪瓒取出一条丝帕，擦了擦手，随手将丝帕抛掉，从面前大盘中取了一块糕点，道:“我可以吃这个。”

杨载笑道:“这糕点一样是装在盘子中的啊，盘子也是外面的餐具。”

倪昭奎不满地叫道:“老杨!你堂堂国史院编修，好歹也是翰林院的人，跟小孩子贫什么嘴。”

杨载哈哈笑道:“开个玩笑嘛。谁叫我和公望都是独子，只有老倪你一人有两个弟弟。”

其实他最想谈的仍然是今日的皇宫命案，但因与倪昭奎有约在先，不能当着倪瓒的面谈少儿不宜之事，竟一时找不到话题。还是黄公望先道：“对了，老杨什么时候去帮榕儿问一下真真，打听下她兄长郑樗的事？”

杨载道：“真真是吧，等过完初三，初四就去。是了，说起真真，你们还记得当年的珠帘秀吗？她人一直在杭州，而且嫁给了宗阳宫道士洪丹谷。”

黄公望虽然曾担任江浙行省长官书吏，但在任不足一个月，便跟随张闾赴京，是以杭州当地之事多不知晓。他还是第一次听闻珠帘秀嫁道士为妻之事，愕然道：“珠帘秀当年是倾动士林、名震南北、被勾栏行院尊为‘朱娘娘’的名角，裙下之臣极多，怎么会嫁给道士洪丹谷？”

杨载道：“这个嘛……”看了倪昭奎一眼，有所犹豫。

倪昭奎遂道：“当年聚远楼事件后，杨暗普没少找相关之人的麻烦，不光是我，还包括珠帘秀的戏班。戏班被强行解散，珠帘秀的私人财产如画舫等被悉数没收，人也被管制在杭州，且不准登台演出。听说她的处境一度极为困窘，流离失所，连吃饭都成问题，却无人敢接济她。”

最终还是宗阳宫道士洪丹谷冒着得罪江浙行省长官杨暗普的危险，收留了珠帘秀。珠帘秀又大病了一场，全靠洪丹谷悉心照顾，这才躲过了阎王爷的勾魂。过了两年，当年之事渐渐淡了，珠帘秀便嫁给了洪丹谷。

倪昭奎又道：“两个月前，珠帘秀已经过世了，死前还留下了一段佳话。”

原来洪丹谷很早便对珠帘秀钟情，自抱得佳人归后，结缡近二十年，二人始终恩爱如初。珠帘秀临终时，与丈夫泛舟西湖中，握着丈夫的手，深情说道：“妾死在旦夕，卿须自执薪，还肯作一转语乎？夫妾，歌儿也。卿能集曲调于妾未死时，使预闻之，虽死无憾矣。”

洪丹谷性颇懒散，但亦文思敏捷，当即作《与妓下火文》：

“二十年前我共伊，只因彼此太痴迷。忽然四大相离后，你是何人我是谁？共惟称呼，秀钟谷水，声遏楚云。玉交枝坚一片心，锦缠道余二十载，遽成《如梦令》，休忆少年游。《哭相思》两手托空，意难忘一笔勾断。且道如何是一笔勾断，《孝顺歌》终无孝顺，逍遥乐永遂逍遥。”

文中套用了多支曲牌令，与珠帘秀的名角身份极为相称。珠帘秀听罢，遂一笑而卒。

有心人听倪昭奎叙说了珠帘秀的故事，不免又有所感怀。

杨载道：“咦，不是说今日过节，不谈扫兴之事吗？”

倪昭奎道：“其实这事不算扫兴，宛转蛾眉能几时，须臾鹤发乱如丝。珠帘秀终究还是有了个好的归宿，过了近二十年夫唱妇随的美好生活，而且最后死在了爱人的怀抱中。”

杨载笑道：“你是真人身份，这种话该说吗？一会儿先罚酒三杯。”

不一会儿，酒菜上来。几人除了倪瓒之外，正待举箸捧杯，忽有几声清脆的敲门声。

杨载将大碗放下，一边抚胸，一边连连摇头道：“这个挺吓人的，正月初一的晚上，几名老友正待饮酒，忽然响起了敲门声。”

黄公望料想如果是郑榕醒了，多半会直接冲进来，而不是彬彬有礼地敲门，皱眉道：“都这会儿了，还能是谁？”

杨载道：“该不会是贯云石吧？”亲自去开了门，却是一名年轻的红脸男子。杨载一怔，问道：“你是谁？”

那男子未及回答，黄公望已然起身，介绍道：“这位便是包下了这层楼的陈宝生陈公子，我和榕儿都叫他房东。”

杨载笑道：“既是公望的房东，也就是我杨载的房东了。”

陈宝生抱拳道：“足下便是杨载杨编修吗？久闻大名，久仰久仰。”

杨载笑道：“多谢。陈公子请进。相请不如偶遇，一起喝杯酒吧，正好这里还多一个碗。”

陈宝生却有所迟疑，只站在门口不动，招手叫道：“黄先生，你方便说话吗？”

黄公望未及回答，杨载已经先答道：“方便。我叫杨载，你已经知道了。这位真人是倪昭奎，这个小孩子不算，我们三个二十年前就是好朋友了，说话还不方便吗？”

陈宝生遂点点头，道：“三位好，其实我早就知道各位的名字，只不过这位倪真人那时还是倪书吏，杨编修则是平民布衣。”

杨载很有些不相信，道：“你能有多大？我们三个，无论哪一个，年纪都足以做你父亲了。”

陈宝生道：“我姓陈名宝生，字彦廉，是泉州陈思恭之子。”

黄公望惊道：“陈思恭？是当年的泉州富商陈思恭吗？”

陈宝生道：“正是先父。”

倪昭奎叹了一声，道：“我就知道今日不该从崇真万寿宫出来，一出来就躲不过过去的这些事。瓒儿，我们走吧。”

倪瓒奇道：“大兄不是说今晚要痛饮一夜，再与黄、杨两位叔叔抵足而眠吗？”

倪昭奎摆手道：“下次吧。黄叔叔今晚有事，怕是没有心思饮酒了。”

陈宝生忙道：“是不是因为我来了，耽误了几位饮酒？我可以立即走的。”

杨载不满道：“老倪，你就这样走掉，不厚道。”

倪瓒也道：“大兄，我想留下来。”

倪昭奎不得已，只得勉强点了点头。

陈宝生又道：“几位当真方便吗？我这里还有一位朋友，也想见见各位。”

其身后应声闪出一名中年男子。倪昭奎和杨载早已经见过此人，而黄公望不待介绍，便已知道对方的身份姓名——金海容之兄金海岩。

第五章

清镜白雪

雪花的奥妙，在于它是造化的精灵，能带给人无穷无尽的遐思。它洁白美丽，却又生命短暂，一冻一化，即是一生一灭，注定不能相守。即便如此，它仍然漫天飞舞着，追逐嬉戏着，饱含热情地投向大地母亲的怀抱，以写意的大手笔，勾勒着山川、河流、村庄、城郭，浑似江南图画。一点一点的凉意沁在脸上，清清爽爽，似乎淡化了心头的离索之情。岁月中，难以预料的怅然如此之多，当真是万事空中雪。

问什么虚名利，管什么闲是非。
想着他击珊瑚列锦帐石崇势，
则不如卸罗襕纳象简张良退，
学取他枕清风铺明月陈抟睡。
看了那吴山青似越山青，
不如今朝醉了明朝醉。

争闲气，使见识，
赤壁山正中周郎计，
乌江岸枉费重瞳力，
马嵬坡空洒明皇泪。
前人勋业后人看，
不如今朝醉了明朝醉。

——无名氏《仙吕·寄生草·闲评》

黄公望、杨载、倪昭奎三位好友预备痛饮一场时，忽有人不期而至，来者竟是包下贵宾楼的富商陈宝生。他先自称是已故泉州商人陈思恭之子，又为众人引见一位朋友，竟是金海岩。黄公望等人自是大吃一惊。这吃惊，还不仅仅是因为金海岩的离奇出现，还因为金海岩之父金石便是杀死陈宝生之父陈思恭的刺客。

杨载愣了好大一会儿，才问道："你二人如何会在一起？"

金海岩冷冷答道："又不是第一次。"

杨载急忙让金、陈二人进来，又掩好房门，将门闩好，这才严肃地问道："二位是不是就是那鹰和发财？"

金海岩没有回答，陈宝生大大方方地点头承认道：“我是冒用过伊儿汗国使者发财的身份。”又问道：“目下是黄先生在调查这件案子吗？”

杨载忙抢先道：“没有的事。就算有，这也是极其隐秘之事，你又从何而知？”

陈宝生道：“枢密副使来接黄先生进宫，黄先生出宫后又与杨编修一道去了贯氏疏仙园，还能是别的事吗？”

杨载闻言大为不满，问道：“陈公子是在暗中监视我们吗？”

陈宝生忙道：“决计没有。枢密副使来过能远楼一事，我是听对面绸缎铺的店家说的。至于二位赴贯氏疏仙园一事，则是我亲眼所见，因为我本来也是打算去那里见贯云石的。”又特意补充道：“我料想真正的伊儿汗国使者很快就会现身，一旦我们假使者的身份被拆穿，极可能会牵累贯氏，所以才赶来见黄先生，希望黄先生给拿个主意。”

杨载冷笑道：“你不主动现身，我们也自会揪你出来。你曾冒充伊儿汗国使者入宫参宴，许多人见过你的相貌。目下正有人绘制你的画像，我是不认识你，公望看到画像，还能认不出来你这位房东吗？”

陈宝生道：“是，我也是考虑到此节，所以想先来见黄先生，说明原委。”一边说着，一边将目光投向黄公望。

黄公望却没有回应。他一认出金海岩，便心情激荡，若不是顾及有外人在场，他几乎就要径直上前，追问金海容的下落。

倪昭奎先将三弟引进内室，把他安置睡下，这才出来，也跟黄公望一样，目光一直集中在金海岩身上。

金海岩倒是一副若无其事的样子，只是不肯与黄、倪二人目光相接，也不主动开口。

杨载忙叫道：“公望，我已经替你问完前场了，现下轮到你上场了。”

黄公望定了定神，勉强将目光转向陈宝生，问道：“陈公子为何要假扮伊儿汗国使者进宫，到底有何目的？”

陈宝生道：“为了《清明上河图》。”

黄公望等人极是惊讶。杨载更是失声道：“怎么会是为了《清明上河图》？”

陈宝生道：“先父临死，仍念念不忘《清明上河图》。我自小立誓，长大后一定要把它弄到手，以实现先父遗愿。目下该图就收藏在皇宫之中，所以我才千方百计地要进去皇宫。”

黄公望忙问道：“泉州陈氏素来与朱清亲近，陈公子可是从朱清那里打听到《清明上河图》的具体下落？”

陈宝生道：“是。甚至可以说，朱清也是因为这幅《清明上河图》而死。”

那幅《清明上河图》，早在二十年前便被时任海漕万户朱清献给了时封梁王的皇长孙甘麻剌。当时大元皇帝忽必烈已是风烛残年，又不肯改掉酗酒的恶习，以致病入膏肓，明眼人均看出老皇帝活不了几年了。俗话说得好：“一朝天子一朝臣。”稍微机灵些的臣子，已开始着手为自己的将来打算，朱清也是如此。

皇太子真金死后，忽必烈未再立太子，但最有希望的储君人选，仍是真金正妃所生的三个儿子。梁王甘麻剌有真金嫡长子身份，符合中原“嫡庶有别，长幼有序”的礼法，三子铁穆耳有嫡幼子身份，符合蒙古“幼子守灶”的传统。朱清权衡之后，将宝押在了梁王甘麻剌身上，盖因为自成吉思汗建立起庞大的蒙古帝国以来，“幼子守灶”便陷入了怪圈——

成吉思汗最爱嫡幼子拖雷，但拖雷非但未能继承汗位，还因为实力太过强大而遭亲兄长毒杀。

拖雷的嫡幼子阿里不哥按照“幼子守灶”的传统在蒙古大本营哈拉和林继承汗位，合理且合法，为蒙古各部落所承认[1]，然其兄长

[1]阿里不哥 1260 年在蒙古本土被部分宗王贵族推举为大汗，并和忽必烈争位达四年之久。蒙古钦察汗国钱币上曾铸有称阿里不哥为大汗的铭文。

忽必烈以武力打败了他，强行夺取了汗位。

可以说，自蒙古帝国成立以来，唯有嫡长子继承汗位时，才会相对顺利，所谓的“幼子守灶”，从来没有真正实现过。

朱清坚信真金三子也是如此，将来继承大元皇帝宝座的，必是长子甘麻剌无疑。之前皇帝忽必烈专为甘麻剌设置了内史府，而后又将甘麻剌册封为梁王，则更是从旁证实了这一点——

当时，日本、安南以及西北的宗王海都，一直是忽必烈的三块心病。宗王海都就不多说了，日本也是极大的威胁，元军两次出征，均出师不利，遭遇特大飓风，未与敌军交战，便几近全军覆没。忽必烈几度想征伐日本，为此还命朱清在江南招募水手。

因愿意应召者寥寥无几，朱清为完成皇命，不得不开始强行拘捕善操舟楫者，民间为此而骚动不安。后来有人设法暗中警告了朱清，朱清有所醒悟，才上书皇帝，极言海运及海战之利弊。忽必烈权衡之下，选择了发展海运，暂且放弃了征伐日本。

但好战的老皇帝旋即又将矛头指向了安南，结果也不尽如人意。忽必烈自是极不甘心，须知他年轻时曾亲自率军攻灭了西南大理国，于是决意再战，委派皇长孙甘麻剌为梁王，镇抚西南。之前云南行省只驻有云南王，甘麻剌是第一任梁王，为一字王，级别更高。忽必烈此举，显然是要重新整军，再战安南，且对皇长孙甘麻剌寄予了厚望。

既然有种种征兆表明甘麻剌会是未来的储君，朱清便抢先讨好巴结，以便将来新皇帝继位后他能继续在朝中得势，《清明上河图》只是其献上的重礼之一。

然而不巧的是，偏偏是甘麻剌的三弟铁穆耳占据了上风，他得到了御史大夫玉昔帖木儿及军国重臣伯颜（即彼时枢密副使囊加歹之父）的支持。铁穆耳在忽必烈在世时，便取得了皇太子印，虽然未被明确立为太子，但因为有印在手，在地位上已明显高出兄长，加上母亲真金正妃伯蓝也怯赤的支持，遂顺利继位为皇帝，成为蒙古入元以来第一个继位的皇帝[1]。甘麻剌虽有不平之语，然在重臣伯颜的武力压迫下，最终还是屈服，承认了三弟的合法地位。

朱清押错了宝，自是后悔不迭，为了弥补，没少上下活动，在朝中大行贿赂之事。

然朱清、张瑄海盗出身，因深受朝廷倚重而跻身高位，显赫一时，田园百计，仓廪遍布，商船千艘，“富倍王室”。

朱清的府宅位于太仓州城武陵桥北，占了太仓半边城池。其家族甚至填塞盐铁池塘来构建府宅，并且兴建了府外街衢，辟设店铺，自刘家港至南薰关，筑长堤三十余里。长堤上名楼列市，番贾如归，产业尽为朱清所有，就连地方官员也要敬他三分。

朱氏又在武陵桥北堍西角建有沧江风月楼，高楼赀酒，成为太仓最著名的酒楼。四方人士慕名而来，络绎不绝，不计其数，入座飞觞，留得沧江月醉。沧江风月楼也为朱清带来了滚滚财富。

相对低调的朱清已是如此，性格张扬的张瑄更是不甘落后，也在太仓城内大兴土木，又在沿海占据了大量良田美宅，若有不平反抗者，即杀之。

除了广蓄财富外，朱、张二人亦是满门权势：张瑄之子张文龙、张文彪，以及堂侄张武分领三个万户府，朱清之子朱虎也领一个万户府。

如此威风势大，难免会被朝中权贵所忌。尤其是张瑄，其人目不识丁，凡签署公文，则用三个手指染墨画押，状如“品”字。他不似朱清深沉有谋，性情暴躁易怒，更易招致政敌及仇家。在元成宗铁穆耳即位之初，便开始有人告发朱清、张瑄二人有不法之事。

比较有利的是，元世祖忽必烈死前，已预料到将来可能会有人

[1] 忽必烈于1260年在开平即位时，建年号为“中统”，没有立国号。直到元世祖至元八年（1271）十一月，才采纳刘秉忠、王鹗等儒臣的建议，根据《易经》“乾元”的意思，正式建国，号为大元，并颁布“建国号诏”。蒙古自从成吉思汗建国以来，一直用族名充当国名，没有正式建立国号。随着征宋战争的顺利进行，蒙古政权实际上已成为效法中原地区汉族统治方式的封建政权，尤其是忽必烈统治日益巩固，于是他决定在“附会汉法”方面再迈进一步，将自己的王朝建成传承汉族封建王朝正统的朝代。

向朱清、张瑄下手，为此专门并海道都漕运为万户府，令朱清以骠骑卫上将军、江东道宣慰使兼领海道都漕运万户府事，张瑄以骠骑卫上将军、淮东道宣慰使兼领海道都漕运万户府事。又专门告诉重臣伯颜说："朱、张创通海路，功在国家，勋劳久著。要好好保护他俩，勿使受害。"

皇帝金口玉言，这句话，遂成遗诏。伯颜自是不敢违命，他是拥戴元成宗铁穆耳即位的重臣，加太傅、录军国重事，在朝中具有举足轻重的地位。有他的庇护，朱清、张瑄自是安然无事。

然元成宗铁穆耳即位后不久，伯颜即因重病去世。伯颜一去，便立即有飞书出现，称朱清、张瑄有异图。这不是普通的不法罪名，而是告发朱清、张瑄谋反。好在元成宗还记得伯颜转述的元世祖遗言，加上当时北方已有"开口待哺以仰海运"之势，即所谓"运帆转辽海，粳稻来东吴"，朱清、张瑄作为核心人物，暂时无人可以替代[1]。朱清又开辟出第二条航路[2]，令航行时间缩短了不少，大大有功于社稷，元成宗遂对朱清十分优容，照例释而不问。

[1] 当时技术条件有限，航海不但需要熟悉地形，而且要善于利用风向。这些宝贵的航海经验需要长时间的累积，不是一朝一夕能够获得的，而这正是海盗出身的朱清、张瑄的优势。元代海运开通后，海漕还承担往高丽、辽东运粮的任务，朱清、张瑄从无失手，因功进骠骑卫上将军。然之后海舶副万户殷实领航，押运漕粮前往高丽时，却"遭风漂失"，粮食全部丢失，喂了海鱼。这充分说明，元廷器重朱清、张瑄，是有原因的。再举一例，至元二十九年（1292年），蒙元大军远征爪哇，"会大兵航海征爪哇，省檄郡给军饷十万余石，而风涛之险，折阅之害，吏民咸以为惧"。也就是说，途中风浪太大，粮船很容易折损，没有人敢承担督运军饷的重任。这时候，有人举荐了朱清、张瑄，最终由朱清之子朱虎承担了重任，且圆满完成任务，并因功加授昭勇大将军。

[2] 朱清开辟的第一条海运线路，从太仓浏河口出发，经崇明岛出长江口，转海门县黄连沙头；北上盐城，再至海州（今江苏连云港）；放灵山洋，投东北向胶州湾，达成山头（今山东荣成）；转而向西，经刘公岛、芝罘岛、沙门岛，驶抵直沽杨村码头。这条航路计水程13350里，是紧贴海岸的航线，历时一年，只有平底沙船可行。第一条航路试行近十年后，朱清又建议开辟第二航路。第一次试行，由朱清、张瑄亲自领航。二人率船队由刘家港出发，以一日航程抵达撑脚沙。来日开洋，得西南顺风，一昼夜驶越青水洋。转而需值东南风，航行三昼夜驶过黑水洋，遥望沿津岛山峦。再得东南风后，一日一夜即抵成山角。此后，一昼夜驶过刘公岛，再一昼夜经过芝罘岛，又一昼夜达沙门岛。候得东南顺风，可放莱州大洋，航行三昼夜，即至直沽。如此，自刘家港起航只需旬日，即可驶达直沽，比起之前的一年航程，不可同日而语。不过，第二条航线需航海大船，而且要时值春夏两季，利用南风，对个人航海经验更为依赖。元诗人马麟（字公振）有诗记述道："海波不动绝奔鲸，万斛龙骧一叶轻。三月开洋春正好，南风十日到神京。"

大德六年（1302 年），江南僧人石祖进上书，总结了朱清、张瑄有十件不法之事。十事之中，最为奇特的是朱清“贼其主”，称朱清杀主夺妻[1]。朱清确实曾娶南宋松江知府杨春的侍妾为妻，后又续娶属下辛亮的未婚妻，且在海盗内讧中杀了辛亮，对此条罪名无可辩驳。

更为诡异的是，石祖进称朱清、张瑄勾结权贵，图谋不轨，还语涉时封晋王的元成宗兄长甘麻剌。石祖进上书后，晋王甘麻剌即莫名死去。

枢密院佥事曹拾得与张瑄有隙，趁机上疏，不但称江南僧人石祖进言之有据，还重提以往多起涉及朱清、张瑄的事。中书省官员亦上书称朱清、张瑄屡致人言，应该罢职。

当时元成宗已重病缠身，由皇后卜鲁罕主朝政。卜鲁罕皇后野心勃勃，早已干政多年，与中书省、枢密院里的许多大臣深相结纳，并有意在元成宗过世后临朝称制。皇后正想拿人开刀，石祖进便送了朱清、张瑄上门，于是皇后下令让御史台调查。宰相完泽以忽必烈遗言力谏，卜鲁罕皇后不听，朱清、张瑄终遭逮捕。

朱清不愿意受辱，先行撞石自杀。死前还向狱卒悲叹道：“我世祖旧臣，宠渥逾众，岂从叛逆。不过新进宰相图我赀，欲以危法中我耳。”直指此案另有隐衷。

张瑄则被下狱，饱受酷刑而死。朱、张二人的长子均被处死，

[1] 据史籍记载：南宋淳祐十年（1250 年），南宋松江知府杨春率军北上抗击元军，战败负伤，逃至长江北岸，幸遇少年朱清驾船渡江，暂居太仓陆窑塘畔疗伤。但杨春自知伤重难愈，当时杨春之子杨发为殿前司选锋军统制官、枢密院副都统，跟随南宋少帝远逃福建，杨春便雇用朱清将已怀有身孕的侍妾及财物送往福建杨发处。就在朱清启程远航的当晚，杨春伤重咽气，部众四散，尸无人殓。当地乡民发现后，将杨春安葬。据说，乡贤陆松旦见墓地“云气缠绕”，疑为冤魂不散，乃出资立庙祀之，并请道士管理。后蒙元铁骑长驱直下，追剿逃亡福建的南宋少帝，朱清不得不半途返回，杨春财物及杨氏侍妾均为其所得。后侍妾产下一子，为杨春幼子，在朱家长大，又认朱清为义父，名朱日新。此即朱清“贼其主”的故事，为历史真事，记述者杨谯是元延祐年间太仓人，年岁与朱日新相近，当为近闻实录。后世诸多史籍将杨春之事附会到朱清贫困时的雇主杨谅身上，称朱清杀死雇主，夺雇主之妻，为逃避官府追捕，这才下海为盗。后来元代航海家杨枢还认朱日新为从父（此处据《松江嘉定等处海运千户杨君墓志铭》）。此杨枢之杨氏，即为朱日新生父之本家。本书故事中，将杨春侍妾设置为朱清原配妻子，朱清续娶部属辛亮未婚妻，是原配过世后之事。

余子发配漠北，女眷则没入绣局。

然此案并没有就此结束。张瑄在受审过程中，牵扯出中书省官员受贿之事，包括曾举出忽必烈遗言而力保朱清、张瑄的中书省首相完泽。元成宗闻报大怒，一日之内，罢免了中书平章赛典赤、梁德珪、段贞、阿里浑撒里、右丞八都马辛、左丞月古不花、参政迷而火者和张斯立八人，堪称中书省大清洗。一日之内，将最高执政机构八大要员撤职，不仅在元朝绝无仅有，就是在整个中国历史上，都十分罕见。

当时朝野为之震动，人们对罢相一事议论纷纷——有人认为这是卜鲁罕皇后趁元成宗卧疾时所为。但实际上，受黜的八都马辛等人是卜鲁罕皇后的心腹党羽，所以也有人认为这是元成宗对卜鲁罕皇后干政的反击，以去其羽翼。

人生翕欻云亡，好烈烈轰轰做一场。不管怎样，朱清、张瑄以威风的姿态登场，最终也以张扬的结局谢幕，而且还拉上了八名高官陪葬。中书省首相完泽虽勉强保位，却也受惊不小，几个月后便因病而死。

后有诗吊之云："祸有胎兮福有基，谁人识破这危机。酒酣吴地花方笑，梦断燕山草正肥。敌国富来犹未足，全家破后始知非。春风只有门前柳，依旧双双燕子飞。"

但朱清毕竟于海运功不可没[1]，且其人谋略过人，在朝中结交了不少权贵。元武宗至大三年（1310年），中书省奏雪其冤，元武宗海山遂下诏为朱清平反：朱家子孙赦还太仓，各以所籍宅一区，田百顷给之。朱清之子朱显祖还被授予海运千户，幼子完者都则被任

[1] 无论朱清、张瑄人品如何，二人开创海运之功，不可抹杀。元人杨维祯在《重建海道都漕运万户府碑》感叹"海漕古未有也"，称："今京师去江南，相望数千里，而军国百司之调度，欲朝夕供应，如取诸左右吁使……此江南海道漕运之法，开实天运所启也。"记述朱清、张瑄开创海运的经过与功绩。而元代海运固然只是出于执政者利益的需要，但在客观上也促进了运输事业的发展和南北物资的交流，带动了上海在历史上的崛起。

命为枢密院判官[1]。

至于陈宝生，其父陈思恭在世时便与朱清交好，后来更是替朱清挡下刺客金石的致命一刺，救了朱清一命。之后朱清在杭州东海客栈设下灵堂，为陈思恭办理后事。只是没过两日，张瑄随阔阔真公主南下泉州，朱清被责令返回太仓。等陈思恭的妻子庄氏携爱子陈宝生赶到杭州时，只剩朱清手下人在主持丧事。好在朱清已做了妥善安排，办完丧事，等到入秋之后，庄氏母子方才扶灵南归。新上任的江浙行省长官杨暗普受朱清之托，还亲自赶来送行。

陈思恭下葬后不久，朱清即派人来到泉州，要将庄氏母子接去太仓安置。庄氏看到朱清深受朝廷宠幸，为爱子日后打算，遂有意依托其势力。陈宝生却是不肯，坚持要先为父守孝三年。三年后，朱清亲自来到泉州接人，庄氏母子遂随其来到太仓，住进了朱清事先安排好的大宅子。

朱清隐瞒了真相，只说陈思恭是得急病而死，庄氏母子丝毫没有起疑。因当时陈思恭忙于海上经商，离家已有三年，庄氏遂取唐人张旭《春草》诗意[2]，为宅第取名春草堂。

数年间，陈宝生逐渐长大，他继承了父亲的产业，兼之有朱清从旁襄助，还是少年时，便已经商有成，成为大富商。

[1] 张瑄子孙并未赦还。《蒙兀儿史记》于此有详细记述：张瑄之孙张天麟，被籍为占匠役奴，他多次向皇上诉冤，但终不得平反。直到元仁宗八达汗（即爱育黎拔力八达）即位，张天麟再三恳请，力争归还“其上海乌泾别业，为其曾祖及瑄葬地”，才感动皇帝，而叹曰“此孝顺之道也”，乃“诏中政院按籍还之”。又据《蒙兀儿史记》记载：“（张）瑄豪横过于清。凡沿海有良田美宅者，必挟图之。不予，则诬以通洋（日本），或径缚而投之海。侍妾众多，其第四妾尤骄悍，瑄嬖而畏之，为别建大第，号四夫人府。”足见张瑄胡作非为，在沿海民愤很大。而朱清这类公开的恶行较少，故而朝廷只为朱清家族平反昭雪。

[2] 张旭《春草》：“春草青青万里馀，边城落日见离居。情知海上三年别，不寄云间一纸书。”此张旭即为唐代书法大家张旭。张旭嗜酒，为人洒脱不羁，豁达大度，卓尔不群，才华横溢，学识渊博。常于酒酣之后，乘兴而书，一边挥毫一边大叫，有时竟以头发蘸墨纵情大书，时人称之“张颠”。张旭的书艺达到出神入化的境界，“唐人正书无能出其右者”，书法多以奇形怪状、粗细对比夸张以及充满情感的线条相连，变化无穷，意蕴深远。另一书法名家颜真卿甚至两度辞官，专门向张旭请教笔法。唐文宗时，下诏以李白诗歌、张旭草书、裴旻剑舞为三绝，世人称他们三人分别为“诗仙”“草圣”“剑圣”。李白、裴旻的故事，可参见吴蔚小说《开元悬疑录》。又，庄氏等人移居太仓并立春草堂一事，为历史真事。

世上没有不透风的墙，陈宝生逐渐听到了一些消息，有人说其父陈思恭死于非命。他一时难以相信，便当面去问朱清。

朱清对陈氏一直有愧在心，见陈宝生少年老成，遂将当年的事情原原本本地告诉了他，甚至连汪小佩一事也没有隐瞒。

陈宝生这才知道生父是死于刺客金石之手，而金石本为朱清所擒，后又被其女金海容设计救走，自此下落不明。

朱清又特意问道："因为朱某自己判断失误，导致此案最终糊涂了结，被通缉的刺客始终是辛亮，金氏父女则逍遥法外。我早已放弃了搜捕他们父女这件事。但如果你想要替父报仇，我一定倾尽全力，替你完成心愿。"

陈宝生却摇了摇头，道："我不怪金石，他跟我陈氏无冤无仇，要杀的只是朱万户。我也不会怪朱万户，先父是自愿替你挡下那一刀。"

朱清闻言，感慨良久，才叹道："你年纪轻轻，竟有此心胸，实在难得。"

陈宝生又摇了摇头，道："但有一件事，望朱万户告诉我真相，那幅《清明上河图》，到底去了何处？"

朱清诧然道："你关心《清明上河图》做什么？"

陈宝生也不隐瞒，直言道："家父临死前念念不忘的就是《清明上河图》，我身为人子，当竭力完成他的遗愿，一定要得到此图。"

朱清愣了一愣，叹道："你这孩子，当真不简单。"

他既有愧于陈氏，也愿意为实现陈宝生的心愿出一分力，便告知《清明上河图》现今正在晋王甘麻剌之手。

朱清又主动写信给晋王甘麻剌，商量是否能归还此图。

甘麻剌是元成宗同母兄长，彼时正镇守漠北，兼领四大斡耳朵，称为"守宫"[1]，手握重兵，位高权重。朱清派人携带书信，连

[1]斡耳朵意为宫帐或宫殿，是突厥、蒙古、契丹等游牧民族的皇家住所和后宫管理、继承单位。蒙古帝国创始者成吉思汗将其众多的妻妾分成四个斡耳朵，大斡耳朵、第二斡耳朵、第三斡耳朵、第四斡耳朵，分别由孛儿帖、忽兰、也遂和也速干管领。元朝建立后，为成吉思汗四大斡耳朵先后设置了四所总管府和一所都总管府，下辖提举司、长官司和各种造作匠局等二十几个机构，私属（转下页）

同一份厚礼，急驰送往漠北。

这事很快被人利用，成为朱清勾结晋王甘麻剌谋反的证据。朱清还没有等到甘麻剌的回信，便先等来了朝廷御史台的调查。

多年来，告发朱清者可谓前赴后继，他却始终屹立不倒，主要是因为他在海运上是无可替代的人物。但同时，朱清得以避祸，也是因为他暗中做了不少事，譬如结交朝中权贵之类。

元成宗病倒、皇后卜鲁罕执政后，朱清已有“山雨欲来”的预感，但因为有元世祖的遗诏庇护，他自己行事也一向谨慎，料想不至于有身败名裂的局面，顶多是去职失势而已。僧人石祖进所告发的罪状，如勾结晋王谋反、杀主夺妻之类，均是捕风捉影，不会有致命威胁。

不想石祖进只是个引子，朝中还有更厉害的人，知道朱清难以一举扳倒，不如先拿横行地方的张瑄开刀，他们搜罗了张瑄的许多罪证，令张瑄难以脱罪，而朱、张两家是素来不分的。最终，大风暴还是来了，朱清以头撞石，愤而自杀，颇为惨烈。

这一系列事件发生时，陈宝生刚好护送母亲庄氏去了江西，他母亲旧病复发，所以他想向江西名医危碧崖求助。适逢危碧崖去世，其子忙于操办后事，便由其孙危亦林为庄氏诊治。

陈宝生早听说危碧崖、危亦林当日亦在聚远楼中，聊及宴会之事，方才知道父亲打听《清明上河图》下落，是为了危碧崖，以报当日老名医救活自己和母亲之恩。

感慨之余，又听说危碧崖亦是怅然而终，临死念念不忘《清明上河图》，陈宝生遂下定决心：无论用什么手段，都要得到《清明上河图》，以慰两位亡者的在天之灵。

(接上页)工匠、打捕户遍布大都、上都、保定、东平、彰德、泰安、河间等地。这四大斡耳朵向腹里（中书省所辖的今河北、山西、山东和内蒙古部分地区）九万人户征收五户丝，并向赣州路几万人户征收江南户钞，每年还从朝廷得到大批银两、罗绢缎绒等岁赐，敛聚和耗费巨额财富。晋王甘麻剌则是这四大斡耳朵的首领。

等到庄氏痊愈、陈宝生送母回到太仓时，朱清、张瑄已死，海漕万户易主。陈宝生已早预料到这一天的到来，倒也没有感到特别意外。

听到这里，杨载忍不住插口道：“这之后，陈公子便独自踏上了寻找《清明上河图》之路？”

陈宝生点了点头，道：“我料想那图十分珍贵，蒙古人即使不懂鉴赏，也当知那幅画价值连城。晋王暴死，《清明上河图》理应传给了儿子，或是晋王在世时便已转送给了更为识货的女婿，也就是现任的高丽王王璋。”

倪昭奎接口道：“不错，现任高丽王可没少惦记《清明上河图》，当日在聚远楼宴会上，还大讲了一番他寻找此图下落的曲折故事。”

陈宝生道：“总之，多年来我想方设法地打听《清明上河图》的下落，终于在去年时得知此图早已落入了当时的皇太子爱育黎拔力八达手中。而去年皇太子正式登基做了皇帝，那《清明上河图》自然入了内府……”

杨载“啊”了一声，当即会意过来，叫道：“李邦宁！一定是你收买了大宦官李邦宁，对不对？我和老倪在内藏库门口遇到过他，他一定是去帮你找《清明上河图》了。”

他本来极有把握，所以抢先说了出来，不想陈宝生怔了一怔，问道：“李邦宁是谁？”

杨载也是一怔，问道：“李邦宁不是帮你偷画了吗？”

黄公望忙道：“先听陈公子说完。”

陈宝生遂继续说道：“听说当今皇帝事母甚孝，后来又将《清明上河图》献给了皇太后。”

答己太后虽有隆福、兴圣两处寝宫，但素以兴圣宫为主，因为这处宫殿是儿子元武宗海山专门为她修建的，不似隆福宫还住过伯蓝也怯赤太后。答己太后为人贪婪，为了收藏奇珍异宝，专门在兴圣宫之西修建了天库。后来天库之物多得装不下了，便又将一部分珍品移到兴圣宫中的延华阁。

陈宝生虽然不能十分肯定，但料想《清明上河图》必在延华阁中，余下的问题，就是如何进入兴圣宫了。他想了很多办法，但都不可行，只能远隔高墙，望宫兴叹。

黄公望心中疑惑未解，忙问道：“先不说《清明上河图》，陈公子又是如何跟他……混到了一起？”一边说着，一边朝金海岩努了努嘴。

陈宝生见金海岩并不反对，便实话告道：“是因为汪小佩汪女官。”

陈宝生无法进入皇宫，只好先滞留在大都，慢慢再想办法。他爱好诗画，也与京城一些文士有所交往，意外得知翰林学士贯云石之姑汪小佩最近新回了京师。

陈宝生早从朱清口中得知是汪小佩毒杀了杨琏真迦。当年朱清因为怀疑汪小佩的身份而收买了杭州行馆的执役做眼线，结果没能确认汪小佩是否与刺客金石相识，反倒得知她往奶酒中下毒一事，而这件事早已为高丽人投毒所掩盖。

仔细思虑过后，陈宝生遂决意利用往事来要挟汪小佩引其入宫。

陈宝生先打听到有两名伊儿汗国使者随同汪小佩进京，目下正住在大都驿馆。他打听了使者姓名，先寻到疏仙园，自称是伊儿汗国的使者发财，求见汪小佩。当汪小佩发现此发财非彼发财后，自然很是吃惊，却也没有当场发作，只屏退从人，客气地询问陈宝生来疏仙园做什么。

陈宝生遂说明来意，未明确提及《清明上河图》之事，只说要进延华阁取一件东西。

汪小佩也不吃惊，只慢悠悠地问道：“这么说，你是个窃贼了？”

陈宝生当即红了脸，声辩道：“那是属于我们汉人自己的东西，我只是想拿回来。”

汪小佩很是意外，思忖了一会儿，才问道：“我不帮你，你便会去告发是我毒杀了杨琏真迦，是吗？”

在这样一名风轻云淡、波澜不惊的老妇人面前，陈宝生居然起了惭愧之心，讪讪答道：“好像我这么做，是有点无耻。”

汪小佩点头道："知道羞耻，孺子尚可教。"又问道："我看你有些面熟，但你这么年轻，我又刚从伊儿汗国回来，应该没有见过面。你本来的名字叫什么？"

陈宝生道："我……我叫陈宝生。先父名思恭，汪女官当年曾见过他一面，大概因为这样，你才会觉得我面熟。"

汪小佩终于露出了罕见的惊奇之色，问道："你是当日被杀的泉州富商陈思恭之子？"

陈宝生点了点头，道："原来汪女官还记得当年那件事。"

汪小佩叹道："这可真是让人想不到。"

思忖了一会儿，又道："你提的这件事，容我考虑一下，你过几日再来。"便将陈宝生打发了出去。

过了几日，陈宝生应约再去疏仙园，这次没有见到汪小佩，只有其心腹侍女霜儿出来。霜儿说事情都已经安排好了，给了陈宝生一个地址，让他去找一个名叫那鹰的人。

陈宝生极是纳罕，因为他知道有一名伊儿汗国使者便是叫那鹰，此人住在大都驿馆之中，但霜儿所给的地址，却不是驿馆地址。

尽管心中有疑虑，陈宝生还是鼓足勇气去了。他也知道这一切极可能是个陷阱，可能有人早埋伏在那个地方，要杀了他灭口。但不知道为什么，他从汪小佩的平静中看到了一种奇异的力量，一种鼓励他一定要坚持下去的力量。

正是在那处宅子里，陈宝生遇到了金海岩。一见面，金海岩便用刀将陈宝生制住，逼问他身世来历。陈宝生不肯说，金海岩一再威胁要杀了他，甚至用刀将他的衣衫划破，他也不肯屈服。后来还是霜儿出来，陈宝生这才将对汪小佩说过的话重新说了一遍。

金海岩遂放开陈宝生，实话告道："我父亲姓金名石，正是当年杀死你父亲陈思恭的刺客。"

陈宝生大吃一惊，望一会儿金海岩，又望向霜儿，结结巴巴道："你……你们……"

霜儿正色告道："佩娘说了，你能过得了自己这一关，她便会帮你。如果你过不了这一关，她想帮你，也没有用。"

金海岩随即将手中兵器递了过来，道："父债子偿，你要杀我报仇，尽管放马过来，我绝不会还手。"

陈宝生木然接过短刀，一时不知所措。

霜儿不但不劝解，还在一旁催促道："男子汉大丈夫，当断则断，婆婆妈妈做什么。"

陈宝生遂将短刀丢到地上，摇头道："我不想杀他。"又对金海岩道："别说是你，就算你父亲金石人在此处，我也不会杀他。"大致说了当年他对朱清说的一番话。

金海岩收了短刀，道："你有这份胸襟和气度，这很好，我很欣赏。但不管怎样，我父亲杀死你父亲终是事实，等于我也是你的杀父仇人，你愿意与杀父仇人为伍、共同进退吗？"

陈宝生闻言一呆，问道："什么？"

霜儿道："这位是那鹰，是伊儿汗国使者，会跟随佩娘赴皇宫参加兴圣宫宴会。你如果愿意的话，也可以化身为发财，一道前去。"

陈宝生又是一呆，且喜且忧，一时不知该如何作答。

霜儿肃然道："陈公子，这件事事关重大，半点勉强不得。毕竟皇宫是非常之地，稍有不慎，便会被人发现。若是露了马脚，不独你和金公子将死于乱刀之下，佩娘和贯氏均会牵扯其中，难以活命。"

陈宝生心中起伏不定，问道："你要我怎么做？"

霜儿道："你先跟金公子……不，是那鹰，你先跟那鹰使者住在一起。如果你二人能和睦相处的话，正月初一佩娘会来接你二人一道入宫。"

等霜儿离开后，陈宝生问道："你应该已经知道我是想要进延华阁窃取物事，那么你进宫又是为了什么？"

金海岩本不肯回答，陈宝生道："我连你的为人都不了解，又如何能做到和睦相处？"

金海岩被催问得急了，只得勉强道："目的跟你一样。"

陈宝生道："这么说，我二人这次冒用伊儿汗国使者身份进宫，都意在偷物，跟旁事无干，事后也不会牵累汪女官了？"

金海岩冷冷道："那也得看事情进展得顺不顺利。"

陈宝生顺势问道："你有把握吗？"

金海岩道："事在人为。"又问道："你有把握吗？"

陈宝生也照猫画虎地答道："事在人为。"

听到这里，杨载忍不住插口问道："陈公子是大富翁，手下该有不少仆役，你竟然亲自做这般危险的事吗？"

陈宝生正色告道："我娘亲从小就教我，凡事要亲力亲为，尤其是重大之事，千万不能假人之手。对我而言，没有什么比得到《清明上河图》更重大的事了。"

倪昭奎很是感慨，道："你娘亲这番话，倒是至理名言。"

陈宝生又道："之后的事就不必多说了。总之，我二人跟着汪女官顺利地进了皇宫，我也假借如厕的机会溜进了兴圣宫后苑。"

杨载道："结果你发现延华阁门禁重重，根本就不是你事先准备的万能钥匙所能打开的，而偏巧杨暗普又出现了。"

陈宝生惊异之极，问道："杨编修怎么会知道这些？"

杨载道："猜的呀。这也多亏了陈公子你，要不是你将黄金匕首塞回杨暗普的靴子中，我们真是打死也猜不到这一节。"

陈宝生幼年时到杭州奔丧，杨暗普时任江浙行省长官，曾见过陈宝生一面。虽然长大成人，但陈氏面容未变，而且他以伊儿汗国使者的身份出席宴会，身份尊贵，坐在第一排，极其醒目。杨暗普既然将注意力集中在汪小佩身上，想必也顺带留意到了她身边的陈宝生，他立时便认出了陈宝生。又见陈宝生竟以伊儿汗国使者身份列席，定然纳罕至极，且很快就猜到其中必有蹊跷。杨暗普刚好想要对付汪小佩，便有心利用这一节来大做文章。于是，当陈宝生起身离席时，杨暗普也跟了出去，遂有后来之事。

黄公望问道：“是陈公子杀了杨暗普吗？”

陈宝生微一迟疑，即答道：“是。”又特意解释道：“我不是要杀杨暗普灭口，而是我早就答应了朱清旧部，见到杨暗普的话，一定要杀了他，好为朱清报仇。”

原来陈宝生送母回到太仓后不久，便有朱清旧部寻上门来，告知害死朱清的人其实是江南僧官杨暗普，僧人石祖进只是受杨暗普指使。

陈宝生亦痛恨张瑄横行地方之举，也恼恨朱清始终听之任之，当即回答道：“你们既想为旧主报仇，直接去找杨暗普便是。”

对方答道：“朱万户倒霉这件事，其实跟陈公子大有关系。”当即说了朱清写信给晋王甘麻剌以索要《清明上河图》一事。

又道：“晋王已死，死得蹊跷，但那是蒙古皇族内部的事，不必我等再去操心。总之，朱万户是因勾结晋王谋反这条罪状而死，不是因为其他。而朱万户写信给晋王这件事，只有杨暗普一人知道。”

陈宝生听说事情是因自己而起，这才有了内疚之意，问道：“诸位是想要我资助你们复仇吗？”

对方答道：“不是。杨暗普已回了京师，我等也将跟踪去大都，非杀了他不可。但若是我等均不能成事，他日陈公子有机会的话，一定要杀了杨暗普。”

陈宝生愕然道：“我是与杨暗普有过一面之缘，不过那是许多年前的事了。我与他非亲非故，他又回了大都，如何还有机会见到？”

对方道：“世事难以预料。当年朱万户还是贫苦渔民，站在海边，便有相士自己跑来，说他将来会大富大贵。朱万户自是不信，而后如何？朱万户于大元有功，世祖皇帝甚至专有遗命予以保护，却还是落得这般下场，又是如何？”

多年来，朱清对庄氏母子关爱有加，送钱送物，从不吝啬，庄氏也多次提及要陈宝生设法报恩还情。陈宝生也是慷慨豪迈之人，遂应允道：“好，我答应你，如果我将来见到杨暗普，一定会设法杀了他。”

大致叙述完经过，陈宝生又道："实话说，我虽然应允了对方，却并未特别尽心，甚至多年来我都不曾听闻杨暗普的名字。今日在延华阁前忽然遇到他，我自己也吓了一跳，只觉得造化弄人。"

杨载忙道："我得再插句话，当年是朱清将杨琏真迦之死的真相告诉了杨暗普，对吧？他二人不也算是朋友吗，为什么杨暗普又转而对付朱清？"

陈宝生道："据说是因为杨暗普恼恨高丽人，而高丽有几年因大旱而大饥，甚至有亡国的危险，朱清奉朝廷之命往高丽运粮，解救了高丽人，故而杨暗普连朱清也恨上了。"

杨载微一思忖，即明白过来，道："杨暗普恨高丽人也对，就算当日汪小佩没有往奶酒中下毒，杨琏真迦也会死在高丽人的毒葡萄酒下。"

倪昭奎接口道："我倒是不这么认为，那杨暗普人有些癫狂，但却不是傻子，估计也是为了自己的利益，与朱清的政敌结成了联盟，这才开始倾轧朱氏。"

黄公望又问道："杨暗普跟随陈公子到了延华阁后，可是要挟你杀了汪小佩？"

陈宝生当即竖起了大拇指，赞道："黄先生厉害，这都能猜到。不错，我当时正用万能钥匙试着打开延华阁大门，却总也打不开。正着急时，杨暗普忽然出现在我身后，还叫出了我的名字。"

杨暗普旋即指出陈宝生冒充伊儿汗国使者的事实，又道："贫僧不关心你冒名进入兴圣宫之事，不过你须得帮贫僧去办一件事，杀了坐在你身边的汪小佩。"

于陈宝生而言，进皇宫难如登天，这趟延华阁之行如此顺利，实是老天爷保佑，以及亡父在天之灵庇护。但撞大运之事，一生中恐怕只此一次，过了这个村，就再也没有下个店了。他生怕杨暗普叫喊，惊动旁人，只能先虚与委蛇，应付过去，遂假意问道："大师为什么要杀汪女官？"

杨暗普当即怒道："是汪小佩杀了我父亲，这理由够不够充分？”又道：“你也是丧父之人，该明白失亲之痛。”

陈宝生道：“那是当然。就像天地骤然塌陷，天地之大，几乎无容身之处。心尖上的肉还被利刃剜去了一块，不停地流血，以致痛苦不止。既惶恐不安，又伤心难过。”

杨暗普点了点头，又道：“你我二人，在同日之内失去父亲，且他们都死在了同一处，这算不算是缘分？”

陈宝生闻言大怒，心道：“这算什么缘分？杨琏真迦这等声名狼藉之人的死讯传开后，江南多少人家放鞭炮庆祝，怎可与我爹爹相提并论？”

但他不敢公然表露情绪，只假意劝道：“事情已经过去了，大师现下也是得道高僧，何不就此放手？”

杨暗普先是惊奇，随即道：“你目下有把柄在贫僧手中，却没有立即答应贫僧的要求，而是从旁相劝，足见你是个厚道人。但是汪小佩这个人，贫僧怀恨她二十年，好不容易今日才有机会报仇，决计不会放过。贫僧不关心你跟她是什么关系，你答应杀了她便好，你若不答应，贫僧就引你去见枢密副使。”

陈宝生踌躇道：“这件事……”

忽有人自侧门进来。那人脚步匆匆，行走甚急，走进庭院，方才看到杨暗普及陈宝生二人，一时愣住。

杨暗普怔了一怔，忙迎上前道：“李大学士，你来了？”走到那老者面前，忽然抬脚，从靴筒中抽出一柄匕首，直朝那老者刺去，连刺两刀。

那老者伸手扶住杨暗普双肩，道：“你……你……”

杨暗普道：“李大学士，这下可对不住了。”

陈宝生虽谋大事，却还是第一次亲眼见到杀人场面，大惊失色，喝问道：“你做什么？”

杨暗普道：“他看到了你我在此，还能任他活命吗？”又将手中匕首递给陈宝生，道：“贫僧知道官秩三品以下者进宫不准携带兵器，虽然宫门卫士并不会搜身，但却无人敢违抗禁令。你身上大概没有兵器，一时也来不及去寻毒药之类，你就用这柄匕首去了结汪小佩吧。”

陈宝生看了看死去老者的尸首，喝道：“你疯了吗？”

杨暗普摇头道：“我没疯，我只想要汪小佩死。你需要用这柄匕首了结她，这匕首是先父遗物，用它报仇，大有意义。而你有伊儿汗国使者身份，决计不会有人怀疑你。”

见陈宝生仍迟疑不肯接过匕首，杨暗普遂问道：“难道你跟汪小佩有什么渊源吗？我可不信。她刚回大都，跟你扯不上任何关系。你意在混进皇宫，多半是用了什么手段逼她就范。嗯，是了，你父亲替朱清而死，想来你早已经从朱清口中知道是汪小佩杀了我父亲。你用这件事来要挟汪小佩就范，是也不是？”

这确是事实，陈宝生难以否认。杨暗普当即哈哈大笑道：“瞧，你我还真是有缘分。”又问道：“怎样，你是要自己活，还是要汪小佩活？”

见陈宝生仍有所犹豫，便道：“我虽不知你所图何事，但就凭你，是进不去延华阁的。你先杀了汪小佩，我来替你想办法。”这显然是安抚拉拢之策了。

陈宝生料想事已至此，除非杀杨暗普灭口，不然只能被对方要挟，遂先接了匕首。

杨暗普以为陈宝生已经答应杀人，很是欣喜，又指着一旁老者的尸首道：“先处理了他，那边就有一口井。”

二人遂合力抬了老者尸首，穿过庭院，丢入鹿顶井中，所幸路途甚短，也没有遇到人。

陈宝生大致讲述了经过，又问道：“那名老者，就是杨暗普口中的李大学士，就是你们口中的李邦宁吗？”

黄公望道：“不错，就是李邦宁，他是宫中的老宦官，能自由出入宫禁。”

杨载沉吟道：“杨暗普在皇宫弘仁寺担任住持多年，不会不知道鹿顶井是兴圣宫的饮用水源，尸首丢入鹿顶井中，很快就会被庖人发现。”

陈宝生闻言一怔，问道：“是这样吗？那为什么杨暗普还要这么做呢？”

倪昭奎先答道：“这是杨暗普的险恶之处，他当是有意如此——庖人发现了李邦宁尸首，兴圣宫上下很快就乱作一团，一是给陈公子刺杀汪小佩提供了大好机会；二来匕首在陈公子手中，他还可以指认是陈公子杀了李邦宁，等于他手中又多了一个陈公子的把柄，无须再去拆穿陈公子假使者的身份。”

黄公望道：“不过那柄黄金匕首不是凡物，稍有眼力者，均会知晓那是杨暗普的私物。”

倪昭奎道：“仓促之下，杨暗普哪里能想得那般周全？再说了，他还可以辩称是陈公子偷了他的匕首。”

陈宝生又说道：“后来我和杨暗普一道离开了后苑。我见他身上有血，还问道：‘你这样子，还能回去宴席吗？’他回答道：‘无妨。’脱下僧衣，翻到反面，再重新穿上，竟跟之前一模一样。”

倪昭奎忙道：“这是无缝衣衫，整件衣衫没有一道接缝，而且正反面一模一样，十分珍贵。我新近获赐了一件。”

杨载也接口道：“当年宰相桑哥被杀，无缝衣衫便是触怒世祖皇帝的关键，足见这衣衫之珍稀。”

原来最初元世祖忽必烈爱惜桑哥是捞钱能手，只是下令调查，且未将此案交给有司，而是派了心腹怯薛去桑哥家里搜查。怯薛们搜出了很多珍贵物品，将之抬到忽必烈面前。忽必烈大怒，召来桑哥，指着两箱珍珠道：“你有这么多珍珠，朕曾向你要两三颗，你都不给。”又指着一箱无缝衣衫道：“汉人织匠为朕织成的无缝衣服，献给朕两件，你手中却有三件，甚至超过了朕，这不是你的罪过吗？”桑哥无言以对，遂被下狱，很快被判了死罪，被杀于市。

黄公望又问道："陈公子后来又是如何杀了杨暗普的？"

陈宝生道："我回到大殿座席时，汪女官人已不在座位上[1]。"又转头看了金海岩一眼，道："当然，那鹰也不在。"

陈宝生既回到兴圣宫，当然也不好立即出去，便又回宴席坐下。

过了好大一会儿，杨暗普也进来大殿，回座位坐下时，还重重地看了陈宝生一眼。陈宝生已向侍女问明汪小佩跟随侄子贯云石一道出去透气去了，便起身寻了出去。他与汪小佩一道进兴圣宫时，曾远远望见过太液池边的暖亭，毕竟那暖亭通体由琉璃打造，十分醒目。他记得汪小佩也多看了琉璃暖亭两眼，料想她极可能去了那里，遂一路寻去。

果见暖亭中影影绰绰有个人影。陈宝生叫了两声，无人相应，便掀开毛毡，自行进去，这才发现汪小佩已死。他心下大愤，却不敢多留，微一思忖，上前取下汪小佩手上的珠串，便急忙回来兴圣殿，却不回座位中，只走到杨暗普视线之内，朝他使了个眼色，便又溜出大殿。

杨暗普很快就跟了出来。陈宝生取了珠串在手，往对方眼前一晃。杨暗普见珠串上有血，又惊又喜，问道："这么快就办成了？"

陈宝生不答，只问道："可有方便说话的地方？"

杨暗普忙道："要不去弘仁寺？"

陈宝生道："不，就近找个地方，我一会儿还得回去宴席，免得他人起疑。"

杨暗普急忙引陈宝生出来兴圣宫，来到西面宫墙下，道："这里没有人看得见。"又问道："事情可是已经办成？"

陈宝生道："你已自行办成了，还有意如此，是要嫁祸于我吗？"

[1] 此为当事人自我陈述，可能会与证人（如答己太后女官清涟）证词相左，毕竟都是主观描述，此为情节刻意设置，非前后矛盾。又，书中人物的自称，会根据场景及谈话对象有所变化，譬如杨暗普多自称"贫僧"，但愤怒之时，就丢开了表面文章，直接变成了"我"。又如倪昭奎自称"贫道"，但在好友面前，也就变成了"我"。诸多细节，尽可推敲。

杨暗普一愣，问道:“什么？”

陈宝生早有准备，抽出短刀，朝杨暗普直刺了两下。

杨暗普却是念念不忘替父复仇之事，道:“汪……汪小佩……你答应了我……”

陈宝生颇感惊讶。他本以为是杨暗普杀了汪小佩，自己鼓足勇气杀死杨暗普，一是为汪小佩报仇；二是遵守当年对朱清部下的诺言。不想杨暗普临死，心中挂念的竟然仍是杀父仇人，他这才相信不是对方杀人，遂告道:“汪小佩已经死了。”

杨暗普“啊”了一声，气息一松，就此软倒死去。

陈宝生事先已从内衣上撕下一片衣襟，缠在匕首上，因而外套上未染血迹。他急忙将衣襟团作一团，收入袖中，又将匕首插回杨暗普的靴筒，匆匆离去。

回到座席中，刚坐下不久，便听到外面有嘈杂之声，仁宗皇帝、答己太后均起身离去。

黄公望道:“这当是有人发现了李邦宁的尸首。”

陈宝生道:“我知道死了三人，也不知道是哪个先被发现了，只木然坐在座位上，一动不动。不知过了多久，那鹰终于回来了，附到我耳边，告诉我说汪女官被杀了，杨暗普人不在兴圣殿，一定是杨暗普做的，他要设法去找对方报仇。”

他的脸色明显有些难看，嘴唇也颤抖不止，显然回想当时情形时，仍然心有余悸。

金海岩遂就此接口道:“宝生人都有些傻了，我连拍了他两下，他才回过神来，说是他已经杀了杨暗普。”

黄公望沉吟道:“陈公子虽图大事，但毕竟手上没染过鲜血。你杀杨暗普时，凭的是一腔愤怒之气，之后气息泄了，自然会有所后怕，手脚发软，全然不听使唤。”

陈宝生道:“正是如此。”又道:“现下我已将实情悉数告知，黄先生准备如何处置我？其实就算有严重后果，也是我咎由自取，我早有心理准备。只是汪女官意外被杀，我等到处找不到霜儿，假冒伊儿汗国使者一事极可能暴露，难免会牵累汪女官的亲眷。”

黄公望一时踌躇不语。他不是没做过隐瞒真相、包庇相关人等之事。但这次不同，这次是他蛰伏二十年后再度崛起的大好机会，老友杨载、倪昭奎均已地位赫赫，唯有他仍是无品无级的小小书吏。若是兴圣宫命案处理得好，令答己太后及皇帝满意，他便可以一飞冲天，与两位好友并肩争辉，再也不用自惭形秽，而表面还要装得毫不在意，以免老友难堪。

杨载忙接口道：“目下最要紧的，是赶快找到霜儿和两位伊儿汗国使者，将你二位假冒使者进宫一事遮掩下来。”

陈宝生很是不解，问道：“你们二位都是朝廷中人，倪真人也算是，三位为何要这样冒险帮汪女官？之前我本不打算再露面，但我也没有逃走的计划，若是朝廷要因假冒使者一事治贯氏之罪，我便会去官府自首。是金兄一再敦促我出来见黄先生，说你们三位都是可靠之人，一定能帮我解决难题。”

杨载颇为意外，随即重重看了金海岩一眼，颇带嘲讽地说道：“难得金兄看得起我们三个。”

陈宝生便将头转向金海岩，道：“到底为什么？之前金兄一直不肯说，现下我已经确信这三位都是正直忠义之士，金兄总该说实话了吧，你为何如此深信他三位的人品？”

金海岩微一迟疑，即简单答道：“因为我妹妹金海容。”

倪昭奎已经忍耐多时，到了此刻，再也按捺不住，忙问道：“海容她可还好？金兄之前说只对公望说，现下他人就在这里，你总可以当面说了吧？”

金海岩道：“我先回答宝生的问题。我信任他三位，是因为我妹妹金海容。她临死之前曾告诉我说，她在杭州认识了三位奇男子，一人名叫黄公望……”

黄公望如遭雷击，问道：“你说什么？海容死了？”

金海岩点了点头，告道："我妹妹早在二十年前就死了，就在她带着家父逃离杭州的两个月后。"

倪昭奎骇然道："你说海容二十年前就死了？不可能，这不可能是真的。"

金海岩道："当年家父受了重伤，海容不得不驾车载他逃离杭州。她根本不会驾车，不过是临时赶鸭子上架，寻常道路还行，山路可就相当危险。在过一处弯道时，海容一个不小心，连人带车摔下了山崖，家父当场死去，海容自己也受了重伤，被附近的山民救下。但她受伤极重，山民也请不起大夫为她救治，伤势遂越来越恶化。我找到她时，她已经奄奄一息，只剩下最后一口气，仍在苦苦支撑。见到我后，海容讲完她要说的话，便撒手去了。"

倪昭奎面色如土，喃喃道："怎么会是这样？"

金海岩道："就是这样。世界一向残酷，世事素来无常。你出身富贵，现下又尊为真人，位高权重，但早年也体验过世态炎凉，当深有体会。"

所谓"世态炎凉"，当是指倪昭奎曾遭杨暗普逮捕下狱，又备受折磨一事。

杨载叹道："原来海容这么多年没有出现，是不能也，非不为也。"

此语弦外有音。为了安抚老友，他又转过身去，重重拍了两下黄公望的肩头。

倪昭奎问道："既然海容早已经过世，你为什么不早些告诉我们？尤其是公望，他可是为了……"忽听到杨载重重咳嗽了一声，便勉强止住后面的话。

金海岩道："是海容不让我告诉你们的。她说她最初是怀着目的接近黄公望，但后来……不管怎样，我妹妹想留给你们一个绝情的坏女人的印象，如此，你们很快就会忘记她，不再以她为念，继续过好自己的日子。"

又冷然道："你们现下不都过得很好吗？杨、倪二位功成名就，黄公望虽然在仕途上一无所成，但至少家庭和美、妻贤子孝，还有什么不满足的？”

杨载与倪昭奎面面相觑，一时竟无言以对。陈宝生几度想开口，却又不知说些什么。

黄公望只沉默不应，仿佛石化了一般。通红的炭火映照在他侧脸上，愈发显得他阴晴不定，心事重重。

众人沉默了许久。杨载终于站起身来，长叹一声，道：“我们先走吧，让公望独自待一会儿。”

陈宝生仍关注自己的事，问道：“那我……”忽见金海岩朝他连使眼色，便勉强闭口不言。

倪昭奎忙进里屋去抱幼弟。倪瓒已然睡熟，被抱起时，都不曾醒来，只轻轻嘟囔了一声。众人见黄公望仍呆坐原处不动，便悄然退出房间，又掩好房门。

到楼道口时，陈宝生忽道：“天色已晚，外面又刮起了北风，寒风刺骨。各位愿意的话，不妨留宿在这里。这一层楼早已被我悉数包下，还多出几套房间。”

杨载忙道：“我留下来。”

倪昭奎微一迟疑，即道：“贫道还是先回崇真万寿宫。”

陈宝生又问道：“金兄你呢？”

金海岩不及回答，杨载先道：“他得离开。他是行刺中书省宰相的刺客，万一日后事情泄露，我们都要受他牵累。”

金海岩遂道：“我走。”

陈宝生这才知道金海岩入宫行刺之事，又惊又疑，忙上前追问道：“金兄入宫，目的不是跟我一样吗？只不过你的目标之物，另在别处。”

金海岩坦然告道：“我没有骗你。只不过当时刚好在御苑遇到张闾，他身边又无侍从，我见机会难得……”

陈宝生忙打断道：“金兄不必再解释，我也不想了解更多。你未暴露就好，不然势必会牵累汪女官的亲眷。”

金海岩道：“抱歉。”拱了拱手，先行辞去。

倪昭奎想与金海岩保持距离，便刻意多等了一会儿，刚要抱着幼弟下楼，忽听到黄公望房间传出号啕大哭声，令人心酸。倪昭奎当即潸然泪下。倪瓒刚好醒了过来，转头见到兄长脸上挂满泪水，奇道：“大兄，你是在流泪吗？”

倪昭奎忙举袖抹了抹脸，道：“没有，是沙子迷了眼睛。”匆忙下楼去了。他自有弟子和车夫接应，当即携倪瓒登车而去。

杨载只在楼道中徘徊，几次想进去黄公望房中，却又忍住。

陈宝生一直陪站在一旁，终于忍不住问道：“杨编修要不要去我房中坐坐？”

杨载先是一怔，随即问道：“你房中有宝贝吗？”

陈宝生满脸愕然，应道：“没有。”旋即会意过来，道：“杨编修就爱开玩笑。”请杨载进房坐下。

杨载“呀”了一声，道：“好大的房间。公望住的套间已经够大了，你这儿还有书房，当是他那间的两倍大。”

陈宝生忙道：“杨编修喜欢的话，可以住在这里。我搬去旁边房间住便是。”又道：“本来对面西套房也是这般大，格局跟这套一样，不过被郑榕住了。”

杨载忙摆手道：“不必了，我就住公望隔壁的房间就好。这么大的豪华套房，我杨载福浅，消受不起。”

陈宝生正要出去叫伙计收拾房间，杨载叫住了他，道：“等一会儿再去。”

陈宝生会意过来，朝黄公望房间方向指了指，问道：“黄先生会不会因故人之死而大受打击，自此一蹶不振？”

杨载干脆地说道：“不会，事情已经过去二十年，再深的感情，也已被光阴抹平。他只是一时忆及往事，心有所感而已。等他哭得累了，自然就好了。”

又叹道：“这才是海容的高明之处！当年若是金海岩立即将她的死讯告诉公望，公望爱海容正深，怕是打击极大，一蹶不振倒是极有可能。”

陈宝生踌躇道：“你们这些人，还有那些往事，我不了解，也不方便品评。但我有一件事，想求杨编修帮忙。”

杨载忙摆手道：“别，千万别找我。你想要《清明上河图》，自己寻去，我可不想掺和其中。”

陈宝生自顾自道：“原来在我今晚现身之前，你们几位便已大致猜到了真相，当真了得。若是杨编修能帮我得到《清明上河图》，日后但有所命，我陈宝生赴汤蹈火，在所不辞。”

又道：“杨编修地位尊贵，自是求不到我什么。但世事难料，万一日后有事呢？而世界上的大部分事，是可以靠能力或金钱解决的。将来一旦杨编修有事，我不但会竭尽所能，还可以做到倾家荡产。以我陈氏的财富，天下办不到的事倒也不多。”言谈之间，竟是十分自信。

杨载笑道：“你小子都在胡扯些什么呀。我堂堂大元史官，信不信我将你适才这番话写进史书里？”又岔开话题问道：“你这里可有吃的喝的？”

陈宝生正要出去叫人，杨载摆手道：“就不必麻烦伙计了。那边还没哭完呢，伙计上来，听到大男人在房中哭，还以为发生了什么事呢。”

陈宝生便往抽屉中取出一团油纸包，告道：“这是一包桂花糕，是我前几日在路边向一名老婆婆买的，很香很好吃，做得一点也不比我们江南的差。”

杨载道：“哪壶不开提哪壶，我最讨厌吃桂花糕了。不过这糕我收下了，老倪爱吃，我替他留着。”一边说着，一边将纸包揣进怀中。

陈宝生又试探问道：“关于《清明上河图》，杨编修可有什么主意？”

杨载道：“唐朝的时候，有个秀才名叫崔郊。他姑母家有一婢女，姿容秀丽，且擅长音律，是当地著名的美女。崔郊与其相恋，两人难舍难分。显贵于頔听说此婢女才貌出众，出四十万钱将其买走。崔郊念念不忘，为与情人相见，日日等候在于府外。寒食节那天，婢女偶尔外出，崔郊终于得见爱人。二人执手而泣，誓若山河。崔郊赠诗曰：‘公子王孙逐后尘，绿珠垂泪滴罗巾。侯门一入深如海，从此萧郎是路人。’”

陈宝生莫名其妙，道：“杨编修没来由说这个做什么？”

想了想，又问道：“莫非杨编修有喜爱的女子，被权贵买去做了侍妾？这个好办，我出重金帮杨编修买回来便是。她是谁？又是谁买了她？”

杨载当即骂道：“你小子越来越没谱了。我讲崔郊的故事，是要点醒你，侯门一入深如海，那《清明上河图》也是一样，一入宫门比海深，你这辈子就别再妄想了。”

陈宝生道：“我知道这故事，后来于頔读诗后很感动，将婢女送给了崔郊了呀。”

杨载道：“那你也作一首诗，感动当今皇帝或是皇太后，好让他们把《清明上河图》赏给你。”

陈宝生愣了半晌，才道：“到底是翰林院的编修，不但文采好，口才也好。”

又等了小半个时辰，黄公望房中才没有了动静。陈宝生遂叫了伙计，收拾了黄公望隔壁的房间，又安置了火盆，杨载才住了进去。

这一日，是正月初一，新年的第一天。有许多人欢天喜地，也有许多人伤心欲绝，黄公望亦彻夜难寐。

次日天刚亮，一夜未睡的黄公望下楼出门，欲去积水潭边走走。即便水面结了厚冰，无水光流影可看，也可以吹吹冷风。

一出大门，才发现空中正飘着星星点点的雪花，地上已积了薄薄一层雪。黄公望便立在原处，仰起头来，任凭雪花落下。

雪花的奥妙，在于它是造化的精灵，能带给人无穷无尽的遐思。它洁白美丽，却又生命短暂，一冻一化，即是一生一灭，注定不能相守。即便如此，它仍然漫天飞舞着，追逐嬉戏着，饱含热情地投向大地母亲的怀抱，以写意的大手笔，勾勒着山川、河流、村庄、城郭，浑似江南图画。

一点一点的凉意沁在脸上，清清爽爽，似乎淡化了心头的离索之情。

岁月中，难以预料的怅然如此之多，当真是万事空中雪。

感月吟风多少事，如今老去无成。谁怜憔悴更凋零。试灯无意思，踏雪没心情。

不知何时身边多了一人，转头一看，竟是金海岩。黄公望颇感意外，道："你还在这里吗？"

金海岩道："我一直在这里，等着你出来。"

黄公望点了点头，又问道："可是海容还有话要你转告我？"

经历了一夜，眼前又有雪花飞舞，他的心绪已不似昨夜那般动荡起伏，竟然已经可以从容地提及昔日爱人的名字。

金海岩回答道："没有。"

黄公望一怔，诧然道："没有吗？"

金海岩道："海容想对你说的话，我昨日已尽数相告，只说虽然为了其他目的而有意结识了你，但她很开心，这件事上，她不会后悔。"

黄公望默然半晌，又问道："那你还留在这里做什么？"

金海岩道："我要告诉你的是，海容临死之前，最放心不下的，仍是要将蒙古鞑子驱逐出中原的事业。"

黄公望愣了一下，急忙环视四周，生怕被旁人听到这大逆不道之语。

金海岩冷笑道:“看看你，你在蒙古人眼中，明明是最低等的南人，堪比奴隶，竟然为了往上爬，还拼命去谄媚根本看不起你的蒙古人。”又不无讽刺道:“哦，是了，你而今是小吏身份，在蒙古人眼中，也算是个人了。”

黄公望沉默许久，才道:“世道如此，不是我黄公望所能改变的。”

金海岩怒气陡生，厉声道:“如果人人都像你黄公望这样，只知道随波逐流，屈服于蒙古人的高压统治之下，世道便永远不会改变。”

又摇头道:“海容不该爱上你！她比你有勇气多了，至少她一心想让世间更加美好，她是为了自己的人生理想而活。而你呢，又是为什么而活？是，大元目下气数未尽，但海容一个女孩子，明知不可为而为之，这才是堂堂正正的人。”

黄公望想抬手拂去睫毛上的雪水，略动之下，才发现手已经有些僵了，也不知道是严寒天气，还是心头凉意所致。

金海岩见黄公望沉默不答，面上却阴晴不定，便换了和缓些的口气，道:“当然了，人各有志，不是所有人都像我们姓金的这般有勇气，但你又何必为了一点虚名，要搅进这局乱棋？我替海容劝你一句，离开京师，离开这是非之地，回去家乡，安心做你的富贵闲人去吧。”

黄公望仍是不应。金海岩遂摇了摇头，叹道:“长安名利客，红尘恶风波。你好自为之吧。”转身扬长而去。

黄公望仍呆立在原地，有心到别处走走，却始终抬不起脚来，迈不出第一步。

固然是因为情感，才会令身躯被束缚住，才会使脚下如此沉重。但他到底是不愿呢，还是不能呢？

大街上如此冷清，空荡荡的，恰如他的心境。绝大多数人，现下应该还在梦乡中吧，何以他做不到就此醉去、长眠不醒？

也不知道过了多久，忽有马蹄“嘚嘚”声，有二人踏雪而来，却是皇宫女官清涟及怯薛长果满。二人均是普通市民打扮，未及下马，便朝黄公望扬手招呼，显然是为询问案情而来。

黄公望勉强打起精神，上前招呼道："二位好早。"

清涟见黄公望脸色不好，问道："黄先生昨夜不曾休息好吗？是不是这一带放鞭炮的人太多，声音太吵？"

黄公望答道："客房还算安静。就是心中有事，难以入眠。二位请。"欲引二人回去房间。

进来时，果满见大堂空无一人，大堂中放着烧有火红的大炭盆，温暖如春，当即笑道："就这里吧，这里更好。"

三人遂选了角落一桌坐下。清涟先道："我们一早赶来，是有些与杨暗普相关的消息要告诉黄先生。"

原来杨暗普之前在江南行宣政院担任长官，主管江南佛教事务，官位跟其父差不多。江浙行省为元廷最重视之地，盖因其赋税收入在国库收入中所占比例最大，江浙行省官职均是肥差。而杨暗普竟主动辞去行宣政院长官一职，宁可回大都当一名普通官员。后来更是主动申请入宫，做了弘仁寺住持。宫中生活，表面光鲜，但其实远不比在外面逍遥自在。杨暗普种种自降身价之行为，自然令人纳罕。皇宫自成王国，也是是非之地，逐渐有流言说杨暗普进宫其实是别有所图。

黄公望忙问道："清涟女官是说，杨暗普是怀有什么其他目的，这才进宫？"

其实他已经猜到杨暗普是畏惧朱清手下报复，但却不得不这么问。

当日朱清倒台，杨暗普在其中出了不少力，朱清虽然撞石自杀，张瑄也被元廷处斩，但二人还有许多忠心耿耿的老部下，这些人自然要找杨暗普报仇。杨暗普虽有元廷庇护，却还是日夜担心遭人行刺，在江南待不下去了，遂主动请求回京。朱清部下又追踪而至，杨暗普迫不得已，只得请求做了弘仁寺住持。如此，他人在皇宫之中，朱清部下本领再大，也是鞭长莫及了。

清涟不明究竟，答道：“正是如此。因为弘仁寺住持素来只从宣政院中挑选，杨暗普先辞去江南行宣政院的职务，进了宣政院，而后又申请弘仁寺住持之职，一步一步，似是极有计划。”

黄公望忙问道：“那么答己太后和皇帝陛下可知道此事？”

清涟道：“这种事，都是宫人们随口议论，是上不得台面的流言，太后和皇帝自是不知情。”又告道：“原本我也是不知道的，昨日杨暗普被杀后，才有宫人赶来告知这些事。”

黄公望心道：“杨暗普入宫及昨日他杀死李邦宁的原因，我均已知晓，但目下为了维护贯氏，不得不顺势而为。”便有意问道：“可有宫人发现杨暗普所图何事？”

清涟道：“这就没人知道了。”转头看了看果满，又道：“不过果满倒是有个推测，我是觉得挺离谱的，他自己倒觉得有理有据，黄先生不妨先听听看。”

黄公望忙道：“怯薛长请说。”

果满道：“杨暗普进宫，是为了传国玉玺。”

黄公望吓了一跳，道：“传国玉玺吗？怎么可能？”

果满正色告道：“当年世祖皇帝在位时，派了不少探子在民间尤其是宋故地江南一带，探听民意，马可·波罗便是其中之一[1]。他在杭州时曾听到一种说法，说只要得到传国玉玺，大宋便可以复国。”

黄公望奇道：“杨暗普不是党项人吗？喔，我的意思是，他断然不可能去偷取传国玉玺来恢复宋室江山的。”

果满道：“不一定是要恢复宋室江山啊，杨暗普自己也可以做皇帝的。就算他不想做皇帝，也可以将传国玉玺卖给那些乱臣贼子，应该可以卖不少钱。”

黄公望哑然失笑道：“这个好像有点……有点那个了。”

清涟抿嘴笑道：“我就说果满这推测离谱吧。”

[1] 马可·波罗受元世祖忽必烈之命，刺探汉地民间民意，为历史真事。

果满忙道:“不是啊。当年朝廷清算杨琏真迦，可是抄了不少财物，说金山银海都毫不夸张。后来杨暗普几次上书请求发还部分财产，世祖皇帝都没有同意，他或许因此而怀恨在心。”

又道:“我昨日连夜盘问过弘仁寺僧人，众僧说杨暗普一直以来都很不寻常，经常摩挲着他的黄金匕首，独自在房中长吁短叹。有时候也会在皇宫中晃来荡去，浑然不像之前的住持，一心只在僧堂清修念佛。”

清涟道:“杨暗普本来就不是真正的僧人，后来为了到江南行宣政院担任长官，才临时出家为僧，他不安心修行，倒情出有因。”

果满道:“是了，还有一件事，死去的大宦官李邦宁，也曾被任命为江浙行省长官，这是多少人求都求不来的美差事，李邦宁却不肯赴任。当时杨暗普还在江南行宣政院任职。有人说，李邦宁是跟杨暗普不和，才不愿意去江浙行省上任。”

清涟忙道:“李邦宁的身份特殊，原先是宋帝身边的小黄门，而正是杨暗普的生父杨琏真迦挖掘了宋帝的陵墓，他二人不对路，也是有原因的。”

黄公望点头应道:“杨暗普身上的那柄黄金匕首，便是得自宋帝陵墓。”

清涟又道:“而且后来杨暗普请求入宫担任弘仁寺住持时，李邦宁也坚决反对，称杨暗普性情无常，不宜担任皇家寺院住持。但杨暗普也暗中使了手腕，最终还是如愿以偿。”

黄公望沉吟问道:“二位的意思是，杨暗普是出于私怨，才杀了李邦宁？”

果满道:“杨暗普身上的匕首，正是杀死李邦宁的凶器，对吧？必是杨暗普杀了李邦宁无疑。我猜李邦宁也是心怀不轨，两个心怀不轨的人遇到，狭路相逢勇者胜，结果是李邦宁被杀了。”

清涟笑道:“狭路相逢勇者胜这一句，不是这么用的。”

果满忙道:“我汉话不好，意思到了就行。”

黄公望问道："李邦宁既有宋帝赵㬎[1]小黄门的身份，会不会也是在找传国玉玺？"

清涟连连摇头道："这个不大可能，传国玉玺在大内大明殿秘阁中，寻常人不奉召是进不去的，就算是李邦宁也不行。他在皇宫当了几十年差，不会不知道传国玉玺收在何处。"

果满道："但李邦宁身怀内藏库、天库及延华阁钥匙，包藏祸心无疑。答己太后怀疑跟皇子和世㻋有关。"

清涟咳嗽了声，果满遂道："李邦宁既是为杨暗普所杀，此案就算破了，不必再追究其他。"

清涟又道："将李邦宁的尸首丢入鹿顶井中，应该是杨暗普的主意，故意玷污答己太后钟爱的水井。而今这口井，等于全废了。这个人，心肠太坏，大概是因为答己太后曾斥责他不好好诵经，便怀恨在心。"

黄公望心道："杨暗普故意丢尸体入井，不过是想让人早些发现，好多一个控制陈宝生的把柄。不过他的脑子有些不灵光，他能杀李邦宁灭口，就不怕陈宝生杀他灭口吗？而且陈宝生未能如愿进去延华阁，极可能反过来求助于杨暗普，杨暗普对此相当有把握。"

清涟见黄公望沉吟不语，忙问道："黄先生可是想到了什么？"

黄公望道："不过据现场情形来看，杨暗普应该还有个帮手。"

果满忙道："这帮手应该是从宫外进来的，二人约好昨日一起动手。"

黄公望奇道："何以见得？"

果满道："不管杨暗普怀着什么目的，他久在皇宫，弘仁寺距离兴圣宫只一步之遥，他平日也有机会，却独独选了昨日。而昨日刚好是两宫大宴宾客的日子，大明、兴圣两殿宾客加起来近千人，各

[1] 彼时宋恭帝赵㬎四十三岁，仍然在世，且在西藏出家为僧。赵㬎为宋度宗皇后全氏所生，宋度宗病逝后，以嫡子身份即位，是为宋恭帝。赵㬎即位时才四岁，在位仅两年，便经历了家国覆灭的命运，做了元军的俘虏。他被押送到大都后，降为瀛国公，安置在上都。后来民间有反元势力活动，元世祖忽必烈遂将赵㬎送到西藏出家，住在萨迦寺，法号"合尊法宝"。

种身份的人都有，帮手假扮成宾客混了进来，不算稀奇。”

顿了顿，又道：“当然了，也是这帮手杀了杨暗普灭口。”

黄公望愈发惊讶，忙问道：“怯薛长这样说，可有凭据？”

果满道：“黄先生自己也说了，杨暗普是主动走到那处死角，又猝不及防地被杀，身上没有任何搏斗过的痕迹。而且匕首也不可能遗失，这表明匕首是杨暗普主动交给对方的。如果不是帮手，杨暗普如何肯主动将片刻不离身的黄金匕首交了出去？”

黄公望道：“怯薛长这般解释，自有一定道理。然杨暗普为何又要将片刻不离的匕首交给对方？”

果满道：“因为对方要他这么做……”

清涟忙咳嗽了声，道：“李邦宁的案子已经破了，这是黄先生的功劳。至于杨暗普的命案，因为黄先生新来京师，人生地不熟，虽然有杨编修从旁相助，终究还是不大方便，追查那帮手有些难度，所以这件案子，就交由枢密副使札合去办，黄先生只需将精力集中在汪小佩的命案上。汪小佩是伊儿汗国女官，而今尚有两名伊儿汗国使者在朝，总得给伊儿汗国一个交代。”

黄公望很是意外，忽想到果满为人爽直，胸无城府，曾随口提及皇子和世㻋，随即有所会意——

料想答己太后必定认为此案与皇子和世㻋有关。当今仁宗皇帝是兄终弟及，而今即位已近一年，却迟迟没有按照约定立侄子和世㻋为太子。朝野已有传闻，称仁宗皇帝有意传位给儿子硕德八剌。坊间已然如此，宫中流言更多，答己太后必有所耳闻。

而皇宫先是出了御苑飞鹰被尽数毒杀一事，这种事，只有皇宫内部的人才能做到。试想，仁宗皇帝想刻意制造元日吉兆，为达到效果，必定事先秘而不宣，只有负责操办此事的心腹才能知晓。而偏偏吉兆成了晦事，分明是故意针对皇帝。皇帝贵为九五之尊，拥有四海，敢做这样大逆不道的事的只有在执掌权势上与己为敌者，或是心怀怨恨之人。天下对大元皇帝心怀怨恨之人，自然不止一个，但有能力做到此事者，却只有政敌。在西北诸王已被平定、大元宗主权得到所有蒙古部落承认的情况下，普天之下，能被称作政敌的已没有几人。

而且，死去的大宦官李邦宁是武宗皇帝海山的亲信，曾与宰相三宝奴力劝武宗皇帝立亲子和世㻋为太子。只不过武宗皇帝犹豫再三后，未曾采纳。仁宗皇帝即位后，即因此事处死三宝奴。李邦宁因有答己太后庇护，仁宗皇帝便故作大度，称天命有数，放过了李邦宁，还加封他为集贤院大学士。

昨日两宫大宴，李邦宁不参与宴会，而是身怀钥匙，先后出入内藏库、延华阁，行踪极为可疑，与其以往谨慎小心的形象大相径庭。答己太后或是仁宗皇帝本人立时怀疑到和世㻋身上，也不足为奇。

事实当真如黄公望所料——仁宗皇帝不曾表态，他的心意如何，不得而知，但答己太后稍微冷静后，便开始怀疑一系列事件与和世㻋有关。

和世㻋是武宗皇帝之子，当今仁宗皇帝之侄，今年年满十三岁。其生母寿童虽非出自弘吉剌部落，但亦乞列思氏亦是蒙古显赫的家族，寿童母亲奴兀伦公主更是安西王忙哥剌[1]之女。

就算叔侄二人因为立太子一事有了隔阂，和世㻋却也是答己太后的亲长孙，按理昨日大明殿宴会后，便要随仁宗皇帝来兴圣宫拜见祖母，然和世㻋人却没有出现。

最奇怪的是，有巡逻卫士在天库门前看到过和世㻋，又有宫人在兴圣宫看到了和世㻋的心腹宦官教化。当一系列讯息先后汇集起来时，答己太后便怀疑和世㻋与大宦官李邦宁有所勾结，在暗中寻找什么东西——

以和世㻋武宗皇帝皇长子的身份，所图者当不是凡物。至于先

[1] 忙哥剌，忽必烈第三子，封安西王，镇守唐兀之地。元世祖至元十七年（1280 年）忙哥剌病亡后，其子阿难答袭封为安西王。

前御苑飞鹰被毒杀一事，自是和世㻋派人所为，这既是和世㻋对叔叔仁宗皇帝的一种委婉警示，也是他为达到寻物目的而刻意制造的转移视线的手法。事实也确实如此，不可谓不高明。

答己太后猜测，杨暗普大概是出殿如厕时发现了李邦宁形迹可疑，便跟随其来到延华阁，出其不意地将其杀死。而这时刚好与李邦宁接头的和世㻋的手下教化到来，发现李邦宁被杨暗普杀死，自然很是吃惊，然事已至此，回天无力，只得与杨暗普一道处理了尸首。

教化无法交差，只能带杨暗普去见等在兴圣宫外死角处的和世㻋。和世㻋心中恼恨，表面却不动声色，向杨暗普求观其黄金匕首。

和世㻋虽然才十三岁，却长得高高大大，更有一番皇子的威严，比普通少年要成熟老到得多。其人身份尊贵，杨暗普当然不敢轻易得罪，便遵命奉上了匕首。

和世㻋接过黄金匕首，把玩了两下，忽然出手，将杨暗普杀死，又令教化将匕首塞回杨暗普的靴筒，便扬长而去。

答己太后曾听人讲过宋代“斧声烛影”的故事，宋太宗赵光义亦是兄终弟及，按照约定，要先传位给弟弟赵廷美，再传位给侄子赵德昭，然几位储君人选均遭宋太宗迫害，先后死去[1]，以致天理不容，后来还派了金人来报仇[2]。答己太后颇信鬼神，虽认定孙子和世㻋涉入其中，却不愿意元朝皇室上演骨肉相残的悲剧，遂命清涟、果满不得声张，且让黄公望停止调查李邦宁及杨暗普两起命案。

清涟和果满虽然受命，但料想黄公望聪慧过人，得给出合适的理由，才能将他敷衍过去，遂胡扯一番，但果满仍然露出了不少马脚。

至于怯薛长果满称杨暗普有异图，甚至垂涎传国玉玺云云，不过是附会一些捕风捉影的传闻，跟案情本身无关。

[1]“斧声烛影”故事，具体可参见吴蔚同名小说《斧声烛影》。

[2] 北宋末年，半壁河山被金人所占，徽、钦二帝被俘虏，成为宋朝立国以来的奇耻大辱。而当时广为流传的说法是，宋太祖赵匡胤借了金太宗完颜晟之手，来报昔日宋太宗赵光义夺位之仇。南宋的第一个皇帝宋高宗赵构幼子早殇，之后一直无子，太子人选因而成为突出问题。而宋高宗也认可宋太祖借金人之手报仇的说法，为了弥补，专门找来宋太祖七世孙赵昚，收为养子，在退位为太上皇后，将皇位传给了赵昚，即为宋孝宗。

此处为一段插述，但黄公望反而得以解脱，不需要再费尽心思去掩饰真相，陈宝生、金海岩亦可从容置身事外。

清涟既交代黄公望要继续追查汪小佩一案，便将折叠好的座次图递了过来，道:“这张图留给黄先生查案用。与汪小佩相识者，都是用蓝笔标注的。”

黄公望道:“我有留意到，人数并不多。”

清涟道:“主要是卜鲁罕部落的人，毕竟汪女官在那里生活过。”

黄公望问道:“为什么宝塔实怜公主是用黑笔标注？她与汪小佩算是旧识。当年阔阔真公主南下泉州，梁王甘麻剌是护亲宗王，宝塔实怜公主也跟在梁王身边。”

清涟忙道:“这一节我竟不知道。”又道:“宝塔实怜公主的座位也相当靠前，且与汪女官相对，抬眼就能看到。不过我好像没见到宝塔实怜公主与汪女官打招呼呀。”

果满插口道:“汪女官大多数时候都不在座位上，高丽王后怎么上前招呼呀？再说了，汪女官的年纪，足可以做宝塔实怜公主的母亲了，二人搭不上话，再正常不过。”

清涟陡然记了起来，道:“是了，宝塔实怜公主有一阵子也不在座位上。嗯，我想起来了，是在贯云石贯学士扶汪女官离开后。”

果满哑然失笑道:“清涟不会是在暗示是宝塔实怜公主杀了汪女官吧？这怎么可能？”

清涟忙道:“我哪有这个意思！我只是说，宝塔实怜公主离开了好长一会儿。”又转头问道:“是了，之前高丽王追问兴圣殿座次一事，会不会跟这件事有所牵扯？”

黄公望道:“杨载已经调查过这件事，当无关系。”

清涟舒了一口气，道:“那就好。”又从怀中掏出黄金匕首，递了过来，道:“这是答己太后赏赐给黄先生的。多亏了你，才能这么快发现线索。”

黄公望怔了一怔，忙道:“我不敢独自居功，许多人……包括清涟女官、枢密副使札合等，都从中帮了不少忙。”

果满笑道：“太后懿旨已下，推辞不得，黄先生就收下吧。”

黄公望只得收了匕首，又连声道谢。

这时候，有人匆忙进来，却是翰林侍读学士贯云石。

清涟、果满二人刚好背对大门而坐，贯云石只见到一男一女坐在黄公望对面，满以为是杨载和郑榕，遂还未走到桌案边，便出声告道：“画像已经画好了。”

清涟侧过头来，招呼道：“贯学士，你也好早。”又指着他手中纸卷问道：“这是什么？”

贯云石看了黄公望一眼，见其也是满脸无奈之色，不得已，只能将纸卷在桌案上展开。清涟一眼便认出了画中之人，奇道：“这不是伊儿汗国使者发财吗？”

刚好店家王年交亲自过来送茶水点心，闻言凑近看了一眼，奇道：“这是伊儿汗国使者？”

第六章

悠悠无定

崇恩福元寺建成之时，武宗皇帝命姚燧撰写碑文。姚燧当然不得不遵命照办，但却引发了一场争执——在姚燧撰写的《崇恩福元寺碑》文章中，有『祝发』『前圣往矣』『于佛焉依』等语。一些番僧认为『祝发』是谩骂出家人，『焉』是疑问词，表示否定，对此非常恼火，一路告到答己太后那里。答己太后也很生气，预备追究此事，后经人据理力争，姚燧才得以免罪。但其所撰写碑文还是被磨平，碑文改由他人别撰。

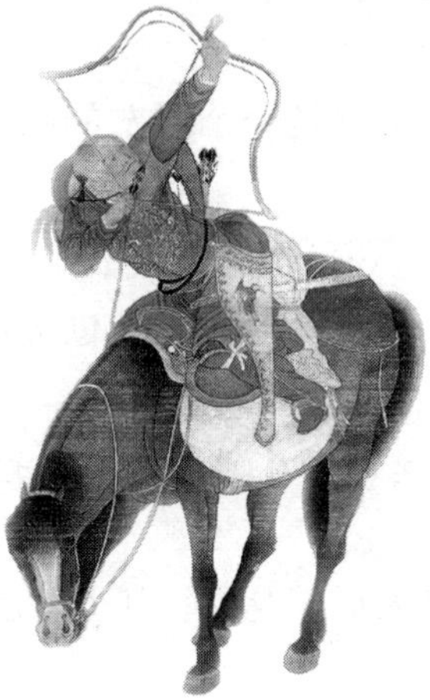

门外烟尘接帝扃，坐中春色自幽亭。
云横北极知天近，日转东华觉地灵。
前涧鱼游留客钓，上林莺啭把杯听。
莫嗟韦曲花无赖，留擅终南雨后青。

——虞集《题南野亭》

黄公望与皇宫女官清涟及怯薛长果满在能远楼一楼大堂中谈论皇宫命案案情，贯云石一早赶来送冒牌伊儿汗国使者画像，仓促之中，误将果满、清涟当作了杨载及郑榕，以致露出了马脚。清涟认出画像中人是参加过兴圣殿宴会的伊儿汗国使者发财，能远楼店家王年交却觉得那人很像是住客陈宝生，局面一时极度微妙。

黄公望忙取过画像，卷了起来，道："这就是一个朋友的画像，清涟娘子你认错了。"

店家王年交笑道："我就说呢，这明明是……"忽见黄公望目光炯炯，正盯着自己，便将手上点心放到案桌上，笑道："几位慢用。这是敝店送的。"

等店家离开，果满方才道："我也认得这是伊儿汗国使者，清涟没有认错。"

黄公望忙道："我是有意这么说，答己太后不是专门下过懿旨，不可对外张扬吗？"

果满道："是了。"又问道："是发财使者要贯学士替他画像吗？"

贯云石不知该如何回答才好，只好模棱两可地"嗯"了一声。

清涟奇道："既然是替伊儿汗国使者画像，贯学士为何又特意带来客栈给黄先生看？"

贯云石只望着黄公望，黄公望心中闪过千百个念头，却找不到合适的理由，一时难以回答，忽看到杨载急急忙忙地朝外冲去，忙起身招手，叫道："老杨，一大早你去哪里？"

杨载转过头来，"啊"了一声，急忙赶过来道："原来你在这里。"

也不顾旁人在场，先解释道："我以为你昨晚必喝得酩酊大醉，刚进你房间，才发现酒菜分毫未动，还以为你……你……原来是我多虑了。"

一口气说完，也顾不上旁人在场，先从案上抓了一块点心，塞入口中。

贯云石携带画像来找黄公望一事，很难解释清楚，而那皇宫女官清涟表面柔弱，实则比怯薛长果满要精明得多，黄公望生怕她继续追问，忙道："适才清涟女官问及高丽王一事，老杨你向她解释吧。我先引贯学士回房，就汪女官一案再询问一些细节。"

又道："请二位转告太后，汪女官一案，我一定会竭尽全力，不负太后所托。"

杨载见好友拿着画卷向自己一扬，又指了指身边的贯云石，已有所会意，当即道："好，我来向二位解释高丽王追问兴圣殿座次一事。"又先将黄公望叫到一旁，笑道："我挺开心的。"

黄公望奇道："开心什么？"

杨载笑道："你没有去跳河自杀呀。是了，现下冬季，河面结冰了，你想跳也跳不成。"

黄公望老老实实地说道："我本来是有些难受，一大早想出去走走，但出门看到下雪了，心胸豁然开朗，已经释怀了。"

杨载道："释怀了就好。这么多年过去，也该彻底放下了。"

黄公望点了点头，也未提遇到金海岩一事，招手叫了贯云石，一道回后院贵宾楼去了。

等黄公望和贯云石离开，杨载才大致说了怀疑宝塔实怜公主与高丽王王璋的政敌辽阳行省长官洪重喜勾结，图谋共同扳倒王璋。

又道："这只是我的推测，我还未当面向高丽王确认。不过昨日看到他那副气急败坏的样子，料想此事八九不离十。"

果满居然赞同道："杨编修的推测大有道理。这对夫妇都挺闹腾的，高丽王还好点，宝塔实怜公主尤甚，她自己也是不争气，没能生下一儿半女，后半生没了依靠。"

清涟也道："我也听说高丽王恼恨宝塔实怜公主杀了她的情人，连面都不愿意见，夫妇二人形同陌路，分居不说，就算有事不得不联络，也是高丽王世子王鉴居中传话。"

杨载问道："若是宝塔实怜公主勾结辽阳行省长官洪重喜的话，朝廷预备干涉吗？"

清涟道："这就不是我等所能与闻了。"

果满摇头道："这些人成日正事不做，就为了一些私怨争来斗去，也不知最终图什么。"

清涟忙道："好了，我和果满今日都当值，也该回宫了。"

送走果满、清涟，杨载急忙赶来黄公望房中，却见除了贯云石外，陈宝生也在场，忙问道："你怎么又来了？"

黄公望忙道："是我叫陈公子来的，也让他以真实的身份见见贯学士。"

陈宝生忙道："各位别再叫我陈公子，直接叫我宝生好了。"

黄公望点点头，道："有一个好消息，也有一个坏消息。好消息是，李邦宁、杨暗普的两件案子不归我管了，答己太后表面说是要让枢密副使札合接手，但我估计只会草草结案，根本无须我等再费心掩饰。坏消息是，陈公子……不，宝生冒充伊儿汗国使者发财一事，怕是已经暴露了。"大致说了适才发生的事。

贯云石很是懊悔，道："这都怪我认错了人。"

杨载道："谁能想到一大早宫中会来人呢？没事。清涟或许起了少许疑心，但若是公望坚称与案子无关，她也不会多说什么。倒是王店家那边，会有些麻烦。"

陈宝生忙道："要不然我现在就去见王店家，多许他金银，让他不要再对旁人提及此事。"

杨载当即斥道："笨人才会这么做！你这不是此地无银三百两吗？先前王店家或许还不能确认这其中有鬼，你主动送钱上门，倒是坐实此事了。"

陈宝生忙问道："那我该怎么办？"

黄公望道："我已经说过是清涟认错了，希望王店家相信吧。如果他当面问起，你便说你久慕贯学士大名，求他为自己画了一幅画像。"

杨载连连摇头道："堂堂翰林院学士，替人画像也就罢了，还一大早亲自送来客栈，能让人相信吗？这位王店家，可是阅人无数的精明厉害之人。"

黄公望道："目下也没别的办法，只能这样说。只要不再露出马脚，当能遮掩过去。"一边说着，一边将画像递给了陈宝生。

陈宝生又惊又喜，问道："这画像归我了吗？"

杨载道："不得不归你了。"又道："你先回去自己房中，该做什么就做什么去，别总跟我们在一起，不然王店家连我们也盯上了。"

陈宝生忙道："能远楼进进出出这么多人，都是来找黄先生的，连枢密副使都来过，我敢说，王店家早就留意上黄先生了，可别怪到我头上。"

杨载问道："你没别的事做吗？"

陈宝生似是对杨载颇为畏惧，忙拱了拱手，躬身退了出去。

黄公望掩了房门，道："正好我有一件事想问问贯学士，你姑姑汪女官，跟宝塔实怜公主的关系如何？"

贯云石一怔，道："当年宝塔实怜公主也在护亲队伍中，她很喜欢阔阔真公主，所以跟我姑姑也很亲近，不时拉着她说些悄悄话。但这已经是二十年前的事了。这次我姑姑刚回大都，没有出过门，就昨日进宫一趟，应该在宴席上与宝塔实怜公主见过面。不过在这之前，我姑姑问起过宝塔实怜公主，听我说了那些事后，倒很是感慨，说这都是命中注定。”又问道：“黄先生问这个做什么？”

黄公望道：“汪女官人一直在暖亭中，现场也没有一丝凌乱的痕迹，所以应该是熟人杀了她。这座次图上的名字，只有来自蒙古卜鲁罕部落的使者跟她是旧识。当然了，清涟女官漏掉了宝塔实怜公主。”

杨载忽然惊叫道：“呀，贯学士，你可还记得我和老倪遇到你后不久，又遇到了宝塔实怜公主吗？那里距离暖亭不远，而且公主神色惊慌，大见古怪。”

贯云石呆了一呆，才问道：“二位是在暗示宝塔实怜公主杀了我姑姑吗？”随即连连摇头否定，道：“这不可能。宝塔实怜公主的性情是有些乖张，但她跟我姑姑无冤无仇，怎么会莫名其妙痛下杀手？”

杨载想了想，点头道：“也对，而今高丽王王璋宠遇正浓，宝塔实怜公主早失父母，又无子女，在朝中孤立无援，不会无缘无故再去结下强敌。”

贯云石遂起身道：“我得先回去了，还有姑姑的丧事要办。姑姑的案子，就拜托黄先生了。”又向黄公望、杨载深深行了一礼，道：“二位力保我贯氏暂时无虞，云石这里谢过了。”

黄公望忙道：“贯学士客气了。”又问道：“可有打听到霜儿和两位伊儿汗国使者的下落？”

贯云石道：“我连夜派了心腹出去，很快就会有消息。”遂拱手作别。

出来时，刚好遇到郑榕开门出来，贯云石忙主动招呼道：“榕娘早。”

郑榕笑道：“贯学士早。你们都好早。”又自行解释道：“前几日累了，昨晚睡得早，现在才起。”

贯云石道：“多谢榕娘昨日助我带姑姑回家。我夫人还说等姑姑的丧事办完后，再请你到疏仙园做客。”

郑榕道：“举手之劳，无须客气。”

送走贯云石，郑榕先溜进黄公望房中，奇道：“怎么满桌酒菜没动呀？酒也没动。亏得我还将两坛酒都留给了你。”又一眼看到一旁摊开的座次表，忙问道：“你们还在查皇宫的案子吗？”

黄公望道：“嗯，正在查汪小佩一案。老杨，要不我和你一道去拜访这几名卜鲁罕使者？”

杨载道：“准确地说，应该是使者家眷。不过我不认为凶手在这几名妇人之中。”

卜鲁罕部落世代与蒙古皇族联姻，这几名中年妇人均是部落贵族，这次是携带女儿或是其他年轻女眷进京，供仁宗皇帝选妃，皇帝挑剩下的，还可以嫁给其他王公贵族。

杨载又道：“这可是关系个人命运及部落前程的大事，就算其中有人跟汪小佩有难解深仇，也不会选在这时候动手，更不会在皇宫之中动手。”

郑榕道：“可是除了这几个人，再没有用蓝笔写的名字了。总不可能有个根本不认识汪小佩的凶手，跑去暖亭杀了她，那不是疯子吗？”

杨载道：“我越想越觉得那位宝塔实怜公主可疑。榕娘，你不是要向真真打听你兄长郑樗的下落吗，我带你去见真真如何？”

郑榕立即拍手笑道：“好啊。实在太好了。”

杨载本来觉得郑榕来历不明，但此刻见她欢喜之情溢于言表，不由得又打消了几分疑虑，见黄公望亦有所疑惑，便道：“我们先去拜访真真，再顺路去附近的祗候司拜访，如何？”

黄公望这才明白究竟，忙点头应允。三人遂一道往翰林编修黄瑮家中而去。

外面雪已经停了，地上只积了薄薄一层雪，一脚踩下，便露出些许地面本来的颜色，行走尚还方便。

黄瑮租住的宅子位于花儿市崇恩福元寺附近，不想黄瑮夫妇均不在家，杨载这才想到今日是正月初二“迎婿日”——真真早被翰林学士承旨姚燧收作义女，今日按照岁时习俗，引夫婿回娘家拜年去了[1]。

郑榕奇道：“原来大都也有这习俗。我们家乡的规矩是，女儿女婿回娘家拜年，必须在娘家住一夜，大年初三吃了早饭方能离开。不如我们直接赶去姚大学士家找真真吧，要不还得多等一日。”

杨载对郑榕的怀疑又少了几分，忙道：“这一年来，姚大学士一再上书请求辞官回家乡洛阳，皇帝未予批准，只是特许不再上朝。他身子不好，已经轻易不见外客，我等还是不要贸然前去打扰。”

几人便按原先计划去祗候司拜访宝塔实怜公主。杨载在京日久，少不了要摆出地主的姿态，引黄公望到有特色的地方转转，指着前面的寺庙道：“那便是崇恩福元寺。”

郑榕道：“金光闪闪，看起来很气派啊，像是新建的。”

杨载笑道：“是武宗皇帝在位时敕令修的，光装饰用的黄金就用了上千斤。这也是皇家寺庙，地位跟弘仁寺相当，只不过不在皇宫中而已。”

郑榕见山门有军士把守，不准闲杂人等靠近，好奇问道：“这寺庙不让人进，到底是做什么用？”

杨载道：“供奉武宗皇帝及皇后的御容啊。”

话音刚落，便有一队骑士驰至庙前。杨载道：“是皇子和世㻋，他应当是来给先皇进香来了。”

此刻杨载距离山门已经不远，正待过去拜见和世㻋，黄公望却扯住好友，摇头道：“不要去。”

杨载奇道：“为什么？”

黄公望也不解释，只简短地说道：“不要去。”

[1] 北方地区虽然长期在辽、金统治之下，但因为汉人仍为主体，民间节庆活动及习俗与江南地区相差不大。入元后，变化也不大。

郑榕很是不解，问道：“这位和世㻋不是前任皇帝的儿子吗，干吗不让杨编修去讨好一下未来的皇帝？”

黄公望仍是那句话，道：“不要去。”

杨载有所会意，忙道：“好了，不去就是了。”便引二人往一旁胡同而去。又道：“对了，既然来到崇恩福元寺附近，我给二位讲一则典故，是关于姚燧姚大学士的。”

郑榕忙问道：“什么典故？”

杨载笑道：“榕娘来大都寻兄，想必也快走遍大都了，可有发现大都的特色？”

郑榕想了想，道：“番人很多，尤其是有衙门的地方。吃的东西也很奇怪，好多都是我从来没见过的。嗯，还有就是寺院道观鳞次栉比，处处都是。”

杨载笑道：“还真让榕娘说对了。我要说的姚大学士的典故，便是跟寺庙有关。”

蒙古贵族好行佛事，好修寺庙，而每每有新寺建成，都要立碑写传。姚燧被推为文坛魁首，既负一世之名，自然是撰写碑记的首要人选。但姚燧本人以儒者自居，又不满佛教泛滥、寺院林立、僧徒众多的状况，很不愿意接这些事，只是有时是上面分派下来的任务，不得不奉命为之。姚燧也是性情中人，便在碑文中公开表明自己儒者的身份，撰写碑文是迫不得已，称：“燧学儒者，未尝知为佛氏之言。”又称：“燧性颛蒙，于周孔书，童而习之，白首不知其源，矧于佛书，未尝一望其涂涯，岂敢妄谓曰知？然以压于储皇之命，不敢礼辞，故惟即夫赐田以言。”等于是与佛事划清界限。

不仅如此，个性耿直的姚燧还在碑文中批评执政者过重佛事，这可不是一般人敢做的事，得有过人的胆识和勇气，姚燧也因此得罪了不少人。

崇恩福元寺建成之时，武宗皇帝命姚燧撰写碑文。姚燧当然不得不遵命照办，但却引发了一场争执——

在姚燧撰写的《崇恩福元寺碑》文章中，有“祝发”“前圣往矣”“于佛焉依”等语。一些番僧认为“祝发”是谩骂出家人，“焉”是疑问词，表示否定，对此非常恼火，一路告到答己太后那里。

答己太后也很生气，预备追究此事。后经人据理力争，姚燧才得以免罪。但其所撰写碑文还是被磨平，碑文改由他人别撰。这次事件，被认为是《平淮西碑》[1]第二，称“磨平淮碑”。

郑榕听得瞪大眼睛，惊叹道：“这位姚大学士位至光显，却仍然顽强不屈，而敢冒天下之大不韪，当真是个人物。看来朝中也有刚烈之士呢。”

杨载笑道：“这是什么话？好像榕娘认为朝中尽是阿谀奉承之辈似的。”

郑榕忙道：“我的意思是……”忽然脸色一变，捧住肚腹，弯下腰去。

杨载忙问道：“怎么了？”

郑榕道：“我……我肚子不舒服，估计是昨晚吃得太多太杂了。”又问道：“这附近可有方便解手的地方？”

杨载忙道：“惠民局就在那边，可以方便，我引榕娘去。公

[1] 唐宪宗时，唐廷对淮西吴元济用兵，唐将李愬雪夜入蔡州，取得了决定性胜利。当时任行军司马的韩愈奉唐宪宗之命，写了一篇《平淮西奉敕撰》（并序），记叙了这次战事。碑文共一千八百字，如行云流水，如大江出峡，汪洋恣意，一挥而就。国人视为奇文，争相诵之。本来是一件美事，却引来一场风波。韩愈时在军中任职，因此对于平淮西之战，有深刻的认识。韩愈认为平淮西首功之臣是主战的重臣裴度，因此对裴度用的笔墨较多，其中有颂裴度功勋说：“凡此蔡功，惟断乃成。”其实，裴度与李愬分别是战略家与战术家，没有裴度极力主战，也就没有后面李愬的奇袭之功。但李愬却因此相当不高兴。平淮西碑立在汝南城北门外不久，李愬的部下石孝忠便挥锤砸断了碑。当官军赶来抓捕时，石孝忠非但不束手就擒，反而还动手打死一名吏卒。事情闹到了唐宪宗那里。明眼人一看就知道石孝忠是受了李愬指使，但李愬有平蔡州之功，且妻子是唐宪宗外甥女，唐宪宗也没有追究韩愈平淮西碑被毁一事，还下旨让翰林大学士段文昌重写了一篇文章，多夸了李愬，重新立碑于蔡州，这才息事宁人。然而，韩愈撰文的碑虽然被毁，文章却流传了下来。到了宋朝，蔡州知府陈王向又令人选石，重刻韩愈文。至清朝，这块重立起的碑也早已随着多次兵燹之灾不复存在。一直到咸丰年间，军机大臣祁隽藻重书《平淮西碑》，共刻四石，并排耸立，气势磅礴，因文、书、刻俱佳，被称为“三绝碑”。又，韩愈、裴度及唐宪宗平藩故事，可参见吴蔚小说《大唐游侠》。

望，你……”

黄公望道：“我就在这里等你们。”

杨载料想好友心绪一时难以平复，想独自待一会儿，便道：“也好。”匆忙引郑榕去了。

黄公望早看到不远处墙角柴垛边坐着一名老年道士，这道士穿得既邋遢又单薄，大冷天的，就那么随意地坐在雪地里，手里居然还摇着一把破蒲扇，心中暗暗称奇，便走了过去。

那道士见黄公望过来，便摇扇唱道：“竞功名有如车下坡，惊险谁参破？昨日玉堂臣，今日遭残祸。争如我避风波走在安乐窝！”

黄公望心念一动，问道：“道长此曲是唱给我听的吗？”

那道士笑道：“你说呢？”

黄公望道：“我正想向道长请教。”

邋遢道士笑道：“你愿意听，便是唱给你听的。你不愿意听，贫道唱过了，你也听不进去。”

黄公望想了想，问道：“道长是叫我放弃功名，好避人世风波吗？”

邋遢道士只笑道：“你说呢？”

黄公望见对方只穿了一件薄衫，却是红光满面，中气十足，不见丝毫寒冷之状，料想遇到了奇人异士，忙恭恭敬敬地行了一礼，自报了姓名，又道：“还没有请教道长高姓大名。”

道士漫不经心地答道：“贫道姓张，名三丰。”

黄公望道：“张道长可是有什么话想对我说？”

张三丰笑问道：“你今日很闲吗？”

黄公望道：“还好。”

张三丰问道：“你知道适才贫道唱的曲子是谁写的吗？”

黄公望奇道：“不是张道长你吗？”

张三丰摇头道：“不是，是翰林侍读学士贯云石。”

黄公望惊讶不已，忙问道：“张道长认识贯云石贯学士吗？”

张三丰又摇头道：“不认识。不过二十年前，贫道跟他姑姑汪小佩有过一面之缘。”

黄公望只觉得醍醐灌顶，有神鬼相助之感，定了定神，才问道：“张道长可知汪小佩昨日刚刚过世了？”

张三丰依然是那副满不在乎的神色，道：“生死有命，富贵在天。知道了又如何，不知道又如何？”

黄公望忙告道：“汪小佩是在皇宫中被人谋杀，黄某正受命调查此案。今日得遇张道长这样的奇人，也算是三生有幸，张道长可否指点一二？”

张三丰笑问道：“你怎么知道贫道是奇人？”

黄公望道：“这样的天气，我穿着厚厚的棉衣，依然觉得冷。张道长却是一身单衣，还摇着蒲扇，这不是奇人异事吗？”

张三丰摇头道：“这只是表象。皮肉之相，何足道哉！”

黄公望道：“不管怎样，今日得与张道长相遇，也算有缘，还望张道长不吝赐教。”

张三丰道：“贫道已经指点过了，借贯云石那支曲子。昨日玉堂臣，今日遭残祸。你若是看不破眼前之事，两个月之内，便有血光之灾，性命堪忧。”

黄公望一呆，随即作了一揖，道：“多谢张道长指点。不过我所求之事，不是我自己，而是汪小佩命案。”

张三丰“咦”了一声，上下打量着黄公望，道：“你这后生有点意思，常人若知将有大祸临头，无不争相请教避祸之法，你倒好，先来请教破案之策。”

又道：“贫道帮不了你什么，不过倒可以给你讲述一番二十年前的事。”

原来二十年前，元廷选蒙古卜鲁罕部贵族女子阔阔真为公主，让她嫁给伊儿汗国的可汗阿鲁浑。

阿鲁浑是伊儿汗国创建者旭烈兀[1]之孙、第二任可汗阿八哈之子。阿八哈去世时，已指定阿鲁浑为继承人，但其叔父贴古迭儿窥测汗位。阿鲁浑为人宽厚，不愿意骨肉相残，遂主动退让，后又被蒙古贵族扶持，重新上位。

按照蒙古传统，伊儿汗国国君须娶蒙古卜鲁罕部女子为王后，尽管是政治婚姻，但阿鲁浑却因此遇到了一生至爱。他与卜鲁罕王后的婚姻美满幸福，卜鲁罕王后给他生下了两个儿子，合赞和完者都。之后卜鲁罕王后不幸患病早逝，临死前，要求丈夫再续娶一名卜鲁罕部女子为王后，不是因为其他，而是因为当时伊儿汗国内忧外患，她希望丈夫得到最好的保护和照顾，遂有了阔阔真公主远嫁一事。

阔阔真被选中后，先赴大都受封。这是她第一次离开家乡，也是第一次来到大都这样的大城市，处处感到新鲜。她和宝塔实怜公主带着女官汪小佩便服出游、在市集上闲逛时，遇到了摆摊算命的张三丰。汪小佩一眼便留意到了张三丰，阔阔真公主见心腹女官盯着张三丰不放，料想此人有过人之能，便主动上前要求算命。

张三丰问了阔阔真的姓名，为其占卜了一卦，称其命中注定为王后。

阔阔真闻言大奇，问道："道长认识我吗？"

张三丰摇头道："不认识。"

阔阔真奇道："道长既然不认识我，怎么知道我将要成为王后？"

张三丰笑道："算出来的呀。阔阔真小娘子有大富大贵之相，是命中注定的贵人。"

蒙古人颇信鬼神这一套，阔阔真当即信了，且对张三丰佩服得

[1] 旭烈兀，成吉思汗之孙，拖雷之子，忽必烈、蒙哥和阿里不哥的兄弟。四人同为拖雷正妻唆鲁合帖尼所生，蒙哥排行老大，忽必烈排行老二，旭烈兀排行老三，阿里不哥最幼。蒙哥登上蒙古大汗之位后，旭烈兀则成为西征大军的统帅。自此，旭烈兀离开了生他养他的蒙古大草原，开拓出一个全新的世界。在夺位之争中，旭烈兀支持忽必烈。夺位战争进行了五年，最后忽必烈打败了同父同母的阿里不哥，夺取汗位。旭烈兀便决定不再东归，留驻波斯。几年后，旭烈兀接受了元朝的册封，正式成为伊尔汗，他建立的国家也成为蒙古帝国四大汗国中的伊儿汗国。

五体投地，还取下手腕上的金珠串，丢入钱钵中，作为谢礼。又指着身后的汪小佩道：“她叫汪小佩，劳烦道长给佩娘也算一卦。”

张三丰道：“这位佩娘的命，可不及小娘子你好。她太过刚直，宁折不屈，注定一辈子是一个人。而小娘子你即便嫁不成国君，最终却还是能当上王后。世间大幸大运之人，莫过于小娘子。”

阔阔真怔了一怔，问道：“这是什么意思？为什么我嫁不成国君，最终还能当上王后？”

汪小佩一听，忙道：“这道士胡说八道，不必理他。”

阔阔真道：“我觉得这位道士道行很深，很了不起，他不认识我，居然能算到我将要成为王后。”

汪小佩低声告道：“这是江湖术士的把戏，他之前多半见过公主，知道公主的身份。”

阔阔真却觉得很好玩，道：“我觉得挺有意思的呢。”又招手叫道：“宝塔实怜，你也来算一卦。”

宝塔实怜还只是个少女，对这个不感兴趣，自顾自到一旁看玩意儿去了。

张三丰主动告道：“那位小娘子身份显贵，地位当不在小娘子你之下。嗯，她也会当上王后，不过她的命运，可远远不及小娘子你。”

阔阔真忙问道：“此话怎讲？”

张三丰道：“那位小娘子，她本身就是王女，也就是公主，对不对？他父亲所受的封号，当是从所未有的新号，受封的封地当在云南。而云南是个再奇怪不过地方，有七彩之气，异族入主，第一任宗王和最后一任宗王之女，都将成为王后，但却命运多舛。”

阔阔真笑道：“既然都是王后，还有什么命运多舛的？”

张三丰道：“因为这二位公主将与他族通婚。”

阔阔真不禁一呆，她虽将嫁往伊儿汗国，但嫁的却是蒙古人，仍是自己族人，至于算命道士称宝塔实怜将与他族通婚而成为王后，她就有些费解了。

刚好宝塔实怜回转身来，阔阔真便叫道：“宝塔实怜，这道士说你将嫁给异族人呢，还是王后。”

宝塔实怜当即怒道：“我是成吉思汗的子孙，要嫁也是嫁我们蒙古勇士，谁会嫁给低等卑贱的异族人？臭道士，信不信我砸了你的摊子。”

汪小佩忙道：“好了，公主别生气，这道士胡说八道呢。那边有杂耍，我们去那边看热闹。”急引二位公主去了，临行前，还重重看了张三丰一眼。

黄公望听完经过，既惊且奇——

就算张三丰事先知道阔阔真公主的身份，了解她将成为伊儿汗国王后，但日后阔阔真抵达伊儿汗国时阿鲁浑已死，阔阔真改嫁阿鲁浑长子合赞、合赞又夺回汗位之事[1]，则非其人其时所能知悉。阔阔真公主嫁给合赞时，合赞还不是国君，后来合赞夺回汗位，阔阔真公主才成为伊儿汗国王后，正符合张三丰所言“即便嫁不成国君，最终却还是能当上王后”。而且新夫君远比之前的未婚夫年轻英俊，又多才多艺。

一时深为叹服，不得不相信这世界上尚有许多异能之人，能洞悉未来。

张三丰大致叙说了经过，又道：“这便是贫道与汪小佩唯一的一次见面，一句直接的交谈都没有，但贫道能看出她眼睛中有些东西。”

黄公望忙问道：“是什么东西？”

---

[1] 阔阔真由伊儿汗国使者兀鲁、阿卜失哈、火者等人护送，于 1291 年（即《富春山居图——高楼聚远》故事起始时间）由泉州出发，先到达爪哇，然后从爪哇继续航行，以水路渡过印度洋，抵达伊儿汗国港口忽里模子，总共航行了两年零两个月。但阔阔真抵达伊儿汗国时，其未婚夫阿鲁浑汗已经去世，阿鲁浑之弟乞合都在位。蒙古使者欲将阔阔真嫁给乞合都，乞合都却不接受，命阿鲁浑长子合赞娶阔阔真为正妃。合赞精明能干，学博识广，精通多国语言，除蒙古语外，还通晓阿拉伯、波斯、汉、藏、印度等语，对天文、化学、医药、技艺、矿物等亦有一定学识。后以武力夺取伊儿汗国汗位，成为伊儿汗国第七代大汗，阔阔真遂成为伊儿汗国王后。也正是在合赞统治时期，伊儿汗国达到全盛，领土东起阿姆河，西至地中海，北自高加索，南抵印度洋，经济文化也欣欣向荣。伊儿汗国后来亡于帖木儿之手。

张三丰道："就是显示她不是普通人的东西，她有着非凡的意志和毅力。这一节，只可意会，而不可言传。"

黄公望一时难解其意，便问道："这么说，张道长早就算到宝塔实怜公主将要成为高丽王后？"

张三丰摇头道："不，贫道只是算到宝塔实怜公主将嫁给异族人，会成为王后。公主父亲的封地不是在云南吗？贫道私下以为，那异族会是大理段氏[1]。"

摇了摇头，又道："谁能想到而后宝塔实怜公主竟成了高丽王后，而且会有如今的局面。听说公主还曾经派人到市集上搜捕一名会算卦的道士，想找的应该就是贫道了。"

黄公望奇道："难道宝塔实怜公主将自己婚姻的不如意算在了张道长头上？"又踌躇问道："会不会是宝塔实怜公主想向张道长请教破解坏运之法？"

张三丰笑道："会吗？宝塔实怜公主找不到贫道，便派人向税课

[1] 公元937年，白族贵族段思平立大理国，都城为羊苴咩城（非今所存大理古城，今大理古城筑城时间远远晚于羊苴咩城，为明代洪武十五年所建，城址在羊苴咩城东）。北宋立国后，宋将王全斌攻入四川，灭掉后蜀国，有意继续南进攻打大理。然宋太祖赵匡胤鉴于北部边患更为严重，用玉斧指着地图上的大渡河说："此外非吾所有也。"此即"宋挥玉斧"的出处。大理数位皇帝仰慕中原文化，积极与宋朝通好，但宋朝鉴于昔日南诏反唐的教训，始终心存戒备。幸得大理举国信佛，历任皇帝全无对外侵略扩张之心，因而双方关系虽无任何实质性进展，却也没有恶化到兵戎相见的一步。南宋末年，蒙古为灭亡南宋，决议先征服西南诸番，而后形成南北夹攻南宋的战略。公元1253年，蒙古汗蒙哥派其弟忽必烈率十万大军攻取云南。忽必烈率军翻山越岭，涉江渡河，到达金沙江西岸时，命令将士杀死牛羊，塞其肛门，吹成革囊用以渡江，这就是著名的"元跨革囊"。蒙古军渡江后迅疾南下，败大理守军，杀死相国高泰祥，俘获大理皇帝段兴智，建国三百余年的大理至此灭亡。蒙哥感于段氏人望所在，施以怀柔政策，赐段兴智金牌，让他回去继续统治云南。元朝建立后，忽必烈为了抚慰民心，在大理设大理路军民总管府，以段氏任总管，为了控驭边徼襟喉，以宗王出镇，封第五子忽哥赤为云南王，前去羊苴咩城镇守。不久，忽哥赤被人毒杀，忽必烈有感云南政事复杂，又在云南建立行省，并将省城移往善阐，以此来削弱段氏实力。因为云南地处边境要冲，元朝廷又另派有宗王镇守，称云南王或是梁王。云南王拥有监督、干预行省事务及统兵、指挥作战等权；梁王级别更高，位在云南王之上，为一等王，颁赐金印兽钮，握有重兵，有监督、干预行省事务和指挥用兵的权力，是蒙古皇族在云南的最高代表。大理段氏的统辖范围则由云南全境被压缩到大理一路，但实际上段氏对以洱海区域为中心的广大滇西段氏旧地仍然有相当的控制力。从此，梁王、行省、段氏三家共掌云南大权，互相牵制。元朝镇守云南的宗王均称梁王。最后一任梁王名孛罗，其女即是著名的阿盖公主。元末时孛罗为共同抵御外敌，不得不与大理段氏联姻，将爱女阿盖公主下嫁大理总管段功，后翁婿反目成仇，孛罗毒杀段功，此即著名的"孔雀胆"故事原型，具体可参见吴蔚小说《孔雀胆》。

提举司[1]告发贫道欠税。从此，每处市集都不准贫道再进了。”

黄公望心念一动，暗道：“以宝塔实怜公主睚眦必报的性格，会不会是她寻不到张道长，转而迁怒于汪小佩？”

毕竟当日是阔阔真公主找张三丰算命，顺便捎带了宝塔实怜公主，张三丰算出二女均会成为王后，但命运则大不相同——

而后阔阔真公主嫁得风华正茂、万里挑一的如意郎君，地位尊贵，婚姻幸福；宝塔实怜公主则空有高丽王后的名号，毫无个人幸福可言，更因与下人通奸淫乱而声名扫地。

以宝塔实怜公主以往的种种作为来看，她不甘心于命运，将自己的不顺迁怒于旁人，是极可能发生之事，若是她派人搜捕不到张三丰，便迁怒于阔阔真公主呢？

阔阔真公主远在伊儿汗国，宝塔实怜公主自是无力报复。刚巧这时汪小佩回了国，二人又在兴圣宫宴会上遇到，宝塔实怜公主一时起了恶念，跟着汪小佩去了琉璃暖亭，出其不意地将汪氏刺死。

这大概也是宝塔实怜公主第一次杀人，心中慌乱，出暖亭之后竟辨不清方向，往南狂奔，结果刚好遇到贯云石、杨载、倪昭奎三人。杨载还以为宝塔实怜公主是赶着去大明殿找夫君高丽王王璋，好意提醒。宝塔实怜公主这才意识到跑错了方向，又掉头回兴圣宫去了。

他转瞬之间便想明白了这一切，忙道：“多谢张……”转身一看，这才发现张三丰已经不见了。

二人间的距离极近，黄公望竟不知对方何时离开，也真是神奇之至了。

刚好杨载引郑榕回来，见黄公望独自在墙角柴垛边凝思，不免

[1] 大都是举世瞩目的商业都会，商市遍布全城，商业繁荣。元廷为保障税收，设有专职的管理机构，称为大都税课提举司（后改称大都宣课提举司），往各商市派有大小官吏，以严密控制各种交易行为，好获取巨额商税。据相关规定，当买卖双方进行交易时，元廷要收取成交额的三十分之一作为商税。后随着大都商业贸易的不断增加，元廷的商税额也随之不断增长。如元世祖至元七年（1270年），大都的商税额为白银四万五千锭，而二十年以后即猛增为十一万二千余锭。

奇怪。黄公望见郑榕脸色惨白，料想她是吃坏了肚子，便先送她回去能远楼歇下，这才对杨载说了遇到张三丰之事。

杨载听了大为懊悔，道："怎么就没让我遇到这等奇人！"又道："走，我们这就去祗候司找宝塔实怜公主去。要不是榕娘拉肚子，我们本来早该去了。"

黄公望不免有所顾虑，问道："咱们就这样直接上门去找宝塔实怜公主本人对质吗？她之前闹腾了那么多事，可不是个善茬儿。"

杨载笑道："可这位公主没什么脑子，她心中有事的话，都写在脸上呢。当面直接问她，是最简单、最有效的法子。"

黄公望踌躇道："这个怕是不好吧？"

杨载道："宝塔实怜公主算是证人，你既受答己太后之命查案，询问证人，不是再正常不过吗？"

黄公望拗不过杨载，也觉得待在房中有些气闷，想出去转转，便随好友往祗候司去。

到了祗候司门前，门人听说杨载、黄公望要找宝塔实怜公主，很是惊奇，还上上下下打量二人。

杨载双手一摊，问道："怎么了，我头上长角了，他身上长鳞了？你打量个不停。"

门人忙道："除了高丽王世子不时来问安外，我们这里已经很久没有访客了。"又告道："不巧的是，宝塔实怜公主今日进宫去了。"

杨载奇道："公主不是昨日刚参加过兴圣宫宴会吗？怎么今日又进宫了？"

门人告道："今日是正月初二，按照汉人的习俗，女儿要回娘家去。我们公主父母早亡，只以皇宫为娘家，所以她一大早便进宫拜见答己太后去了。"

杨载忙问道："那么高丽王可有陪公主一道进宫？汉人习俗，正月初二该当女儿女婿同回娘家。"

门人尴尬一笑，答道："是高丽王世子陪公主进宫去了，不是高丽王。”

杨载闻言，只得就此告辞，又不无气愤地说道：“白跑一趟。谁能想到蒙古公主也学汉人习俗，竟然大年初二回娘家。走，我们干脆找高丽王王璋去。”

黄公望迟疑道：“这不好吧？高丽王夫妇二人本已不和，目下也无实据证明是宝塔实怜公主杀人，就这样跑去告诉高丽王，谁知道他为了报复公主会干出什么事来。”

杨载道：“我们不提这事不就完了。就当是我们两个人过节放假无处可去，胡乱转悠，随意转到高丽王府上。”

高丽王王璋的居处不叫高丽王府或是沈王府，而是名为公主府。这表明无论王璋有多少其他头衔，他最重要的身份，仍然是大元女婿，也表明高丽始终是元朝的藩属国，这一立场，元廷自始至终都不会改变。

黄公望初来京师，还是第一次听说此事，很是惊奇，道：“这可有些难堪了，夫妇长期不睦，结果是宝塔实怜公主搬离了公主府，高丽王贵为一国之主，却仍然住在公主府内。”

杨载叹道：“所以说宝塔实怜公主虽然没脑子，却还是个刚烈性子，要换作旁人，多半就会住在自己的公主府，一天一小闹，三天一大闹，等着对方搬走。”

黄公望道：“宝塔实怜公主这性情，愈发表明她容易冲动、易怒，也有杀人的勇气。”

公主府的门人认识杨载，先迎上来告道：“大王人不在府中，他老人家与宝塔实怜公主一道进宫拜见太后去了。”

杨载张大了嘴巴，讶然问道：“公望，我是不是听错了？”

见黄公望也十分费解，杨载便又转头重新问那门人道：“你是说，高丽王和宝塔实怜公主一道入宫了？”

门人肯定地点了点头，道：“一早上世子陪同公主回来，公主先入府坐了一小会儿，随后大王便与公主一道出来。公主乘车，大王骑马，二人由世子护送，一道往皇宫去了。”

杨载吃惊不小，道：“竟然有这样的事！这不是太阳打西边出来了吗？”抬头看了看天，道：“今日阴天，也没太阳啊。”

那门人忙道：“我们所有人也都相当吃惊呢。公主自从那年搬离这里后，就再也没有回来过，今日是破天荒的头一遭。”

杨载问道：“到底怎么回事？”

门人道：“好像是世子居中说和的缘故。公主虽然仍旧拉着脸，但毕竟主动登门示好。大王则很是高兴，脸上罕见地挂着笑容呢。”

黄、杨二人又扑了个空，料想高丽王夫妇既然入宫，答己太后必定赐宴，一时半会儿不会回来，只得就此作罢。

黄公望感到高丽王王璋与宝塔实怜公主和好一事极不寻常，料想杨载久在京师，应当更了解情况，便问道：“老杨怎么看这事？”

杨载肯定道：“我敢说是宝塔实怜公主杀了人。她如今虽有公主身份及高丽王后头衔，但却无权无势。毕竟被杀者汪小佩也不是普通人，公主越想越是害怕，便主动向丈夫高丽王示好，想借高丽王的势力来掩盖此事。”

黄公望也是这样认为，又踌躇问道：“那么高丽王呢？当年这对夫妇斗得你死我活，宝塔实怜公主害死高丽王爱妃赵丽在先，后来更是另结新欢，一心要废除高丽王的王位，逼他出家。”

杨载道：“一日夫妻百日恩嘛。若是宝塔实怜公主放下大元公主的架子，苦苦哀求，高丽王为自己的地位及利益考虑，与公主和好当是上策。”摇了摇头，又道：“不过说实话，高丽王肯原谅公主，我也挺意外的。”

感慨了一番，杨载见街上行人仍是不多，便道：“今日前后空跑了三趟，着实恼火，要不去对面虞集家坐坐？”

黄公望问道：“是翰林侍读学士虞集虞学士吗？”

杨载道："是他。他就住在对面那处宅子。"

不待黄公望回答，先道："不去了，不然日后揭傒斯知道，又要怪我。"又告道："揭傒斯是我在国史院的同僚，日日须得相见，实不能得罪。对了，我跟老揭便是在能远楼饮酒时认识的。"

黄公望道："我听过揭傒斯的文名，也听说他和范梈、虞集这三位，加上老杨你，人称'元诗四大家'。"

杨载忙道："见笑见笑。公望是不知道，虞集爱开玩笑，曾品评我们四人之诗，说我杨载诗如百战健儿，范梈诗如唐临晋帖，揭傒斯诗如三日新妇[1]，而虞集自己的诗，如汉廷老吏。"

黄公望先是一怔，随即哑然失笑。

杨载笑道："你也觉得好笑吧？揭傒斯听闻后，很不服气，不满虞集对他的评语，连夜赶来虞集家中，当面质问。虞集回答说：'确实有这样的话，可并不是我虞集一人说的，而是整个中州人都这样说呀。而且不但是整个中州的人这样说，这也是天下人的通论啊。'揭傒斯听了当然很不高兴，当时已是深夜，也不顾虞集的挽留，就此辞去。二人从此就开始不对付，只是苦了我啦，二人偶有酸语，都会找我倾诉。"

黄公望笑道："那么你这位'百战健儿'以为虞、揭二人诗品如何？"

杨载摇头道："他二人的诗风完全不一样。"

终于还是忍不住品评道："不是我偏向同僚，老揭的许多诗，都揭露了现实，譬如那首著名的《秋雁》：'寒向江南暖，饥向江南饱。莫道江南恶，须道江南好。'你我都是南人，对此体会再深刻

[1] 曹景宗为南北朝时期梁朝名将，粗犷豪放，骁勇善战，以武事为生平乐事，冲锋陷阵，叱咤风云，屡立战功。即使在日常生活中，也是急躁好动，难以沉静下来，乘车外出时常常要拉开帷幔。左右侍从因他名高位重，都劝他不要这样随便。他很不高兴，对亲信说："我昔在乡里，骑快马如龙，与年少辈数十骑，拓弓弦作霹雳声，箭如饿鸱叫。平泽中逐麞，数肋射之，渴饮其血，饥食其肉，甜如甘露浆。觉耳后风生，鼻头出火，此乐使人忘死，不知老之将至。今来扬州作贵人，动转不得，路行开车幔，小人辄言不可。闭置车中，如三日新妇。遭此邑邑，使人无气。"后世遂就用"三日新妇"来比喻行动拘束，不得自由。

不过。而虞集之诗多为个人闲愁情思，缺乏对社会生活的关注，景物描写亦平平无奇，唯《风入松·寄柯敬中》‘画堂红袖倚清酣’引人注目，其中有句‘杏花春雨江南’，用陆游诗意，而加以翻新，清新可喜。”

黄公望思忖道：“也可能与二人的出身有关，我听说揭傒斯家境贫苦，而虞集则出身名门，是宋丞相虞允文的五世孙。”

杨载道：“不错，说到底，还是……”

忽然瞪大眼睛，指着街道对面一人叫道：“那不是陈宝生吗？”

陈宝生也看到杨载和黄公望，急忙过来打招呼。杨载看到陈宝生手中提着一只大木盒，似是礼物，狐疑问道：“你来这里做什么？”

陈宝生忙问道：“那边是翰林侍读学士虞集虞学士的家吗？”

杨载道：“是啊，我跟虞集很熟，你也跟他很熟吗？”

陈宝生忙道：“不熟。不过久闻虞学士是名门之后，只是无缘得见，我今日是慕名拜访。”

杨载道：“只是慕名拜访？”

陈宝生忙道：“当真只是慕名拜访。那件事，就是谋求《清明上河图》之事，我已经决定放弃了。”

杨载却是不信，摇头道：“你从十几岁就开始经营，对那幅《清明上河图》孜孜以求，用尽手段，甚至不惜以身犯险，混进皇宫，会轻言放弃吗？”

陈宝生笑道：“昨夜杨编修的一番教诲，令宝生茅塞顿开。我已经想明白了，是你的，总会是你的，不是你的，再强求，也得不到。譬如朱清，天上掉下来一幅《清明上河图》给他。又譬如高丽王王璋，他从少年时，便四下搜寻《清明上河图》，穷尽半生心力，最终还是未能得到，如今也只能作罢。”

杨载还是不大相信，总怀疑陈宝生拜访虞集另有所图，又问道：“京师名士甚多，你为什么独独看上了虞集？”

陈宝生忙道：“我新到大都时，买到过一幅罗贴[1]，上有‘杏花

[1] 古代机坊织的一种艺术品，有织诗句的，也有织图案的。

春雨江南’之句，描写的江南景物，令人神往。打听过后，才知道是虞集虞大学士的诗句，所以一直有心拜见他。”

黄公望刚刚听过杨载品评虞集之诗，当即笑道：“果然是‘杏花春雨江南’。”杨载这才勉强信了。

陈宝生又问道：“二位要不要一起去？反正也快到虞学士家门口了。”

杨载忙道：“我二人还有要事去办。”

陈宝生也不勉强，就此辞别，自携了礼盒往虞集家去了。

杨载颇为感慨，道：“你别说，我还挺喜欢陈宝生这小子的。他昨天到皇宫闹了那么一场，还杀了人，今日竟然若无其事。”

黄公望道：“可能因为陈氏世代为海商，陈宝生本人又在朱清身边待了几年，很有些冒险精神。”

杨载叹道：“陈宝生好歹也是个极有钱的富商，却不像旁人那般安心享乐，独自来到京师，做这般危险的事，也算是所追求，对吧？”

黄公望忽然想起了今早金海岩的那番话，称海容是为了自己的理想而活，又质问他人生的意义。一时间，又有些惘然——

陈宝生是为了《清明上河图》来到京师，他黄公望来大都又是为了什么呢？今日的他，跟二十年前的他，又有什么区别？少了热情，多了沉静，但人生目标并没有改变。

再看看身边的杨载，又想到已出家为道的倪昭奎，人生的际遇是多么的不同！杨载无心仕途，却终以文才成就声名，以布衣召为国史院编修，功成名就。而倪昭奎在经历巨大挫折后出家学道，竟大有所成，开辟了一番新天地，而今已是江南道教首脑人物，位高权重。

只有他，黄公望，依然站在起点，以吏入仕，为未来不可期的宦途而努力。公望，黄公之所望，但这是他自己想要的生活吗？

二十余年如一梦，此身虽在堪惊。

再回到能远楼时，已是下午。贯云石正在贵宾楼前徘徊，一见到黄公望、杨载回来，忙迎了上来，先主动告道：“霜儿和二位伊儿汗国使者已经找到了。二位使者得知我姑姑出了意外后，很是痛惜，也同意装病不出，以帮贯氏渡过难关。”

杨载拍手道：“实在太好了。想不到事情竟如此顺利，还以为总会起些波澜。”

贯云石却摇了摇头，黯然道：“但是正使那鹰却提出要娶霜儿为妾。我觉得那鹰年纪大霜儿太多，太委屈霜儿了，她好不容易才随我姑姑回国，嫁夫随夫后，又须得再赴伊儿汗国，未免太可怜了。而且那鹰此刻提出，未免有趁火打劫之嫌。我本说再商量，打算去牙行找牙侩[1]买两个美貌婢女，分送给那鹰和发财，不料霜儿却毫不犹豫地答应了。事后还安抚我说，她自幼流落伊儿汗国，在那里长大，早将那里当作了第二故乡。”

黄公望叹道：“这位霜儿，也堪称奇女子了。”

贯云石无奈地长叹一声，又道：“适才女官清涟和怯薛长果满来了疏仙园，得亏没有遇到二位伊儿汗国使者。他二位，分别代表太后及皇帝到我姑姑的灵前拜祭。除此之外，清涟女官还告知已经找到了杀害我姑姑的凶手，就是杨暗普。”

黄公望与杨载交换了一下眼色，问道：“清涟女官当真是这般说的吗？”

贯云石点了点头，道：“清涟女官说，杨暗普在图谋大事，他还有个同党，就在昨日兴圣宫宾客之中。二人杀了李邦宁后，到兴圣宫外商议事情时，被我姑姑看到，后来杨暗普担心泄露，便赶去暖亭杀了我姑姑。同党料想宫中连死两人，必会掀起轩然大波，便又杀了杨暗普灭口。”又问道：“这一切，可能吗？”

杨载道：“清涟女官的解释，倒也合情合理。”

贯云石道：“清涟女官还说有宫人作证。若不是我曾当面向陈宝

[1] 大都作为元朝首都，富商巨贾云集，经济发展极快，加上大都国际化特色明显，牙行牙侩的作用便十分突出。在买卖双方的交易中，牙侩作为中介人，在商定物价、办理成交手续等环节上，能从中牟取利润。

生确认过杨暗普要挟他杀我姑姑一事，我几乎就要信了。”

他见黄公望、杨载二人并不感到意外，忙问道：“你二位看起来并不惊讶，是不是清涟女官已经找过二位了？我听说她不久前也与果满来过能远楼。哦，不是早上那次。”

黄公望实话答道：“除了早上那次，我还没有见过清涟女官，我二人刚从外面回来。”

贯云石也是聪明至极的人，立即问道：“既然如此，二位仍然不感到奇怪，是不是已经知道了真相？”又连声追问道：“是谁？是谁杀了我姑姑？”

杨载道：“贯学士，我比你年长，你便听我一句劝，清涟女官的解释，是得到答己太后和当今皇帝认可的，也就是最官方的说法，你最好是接受，不要再穷究下去了。”

贯云石愣了一下，忽然瞪圆眼睛，问道：“该不会真是宝塔实怜公主吧？”

黄公望勉强应道：“贯学士为何会这样想？”

贯云石道：“因为姑姑回来后，我给她讲了许多事，当然都是与她知道的人有关，她都不感兴趣。她主动问起的，只有宝塔实怜公主一人。听了宝塔实怜公主的一番经历后，姑姑还相当感慨地说：‘这都是命中注定。’除了这位公主，我再也想不出别的嫌疑人了。”

又追问道：“黄先生，你告诉我实话，到底是不是宝塔实怜公主杀了我姑姑？”

黄公望只好道：“我等也怀疑宝塔实怜公主，但并没有实据证明她杀人。”

贯云石本来还期待一个否定的回答，听了黄公望的委婉之言，不免很是丧气，颓然道：“除了宝塔实怜公主，还能是谁？而今太后将杀人的罪责推到已经死去的杨暗普身上，等于是要包庇凶手，庇护宝塔实怜公主了。”

第七章

万柳无枝

野园又名廉园，园中有池数亩，主堂构建于池上，名万柳堂。万柳堂外，又有匏瓜亭、南野亭、玩芳亭、玉渊亭等。绕池种植有百株柳树，池中多莲花，夏日柳荫莲香，风景可爱。除了遍植柳树之外，园中又有名贵花草几万本，牡丹尤盛，号为京师第一。时人有诗赞道：『花飞竹外疑红袖，水度云松自玉琴。』公卿士大夫休暇时多宴游于此，吟诗赋词，赓和极盛。

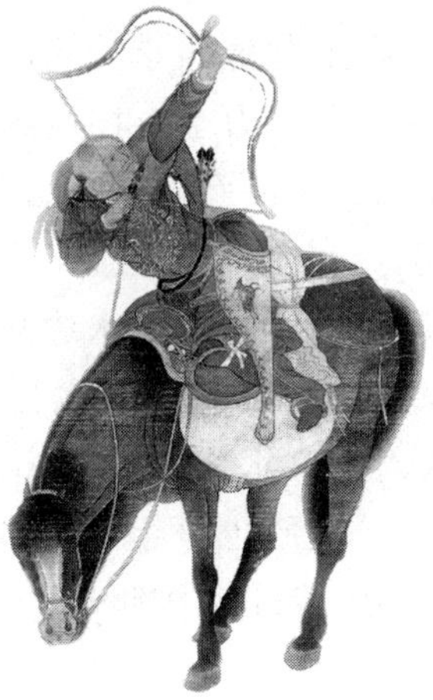

旅食京华，蜀道天难，邯郸梦回。
笑白衣苍狗，悠悠无定，黄尘赤日，扰扰何为。
长铗休弹，瑶琴时鼓，倦鸟谁教强去来。
衡门下，幸良辰良友，同酒同诗。

功名少壮为期。柰身外升沉自不知。
算人间难得，还丹大药，山中尽有，老树清溪。
蕙帐云空，石田苔满，应被山灵怪去迟。
春来也，向故园回首，归去休迷。

——许有壬《沁园春·次班彦功韵》

元世祖忽必烈正式定都于燕京，是看重此地四季分明，且有山水美景，自然条件相对优越。有一组小令描述燕京春夏秋冬四季云：“暖风迟日春天，朱颜绿鬓芳年，挈榼携童跨蹇。溪山佳处，好将春事留连。”“参差竹笋抽簪，累垂梅子攒金，旋趁庭槐翠阴。南风解愠，快哉消我烦襟。”“庭前落尽梧桐，水边开彻芙蓉，解与诗人意同。辞柯霜叶，飞来就我题红。”“门前六出狂飞，樽前万事休提，为问东君信息。急教人探，小梅江上先知。”

随着大都成为大元的政治中心，一些王公贵族也争相在大都建宅筑林，一时涌现出众多著名园林[1]，多是利用昔日金中都城郊风景

[1] 元代不独大都，其他地方均盛行私家园林，远远超过前朝。这主要是由于蒙元统治者实行等级划分，极端轻视儒生，又断绝科举之路，以吏代士，众多汉族文人入仕艰难，遂以诗酒为伴，寄情园林，与前面所提元曲风行一时的原因相同。诸多文人的加入，大大提高了园林的审美情趣。宋代以前，园林多为写实意境。即简单地模仿山林野趣。从元代开始，由于大量文人参与设计，园林逐渐演变成集山水植物与建筑为一体的综合体。

区的河渠、水道，以池沼水景为主要景观，建造起亭台别墅，均位于南城[1]之外。声名显赫者，有汉人官员张九思之西园，畏兀儿大臣廉希宪之野园。

西园又名遂初园，园中景色秀丽，绕堂水石花竹之胜，甲于一方，颇为时人所称道。

野园又名廉园，第一任主人廉希宪，号野云，“野”取自其号。园中山石林立，松竹参天。有池数亩，内中可泛舟，主堂构建于池上，名万柳堂[2]。万柳堂外，又有清露堂、奇观台、匏瓜亭、南野亭、玩芳亭、玉渊亭等，高楼林立，“去天盈握”。绕池种植有百株柳树，池中多莲花，夏日花草丰美，柳荫莲香，风景可爱。除了遍植柳树之外，园中又有名贵花草几万本，牡丹尤盛，号为京师第一。时人有诗赞道：“花飞竹外疑红袖，水度松间自玉琴。”[3]

廉园名气如此之大，中书省工部官员为皇太子真金营建东宫时，也曾慕名而至，希望廉希宪同意将廉园中的花木移植一些到东宫之中去，却遭到了廉希宪的断然拒绝。好在皇太子真金为人宽厚，尤其尊儒重道，也未在意，此事遂不了了之。

廉园柳堤环抱，景色萧爽，沙禽水鸟多翔集其间，为京师游赏佳丽之所。公卿士大夫闲暇时多宴游于此，吟诗赋词，赓和极盛。

[1] 此南城并非今日北京南城的概念，而且古代文人表述地理位置时（指非专业地理类的诗词文章等），多指大致方位。

[2]元人赵孟頫绘有《元赵孟頫万柳堂图轴》，今存于台北故宫博物院。图中所绘即廉氏野园万柳堂。画中建筑体量恢弘，依地势而建错落有致，屋面灰瓦卷棚顶，装修简洁，不施彩画，四周绿柳成行，花团锦簇，淡雅精深，充分与自然相融合，正是典型的元代私家园林风格。

[3]关于廉园的具体位置，史籍并无明确记载，元人只简单记载在“京师城外”，本书采纳明人蒋一葵说法，认为廉园及万柳堂在今玉渊潭一带。据明朝万历年间蒋一葵所著《长安客话》：“平则门外迤南十里花园村，有泉从地涌出，汇为池，其水至冬不竭。金时，郡人王郁隐此，作台池上，假钓为乐至今人呼其地为钓鱼台。元初，野云廉公希宪即钓鱼台为别墅，构堂池上，绕池植柳数百株，因题曰万柳堂。池中多莲，每夏柳荫莲香，风景可爱。”与蒋一葵同时代的王嘉谟有诗云：“西望重关五时平，数株烟柳夹河生。山当曲径云常白，池凿沈灰水更清。落叶千城催暮雨，浓阴万里静秋声。当年歌舞堪回首，遗迹风流万古情。”“城西胜迹已尘埃，池水东流何日回？荒树远迷白马寺，寒云还覆钓鱼台。”王诗与蒋氏记载相印证，可证明万柳堂确实在玉渊潭即钓鱼台一带。也有学者认为廉园与万柳堂为两园，廉园位于今丰台一带（据明崇祯年间刘侗、于奕正合著《帝京景物略》，该书成书时间晚于《长安客话》），万柳堂则在玉渊潭。本书认为两园实为一园。

许多知名文士都曾慕名到园中宴游。如汉人名臣张养浩曾在寒食节时游览廉园，也曾赋诗称赞廉园。

翰林大学士姚燧有《满江红·廉野云左揆求赋南园·庆云都城善》，词云："面势林塘，紧横睫、觚棱如削。还更比、城南韦杜，去天盈握。便有名园能甲乙，他山峛崺先尊岳。甚一花一石。总都将平泉学。虽鬓发，流光觉。浑未厌，明来数。有庆云善谱，新声天乐。正乐关弓鸿鹄至，可知弃屣麒麟阁。只北山逋客负尘缨，沧浪濯。"

士子许有壬游廉园时即席成章，有《木兰花慢》词道："渺西风天地，拂吟袖，出重城。正秋满闲园，松枯石润，竹瘦霜清。扁舟采菱歌断，但一泓寒碧画桥平。放眼奇观台上，太行飞入檐楹。主人声利一毫轻。爱客见高情。便芡剥骊珠，莲分冰茧，酒注金瓶。风流故家文献，况登高能赋有诸甥。清露堂前好月，多应喜我留名。"

翰林学士赵孟頫则有《万柳堂即席》诗云："万柳堂前数亩池，平铺云锦盖涟漪。主人自有沧洲趣，游女仍歌白雪词。手把荷花来劝酒，步随芳草去寻诗。谁知咫尺京城外，便有无穷万里思。"

赵诗中的"游女"，便是京城名妓解语花[1]。其人才貌双全，擅长慢词。某日廉园雅集，天下名士集于万柳堂中。作为大都声名最盛的乐妓，解语花亦应邀助兴[2]。

时值夏季，荷花盛开，香气满堂。解语花左手握着一枝花中君

[1] 解语花为艺名，其人本姓刘。又据五代王仁裕《开元天宝遗事·解语花》："明皇秋八月，太液池有千叶白莲数枝盛开，帝与贵戚宴赏焉。左右皆叹羡久之。帝指贵妃示于左右曰：'争如我解语花？'"意思是，这莲花再美，也比不上我这会说话的名花。后人遂将"解语花"（也作"解语之花"）作为一个成语，专门用来赞誉容貌美丽的女子。

[2] 元代戏曲繁荣，艺人辈出，知名乐妓与达官显贵、文人才士之间有着广泛的交往，赴宴应酬更是家常便饭。但《元典章》明令规定，禁娶乐人为妻。严格禁止朝廷官员与戏曲界有任何关系，而且对"诸职官频入茶酒市肆及倡优之家者"，均要给予"断罪罢职"的处分。但规定是规定，实际情况是，一些权贵政要不仅照常嫖妓招娼，还多有强娶女艺人为妾之事。

子合欢莲[1]，右手持着酒杯，歌元好问《骤雨打新荷》云："绿叶阴浓，遍池亭水阁，偏趁凉多。海榴初绽，朵朵簇红罗。老燕携雏弄语，有高柳鸣蝉相和。骤雨过，珍珠乱撒，打遍新荷。人生百年有几，念良辰美景，休放虚过。穷通前定，何用苦张罗。命友邀宾玩赏，对芳樽浅酌低歌。且酩酊，任他轮明，来往如梭。"

座中宾客尽拍手称快，纷纷赋诗留念。翰林学士赵孟頫除作《万柳堂即席》一诗外，更将当时盛况绘成图轴，成为廉园风流文雅最生动、最直接的记录[2]。

受邀列席廉园宴会，历来被大家视为幸事。而今年元宵节之廉园雅集，更是与众不同——除了是新皇帝仁宗改元后的首次集会，亦是一场为翰林大学士姚燧送行的饯别宴会。

姚燧因文名而受元廷重用，主修《成宗实录》《武宗实录》，然其人恃才放旷、耿介刚直，与朝中诸多权贵难以相容。待实录修成，姚燧便一再请辞，皇帝却不予准许，而今终于因病重而得告南归，也算是如愿以偿。以姚燧文坛盟主之地位，自然会有一场饯

[1] 合欢莲即荷中珍品并蒂莲，自古有之。荷花在生长过程中，一般只形成一个花芽，一个分生中心，开一朵花。如果受到某种特殊外界环境条件的刺激，或内部发生特殊变异，着生在一支茎上的花芽，便有可能分化成两个分生中心，进而发育两个像是双胞胎的花蕾，从而在一支花柄上形成两个花蒂，并开两朵花，结一对莲蓬，这便是并蒂莲。并蒂莲是荷花中的珍品，其生成的概率仅十万分之一，是十载难逢的植物中的"双胞胎"。其遗传机制尚在研究中，荷花专家曾分别用生长过并蒂莲花的藕种和并蒂莲蓬里的莲子，反复进行培植试验，结果都不能生成并蒂莲花，证实其不可遗传，只能天然生成。

[2] 据清人阮元《小沧浪笔谈》："(《万柳堂图》)图立幅三尺，着色，画荷池山馆，烟雨满林，堂中二人袍带坐，一女子持荷花送酒，即所传歌《骤雨打新荷》者。"又，万柳堂在中国园林史上占有重要地位，由于文人诗会雅集，彼此唱和，为一时之盛，遂成为人文精神的象征，不仅在元时享誉京师，亦流传后世。清乾隆皇帝有《题赵孟頫万柳堂图》事云："久闻城外有廉园，今日宛看画图存。求媚羞为右丞相，传真却赖昔王孙。"连皇帝都仰慕不已，足见廉园名气之大。清初重臣冯溥因仰慕廉希宪，专门在北京另建了一处"万柳堂"，位于今龙潭湖公园，又特意植万株杨柳，排列成行，仍然命名为"万柳堂"，以示与元代万柳堂一脉相承之意。著名学者朱彝尊在《曝书亭集》卷六十六《万柳堂记》中也有记载："度隙地广三十亩，为园京城东南隅……园无杂树，迤逦下上皆柳，固其堂曰万柳之常堂。今文华殿大学士益都冯公，取元野云廉公燕游旧地以名之也。"同样，有"一代文宗"之称的清道光名臣阮元也在故乡筑堤种柳，并于湖边建一别墅，取名"南万柳堂"。梁章钜在《楹联丛话全编》记道："阮芸台师（即阮元）有别墅在邵伯湖之北，湖埂植柳三万株，自额所居曰'南万柳堂'，以别于京师之'万柳堂'也。"

行，而这场宴会便被特意选在了廉园——

姚燧是典型的传统文人，热爱山水美景，他为地方官时，自称“居府者三之一，而水陆舟马周历乎澧峡、归、鼎五州七县者反居三之二焉。其于江山之清驶奇峭，人才之标特秀异，实若富于心中”。又说：“燧思士生文轨混同之时，亦千载之旷遇，江山之形胜，风土之微恶，民俗之浇淳，必一就观。”

而廉园虽为人造之园，却也是大都名胜，更是人文荟萃之地，素为姚燧所爱。他自知年事已高，又重病缠身，此番南归后，必定再无机会北返大都，将万柳堂作为京师最后一处与文友们相聚的场所，也算是心中安慰。

廉园元宵宴会的主客自是姚燧，主人则是最年轻的翰林学士贯云石。廉氏满门显宦，子孙多在外为官，且多是行省及路长官。也有在京者，只是相对不那么突出。比较起来，亲族子弟中，以贯云石的地位最为显赫——贯云石是翰林院最年轻的学士，前途无量。他既是廉氏外孙，在廉园中长大，也是姚燧最得意的门生，遂被力推为宴会主持。虽然贯云石新近遭遇姑姑汪小佩病逝一事，但为了恩师，也必须含悲忍痛，赶来廉园筹划饯别之宴。

其余宾客大多为京城文艺界名士，如赵孟頫、虞集、揭傒斯、范梈、王约、杨载、黄溍、袁桷、王振鹏等。又因廉氏、贯氏属于大元最上流阶层，亦有朝中权贵及地位特殊者参加，如爱凑热闹的高丽王王璋、新得朝廷封号的江南道教首脑人物倪昭奎、诗名远扬的道士张雨、名医危亦林等。甚至还有御史台书吏黄公望、士子许有壬这类籍籍无名的人士。

虽是宴会，却只是茶宴，这自是为了迎合姚燧的喜好。姚燧本人不爱饮酒，但并不是因为酒本身，而是因为大都粮食紧张、粮价高昂[1]。姚燧认为大都尚有许多贫民因买不起粮食而食不果腹，忍饥挨饿，而蒙古执政者却在无限制地饮酒，除了传统的奶酒和果酒之

[1] 元大都虽然比金燕京城区面积大大增加，然而大都人口亦是远远超过金朝，住房日趋紧张，生活成本亦很高。最明显的，便是大都的粮食远比江南和其他地区昂贵。元初学者兼诗人（转下页）

外，更是大规模地酿造粮食酒，为此还专门令光禄寺所隶尚饮局、尚酝局开发粮食酒，著名的阿剌吉酒[1]即由二局酿造。又往粮食酒中加入药材和其他物件，进行调制，如此诞生了虎骨酒、枸杞酒、地黄酒、羊羔酒、五加皮酒、腽肭脐酒等宫廷滋补酒[2]，大受欢迎。又设醴源仓，专收用以酿酒的优质原料[3]。如此，令本就紧张的大都粮食愈发紧缺[4]，粮价居高不下，姚燧甚至担心此事会影响社会安定。

既是主宾厌酒好茶，主人自会专意照顾周全。今日宴会准备了

（接上页）王恽（元世祖忽必烈时曾先后在中书省、御史台等处任职，一生仕宦，刚直不阿，清贫守职，是著名谏臣）曾作诗描述当时情况道："饥寒常有几千人。"又称："薪如束桂米如珠。"王恽之后，宋朝皇族赵孟頫从江南应召到大都做官，受到元朝皇帝的隆重礼遇。即便如此，赵孟頫也感叹大都生活费用之高，不易度日，曾作诗道："太仓粟陈未易籴，中都俸薄难裹缠。"中都即大都。太仓即朱清所开创海运起始码头。赵孟頫在诗中称，在大都时，连陈腐多年的太仓米粟都很难吃到，更遑论其他。由于朱清开辟了海运，从江南运到大都的粮米比之前增加了几十倍，达到数百万石之多，但由于人口亦相应暴增，因此大都粮价依然居高不下。就连贵为二品大员的翰林学士姚燧亦感叹道："神州桂玉地，富室居犹难……囊空到称假，岂能久盘桓。"称他自己为了生活，连盘缠都用光，要靠借债度日，足见大都物价之高。

[1] 阿剌吉酒，即世人俗称的烧酒。据元人忽思慧在《饮膳正要》记载："味甘、辣，大热，有大毒。主消冷坚积，去寒气。用好酒蒸熬，取露成阿剌吉。"意即阿剌吉酒采用蒸馏法加工制成。复烧蒸馏是酿酒工艺的一大进步，《饮膳正要》的这段记载也是中国目前可以见到的关于蒸馏酒的最早、最详细的史料。阿剌吉酒的酒精含量比普通酒高得多，故而又被称为火酒，此酒一经出现，便受到普遍欢迎，引起酒的生产和消费的重大变化。时人称赞道："阿剌吉，酒之英，清如井泉花，白于寒露浆。"

[2] 这些酒均以与粮食同酿的药材如虎骨、枸杞、地黄、五加皮、腽肭脐等命名。以药材加入粮食酒作为滋补品，在当时很流行。其中又以"大补益人"的羊羔酒最为著名，它是将"精羊肉"蒸熟，用"糯酒"浸泡，再加工而成，被时人视作美酒。类似的还有菊花酒、天门冬酒、菖蒲酒、紫苏子酒等。

[3] 当时粮食酒的原料主要有糯米、黍等。江南出产的香糯米和卫辉路出产的苏门糯米，都是酿酒的上佳材料。元中央醴源仓"掌受香莎、苏门等酒材糯米，乡贡曲药，以供上酝及岁赐百官者"。

[4] 姚燧专门算过这笔账，称："京师列肆百数，日酿有多至三百石者，月已耗粮万石。百肆计之，不可胜算。"而大都闹粮荒也不是罕见之事，元世祖忽必烈在位时，还因为京师粮食不足而专门下令禁止用粮食酿酒，并"申严大都酒禁，犯者籍其家赀，散之贫民"。但因蒙古贵族酗酒成风，上行下效，饥荒一过，时过境迁，很快又故态复萌。事实也证明姚燧大有远见，他并非杞人忧天，酿酒耗粮导致了社会动荡，京师刑事犯罪亦大大增加。

两种茶叶，一为顾渚茶[1]，一为范殿帅茶[2]。未用名气更大的凤髓，盖因为姚燧本人便好江南之茶。虽然刚刚过了年，茶亦成了旧年陈茶，然在新茶未发的时节，又在大都这样的地方，可是珍贵至极了。

好茶须配好水，虽然万柳堂存有皇帝所赐邹店观音堂井水[3]，为御用之水，但主人仍然贴心地准备了玉泉水[4]，盖因为顾渚茶、范殿帅茶均为山泉所制，自然只山泉水才能泡出其灵气。

热茶奉上后，年轻的宴会主人贯云石便将目光投向座中宾客，期待众人尤其是姚燧的品评。姚燧浅尝两口，先叹道："'泉濑金沙涌，芽茶紫壁截。'在大都能饮到如此佳茗，可谓极是难得了。"

"泉濑"两句，为唐人杜牧之诗。前句指金沙泉，后句则指顾渚

[1] 顾渚是山名，元代属湖州路长兴州。顾渚产好茶，自唐代起是贡品。但宋朝时顾渚茶急遽衰落，并不是因为"重建茗"，而是专用制作的金沙泉泉水枯竭。用该泉水制出来的茶叶味道绝佳。然宋代时，"金沙泉不常出，唐时用此水造紫笋茶进贡，泉不常出，有司具牲币祭之，始得水，事讫即涸。宋末屡加浚治，泉迄不出"。由于泉水枯竭，贡茶因而停造。到了元朝，"中书省遣官致祭，一夕水溢，可溉田千亩"。元中书省官员到金沙泉祭祀后，泉水又重新涌出。元世祖忽必烈闻讯大喜，赐金沙泉名为瑞应泉。泉水复现，顾渚茶也随之恢复生产，再次成为贡茶，并以金花为标志。顾渚茶中精品色紫而形似笋，有紫笋之称。

[2] 范殿帅茶，元代贡茶名。范殿帅是南宋降将范文虎，曾任南宋殿前副都指挥使，领禁军，故有殿帅之称，又号常败将军。《元史》云范殿帅茶不知所出，但据《庆元方志》载："出慈溪县民山，在资国寺冈山者为第一，开寿寺侧者次之。每取化安寺水蒸造，精择如雀舌细者入贡。"又据清光绪《慈溪县志》卷六引《四明山志》云："下有开寿寺，产名茶。仅次于三女山所出。上有史丞相嵩之墓，殿帅范文虎因置茶局。"足见此茶产于浙江慈溪四明山开寿寺。

[3] 现存文献中，没有蒙古人在13世纪前饮茶的记载。入元后，唐宋两代各地出产的名茶依然源源不断地进奉宫廷，但皇帝主要是用以赏赐大臣。虽然元世祖忽必烈曾改金沙泉为瑞应泉，但史籍中关于元朝皇帝饮茶的明确记载，却是始于元武宗海山。元武宗即位之初，曾率队前往柳林打猎，其母答己太后亦随行。一行人途经邹店时，元武宗忽然口渴想喝茶。这是很不寻常的一件事，因为蒙古人的日常饮料是马奶子，皇帝出游，总是随身带着专供挤奶用的马群。元武宗忽然要喝茶，可忙坏了事先并无准备的扈从大臣。大臣们忙赶去附近各个水井选水，经过筛选后，选中了一口井。该井井水煎煮过后，澄清如镜，比其他井水要清凉甘甜得多。侍从用此水煎茶，元武宗品尝后，连连称赞，称"其茶味特异内府常进之茶"。既然皇帝喜欢，该井便被定为御井。元武宗派人在井边修建了观音堂，又将水井用栅栏围了起来，在井上建起了一座亭子，用以覆盖此井。同时，还在井边刻石，专门记录此事。此后，元武宗皇帝每天御用之水，基本上都取自邹店观音堂水井。此为元朝皇帝饮茶最早之记载，至元顺帝时，饮茶在皇宫中已蔚然成风，如元顺帝第三任皇后奇氏（元朝唯一一位非蒙古族皇后）便曾是皇帝的煮茶宫女，"主供茗饮"。

[4]玉泉水，即北京颐和园西面玉泉山所出泉水。玉泉山是西山东麓的支脉，在"山之阳"，逶迤南北，且土纹隐起，作苍龙鳞，沙痕石隙，随地皆泉。而泉水自石穴中出，鸣如杂珮，水清而碧，澄洁似玉，甘洌宜茗，故名"玉泉"。入元后，元世祖忽必烈在玉泉山修建了昭化寺。

茶中极品紫笋。见多识广的姚大学士引用前人的名句，对今日之茶水显然还是满意的，虽未能用金沙泉水煮紫笋茶，但玉泉水亦是不错。

贯云石见主宾出言称赞，总算略略松了口气。忽有人接口道：“茶是不错，可惜大都的水不够好，浪费了此等佳茗。”

声音清脆稚嫩，众人均感愕然，循闻声望去，发言者却是坐在真人倪昭奎身边的倪瓒。

倪昭奎仰慕廉园雅集已久，既受邀参宴，便带了倪瓒一道出席，想让幼弟也跟着见见世面。姚燧是当今文坛魁首，既已预备还乡，以其老病之身，怕是回大都无望，今日万柳堂宴势必成为绝响，机会极其难得。不想倪瓒品茗后感觉口味不佳，且当众说了出来，倪昭奎不免大为尴尬，忙斥道：“众多名家在座，你小孩子懂什么，切莫胡说。”

倪瓒生有洁癖，本不愿用非自家茶具饮茶，是兄长一再低声强调御茶难得，这才勉强尝了一口，结果大失所望，便直截了当地将心事说了出来。他见兄长斥责自己，很不服气，道：“这茶是好茶，水却是太重了，浑然不像山泉之水，没有清灵之气。”

倪昭奎斥道：“又在胡说了。”

一旁杨载接口笑道：“倪三公子倒是有见识得很。这水确实是泉水，而且是京畿地区最好的泉水，但又与江南的泉水大不相同。北方的泉水来自地下，而南方的泉水则多是江河之水或是雨水，二者大有分别。我初来大都时，也觉得这里的水味重，不够轻盈。”

姚燧等人均点头称是。倪昭奎出身于巨富之家，长期在江南过着优渥的生活，如何会尝不出杯中水重，只不过为了旁人的体面，不得不斥责倪瓒几句。见众人均赞同幼弟的品评，当即欠身举手，向众人表示谢意。又低声叮嘱道：“且不可再乱开口。”

贯云石早就留意到倪瓒举止不凡、一身贵气，忙笑道：“小公子不妨再尝尝邹店观音堂之水。”又命人取邹店井水重新煎了一壶茶，先给倪瓒倒了一杯。不料倪瓒浅尝之后，连连摇头道：“更加不好。”

倪昭奎忙假意斥道：“又胡说了，这可是内府御用之水。”

倪瓒道："不是水不好，而是此水过于甘冽，煎煮味轻的紫笋茶不大合适，若是青凤髓，倒还相配。"

高丽王王璋当即赞道："倪三公子的品味可是好得很。当年武宗皇帝放飞柳林，到邹店时口渴思茶，侍臣便是用邹店井水煮青凤髓进奉，我亲眼所见。"

王璋虽然久在中国，但口味随其母安平公主，好饮奶酒，于茶事则是一窍不通，不过邹店观音堂水井的来历却是清楚，毕竟当日他也扈从在元武宗海山身边。

最近王璋颇为春风得意——一是竟与长年不和的正宫王后宝塔实怜公主和好，此节已在京师传为奇闻，闻者无不啧啧惊叹；二来王璋终于得到了渴慕已久的姚燧的诗文。

王璋虽然是一国之主，但在元人眼中，高丽不过是藩邦小国，高丽国王头衔实不及王璋的一字王头衔。他虽久在中国，爱附庸风雅，且以风流名士自居，但因才学有限，又有与父争权、逼父退位等诸多为中国传统礼法所不容之行径，且继任高丽王位后仍长期滞留大都，置高丽国事于不顾，时人称为"父子之间，惭德实多；久居上国，自罹窜逐之辱"，又称"父子天性之亲，孝为百行之先，而政事之本也"。本既失焉，因而真名士均对其鄙而远之。姚燧负一世之名，为当今文坛魁首，王璋仰慕其诗文已久，也曾几番恳求，这次还是在翰林编修杨载的斡旋下，才终于得偿所愿。欣喜若狂的高丽王为此赠送了五十筐币帛、金玉、名画，以作为回礼。姚燧素来喜爱搜集古玩名画，王璋的礼物可谓投其所好。然姚燧虽然收下了重礼，却将字画等分给了属官、吏胥及侍从，将金银财物则送给了翰林院做日常费用，自己分毫未取。此举令人称赞，也颇令王璋不爽，姚燧固然留下了器识风度豪迈过人、不因贪婪而失志的美名，但同时表明他为高丽王作文一事，并非完全出于自愿。

无论怎样，王璋得到姚燧诗文是事实，今日又出席了为姚燧饯行的廉园盛会，面上大大有光，日后可以作为夸耀的资本。然他今日亦有所收敛，不敢抬出高丽王及沈王的身份，宴席中亦不敢随意开口，此时好不容易才插了一句话，自觉极为得体——既奉承了目下会场的中心人物倪瓒，又表明了自己有天子近臣的身份。不想话音刚落，便有人冷笑一声，却是坐于名医危亦林身侧的洪金竹。

洪氏祖上为大唐才子，入高丽后，仍酷爱收集古籍善本，累世所积，遂成藏书大家。由于未受中原战乱的影响，家中许多藏书成为绝世孤本，极其珍贵。洪氏入元且开始显达后，洪氏藏书也随之扬名，得窥洪氏藏书，是许多读书人的愿望。

洪金竹是辽阳行省右丞相洪重喜之侄，与廉希宪幼子廉惇是至交好友，因其家藏书极丰之故，与座中诸多名士亦是相熟相知。众人皆知洪氏与高丽有难解世仇，料想洪金竹这声冷笑，是有意针对王璋，均佯装未闻。

高丽王世子王鉴坐于其父身侧，闻声大有忿色，正待开言，却被父亲王璋举手阻止。

杨载与洪金竹、王璋均有交情，不欲双方难堪，忙接着茶水的话题，续道："依倪三公子的说法，北方之水，井水也好，泉水也好，都不大适合泡江南茗茶了？"

倪瓒道："也不尽然。如若取黄河之水，三煮三蒸后，水质堪比江南之水。"

众人闻言均感愕然。倪瓒又补充道："我亲口尝过。"

倪昭奎遂道："这次北上路过黄河时，瓒儿非要尝一尝黄河之水，贫道拗不过他，遂命弟子取了一桶河水，蒸煮过后，风味果不一般。"

姚燧哈哈笑道："倪三公子见闻不凡，改日一定要尝试一下黄河之水。"

倪瓒小小年纪，却在品茶雅事上极有见地，自是令人刮目相看。他个性孤僻，既受瞩目，便不自在起来，低声向长兄央求道："我想出去透透气。"

倪昭奎忙道："我叫人陪你。"

倪瓒摇头道："我不喜欢大兄的徒弟陪着。况且我只是在附近随意逛逛，不会走远。"

黄公望坐在倪昭奎南侧，闻声忙道：“我陪三公子出去。”

黄公望虽应贯云石力邀来赴廉园宴会，然满堂俱是名流，他于诗文一道又疏怠已久，亦不敢随意开口，这隐形人当得颇不自在，早就萌生了去意，只不过碍于主人面子，还未发作。刚好倪瓒称要出去透气，他便趁势而起。倪昭奎早猜到老友心思，当即点了点头。倪瓒颇为喜悦，主动上前牵了黄公望之手，二人一道出去。

那万柳堂构建于池塘之上，二人出了堂，四下看了看，便沿着池边散步。黄公望见园中树木以柳树为主，道：“可惜目下季节不好，万柳无枝，若是春日游园，万条丝绦……”

忽见到前面一名仆役打扮的中年男子匆匆走过，黄公望仔细看了看，竟是金海岩。黄公望不由得大吃了一惊，忙道：“瓒儿，你留在这里，我过去看看。”也不待倪瓒回答，先行追了过去。

金海岩听到身后动静，头也不回，却加快了脚步，直到黄公望叫道：“是我！”这才勉强停了下来，回过身来，冷然道：“当真是哪里都少不了你黄公望。”

黄公望早知今日廉园宴会正餐是由能远楼供应，见金海岩一身仆役装扮，料想对方是冒充能远楼送菜伙计混进园来，当即问道：“你来这里做什么？”

金海岩反问道：“怎么，我不能来吗？”

黄公望问道：“你到底有什么图谋？”见金海岩不应，料想对方无论如何都不会说实话，便直言告道：“不管你想做什么，趁现在还来得及，快些走吧。万柳堂中的那些人可能不认识你，可皇宫女官清涟今日也在园中，她可是认得你是伊儿汗国使者那鹰。”

金海岩闻言大为意外，问道：“今日万柳堂宴会，不是专门为姚大学士饯行吗？清涟如何也在廉园之中？”

黄公望道：“因为鲁国大长公主人在这里。”

鲁国大长公主名祥哥剌吉[1]，前日新从鲁王城[2]回到大都。这位公主身份极为显赫，父亲答剌麻八剌是忽必烈之孙、真金次子，生母为当今答己太后，兄长即是元武宗海山，亲弟则是爱育黎拔力八达，即当今在位的仁宗皇帝，丈夫则是弘吉剌部首领琱阿不剌。大元皇室世代与弘吉剌部联姻，祥哥剌吉公主的爱女卜答失里，在出生后不久、尚在襁褓之中时，便已被元武宗海山选为长子和世㻋之正妃——

也就是说，如若当今仁宗皇帝遵守事先约定，立侄子和世㻋为皇太子，鲁国大长公主之女便是未来的皇太子妃，也就是未来的大元皇后。

祥哥剌吉公主非但地位非凡，还与众多大元公主的性情完全不同——其对中原汉文化有着浓厚的兴趣，尤其喜爱书画艺术，嗜好收藏历代字画。其特殊的身份及雄厚的财力，令其收藏甚丰且巨。她除了收藏书法作品外，还收藏了不少绘画作品，绘画涉及宗教、山水、花鸟、墨竹、车马人物、鱼虫走兽等多个种类[3]——堪称空前绝后的一位。

[1] 祥哥剌吉又作桑哥剌吉、相哥剌吉、星格喇实、桑哥剌失、僧格剌真等。“祥哥”为藏语“狮子”之意，“剌吉”原意为“神王之主”，一般用于称呼医生。清代译公主名为“星格喇实”，实误。

[2] 鲁王城，即应昌城，城址在今内蒙古自治区赤峰市克什腾旗达里诺尔西南的达尔罕苏木，为弘吉剌部（享有与元皇室世代联姻等种种特权的蒙古部落，成吉思汗原配即弘吉剌部人）首领兴筑的城郭。因弘吉剌部自建立应昌城后，首领多被元廷封为鲁王，故此城又被称为鲁王城。鲁王城依山面湖，地势雄固，山环水抱，幽静神秘，山青水碧，景色宜人。元人杨允孚有诗咏应昌城云：“东城无树西起风，百折河流绕塞通。河上驱车应昌府，月明偏照鲁王宫。”在元代，应昌路与大宁路、全宁路同为塞北三大历史名城。又，元朝灭亡后，元顺帝妥欢帖睦尔退出大都，先至上都，后至应昌，仍继续奉元朝正朔，史称为“北元”。后元顺帝病逝于应昌，太子爱猷识理达腊继位，因而应昌对北元具有非比寻常的意义，一度成为明军与北元争夺的焦点。最终，在明军强大军事压力下，北元势力远退至漠北蒙古高原，明军于应昌设置应昌卫。宣德以后，应昌城被废弃。清人赵玉丰有《乌丹城怀古》诗云：“大元王气起开平，北建雄藩馆帝甥。四面楼台公主第，万家灯火鲁王城。当年战垒巡刁斗，此日荒田拾破铠。落马河边重回首，满山禾黍自纵横。”

[3] 据统计，祥哥剌吉公主的藏品见于收录者，至少有六十一件，以宋人作品居多，画多而书少，一些唐宋两代名家的书画精品经公主鉴藏而得以保存下来。元代文学家、翰林侍讲学士袁桷曾专门撰编《鲁国大长公主图画记》（载于袁桷《清容居士集》）。又，祥哥剌吉公主收藏印有两方，一方为“皇姊图书”，另一方为“皇姊珍玩”，被中国文物收藏鉴赏界确定为鉴定珍贵文物的依据之一。

不仅如此，祥哥剌吉公主还派人祭祀孔庙，为历史上第一位女性祭孔者[1]。又与虞集、柳贯、朱德润等汉族文士交往，对当世文艺、宗教、教育等均产生了很大影响，时人称赞其“禀性生知学用……嘉惠斯文，以教道结人心”。

最为特别的是，年轻时的祥哥剌吉公主曾学习中原士林的传统做法，在大都南城天庆寺[2]举行雅集[3]，“集中书议事执政官、翰林、集贤、成均之在位者”，饮酒赋诗，鉴赏书画，京师儒臣、文士悉数参加，为当时一大盛事。以女子为主导，举办如此盛大的文坛集会，且参加者均为当世名流，可谓亘古未有。

天之娇女，亦不是事事如意。祥哥剌吉公主的丈夫鲁王琱阿不剌于去年过世，公主尚不满三十岁，正值盛年，便做了寡妇。出人意料的是，祥哥剌吉公主又有惊人之举——

她未按照蒙古收继婚[4]的传统再嫁丈夫的弟弟桑哥不剌，而是

[1] 祥哥剌吉公主热爱汉文化，又因曲阜孔庙在鲁王封地内，曾多次遣人以她的名义祭祀孔子，由此在孔庙里留下了三块碑铭，今存，分别为《皇妹大长公主懿旨释典祝文碑》《皇妹大长公主祭孔庙碑》《皇姊大长公主降香碑》。皇妹即表示祭祀时间在元武宗执政时期，皇姊则表明在元仁宗登基后。在中国历史上，祥哥剌吉公主是唯一的一位女性祭孔人，她所遗留的碑铭也是山东曲阜孔庙内仅有的妇女祭孔碑，元代相对开放、自由的社会风气以及蒙古公主的特殊地位亦由此可见一斑。

[2] 天庆寺，位于北京市东城区东晓市街，其东与南药王庙毗邻。原为辽代的水泰寺，金时毁于战火。入元后重建时，发现寺中有一口废钟，上刻“天庆”二字，经考证是辽代年号，因而就以“天庆”为寺名。明代宪宗成化二年（1466 年），锦衣卫指挥朱善重修。僧舍中有李公麟（北宋著名画家，时推为“宋画中第一人”。白描绘画自成一派，扫去粉黛、淡毫轻墨、高雅超逸，被后人称为“天下绝艺矣”。又，在中国绘画技法中，线描是最有特色的技法之一，而纯用线条和浓淡墨色描绘实物的白描画法，是线描技法发展的最高、最纯的阶段）画罗汉十六轴。后有高阁，可望天坛。民国后，仅存后殿，而且已改建，并非原状。现寺墙上的“天庆禅林”匾额，也是后人摹刻。元时的天庆寺景色清幽，元著名色目诗人马祖常有《天庆寺纳凉联句》云：“槐屋夏阴繁，石池暑气清。高堂瞰福田，邃宇依王城……”大略可见其精致。

[3] 祥哥剌吉公主在大都天庆寺举行雅集聚会为历史真事，但具体时间为至治三年（1323 年）三月，晚于本书故事发生时间，本书对时间做了提前处理。

[4] 收继婚，又称转房婚。狭义的收继婚，是指女性在丈夫死后嫁给其兄弟。广义的转房婚，也包括改嫁给夫家其他男性，例如亡夫的叔、伯、儿子（女方的亲生子除外）、侄、甥等。在此俗流行的时代或地区，即使是国君的女儿，也不能幸免。在汉地，传统上不鼓励收继婚，特别是儒家兴起之后，收继婚被认为是乱伦行为，遭到人们指责，以后各朝均有法律规定废止。但在中国北方及中亚游牧民族中，收继婚是常见习俗。如西汉时，开国皇帝汉高祖刘邦曾与匈奴冒顿单于互称兄弟。刘邦死后，冒顿写信向刘邦妻子吕后求婚，吕后勃然大怒。这固然有冒顿试探的成分，但更多的（转下页）

上书元廷，表示要遵从汉地习俗，终身守节。

此举为祥哥剌吉公主赢得了极大的声誉。毕竟，她曾有那么多标新立异之举，足见其我行我素之个性。酷爱汉地文化的异族权贵为数不少，如高丽王王璋等，但祥哥剌吉公主却没有只流于表面，守节一事，公然表明了她对儒家礼法的尊重。

而祥哥剌吉公主在处理完丈夫的丧事、协助年仅八岁的儿子阿里嘉室利袭承鲁王之后，便动身返回了大都，虽因路途遥远、天气恶劣等因素，未能及时赶上皇宫的元日盛宴，却正好在元宵节前抵达大都。她一听到廉园雅集的消息，便主动派人联络主持者贯云石，表达了要出席宴会的意愿。

祥哥剌吉公主是当今皇帝之姊，亦是答己太后最疼爱的女儿，又是真心热爱汉文化，且盛名在外，与诸多文人士大夫，包括姚燧，早有来往。按理来说，她来参加廉园宴会，无异于锦上添花。然主持宴会者贯云石却有所顾虑——

毕竟祥哥剌吉公主身份非同一般，她若出席宴会，势必夺去主宾姚燧的风头，且在座众人多不敢畅所欲言。

其他襄助筹办宴会者如杨载等人，亦有类似看法。于是，贯云石在反复斟酌后，向祥哥剌吉公主提议，单独组织一场女性雅集，与万柳堂宴会同日同时举行，地点就在万柳堂对岸的清露堂。

此议居然得到祥哥剌吉公主的大加赞赏。元代风气相对自由开放，蒙古妇女地位不低，皇后亦能与皇帝并坐于大明正殿，但中原由于受传统礼教束缚，男尊女卑现象严重。祥哥剌吉公主本就是

(接上页）是两国习俗不同。后来大汉嫁往乌孙的细君公主、解忧公主及远嫁匈奴的王昭君，在原任丈夫死后，都按照当地习俗改嫁了继位的前王子孙（大汉与匈奴恩怨及细君、解忧公主故事可参见吴蔚小说《大汉公主》)。值得一提的是，著名的隋炀帝杨广、唐太宗李世民、唐高宗李治均有收继婚的行为，此为典型的贪恋美色——隋炀帝在其父隋文帝死的当天便收继了庶母宣华夫人；唐太宗在玄武门之变后收继了弟弟李元吉的妃子杨氏；唐高宗则收继了父亲唐太宗的才人武则天（当时名武媚，具体可参见吴蔚小说《璇玑图》)。这些行为实为时人所不耻，只因为当事人至高无上的地位，无人敢当面直言反对而已。但汉地民间贫困人家中，由于买卖婚姻盛行，贫者无力娶妻，故有鳏寡两相将就之事，弟娶寡嫂的现象颇为常见。尽管明、清两朝法律明令禁止收继兄弟之妻，但民间不遵行者大有人在。

不拘一格之人，认为女子不该完全是男子的附庸，亦有意为提高女性地位而努力，而组织一个只有女子参加且能与廉园雅集争锋的文宴，便是极好的开端。

主意是好主意，但实施起来却有些困难。既是文宴，参加者当是通晓文章者，或是在艺术等方面有一技之长的人。然昔日到廉园雅集助兴之女性，均为京师乐妓，如名妓解语花等，而今即便祥哥剌吉公主亲自出面组织，性质有所改变，怀有才艺的汉臣家眷如翰林赵孟頫的妻子管道升[1]等，也不愿意抛头露面[2]。而在大都的蒙古、色目贵妇则少有文采出众者，就连祥哥剌吉公主自己，也只是以收藏著称，在文学上并无造诣可言。

万事开头难，既然是历史上第一次女性雅集，象征性意义更大，也不可苛求太多，祥哥剌吉公主便退而求其次，不再强调文宴，而称其为茶会，小范围地邀请了数名贵妇或朝臣家眷，如高丽王后宝塔实怜公主、姚燧的义女真真等。皇宫女官清涟则是祥哥剌吉公主在入宫觐见答己太后时，临时拉来凑数之人，毕竟姚燧是天下士子的楷模，若是答己太后也派代表饯行，既是臣子的荣耀，也能为太后挣得体恤文臣的名声。

金海岩素以反元为志，既混进廉园，自有图谋。他却是不知皇宫女官清涟人亦在园中，黄公望当面告知后，金海岩极是意外，一时颇为踌躇，似在思索应对之策。

[1] 管道升，字仲姬，元代著名女性书法家、画家、诗词创作家。因嫁赵孟頫为妻，被元廷封为吴兴郡夫人，世称管夫人，后又被封为魏国夫人。管道升仪雅多姿，聪明慧敏，才资过人，“翰墨词章，不学而能”，精于诗文、书法、绘画。因其书法成就甚高，与东晋女书法家卫铄卫夫人并称为中国历史上的“书坛两夫人”。绘画方面，尤擅画墨竹梅兰，笔意清绝。今有《水竹图》等卷存世，现藏于北京故宫博物院；《竹石图》，藏于台湾故宫博物院。又，赵孟頫中年之后准备纳妾，管道升为此作《我侬词》，赵孟頫深有所感，从此再未提过纳妾之事。

[2] 管道升是朝廷命妇，随同丈夫住在京师，享受着所谓的荣华富贵。但宋为元所灭，赵孟頫是宋皇室后裔，入元为官，已受世人诟病。他虽自惭，但还是想把握机会，施展抱负，造福百姓，但入京后才发现汉人文臣只是元廷装饰，因而心情郁闷，只潜心于书画以自遣。管道升深知丈夫处境，曾填《渔父词》四首，劝其早日辞官归去。反映了她淡然于功名利禄，只向往闲逸清淡的生活。

黄公望道："霜儿牺牲了自己，才换来真伊儿汗国使者的守口如瓶。目下危机尚未完全解除，你若是被人认了出来……"

金海岩不悦道："认出又怎样？我大可继续冒用伊儿汗国使者的身份。"

黄公望跺脚道："你看看你这身打扮，是伊儿汗国使者的样子吗？还想牵累贯氏与廉氏吗？"

金海岩道："做大事者不拘小节。况且当年蒙古入主中原时，战场之外，毒害了多少无辜汉人！就身份而论，贯氏、廉氏都不算无辜，他们都是色目显贵，跟蒙古人一道，欺压我们汉人。"

黄公望本以为金海岩之父金石与汪小佩有旧，金海岩会因此而顾念贯氏，不想在他心中，早将贯氏当作了敌人，不由得连连摇头道："你为人太偏激了。当初汪小佩就不该受你胁迫，让你冒充伊儿汗国的使者入宫。"

金海岩反问道："你怎么知道佩娘是受我胁迫才同意帮我，而不是心甘情愿？她是先父唯一珍爱的女人，早知先父以驱逐蒙古为毕生之志，她本人又是抗元志士张惟孝之后，怎会站在蒙古人一方？"

黄公望大为惊愕，又听到身后有动静，也来不及询问汪小佩本人的真实立场，忙沉声道："你快些走吧。不管你今日到廉园有什么目的，我都不会让你得逞。"见对方仍是不动，便不得已威胁道："你再不走，我可就要叫人了。"

金海岩凝视黄公望半晌，冷然道："你见过雪山雪崩吗？我见过。雪崩时，没有一片雪花是无辜的。你，也是其中的一片。"

黄公望愕然道："什么？"

金海岩道："今日便如你所愿，我走了。"抬手将帽子拉得低些，当真掉头去了。

黄公望与金海岩仅见过几面，但也知道对方言而有信，见他肯就此退去，这才略略松了口气。刚一转身，便见到一名男子直朝自己奔来。令黄公望吃惊的是，来者却是陈宝生。他一身富家公子的打扮，头上还戴了顶这个季节在大都最时尚的毛毡胡帽，居然堂而皇之地指着金海岩的背影问道："那不是那个谁吗？他来廉园做什么？又要行刺谁吗？"

黄公望心道："当真是一波未平，一波又起。刚打发走一名假伊儿汗国使者，又来一个。"忙问道："你来这里做什么？"

陈宝生道："当然是慕名来见识。黄先生你不也一样吗？"

黄公望道："快走！快走！清涟过来了。"

陈宝生一时记不起清涟，觉得莫名其妙，问道："清涟是谁？"

黄公望道："太后身边的心腹女官，她认得你是伊儿汗国使者。"

陈宝生闻言大为惊奇，道："她怎么也在……"转头一看，远远见到清涟正朝这边而来，忙"哎哟"一声，道："这可是意料不到。我先走了。"也抬手将头上的胡帽压低，匆匆去了。

黄公望早看到了清涟，这才不得不出声提醒陈宝生。不过此时清涟距离尚远，他见倪瓒正在假山旁跟一名蒙古少年热谈，忙先过去叫道："瓒儿，你在跟谁说话？"

蒙古少年闻声转过头来，黄公望不由得大吃一惊，那少年竟是元武宗长子和世㻋！

黄公望刚刚与金海岩交谈时，便见对方几次三番望向假山这边，且面上带有杀机，已多少有些惊疑，待到认出皇子和世㻋，当即会意过来，心道："金海岩混进廉园，极可能是想要行刺皇子和世㻋。之前他在皇宫刺杀中书省张闾张平章，多半是因其在江浙经理[1]时逼死数条人命之事。但行刺和世㻋，又是为什么？虽然当今

[1] 经理，即查实田产，追纳税粮。元仁宗初年，江南富户、寺观大量隐占官民田产，强者田多而税少，弱者产去而税存，赋役不均，政府财政收入受到严重影响。元廷认为"非经理固无以去其害"，分派张闾等官员到各地经理田赋，命行御史台分台镇遏，枢密院派军防护。其法：先期张榜示民，限四十日赴官府自报田产。如有作弊，许知情人揭发，按欺瞒数额多少处罚，最重者可流放北地，没收所瞒田产。州县官若不认真勘查，一经发现有脱漏情形，量事论罪，重者除名。由于官吏多与富豪勾结，"并缘为奸"，致使延祐经理实际成为流毒三省百姓的暴政，江西信丰县甚至出现了撤屋夷墓以充顷亩的现象，江西赣州路更是引发蔡五九领导的大规模反元武装起义。历史上此事实际发生在延祐元年（1314年），本书对时间做了提前处理。

皇帝与先帝武宗皇帝早有约定，要立和世㻋为皇太子，但以目下情势来看，今上极可能不会履行承诺。金海岩杀了和世㻋，不是等于帮皇帝除去心腹大患吗？他既与大元为敌，如何还肯帮助当今皇帝？”

转念即明白过来，暗道：“是了，武宗皇帝即位前武功赫赫，在军中威信极高，即便他人已去世，在朝中势力依然不小。据我观察，张平章便是向着和世㻋的。若是金海岩杀了和世㻋，世人均会以为是当今皇帝派人所为，武宗一派必定不会善罢干休，双方争斗，反元派便有机可乘。这是典型的挑拨离间之计，可比行刺区区一个中书张平章要紧多了。”

和世㻋却不认识黄公望，见他神色闪动，便问道：“你认得我？”

黄公望忙躬身行礼，道：“下吏黄公望，拜见皇子。”因和世㻋既未定储东宫，也未封王，只能以“皇子”来称呼。

和世㻋讶然道：“你就是黄公望吗？”

黄公望颇有受宠若惊之感，忙躬身道：“原来皇子也知道下吏的名字。”

一旁的倪瓒更是大吃一惊，扯住和世㻋的衣袖问道：“你不是说自己叫忽都笃吗？是厌烦家中规矩多，自己偷跑出来的玩的，如何摇身变成了皇子？”

和世㻋傲然道：“我是曲律可汗——也就是你们汉人所说的仁惠宣孝武宗皇帝长子，忽都笃是我的乳名。”

倪瓒松了手，满脸尽是失望之色，道：“你不早说清楚，早知道，我就不跟你玩了。”

和世㻋虽然年幼，却因为是皇帝长子，长于宫廷之中，心智比常人要成熟得多，闻言很是惊奇，问道：“旁人知道我皇子身份的话，巴结还来不及，你如何会说不跟我玩的话？”立时想到父皇已经过世、在位皇帝变成了叔叔，很是不悦，道：“你该不会是认为我当不上太子，将会失势，所以才不肯跟我玩吧？”

黄公望忙道：“瓒儿年纪小，哪里知道这些！他是因为皇子身份尊贵，怕高攀不起。”见和世㻋仍有不平之色，便道：“刚才你二位是不是玩儿得很开心？既然是玩儿，当然要图个痛快。但现下瓒儿知道了皇子身份，处处有所顾忌。换作皇子是瓒儿，是不是也想放弃呢？”

和世瑓这才释然，道：“那倒是。”又特意向倪瓒道：“你心地纯真，玩儿就是玩儿，不图其他，这很好。”见清涟已走来这边，便举手遮面，道：“黄先生，你一会儿留一下，我还有事找你。”竟不与清涟见面，自行跑到假山后面去了。

清涟过来先朝假山望了一眼，却不提及其他，与黄公望简短招呼后，便朝倪瓒道：“倪三公子，祥哥剌吉公主请你去清露堂坐坐。”

倪瓒奇道：“我吗？”

清涟笑道：“就是你，倪三公子。祥哥剌吉公主听闻三公子在茶水上见解独到，很是赞赏。刚好公主从鲁王城回大都经过黄河时，打了几车水，公主已派人回府取水，想请你去品鉴一番。”

倪瓒却摇头道：“不好。”

黄公望忙道：“瓒儿不可无礼。祥哥剌吉公主是当今皇姊，身份尊贵，能得她相邀……”

倪瓒道：“我是说水不好。公主是自鲁王城往南归，取水之处当在北方边塞之外。就黄河而言，河东之上，水都没法喝。”

黄公望奇道：“瓒儿喝过塞外黄河之水吗？”

倪瓒道：“没有。”

清涟道：“所以祥哥剌吉公主才要请倪三公子去清露堂品鉴。”

倪瓒本待说“有些水不用品尝便知道难喝”，见黄公望朝自己连使眼色，便将到口的话咽了回去，勉强应道：“甚好。”

清涟又道：“黄先生，清露堂尽是女眷，祥哥剌吉公主又只请了倪三公子一人，还望先生留步。不过黄先生放心，等清露堂宴散，我会亲自送倪三公子去万柳堂。”

黄公望于文艺疏远已久，本已觉得参加万柳堂文宴无趣至极，自然也对清露堂雅集无甚兴趣，闻言忙道：“谨遵清涟女官之命。多谢。”

清涟朝假山望了一眼，问道："那位……"似有所忌惮，欲言又止。

黄公望见皇子和世瑓有意避开清涟，自是不敢揭破，只佯装不解，问道："什么？"

清涟还欲再问，倪瓒催促道："我们走吧，别让公主久等。"二人遂离去。

等清涟、倪瓒走远，和世瑓方才从假山后出来，道："看来倪三公子是位雅人，竟然连祥哥剌吉姑姑也派人来请他。"

黄公望想起适才倪瓒与和世瑓热谈的情形，不免有些好奇，问道："刚刚皇子跟瓒儿都在聊什么？"

和世瑓道："吃食啊。我刚才在这里撞到倪三公子，他见我一身蒙古人的打扮，料想我是大都人，便问我大都有什么美食。刚好我平时爱到街坊瞎逛，对吃食熟悉得很，便一五一十地告诉了他。"

"京城食物之丰，北腊西酿，东腥西鲜，凡绝域异味，求无不获。"大都饮食，基本是按人群来分，大致分为三类：汉人、蒙古人及色目人。中原自古以农耕为主，汉民饮食受农业生产的制约，食品以农产品为主，如米、面等；蒙古入主中原后，仍保持了传统了饮食习惯，以畜肉和奶制品为主食；色目人则较为特别，主食是米、面粉、豆，内中还要添加胡桃仁、松仁、桃仁、榛仁等果仁及香料。

倪瓒出身富贵，自幼养尊处优，品味高雅超逸，对饮食极其讲究，也极有兴趣研究[1]。他在江南时，自是以汉族食物为主，只一心

[1] 倪瓒后编撰有菜谱《云林堂饮食制度集》（倪瓒家中有堂名云林堂，故名）。书中共记载了约五十种菜点、饮料的制法，都以菜品命题，逐条而记，除记述原料、配料外，都说明了烹饪方法，部分地反映了元代无锡一带的饮食风貌。书中有不少菜肴，如烧鹅、蜜酿蝤蛑、煮麸干、雪菜、青虾卷等，精致讲究。该书有些菜肴被后世烹饪书籍复录，特别是烧鹅一品，清代袁枚在《随园食单》中加以录，并改用倪瓒之号题名为"云林鹤"。蜜酿蝤蛑也很有特色，如今的苏式名菜"芙蓉蟹斗"（一名"雪花蟹斗"）正是在其基础上发展起来的。另外，此书还收录了不少面点制法，如煮面、煮馄饨、黄雀馒头法、糟馒头法、冷淘面法、手饼等。此处略记冷淘面法："生姜去皮，擂自然汁，花（转下页）

追求精致，但来到大都后，无意中尝到的一些异族小食，感到有特别的风味。但因为他时时跟在长兄身边，言行受到限制，不能随意访吃大都美食，心中颇以为憾。当他独自一人在池边徘徊时，清露堂方向忽飘来一阵食物的香气，闻之便令人垂涎欲滴，刚好此时他遇到了年纪相仿的皇子和世瓎，一时兴起，也不询问对方身份，竟直接请教起大都美食来。

和世瓎见倪瓒兴致勃勃，不断赞叹大都食物之丰富多彩，便又告道："京城之中，蒙古、色目食物当然是主流，但由于汉人达官显贵大多沿袭了他们传统的饮食习惯，所以形成了三派并立的局面。除了蒙古、色目、汉族三大类外，大都还有藏、女真、契丹、唐兀、高丽等许多民族，饮食也各有特色。当然了，最流行的仍然是改良后的蒙古食物，其实就是面点，如馒头、包子、饺子等，但馅心以牛、羊肉为主。这是大概的，说得具体些，有羊肉馅馒头、素酸馅烧卖、匾食、水晶角儿、麻泥汁经卷儿、软肉薄饼、煎饼、水滑经带面、挂面、芝麻烧饼、黄烧饼、酥烧饼、硬面烧饼等。如果偏爱面食的话，有些食品也相当好吃，设克儿疋剌、卷煎饼、秃秃麻食、八耳塔、哈尔尾、古刺赤、即你疋牙、哈里撒等。"

倪瓒见和世瓎如数家珍，大为赞叹，忙问道："这些吃食，哪里能吃得到？"

和世瓎道："民间的话，午门外的那些吃食店就有，大都的好饭店，全集中在那里。"

倪瓒笑道："我还以为能远楼是大都最好的饭店。"

和世瓎道："能远楼就是个虚名。他家以汉食为主，但菜式也不见得就是大都最好的。"

倪瓒道："但也算是盛名在外吧。今日廉园集会，主宴菜式便是由能远楼供应。"

（接上页）椒末用醋调，酱滤清，作汁。不入别汁水。以冻鳜鱼、鲈鱼、江鱼皆可。旋挑入咸汁肉。虾肉亦可，虾不须冻。汁内细切胡荽或香菜或韭芽生者。搜冷淘面在内。用冷肉汁入少盐和剂。冻鳜鱼、江鱼等用鱼去骨、皮，批片排盆中，或小定盘中，用鱼汁及江鱼胶熬汁，调和清汁浇冻。"

和世㻋只是临时来到廉园，并未受到正式邀请，竟是不知此事，应道：“是吗？”又告道：“其实民间的这些饭店，受到食材的限制，还是差点意思。皇宫的宫廷面点要更好些，像仓馒头、鹿奶肪馒头、茄子馒头、剪花馒头、水晶角儿、酥皮奄子、撇列角儿、莳萝角儿、天花包子、荷莲兜子、牛奶子烧饼等，闻着香，尝起来非常可口。馅心跟民间没什么分别，主要以羊肉、羊脂为主，但其中添加了鹿奶肪、天花等一些比较稀罕的调料及香料，所以风味格外不同。最有特色的有两种，一种名叫秃秃麻食，一种名叫马乞。前者是用手掌将面按成一个个小薄饼，下锅煮熟；后者则是一种手搓面。但这两种面都需要羊肉做配料，再加上草果等多种调料。”

倪瓒的心思全在美食上，竟未听出端倪，也未对和世㻋身份起疑，只道：“有机会的话，一定要全部尝上一尝。”

黄公望听和世㻋与倪瓒所谈，无非是民间与宫廷的美食，不由得有些哭笑不得，忙道：“天冷得很，看这情形，怕是就要起风了，皇子还是进去万柳堂坐吧，那里暖和。更何况贯学士知道皇子也来了廉园，一定很高兴。”

和世㻋摇头道：“我不去万柳堂，我本就不是为了廉园宴会来的。”

黄公望知道和世㻋的未婚妻子便是祥哥剌吉公主的爱女，忙问道：“那么皇子来廉园，是为了祥哥剌吉公主的爱女吗？”

和世㻋又摇头道：“不是。”旋即长叹一声，道：“这大概是天意。”

黄公望见对方的目光落在自己身上，似在暗示在这里遇见自己是天意，不由得有些莫名其妙，却不敢轻易发问。

和世㻋见左右无人，便踌躇问道：“黄书吏之前曾负责调查皇宫命案，对吗？”

黄公望早料到有此一问，便恭恭敬敬地答道：“是，下吏曾受命调查李邦宁、杨暗普、汪小佩三桩命案。”

和世㻋又问道：“听说是弘仁寺住持杨暗普杀了李邦宁，是这样吗？”

李邦宁是武宗皇帝心腹，曾劝元武宗改立和世瓎为太子，若是武宗皇帝遵照执行的话，而今坐在皇位上的就是和世瓎，而不是叔叔仁宗皇帝了。和世瓎一开口便只问李邦宁的命案，显见二人的关系非同一般。再联想到案发时和世瓎及其心腹教化也曾在兴圣宫出现，李邦宁受命为和世瓎寻找某件物事一说，当不是空穴来风了。

皇宫命案的事实是杨暗普杀了宦官李邦宁，化装成伊儿汗国使者的富商陈宝生杀了杨暗普，汪小佩则是被宝塔实怜公主所杀。

官方认定的内幕是杨暗普与李邦宁都心怀不轨，有所图谋，杨暗普尚有同党，李邦宁则是效力于皇子和世瓎。杨暗普杀了李邦宁，杨暗普又为和世瓎所杀。不管和世瓎利用李邦宁谋取何物，毕竟和世瓎是答己太后的亲孙，为一个死去的杨暗普，实在不值得伤了和气。至于汪小佩，是被宝塔实怜公主怀恨杀死。然宝塔实怜公主身份特殊，甚至连高丽王王璋也亲自入宫为王后求情，答己太后及仁宗权衡利弊，除了掩盖其事，别无他法。

因而官方最后定案放出的消息是杨暗普杀了李邦宁，杨暗普同党又杀了杨暗普灭口，汪小佩亦是被杨暗普或是其同党所杀。

黄公望虽被半途调离案子，但他与陈宝生、金海岩等当事人当面交流过，堪称最知情者，只是迫不得已才守口如瓶，此时面对皇子和世瓎的询问，很是为难。他知道和世瓎其实被冤枉了，答己太后虽然一力遮掩了此事，且隐忍不发，但自此之后未必不会对孙子和世瓎心生芥蒂，本来支持立和世瓎为皇太子的太后，极可能会改而支持仁宗皇帝之子。

而和世瓎的双目中，明显充满了疑问，那是发自内心深处的困惑——他知道皇宫命案另有内幕，却不知道内幕是什么，更不知道他自己已经被钦定为其中的一位凶手。

和世瓎见黄公望不答，又问道："怎么，黄书吏有难言之隐，不方便回答？"

黄公望忙道："皇子居于皇宫，消息当比下吏更为灵通，皇子应该早已知道，确实是杨暗普杀了李邦宁。"

和世㻋“嗯”了一声，又问道：“真是杀了杨暗普的同党杀了杨暗普，又杀了女官汪小佩吗？请黄书吏务必告诉我实话。”

黄公望道：“此案后来已由枢密副使札合负责，皇子想知道真相的话，该去询问枢密副使才对。”

和世㻋摇头道：“可札合却说，黄书吏才是真正了解真相的人。”

黄公望道：“我吗？皇宫命案后的第二日，也就是正月初二一早，清涟女官便与怯薛长果满一道来到能远楼，当面告知是杨暗普的同党杀了杨暗普，此案改由枢密副使札合负责。”

和世㻋点了点头，道：“原来是这样。”又问道：“但当时汪小佩命案仍归黄书吏管，对吧？听说黄书吏曾怀疑宝塔实怜公主，可有其事？”

黄公望道：“宝塔实怜公主曾在命案现场附近出现，下吏曾去寻过公主，想当面取证，但公主与高丽王一道进了宫，下吏不曾见到公主。不久，下吏便接到通知，说汪小佩是被杨暗普所杀，此案也改由枢密副使札合一并处理。”

和世㻋冷笑道：“这杨暗普还真闲呢。”又追问道：“黄书吏认为是宝塔实怜公主杀了汪小佩吗？”

黄公望难以对一名十余岁的少年当面撒谎，只好含含糊糊道：“宝塔实怜公主今日也来了廉园参加清露堂雅集，如果她杀了汪小佩，怎么敢面对贯云石贯学士呢？”

和世㻋思忖半晌，点头道：“也有道理。”竟不再多言，连招呼也不打，径直朝清露堂方向而去。

黄公望料想和世㻋必是要赶去清露堂见姑姑兼岳母祥哥剌吉公主，说不定会借机向女官清涟当面询问真相。清涟是答己太后的心腹，自是知道轻重，不会透露什么。但她为人精明，若是从和世㻋的言语中听出其人与杨暗普命案无关，已定旧案势必会再起波澜，陈宝生和金海岩冒充伊儿汗国使者等事，极可能会因此而暴露。如此，牵扯的人可就太多了。

他念及此节，便追上前去，欲劝和世瑓不再深究，毕竟命案当日，确有许多可疑之处，他与宦官李邦宁有所勾结，几是无可辩驳的事实。

到清露堂附近时，和世瑓顿住脚步，回身问道："黄书吏可是愿意告诉我真相？"

黄公望不及回答，忽有一名六七岁的小女孩子不知道从哪里钻了出来，招手叫道："和世瑓，是你吗？"

和世瑓转头一望，很是惊喜，忙上前握住那女孩子的手，问道："八不沙，你怎么人也在这里？"

八不沙笑道："朝廷不是要替皇帝及皇子选妃吗？我是跟着族人来的。"

八不沙为元朝第二任皇帝元成宗铁穆耳外甥女寿宁公主之女，也是皇亲国戚。她与和世瑓是旧识，自会走路起，每年都与和世瑓在上都开平相遇，这还是第一次在大都相会，虽然喜出望外，却还是小孩子心性，当即告道："你的未婚妻子卜答失里也在这里。她好生无礼，适才还跟我争一块果饼，我不高兴，便自己出来玩儿，想不到遇到了你。"

和世瑓也不询问未婚妻卜答失里之事，忙道："外面冷得很，你别冻坏了。"

八不沙笑道："这里不算冷，大都可比哈拉和林、开平暖和多了。而且这园子里假山很多，比屋子里面好玩多了。"又朝边上竹林一指，道："不过刚刚有个人过来了，一直赖在那里不走，挺讨厌的。"

黄公望见和世瑓与小女孩交谈甚欢，便先退到一旁，待到八不沙手指向竹林时，忽心生警觉，急忙道："皇子小心！"随即听到破空之声，一支羽箭从竹林中呼啸而出。

和世瑓听了八不沙的话，正皱眉侧身，朝竹林张望。那支羽箭来得好快，正射中和世瑓胸口的要害处。和世瑓大叫一声，仰天而倒。

八不沙见状尖叫一声，忙扑上前去，哭叫道："和世㻋！和世㻋！你不要死！"忽见对方仍然睁着眼睛，忙道："你没死！你怎么样？"

和世㻋坐起身来，伸手拔下羽箭，笑道："我身上穿了软甲，没事。"

八不沙还不相信，拉开和世㻋身上的外套，果见其下穿着一副金丝软甲，羽箭射中之处，已凹陷了下去，露出一小洞来。八不沙惊道："这……这就是传说中的巴特尔软甲吗？"

和世㻋道："不，巴特尔软甲是世祖皇帝之物。我这副是金丝软甲，比巴特尔软甲要差许多。若是穿了那副软甲，我便不会受伤了。"

八不沙这才看到软甲小洞有血沁出，又是担心又是害怕，竟然放声哭了起来。

和世㻋忙道："别哭！我不会死的，有人想要害死我，我偏不能让他们如愿。"

此时黄公望已带着人折返回来。那些人是祥哥剌吉公主的侍从，惊见皇子和世㻋坐在地上，急忙抢上前将他扶起。

八不沙抽抽搭搭道："和世㻋受了伤。"

侍从便要带和世㻋进去清露堂医治。和世㻋招手叫过黄公望，问道："黄书吏适才不是去追刺客了吗，他人呢？"

黄公望道："刺客翻墙逃进了清露堂。下吏怕惊扰鲁国大长公主等贵宾，未敢擅自进击。"

一名侍从忙道："皇子放心，黄书吏赶来知会后，我已下令封锁清露堂内外。等安顿好皇子后再细细搜索，刺客一定逃不掉。"

和世㻋冷笑道："这可未必。"

那侍从不明其意，忙道："皇子，这就请你随我等进清露堂治伤。"

和世㻋道："我不去。我的扈从侍卫都在廉园东门外，你们护送我去与他们会合。"

侍从很是意外，怔了一怔，才道："祥哥剌吉公主人就在里面。

今日她还专门提到过皇子，说应该叫上皇子你一道来廉园的。公主还不知道皇子人在这里，若是知道了，一定开心极了。”

和世㻋厉声道：“送我去廉园东门！”

侍从吓了一跳，忙躬身道：“遵命。”

和世㻋又对八不沙道：“我再来找你。”竟就此离去。

和世㻋前脚刚走，便有许多人走了过来，竟是祥哥剌吉公主得报后亲自赶来查看究竟。

寿宁公主一眼见到女儿八不沙，忙上前问道：“你在这里做什么？”又见到女儿手上有血，惊叫道：“你也受伤了吗？”

八不沙摇头道：“我没事，这是和世㻋身上的血。”

祥哥剌吉公主之女卜答失里是和世㻋的未婚妻，忙上前问道：“你见过和世㻋了？他人呢？”

八不沙不无得意道：“和世㻋不想见你，他走了。”

寿宁公主忙上前扇了女儿一耳光，斥道：“小孩子胡说些什么。”

八不沙大哭起来，道：“本来就是这样啊。和世㻋受了伤，宁可自己流血，也不肯进清露堂。”

寿宁公主忙斥道：“还胡说。”又道：“祥哥剌吉公主，八不沙身上脏了，我先带她回家了。”

祥哥剌吉公主为人沉静，闻言点头道：“也好。”等寿宁公主离开，才转头命道：“去追和世㻋回来。”

一名侍从忙道：“适才属下一再劝说皇子进去清露堂，可他倔强得很，说什么也不肯。”

祥哥剌吉公主也不发怒，只道：“多带些人去追和世㻋，不管他摆不摆皇子的架子，务必追他回来。”

那侍从有所会意，急忙招呼人去了。

卜答失里问道：“娘亲，和世㻋是真的不想见我，所以才来了又走了吗？”

祥哥剌吉公主柔声道：“别听八不沙胡说八道。和世㻋离开，是怕刺客未能得逞，还会继续对他下手。”

卜答失里道：“可是我们有那么多侍从，和世㻋只要进了清露堂，不就是没事了吗？”

祥哥刺吉公主道：“这件事，不是那么简单的，也不是三言两语就能说清的，你先回家去。”

卜答失里道：“可我还想见和世㻋。娘亲不是已经派人去追他回来了吗？”

祥哥刺吉公主道：“和世㻋刚刚受了伤，心里别扭，脾气肯定不好，还是改天再见吧。他是你的未婚夫，你们将来的日子还长着呢。今日廉园出了事，必定闹腾到很晚，你先回去歇息。这里发生的事，切不可对人说，知道吗？”

卜答失里对母亲颇为畏服，既得了嘱咐，便点了点头，勉强跟随侍女离去。

祥哥刺吉公主又招手叫过黄公望，问道：“适才就是你来清露堂报的信，对吧？”

黄公望忙报了姓名官职，又道：“事情发生时，下吏刚好在场。”大致说了经过，半句不提和世㻋曾询问皇宫命案一事，又说自己随和世㻋来清露堂是为接回倪瓒。

祥哥刺吉公主道：“原来黄书吏是倪小公子的朋友。”

黄公望忙道：“下吏与倪瓒长兄倪昭奎倪真人是相交多年的好友。”

祥哥刺吉公主点了点头，又从侍从手中索要过那支射中和世㻋的羽箭，来回看了看，道：“似乎就是普通羽箭。”

侍从应道：“就是普通羽箭，没什么特别。”

他二人的这番对答，旁人听起来不免奇怪，黄公望却是心如明镜——

和世㻋一定是以为叔叔仁宗皇帝派人行刺，所以才会不顾祥哥刺吉在此，愤然离去。而祥哥刺吉公主多半也有此推测，这番对答的实际意思是，幸好不是皇宫的羽箭，不然可就麻烦大了。而祥哥刺吉公主下令追和世瑓回来，必是怕侄子兼未来女婿冲动之下有不理智的举动，想先设法消弭他心中的“误会”。

祥哥刺吉公主又转向黄公望，问道：“黄书吏可有看到刺客的容貌？”

黄公望忙道：“刺客人在竹林中，下吏刚好站在路边坡下，看不到竹林之内的情形。等事情发生、下吏反应过来时，只远远看到一个身影。等下吏追到竹林时，刺客人已经翻墙进了清露堂。”

祥哥刺吉公主忙转头问道：“可有封锁清露堂，禁人出入？”

侍卫长浩七忙应道：“已经办了。除了公主等贵宾及随从外，并无外人出入。属下这就带人回去清露堂，细细搜索。”

祥哥刺吉公主点头道：“虽然希望不大，还是搜一遍吧。”又命道：“搜查前，先请各位宾客离去，只请清涟女官留下。嗯，就说我的老毛病犯了，身子不适，需要休息。”

侍卫长浩七尚有忧虑，道：“今日宾客虽然不多，可随从不少，要是刺客趁乱混了出去……”

祥哥刺吉公主道：“宾客你都认得的，宾客的随从，请宾客一一确认身份后，便可离去。”

侍卫长浩七似有话要说，要欲言又止，微一犹豫，即应命而去。

祥哥刺吉公主又转头问道：“黄书吏刚刚提过，是八不沙先发现了竹林中的刺客，说起来，她有可能见过刺客呢？”

黄公望道：“有这个可能。”

祥哥刺吉公主便招手叫过一名心腹侍女，命她赶去询问八不沙，若是八不沙见过刺客，便找画工将刺客的相貌画出。

黄公望心中大为佩服，暗道：“祥哥刺吉公主果然不同寻常，做事井井有条，丝毫不乱。”

恰在此时，赶去追回和世瑓的侍从怏怏回来，躬身禀报道：“皇子无论如何都不肯回来。属下一再强调这是公主的意思，皇子只说受了伤，身体和心情都不好，改日再来拜谢公主。既然公主已经回到大都，总有相见之日。”

祥哥剌吉公主面露不豫之色，道：“我不是命你多带人手吗？”

侍从忙道：“属下明白公主的意思，可和世㻋有皇子身份，又是公主的爱婿，属下不敢硬来。况且跟在皇子身边的侍从也不少，真的动起手来，属下这边不一定占到上风。”

祥哥剌吉公主便问道：“和世㻋回宫去了吗？”

侍从道：“看起来不像。皇子直接上了马，带头往南面去了，似乎是要去城外的皇家别墅。”

祥哥剌吉公主听说和世㻋没有立即赶回皇宫，这才略略放心，又道：“派人往南面皇家别墅去找，找到和世㻋人后，不必再惊动他，他有任何举动，先回来禀报于我。”

侍从未及应命，侍卫长浩七奔过来叫道：“公主，那边有发现。”

祥哥剌吉公主双眉一扬，忙问道：“怎么，发现刺客了？”

侍卫长浩七道：“清露堂内正在清点宾客的随从，在墙外发现了一具尸首。死者是名年轻男子，面生得很，属下不认得，不知道是不是刺客。不过看服饰打扮，应该是个贵人。”

祥哥剌吉公主闻言极是意外，忙道：“过去看看。”又招手叫过黄公望，道：“黄书吏不是见过刺客背影吗？多少应该有点印象。请黄书吏随本公主一道前往，看看能不能辨认出刺客。”

侍卫长浩七忙挺身拦住，躬身道：“公主，那年轻男子是被人杀死，胸口尚插着匕首凶器，模样实不大好看，请公主留步，属下引黄书吏前去认尸即可。”

祥哥剌吉公主很是不悦，道：“今日廉园雅集，贯云石贯学士负责万柳堂，我祥哥剌吉负责清露堂，怎么也算是半个主人。目下清露堂出了人命，我焉有不亲自去看的道理？”

侍卫长浩七不敢再劝，只好于前面带路。

黄公望跟在祥哥剌吉公主身后，心中颇为忐忑，心道：“这死于墙外的年轻男子，该不会是金海岩吧？是了，我糊涂了，金海岩已人到中年，侍从说死者是年轻男子，怎么可能是他？但行刺皇子和世瑓的刺客又是谁？会不会就是金海岩？他明显是为皇子和世瑓而来。虽然他当面答应我会尽快离去，但刺杀对象近在咫尺，且和世瑓身边未带侍从，简直是天赐良机，他焉有放弃之理？”

他越想越觉得事情与金海岩有关，也越来越不安——

皇子和世瑓遇刺一事非同小可，拥护和世瑓的武宗皇帝旧臣及现任的仁宗皇帝均会倾尽全力追查凶手，以保证局面对己方有利。如此，金海岩势必难以逃脱。

而金海岩一旦被捕，那么牵扯的人可就多了。即便他不招供一个字，但他冒充伊儿汗国使者入宫，又冒充能远楼仆役进来廉园，相关人等都难脱干系，必受严查。如此，又会牵扯出能远楼的陈宝生，甚至连黄公望及杨载，也极可能被牵连。

想到这里，黄公望心道：“我自己不走运总是倒霉倒也罢了，真不该将杨载也牵扯进来。他已由布衣召入翰林，何等春风得意，却因为我而莫名其妙地卷入了这些事。”

只是事已至此，后悔又有何用！

一行人绕过斜坡，来到墙根下，祥哥剌吉公主先上前一看，不禁皱紧了眉头。

侍卫长浩七忙问道：“怎么，公主认得死者？”

祥哥剌吉公主道：“不认得。但我认得他胸前的那柄黄金匕首，这是弘仁寺住持杨暗普的私藏，是前宋皇帝的遗物。杨暗普最初入宫时，曾想将这柄匕首献给皇兄，也就是先帝，但皇兄没要，我当时人在一旁，亲眼见到。”

黄公望本已有所忧惧，有所迟疑，不敢上前辨认尸首，待到清楚听到祥哥剌吉公主的这番话，立时如坠冰窟——

那柄黄金匕首明明在他手中呀，杨暗普被杀后，匕首成为证物，答己太后却将它赏赐给了黄公望。钦赐之物，黄公望不得不接受，之后他一直将匕首收在行囊中，从未拿出来过，如何又出现在廉园之中，还成为了杀人凶器？

黄公望一时不敢相信，忙抢上前去——

却见死者胸前赫然插着一柄匕首，正是答己太后赏赐给他的黄金匕首。而死者，他也认识，不过不是金海岩，而是高丽王世子王鉴。

第八章

锦堂风月

待到答己母子成功控制京师、爱育黎拔力八达意欲自己登基做皇帝时，手握重兵在外的海山不干了，直接引大军逼近京师。王璋自然是站在海山一边，力劝答己出面斡旋，无论皇帝是海山还是爱育黎拔力八达，都是她的儿子，手心手背都是肉，何必让他们大动干戈、手足相残呢？答己深觉有理。最终，在母亲的劝说下，爱育黎拔力八达同意让位给兄长海山，海山由此顺利登上大元皇帝之位。

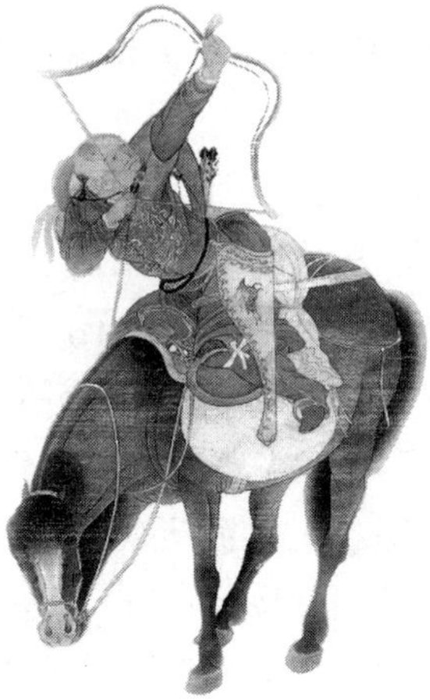

草茫茫秦汉陵阙，
世代兴亡，
却便似月影圆缺。
山人家堆案图书，
当窗松桂，
满地薇蕨。
侯门深何须刺谒，
白云自可怡悦。
到如今世事难说，
天地间不见一个英雄，
不见一个豪杰！

——倪瓒《折桂令·拟张鸣善》

高丽王世子王鉴为高丽王王璋长子，为王璋的蒙古妃子也速真所生。也速真原为王璋之母大元安平公主的侍女，先是被王璋纳为侍妾，王璋即位后又被封懿妃。其育有二子，为王璋侍妾中所生子女者最多者。因高丽王后宝塔实怜公主一无所出，诸子均为庶子，蒙古妃也速真所生的长子王鉴遂被立为世子。但他并不在高丽国内，也跟随其父王璋住在大都。王鉴并无特别事迹，倒是最近，因撮合其父王璋与嗣母宝塔实怜公主和好而名声大噪。

今日万柳堂雅集，高丽王王璋亦是参与者，世子王鉴则是随父前来，却不知道为何竟被人杀死在清露堂外，而凶器竟是已归黄公望的黄金匕首。

祥哥剌吉公主因少在大都，虽认识高丽王王璋，却不识得世子王鉴，见黄公望神色大变，忙问道：“死者是不是躲在竹林中行刺和世瑓的刺客？”

黄公望道：“这位是高丽王世子。”

祥哥剌吉公主脸色顿时为之一变，忙招手叫过侍卫长浩七，命道：“速去万柳堂请贯云石贯学士和高丽王至此，和世瑓遇刺及高丽王世子被杀之事，先不要声张，免得惊扰了姚大学士。”

侍卫长浩七问道：“贯学士是宴会主人，高丽王则是万柳堂地位最高的贵宾，他二人途中离开，必不寻常。若旁人问起，属下该怎么说？”

祥哥剌吉公主想了想，道：“就说高丽王后得了急病，请他二位过来照应。”又问道：“对了，宝塔实怜呢？”

侍卫长浩七道：“适才公主吩咐，先请清露堂宾客离开后再搜索刺客，宝塔实怜公主是第一批离去的。”

祥哥剌吉公主忙道：“快去追宝塔实怜回来。你亲自去，就说我有事找她。”

侍卫长浩七迟疑道：“若是宝塔实怜公主牵涉其中，她必定矢口否认，问也问不出什么。宝塔实怜公主不是普通人，也不能威逼利诱，不如先让她离去。”

祥哥剌吉公主当即动了气，怒道：“什么叫‘牵涉其中’？！死者是高丽王世子，宝塔实怜虽然只是嗣母，并无血缘，可听说母子二人素来和睦。这次高丽王世子就死在宝塔实怜的眼皮底下，想想就够可怜了，你还说什么‘牵涉其中’，这是人话吗？”

侍卫长浩七忙躬身道：“公主新回大都，许多事都还不知道。有件事，属下还未来得及禀报公主，我听宫中要好的怯薛说，是宝塔实怜公主杀了伊儿汗国女官汪小佩。汪小佩可是贯学士的姑姑，死者高丽王世子又是宝塔实怜公主的嗣子。这几件事没头没尾，蹊跷得很，其中难保没什么关联。”

祥哥剌吉公主转头看了黄公望一眼，斥道：“你从哪里听来的谣言？竟敢当着御史台黄书吏的面胡说八道！”

侍卫长浩七自幼跟随祥哥剌吉公主，熟知其人心思，当即笑道：

“公主，你这次看走眼了，这位黄公望黄书吏虽然只是个小小的书吏，却是大有能耐，当日曾受答己太后之命，调查皇宫命案。”

祥哥剌吉公主闻言极是惊奇，上下打量着黄公望，仿佛才第一次见到他一般，又道：“竟有此事？”

侍卫长浩七道：“公主不信的话，可以叫清涟来问。”

祥哥剌吉公主忙道：“去叫清涟来。”

侍卫长浩七应了一声，又附耳上去，对祥哥剌吉公主低声说了几句什么。祥哥剌吉公主先是一怔，随即道：“你倒是机灵。”

侍卫长浩七笑道：“全是跟公主学的，公主不怪属下自作主张就好。”又道：“属下先告退。”飞跑着叫清涟去了。

祥哥剌吉公主道：“原来黄书吏是母后及皇弟信任之人，又擅长办案，那今日之事可就好办多了。”

黄公望忙道：“下吏新到大都不久，公务等均属生手，当日受召入宫查案，纯属偶然，公主切莫放在心上。”顿了顿，又指着高丽王世子王鉴的尸首道：“那柄黄金匕首，目下正归下吏所有。”

祥哥剌吉公主讶然问道：“黄书吏是说，这杀人凶器，本是你的随身之物吗？”

黄公望忙道：“不是随身之物。当日答己太后将黄金匕首赏赐给下吏，下吏便谢恩收下。因下吏目下尚未找到合适居处，一直住在客栈中，匕首也被放在客房的行囊中，从未随身携带出门。”

祥哥剌吉公主道：“这可蹊跷了。”想了想，又道：“黄金匕首是黄书吏的私物，黄书吏人刚好也在清露堂附近，实难脱杀人嫌疑，你如何解释？”

黄公望深知情况严重，须得立即解释清楚，忙道：“第一，下吏没有杀人动机。下吏虽然官职卑微，但与高丽王许多年前便已相识，算是旧识，到大都后也有过来往。今日与高丽王世子是第一次见面，高丽王特意引见，还命世子执叔侄礼。此节，翰林院贯学士、杨编修等都可以做证。”

祥哥剌吉公主点了点头，道：“第二呢？”

黄公望道：“下吏今日到廉园后，身边一直有人陪伴，等于有人证。虽然天气寒冷，难以判断高丽王世子的具体被杀时间，但下吏适才离开万柳堂时，高丽王世子仍然好好地坐在堂上。所以他被杀，应该是在下吏离开万柳堂之后。而下吏离开万柳堂后，一直跟倪三公子在一起。后来又遇到了皇子和世瑓，再后来，遇到蒙古贵族女孩八不沙。后面发生的事，公主便都知道了。”

祥哥剌吉公主道：“好，我信得过黄书吏，但死者不是普通人，你目下嫌疑最大，我须得验证你的供述后，方能放你走，你明白吗？”

黄公望躬身道：“下吏明白。”

祥哥剌吉公主便命人带黄公望进去清露堂，找间空房将黄公望安顿下来。

刚好侍卫长浩七折返回来，躬身禀报道：“清涟人不在清露堂中，听说是护送倪三公子去万柳堂了。目下宾客中，只有真真和郑榕二位留了下来。属下担心不方便，便派人送她二位去万柳堂了。”

祥哥剌吉公主沉吟道：“真真是姚大学士的义女，她自然是要等到最后，好跟姚大学士及丈夫一起离开。这位郑榕，说是贯学士的亲眷，我怎么从未听说过？她到底是什么来头，莫非是贯夫人石氏那边的？”

黄公望尚未离去，忙插口道：“郑榕是我的义妹，她非吵着要来廉园见见世面，便充作了贯学士的亲眷。”

祥哥剌吉公主对郑榕印象很深，笑道：“郑榕走南闯北，见识广博，可是不简单。”

黄公望道：“多谢公主夸赞。榕儿为人率真，言行无所顾忌，公主不介意就好。”

祥哥剌吉公主笑道：“本公主就喜欢郑榕这样豪爽单纯的女子，不喜欢那类扭扭捏捏的女子。”见侍卫欲带黄公望离开，便举手叫道：“等一下！”又转头问侍卫长浩七道：“你认为黄公望会是杀人凶手吗？”

侍卫长浩七愕然道：“公主这话从何说起？”

祥哥剌吉公主道：“那柄黄金匕首，早已被母后赏赐给了黄公望。也就是说，凶器是黄公望的私物。”

侍卫长浩七这才知道究竟，忙摇头道：“凶手决计不是黄公望。既然黄金匕首已是黄公望的私物，他为何在杀人后，还有意将匕首留在死者身上？这不等于告诉世人，人是我黄公望杀的。世上哪有这么蠢的人？”

祥哥剌吉公主笑道：“连我的侍卫长都为黄书吏辩解，看来不相信你是不行了。”

黄公望躬身道：“多谢公主信任。”又转头谢道：“多谢侍卫长。”

祥哥剌吉公主道：“黄书吏蒙冤时不见忧色，此时洗脱冤屈，也不见喜色，宠辱不惊，倒是难得。”

黄公望忙道：“其实下吏心中十分忧惧，一是因为人命关天，高丽王世子竟然在廉园被杀，可惊可怖；二是黄金匕首之前还在下吏的行囊之中，目下竟被当作了杀人凶器，下吏无论如何都难脱干系。”

祥哥剌吉公主道：“依黄书吏来看，这是怎么回事？”

黄公望道：“下吏身有嫌疑，不便开言。更何况公主已有想法，下吏更不敢乱说。”

祥哥剌吉公主赞赏地点了点头，又问道：“浩七，依你看，这是怎么回事？”

侍卫长浩七忙道：“想来是刺客行刺皇子和世球不成，转身逃进清露堂，结果遇到了高丽王世子。高丽王世子应该是有事来找嗣母宝塔实怜公主，结果先遇到了刺客，刺客怕行踪暴露，所以杀了高丽王世子灭口。”

祥哥剌吉公主也是这般认为，当即赞同地点了点头，又问道：“那么刺客如何会有黄书吏的黄金匕首？”

一旁的侍女见侍卫长浩七不应，忙催道：“浩七，公主问你话，你发什么呆呢！”

侍卫长浩七回过神来，忙道：“黄书吏不是说黄金匕首一直放在行囊中吗，应该是被人偷走了。”又指着高丽王世子王鉴的尸首，道：“公主，你不觉得奇怪吗？高丽王世子来找高丽王后宝塔实怜公主没错，从万柳堂到清露堂，都是大路，清露堂大门内外也有许多侍卫、随从，但没有人见过高丽王世子，他如何会在这处隐蔽的墙根下被杀？”

祥哥剌吉公主道：“或许高丽王世子走到清露堂附近时，先发现了刺客行踪，他赶过去查看究竟时，才意外被害？”

侍卫长浩七摇头道：“这还是不对。黄书吏说，他亲眼见到刺客从后墙翻入了清露堂，也就是说，刺客进了院子，但高丽王世子是在院外被杀。难不成刺客又从清露堂中翻墙出院？这未免太奇怪了。”

祥哥剌吉公主便转头问道：“黄书吏，你确信你看到刺客翻墙进了清露堂后院吗？”

黄公望点头道：“我亲眼所见，决计无误。”又指着高丽王世子王鉴的尸首道：“高丽王世子当在行刺事件发生前便已遇害。”

侍卫长浩七很是惊讶，问道：“黄书吏何以如此肯定？莫非你跟那些有经验的仵作一样，能从尸首上判断出死者死亡时间？”

黄公望干脆地否定道：“不能。如若不是天气寒冷，应该是能的。”

见祥哥剌吉公主为人亲和，处事公正，黄公望便忍不住出声提醒道：“公主，目下最大的疑问不是高丽王世子被何人所杀，而是行刺皇子的刺客为何要翻入清露堂。”

祥哥剌吉公主有些糊涂了，道：“和世㻋遇刺中箭固然不幸，好在他身上事先穿了软甲，只受了轻伤，并无大碍。高丽王世子的身份虽不及皇子，可也是高丽储君，捉住凶手是当务之急，如何会不是最大的疑问？”

黄公望踌躇不答，似有难言之隐。侍卫长浩七已会意过来，道：“我明白黄书吏的意思了。刺客逃进清露堂藏身，实大为反常。”

廉园占地甚广，林木、假山、建筑众多，刺客选择藏身之处的话，有许多上佳选地，但万柳堂、清露堂除外，这两处人来人往，还因为有不少贵宾，会有大量的侍卫、随从。

浩七又道："公主今日是清露堂的主人，咱们来了许多人，可以说，这里的戒备比万柳堂更为森严。刺客偏偏跳墙进院子来，如此，不是自投罗网吗？除非……除非刺客就是清露堂的宾客。哦，不，我的意思是，也可能是刺客早先扮作了宾客的随从。"

祥哥剌吉公主忙斥道："事关重大，你怎可妄自揣测？"又道："或许是刺客行刺之后，慌不择路，这才跳进了清露堂后院呢？"

黄公望见公主只望着自己，显然是期待自己的回答，只好道："下吏虽不精于箭术，但就那一箭的准头和来势来看，刺客可不像是会惊慌失措的人。"

祥哥剌吉公主便命仆人退开，只留下浩七、黄公望二人，这才叹道："和世琜愤然离开，不肯进来见我这个姑姑兼岳母，应该不是对我发脾气，而是他怀疑是他叔叔，也就是当今皇帝派人行刺。黄书吏认为呢？"

黄公望躬身道："下吏不了解皇子想法，不敢妄自揣测。"

祥哥剌吉公主又道："那么依黄书吏看，当今皇帝会派人来廉园行刺亲侄子和世琜吗？"

黄公望闻言一怔。

侍卫长浩七当即笑道："公主，你这话也太明显了，黄书吏是食君俸禄之人，哪敢作答？"

祥哥剌吉公主却道："黄书吏不妨直言。毕竟今日廉园发生的两件大事，都与你有关。和世琜遇刺，你是重要的目击证人。高丽王世子命案，你的匕首是凶器。所以无论如何，你都难以置身事外。"

黄公望只好答道："下吏认为皇帝不会这么做。一是皇帝与皇子有叔侄之亲，不会骨肉相残；二是今上新即帝位不久，若派人行刺，而且是在廉园盛会之时，实在太过张扬。任谁都不会做得如此明显。"

祥哥剌吉公主道："如此，黄书吏也认为是有人故意如此，好挑拨皇帝与和世㻋叔侄的关系了？”

侍卫长浩七忙道：“看来刺客也是有意翻入清露院，好加深皇子和世㻋的误会。”言外之意，是指清露堂宾客中亦有仁宗皇帝的人。

黄公望道：“但皇子和世㻋遇刺是确有其事，此事切切实实地发生了，如果不是皇子身穿软甲，怕是早已当场毙命。刺客是真心要皇子死，而不仅仅是挑拨离间。”

祥哥剌吉公主立时醒悟，道：“是了，和世㻋活着，才能令两派相斗，如此，才能达到挑拨离间的目的。”

黄公望心道：“公主到底是公主，一语便点到了关键之处。那金海岩……他该不会正是这样想的吧？”

祥哥剌吉公主又转头看了高丽王世子的尸首一眼，沉吟道：“高丽王世子不会莫名其妙地被杀，他的死极可能与行刺一事有关联。”

黄公望道：“但可以肯定的是，不是刺客杀了高丽王世子，至少不是在行刺之后。”

祥哥剌吉公主好奇问道：“黄书吏何以如此肯定？”

黄公望道：“刺客是以弓箭远距离行刺。虽则本朝尚武，但在清露堂这样的地方，出现一副弓箭还是挺奇怪的。刺客逃入清露堂后，当务之急，是要将弓箭销毁掉，譬如丢入茅厕粪池。”

祥哥剌吉公主接口道：“又或是藏到什么地方，好引向他想嫁祸的人。”

黄公望点了点头，道：“不管怎样，刺客尚有后续之事要处理，不可能顾得上院外之事。”

侍卫长浩七也道：“难怪黄书吏说命案一定是发生在行刺之前。皇子在竹林外遇刺后，黄书吏便赶来清露堂知会，属下立即下令封锁四周，开始搜索。若是高丽王世子这时候抵达，当立即进院询问究竟才对。”

祥哥剌吉公主道：“那么便有可能是刺客行刺之前在院外活动时，高丽王世子觉察到异常，过去查看时，被刺客杀死。”

侍卫长浩七道：“但这也太蹊跷了。清露堂内外遍布侍卫，高丽王世子稍微反抗，或是出声呼救，我等就会有所察觉，便能赶去相救。”侍卫长浩七见祥哥剌吉公主瞪着自己，觉得莫名其妙，问道：“怎么，属下说错了吗？”

祥哥剌吉公主道：“笨牛，你自己刚才不都说了吗，刺客可能扮作了宾客随从，或是本来就是宾客。”

侍卫长浩七这才会意过来，“啊”了一声，道：“高丽王世子认得刺客。”

黄公望也道：“是，高丽王世子在毫无防备的情况下被杀，必是认得凶手。”

刚好侍卫引贯云石、高丽王王璋过来，名医危亦林居然也跟在后面。王璋还很是奇怪，问道：“不是说公主得了急病吗，何以引本王来这边？”

祥哥剌吉公主忙迎上前道：“大王，是我撒了谎，宝塔实怜没有生病，她已先行离开。”

王璋与元武宗海山是至交好友，与祥哥剌吉公主倒是关系一般，不是十分亲近，闻言颇为不悦，问道：“是公主找本王有事吗？何以不令侍从直言相告？害得本王还专门请了名医危先生相随。”忽一眼看到墙根的尸首，不禁一愣，问道：“那是谁？大冷的天，怎么躺在哪里？”

祥哥剌吉公主道：“大王，请你……”

王璋上前两步，惊道：“他……他怎么像是鉴儿？”走到墙根，认出死者正是亲子王鉴后，“啊”了一声，随即跌坐到地上。

祥哥剌吉公主忙命侍卫上前扶起王璋，先带进清露堂歇息。

贯云石也是一时愣住，等侍卫长浩七率侍卫扶走王璋，才上前问道：“那人真是高丽王世子吗？到底怎么回事？”

祥哥剌吉公主道：“这件事，容后再说。”又问道：“万柳堂那边进行得怎样？”

贯云石道："很好。我已让秘书监[1]王振鹏[2]主持宴会，众人正赏玩字画呢。"

祥哥剌吉公主闻言很是惊奇，道："孤云处士也来了吗？他可是出了名的孤傲，最不喜欢热闹，如何会来廉园参加宴会？"

贯云石道："是虞学士非拉他来的[3]。"

当年大都天庆寺雅集以饮酒赋诗、鉴赏书画为主，主持者亦并非祥哥剌吉公主本人，而是秘书监官员李泂[4]。祥哥剌吉公主听说今日廉园文会也是秘书监官员主持，很是欣慰，道："孤云处士出面主持鉴赏之事，再合适不过。贯学士好眼力。"

贯云石忙将危亦林引见给祥哥剌吉公主，道："这位危先生，是当世名医。"

[1] 秘书监，又名秘书省，是中国古代专门管理国家藏书的中央机构。由东汉桓帝始置，初名秘书监。南北朝时升为秘书省，领国史、著作两局，掌国之典籍图书。唐代时，曾短暂改称"兰台"及"麟台"。北宋前期，经籍图书归秘阁，秘书仅掌祭祀祝版。宋神宗元丰改官制时，秘书省职事重新恢复。宋之日历所、会要所、国史实录院等均归秘书省管辖。金元时期，再降秘书省为秘书监，元代将国史、著作职事划归翰林国史院。元世祖忽必烈攻占南宋都城临安时，曾将南宋王朝积存多年的大量书籍图册全部北运到大都（即由朱清、张瑄海运），放在秘书监中保存。其中，仅名画名帖，便有二百余幅。忽必烈同时下诏，允许在京官员士大夫们在休沐之暇，前去观赏，因为秘书监官员多精通鉴赏。又，秦始皇焚书后，天下藏书几乎化为灰烬。再加上手抄方式和简帛载体的限制，对于普通人来说，图书是至为珍贵的物品。西汉以来，朝廷曾多次下诏求书，藏于宫内秘府，等闲人难得一见，秘书一词即由此而来。在这种特定的历史环境下，秘书监（省）自然备受重视，享有较高的地位。随着历史的发展和社会的进步，秘书监也经历了一个由兴而盛、由盛而衰的过程。唐宋以后，印刷出版技术逐步成熟起来，图书数量越来越多。很多地方都出现了官府和私人设立的书院、藏书楼等，即使在中央，藏书机构也不仅限于秘书一府了。在政治、经济等诸多因素的影响下，秘书监的重要性逐渐削弱，最终被其他机构取代。其兴废过程，在一定程度上反映了我国古代官方图书馆事业的发展历史。

[2] 王振鹏，字朋梅，浙江温州人。擅长人物画和宫廷界画，被誉为"元代界画第一人"。元仁宗还是太子时，王振鹏就因画艺超群而受到赏识，并赐号孤云处士。王振鹏曾出任秘书监典籍，后累官数处，至治时为廪给令，佩金符，拜千户，总海运于江阴、常熟间。其传世作品有《伯牙鼓琴图》《江山胜览图卷》《阿房宫图》《金明池图》。

[3] 王振鹏生父名由，字在之，三十五岁便因病离世。王振鹏因得元仁宗宠信，其父王由也被元廷追赠为知州。虞集曾受王振鹏之请，为其父王由撰写《王知州墓志铭》。

[4] 李泂，字溉之，滕州人。颖悟强记，善作文，因姚燧力荐，授翰林国史院编修官，累官至奎章阁承旨学士。其人是当世有名的美男子，骨骼清异，神情开朗，秀眉疏髯，目莹如电，颜如冰玉，唇如渥丹。曾居济南，居处有湖山花竹之胜，园中作亭，称之为"天心水面"。后在大明湖畔建别墅，名超然楼。

祥哥剌吉公主道："幸会。"

危亦林欠身见礼，又指着墙角问道："那边……"

祥哥剌吉公主简短地告道："是高丽王世子。他人已经死了。"

贯云石已认出凶器是黄金匕首，又惊又奇，不由得转头去看黄公望。黄公望点了点头，又摇了摇头。

侍卫长浩七急急奔过来告道："公主，高丽王不肯进清露堂歇息，气急败坏地回万柳堂去了，说是洪金竹杀了高丽王世子，他要去找对方报仇。"

祥哥剌吉公主皱眉问道："洪金竹？是辽阳行省右丞相洪重喜之侄吗？"得到肯定的答复后，便命道："去拦住高丽王，请他老人家先回家去，高丽王世子遇害一事，也先不要声张。就说我祥哥剌吉说了，这件事，不管跟辽阳行省有没有关系，我一定会给他一个交代。"

侍卫长浩七为难道："高丽王可不是什么好性子的人，他的亲生儿子被人杀死，目下怒火冲天，属下怎么可能拦得住他？"

祥哥剌吉公主道："告诉高丽王，今日倒霉的不止高丽王世子一人，皇子和世瑓也在清露堂附近遇刺，若不是和世瑓事先穿了软甲，怕是今日廉园就有两具尸首了。"又道："高丽王还是识大体的，他若是知道皇子和世瑓也险遭不测，必定不会再闹事。"

贯云石惊道："皇子和世瑓也来了廉园吗？我怎么一点也不知道？"

祥哥剌吉公主不及多言，又道："危先生，这里……"

危亦林忙道："我忽然想起来，我还有件急事没办，得赶紧离开。公主放心，今日在这里见过的一草一木、听到的一字一句，危某都不会外泄。"

祥哥剌吉公主道："如此可就太好了。"

危亦林遂朝贯云石和黄公望分别拱了拱手，便转身离去。

祥哥剌吉公主命侍卫去找担架，将王鉴的尸首抬走，又道："外面天气寒冷，贯学士、黄书吏，请你们二位随我入堂一叙。"

一行人正要离开，却有人不顾侍卫阻拦，冲了过来，正是杨载。杨载一眼看到墙根处的尸首，连声嚷道：“我就知道清露堂出了事，一会儿是高丽王后得了急病，一会儿又是祥哥刺吉公主身子有恙，哪会那么赶巧呢？”忽认出了死者胸口的凶器，又惊又疑，问道：“是那柄黄金匕首吗？怎么会……”

黄公望道：“是我的匕首。”

杨载“啊”了一声，张大了嘴巴，又掉头看了看，问道：“死者该不会是高丽王世子吧？”

吃惊之下，杨载的声音甚大。祥哥刺吉公主不欲声张，忙道：“外面冷，各位请屋里说话。”

黄公望忙道：“公主，今日廉园出了大事，一死一伤，涉事者的身份非同一般，背后还不知道会有什么隐情，实不宜有太多人参与。”

祥哥刺吉公主道：“也对。”想了一想，便对杨载道：“杨学士……”

杨载忙道：“是杨编修。”

祥哥刺吉公主遂道：“杨编修，你是名流雅士，还是回万柳堂去吧。清露堂这边的所见所闻，还望你暂时保密。”

杨载也不答话，只将黄公望拉到一旁，问道：“你不想我参与吗？你牵涉其中，我怎么能袖手旁观？”

黄公望道：“这又不是第一次。二十年前老倪入狱，受尽苦楚，我则被迫留在朱清身边，为他效力不说，还要日夜担惊受怕，你不也一样独自潜逃在外、袖手旁观吗？”

杨载失声道：“你还在因为那件事怪我？”随即摇头道：“我知道你故意的，你想激得我发怒，拂袖而去。我不会上当。”

黄公望跺脚道：“你也看到，高丽王世子死在了这里，凶器是太后赏赐给我的黄金匕首。另外皇子和世瑓适才也在那边竹林遇刺，我则是重要目击证人。”

杨载瞪大眼睛，道：“什么？”

黄公望冷笑道：“现下你知道厉害了。如若你我都倒了霉，连善后之人都没有了。”

杨载朝高丽王世子的尸首望了望，道：“这明显是有人要陷害你呀。”

黄公望道：“事情怕是没那么简单。我只是一名无品无级的书吏，陷害我有何用？总之，今日之事，你千万不要参与，还有老倪也是。”顿了顿，又补充道：“还有郑榕。”

杨载虽微有迟疑，还是如实告道：“那日我拿着桂花糕去给老倪，他却说，他再也不想吃桂花糕了。其实那桂花糕是我从陈宝生那里夺来的，我先行尝过，跟杭州三元楼的桂花糕并无分别。更何况在京师之地，能尝到地道的江南糕点，已是十分难得。他却只是那样轻描淡写的一句，看来不是糕的问题，而是人的问题。”

黄公望笑道：“倪书吏已经成了倪真人，身份可以变，口味也可以变嘛。”又特意强调道：“你要理解老倪，他蹲过大狱，吃的苦头比你我都多。”

杨载道：“可是我……”

黄公望笑道：“我知道你没变，今日的老杨，还是当年的小杨。”

杨载无奈摇了摇头，又告道：“郑榕跟真真合得来，谈得正欢呢，哪里顾得上你这位义兄？不过我觉得郑榕未必出于真心，她的兄长郑樗因为失恋而到崇真万寿宫出家做了道士，她苦劝无用，估计还想请真真出面相劝呢。”

黄公望闻言一怔，随即道：“不管怎样，无论我发生什么事，你们几个都不要参与。”

杨载已在心中权衡清楚利弊，当即应道：“好。”又向祥哥刺吉公主作了一揖，就此离去。

进来清露堂时，有侍卫上前禀报道：“已经细细搜过了，清露堂中只有咱们自己人以及廉园的厨子，并没有发现刺客。”

祥哥刺吉公主因为早就怀疑刺客混在宾客之中，闻言也不意外，问道：“清涟人呢？”

公主的心腹侍女忙答道：“已经寻过了，听说清涟送倪三公子到万柳堂后便离开了，之后便不见了。”又问道：“她该不会已经赶回皇宫向答己太后禀报廉园之事了吧？”

祥哥剌吉公主摇头道：“我人还在这里呢，清涟不会那么不懂事。再派人去找找看。”

正好另一名侍卫回来，忙跟过来禀报道：“公主，清涟已经回宫了。廉园门仆亲眼见到她匆匆出园了。”

祥哥剌吉公主皱紧眉头，摇了摇头，道：“女子一旦恋上男人，就不是她自己了。”

一旁的心腹侍女接口道：“清涟虽然是太后的心腹女官，可她的相好果满可是当今皇帝的心腹，她急忙回宫，一定是去禀报皇子和世瑓遇刺一事了。”

祥哥剌吉公主挥手道：“知道了，你们都退下吧。”等侍卫、侍女尽数退出，这才道：“贯学士，我决定按下今日廉园的两件大事，不惊动官府，只请黄书吏暗中调查，你看怎么样？”

贯云石忙躬身应道：“甚好。”

祥哥剌吉公主又道：“但有些话，怕是黄书吏自己不方便问，我想先当面向贯学士请教。”

贯云石忙道：“公主言重了，云石不敢当。公主有话，尽管垂询便是。”

祥哥剌吉公主遂道：“听说是宝塔实怜杀了你姑姑汪小佩，虽然上面极力遮掩，但贯学士如此聪慧，即便没有听到风声，想必也已经猜到真相了。今日宝塔实怜竟来了廉园做客，不知贯学士作何感想？”

贯云石道：“宝塔实怜公主愿意赏光，云石自然欢迎。”

祥哥剌吉公主问道：“难道贯学士心中就没有感到丝毫异样吗？”

贯云石沉默半晌，才应道：“一切都是天意。”

祥哥剌吉公主闻言一怔，也沉默了一会儿，才问道：“对了，清露堂后面的山坡上原先不是有一处亭子吗？你我小时候还在里面玩过过家家，如何现下没有了？”

贯云石道：“前几年亭子被雷电击塌了半边，修复有些困难，便干脆全拆掉了。”

祥哥剌吉公主叹了一声，道：“看起来，一切都是天意。”大见伤感之情。

自从贯云石来到清露堂后，祥哥剌吉公主的眼睛中便闪动着奇异的光彩，令她整个人都熠熠生辉。黄公望是过来人，更是明眼人，早就看出了端倪，心道：“原来祥哥剌吉公主喜欢贯云石，或许公主宁可盛年守寡，不肯改嫁，也是为了他。可惜，贯云石虽然出身尊贵，可还是不够高贵，祥哥剌吉公主是正宫所生的嫡亲公主，只能下嫁蒙古弘吉剌部首领，这是她在出生之前，便已注定的命运。一切都是天意。”

场面一度有些尴尬起来。黄公望等了一等，见双方仍是各自出神，似是陷入了某种回忆中，只好先随意问道：“公主适才向贯学士询问宝塔实怜公主之事，可是觉得宝塔实怜公主跟高丽王世子之死有关？”

祥哥剌吉公主问及宝塔实怜，只是关心贯云石的心境情绪，一时难以遮掩，遂告道：“有件事，黄书吏可能不知道，高丽王是支持和世球的。”

言外之意，当今仁宗皇帝想立自己的亲生儿子为皇太子，而高丽王王璋则认为仁宗皇帝应该遵守与兄长武宗皇帝的约定，所以王璋支持立和世球为储君。

当年王璋与其父忠烈王争斗，双方各出手段，闹得不可开交。宝塔实怜公主也站在了公公忠烈王一方，与丈夫作对。王璋一度被逼入绝境，最后得以翻身，全靠他押对了宝——事先与海山结为心腹之交。

虽然答己携次子爱育黎拔力八达回京争夺最高权力时，王璋也积极参与，暗中给予了不少支持，但更主要的是因为他与海山交好，又素来奉答己为母。待到答己母子成功控制京师、爱育黎拔力八达意欲自己登基做皇帝时，手握重兵在外的海山不干了，直接引大军逼近京师。王璋自然是站在海山一边，力劝答己出面斡旋，无论皇帝是海山还是爱育黎拔力八达，都是她的儿子，手心手背都是肉，何必让他们大动干戈、手足相残呢？答己深觉有理。最终，在母亲的劝说下，爱育黎拔力八达同意让位给兄长海山，海山由此顺利登上大元皇帝之位。

海山即位后，王璋一飞冲天，完全控制了高丽国不说，曾一度嚣张跋扈的宝塔实怜公主也因淫秽等丑闻而失宠于宫廷，王璋完全没有了牵制。

然武宗皇帝过世、仁宗皇帝即位后，形势即起了微妙的变化，从新皇帝一登大宝之位，便有意无意地敦促王璋返回高丽国中，便可大致窥测内中奥秘。仁宗皇帝迟迟不遵照约定，立侄子和世㻋为太子，已有明确立己子的意向。

而即便是大元皇帝，要顺利做成此事，也不容易。仁宗皇帝背负失信的名声还在其次，关键是必须取得母亲答己太后的支持。而对答己太后而言，武宗皇帝的儿子是亲孙子，仁宗皇帝的儿子也是亲孙子，按照王璋的说法，手心手背都是肉，谁当皇太子都是无所谓的事，最重要的是一家人和和睦睦。既然无所谓，那么能守信当然要守信，毕竟守信是蒙古人最重要的美德之一。

在此局势下，表面上仁宗是大元皇帝，掌握着侄子和世㻋的命运，但其实情势对皇帝并不有利。且不说朝中有一帮手握重权的武宗旧臣暗中支持和世㻋，单是母亲答己太后那一关，他便过不去。

因而对新皇帝而言，讨好答己太后是第一要务。而将武宗一派旧臣驱逐出权力圈子，亦是重中之重。

高丽王王璋身份特殊，拥有沈王和高丽王两个头衔不说，而且不可能被取代，但他却是和世㻋一派，而且与答己太后关系亲密，能随时向太后进言。令王璋返回高丽，是仁宗皇帝所能想到的最好办法。

祥哥剌吉公主是答己太后的掌上明珠，自是知悉这些内幕。至于公主本人的立场，和世瑓是她侄子，也是她女婿，她当然是希望和世瑓被立为太子。但相较于兄长武宗皇帝海山，公主与弟弟仁宗皇帝关系更为亲密，也更赞同仁宗皇帝的政治主张。她也看到了弟弟仁宗皇帝欲立己子的决心，以及母亲答己太后模棱两可的态度，而她比母亲更希望一家人和和气气。更重要的是，祥哥剌吉公主曾听到一则神秘的预言，称如果和世瑓当上皇帝，将会被其弟杀死，再度上演“汉家兄弟不相容”的悲剧。所以这次回京后祥哥剌吉公主做的第一件事，便是召来和世瑓，委婉劝他放弃权力之争。不想和世瑓会意过来后，当即变脸，拂袖而去。

旁人只看到祥哥剌吉公主地位尊贵，风光无比，所得赏赐为大元公主之最，却不知她内心亦有许多苦闷彷徨，还不能像普通人那样找人倾诉排解。今日廉园诸事，刺激了公主的某根神经，令她忽然冲动，想说出来，或许是因为她觉得黄公望老成可信，又或许是因为贯云石人也在这里，她表面是在告诉黄公望这些相关之事，其实是她想要向贯云石暗地述说她的困境。这极不符合她的性格，但她却这样做了，这令她自己也有些惊讶。

黄公望即便看出了祥哥剌吉公主对贯云石怀有深情厚谊，而贯云石从始至终都不敢直视公主的眼睛，却猜不透公主话后的微妙心思，当即问道:“莫非公主认为皇子和世瑓今日来廉园，是专程来找高丽王的？”

祥哥剌吉公主点了点头，叹道:“我姑侄二人新近闹过别扭，和世瑓来廉园，绝不会是为了见我。”

还有一层，祥哥剌吉公主回京后居住在答己太后的隆福宫，而和世瑓也居住在皇宫之中，姑侄二人时时可以见面，根本不必来廉园相会。

黄公望忙道:“但实际情形却有些奇怪。下吏遇到皇子和世瑓时，因外面风大，曾提过让他去万柳堂避寒，但皇子说‘我不去万柳堂，我本就不是为了廉园宴会来的’，之后他便朝清露堂而来，下吏当时以为皇子是要来拜见公主。”

祥哥剌吉公主听出弦外之音，忙问道：“现在黄书吏以为呢？”

黄公望道：“皇子应该是来找清涟女官的。”不敢有所隐瞒，大致说了皇子和世瑓当面向他询问正月初一皇宫命案一事。

祥哥剌吉公主道：“正月初一那些事，我已经听母后说过了。唉，和世瑓这孩子，做事可是有些冲动。”

黄公望和贯云石均是知情者，二人相视一眼，心中均有些忐忑——和世瑓虽参与其中，却没有杀人，而今被祖母、姑姑、叔叔等人误会，即便是至亲之人，再看他的眼光，也会有所改变。

祥哥剌吉公主却立即发现了端倪，又道：“黄书吏当日既主查命案，和世瑓遇到你，随意询问几句，倒不算什么。他又来找清涟做什么？即便有事询问，为何不等清涟回宫，非要寻来清露堂？”言外之意，和世瑓本身就知悉皇宫命案的真相，根本不必再向清涟追问。

贯云石大急，忙道：“既然皇子和世瑓事先没有邀约，只是临时起意，刺客如何会知道他来了廉园，还能事先备下弓箭，潜伏在竹林之中？”

祥哥剌吉公主登时醒悟，忙道：“是了，这才是最奇怪之处。”

会不会刺客是清露堂宾客之一，事先已设好圈套，有意引和世瑓来清露堂？但清露堂正门在西北面，竹林却在东南处，位于清露堂后院之外的山坡下，刺客如何会知道和世瑓人一定会到那里？

贯云石忙道：“黄先生不是说过，你遇到皇子和世瑓时，他人就在假山边吗？会不会是他与人事先约好，要在那里相会？那里相对偏僻，又在池边，有山水之胜，清幽静美，距离清露堂也不远。”

黄公望道：“有可能是这样。”

祥哥剌吉公主道：“无妨。我这就派人去寻和世瑓，带他来见二位。”又思忖道：“清露堂外发生大事，清涟却借口离开，且不知会本公主一声便匆忙回宫，会不会跟行刺大有干系？”

黄公望得到提醒，骤然醒悟，心道：“是了，我倒是忘了，榕儿平日最爱凑热闹，她为何没有跟过来？难道她从真真口中得知她兄长郑樗出家做了道士，便没了看热闹的心思了？这可实在不像她。”

祥哥剌吉公主见黄公望神色异样，问道：“黄书吏可是想到了什么？”

黄公望道：“是了，还有一件事，发生在皇子和世瑓向下吏询问皇宫命案之前。清涟女官来过假山，她是奉公主之命来接倪三公子，当时皇子和世瑓已抢先躲在了假山后，清涟女官明明有所察觉，几次望向假山，却没有开言询问。”

祥哥剌吉公主奇道：“竟有此事？”又踌躇道：“和世瑓如此行事，倒能理解，他自己悄悄来到廉园，已是古怪，不愿意见外人也在情理之中。只是清涟，她为人最是精细，况且今日廉园宾客众多，她若是有所怀疑，必定会弄个清楚明白。她既然没有吭声，说不定早就看到了和世瑓。”

贯云石忙告道：“那处假山刚好建在池边，从池边甬道过去的话，确实能事先看到假山边的情形。”

祥哥剌吉公主道：“看起来，和世瑓并非专程来找高丽王的。他守在假山边，是等着与人相会，结果先遇到了倪三公子及黄书吏。”

贯云石道：“会不会清涟就是皇子和世瑓所守之人？清涟人到了假山，却因为有旁人在场，不便开口？”

祥哥剌吉公主也赞同贯云石看法，道：“我本来是要侍卫去接倪三公子，是清涟主动请命的。现下看来，她是有意找机会离开清露堂，接人不过是个幌子。”

黄公望却道：“果真如此的话，皇子和世瑓为何要先躲起来？他有皇子的身份，大可以命我和倪三公子先行退开。”

贯云石道：“如此，便有了人证，黄先生和倪三公子都见到了清涟与皇子和世瑓秘密相会。”

黄公望沉吟道：“但这未免不合常理，清涟是太后女官，和世瑓是皇子，二人平日都住在皇宫之中，为何要专门约在廉园中会面呢？”

贯云石道：“必是有什么隐秘之事。”

祥哥剌吉公主忙道：“清涟是母后的心腹，不过她心里向着当今皇帝多些。”

料想清涟约了皇子和世瑓在清露堂附近的假山相会，她人过来时，和世瑓因为黄公望、倪瓒二人在场，抢先躲进了假山后。清涟冰雪聪明，立即猜到内情，遂传祥哥剌吉公主之命，携倪瓒离去。而后和世瑓向黄公望问完话，料想清涟不便再离开宴席，便自己寻去，正好在清露堂后院附近遇到了蒙古贵族女孩八不沙及刺客。

黄公望道：“不管清涟是不是涉入其中，能将皇子和世瑓诱进廉园，令他冒着寒风等在假山处，必是重大之事。”

贯云石也道：“而且皇子和世瑓才十三岁，却已经知道事先穿上软甲防身，足见他对会面一事有所警觉。”

祥哥剌吉公主认为清涟聪明能干，绝对不会卷入行刺之事，但刺客确实埋伏在清露堂后院竹林中。那么便可能是清涟这边走漏了风声，刺客从她那里知道她将要于今日与皇子和世瑓在廉园相会，于是事先准备好了弓箭，预备等清涟、和世瑓二人私会时动手行刺。不想由于黄公望及倪瓒介入，清涟未能如愿与和世瑓会面。但和世瑓旋即赶去清露堂，令刺客寻到了上佳的行刺机会。亏得和世瑓为人谨慎，竟在外袍下穿了软甲，由此才挡住了致命一箭。

和世瑓如此气愤，当以为行刺与清涟有关，毕竟是她约自己来廉园私会，亦由此联想到答己太后及仁宗皇帝身上。他离开廉园后不肯返回皇宫，亦可佐证此节，因为他既认定事情与祖母及叔叔有关，那么皇宫于他而言，便是危险重重的地方。

至于高丽王世子王鉴，当是来清露堂寻找嗣母宝塔实怜公主时撞见了刺客。刺客既能从清涟那里得知会面讯息，身份必不一般。高丽王世子也认得刺客，见其行为诡异，不由得起了疑心，过去询问时，却被刺客诱到无人处杀死。

贯云石道：“这么说，刺客显然是清露堂宾客了？”

刺客能一箭射穿金丝软甲，令皇子和世瑓受伤，此等气力可不是女子所能拥有的。但清露堂宾客都是女子，虽然祥哥剌吉公主等人也都带有男性侍从，但刺客既能接近清涟得到关键消息，又能令高丽王世子毫无防备地被杀，必不是普通侍从，至少也是宾客的心腹。

黄公望也道："我远远见过刺客身形，一定是男子。而且那个蒙古贵族八不沙应该近距离见过刺客，从她语气来看，刺客分明是个男子。"

祥哥剌吉公主道："好，我会派人去找寿宁公主，向她女儿八不沙仔细询问她见到的一切。"

她又默默在心中盘算了一遍，一时想不到哪位宾客的嫌疑最大。至于宾客侍从，她根本就没留意过，更想不到有谁可疑了。又思忖着问道："会不会是其他人？我是说，刺客也是个身份显赫的贵人，但未必就是清露堂宾客。"

贯云石道："刺客如果不是清露堂宾客或其侍从，如何要在形迹暴露后翻墙逃入清露堂中？"

祥哥剌吉公主先是一怔，随即点头道："不错，这个矛盾难以解释。"

又道："那么，刺客肯定是某位宾客的男性心腹侍从，且已经离开廉园了。只怪我事先没有想到这一点，竟放任刺客兼凶手离开。"

黄公望忽想到一事，忙问道："公主适才说过，高丽王是支持皇子和世瑓的，对吧？"

贯云石"呀"了一声，道："对呀，高丽王世子极可能不是来清露堂找其嗣母，而是要代高丽王赶去假山与皇子和世瑓相会。他被杀死的地方，刚好是通往假山的一处近道。高丽王世子多次来过廉园，还曾充作向导引高丽使臣四下游览，对园里的情形熟悉得很。"

如此，高丽王世子便不必认识刺客，他只是在经过那里时撞见了刺客，见对方一身侍从打扮，好奇询问时，才被刺客出其不意地杀死。

黄公望道："可清涟明显是太后及皇帝一方的人，高丽王则支持皇子和世㻋，他二人相会于廉园已足够奇怪，为何还要经由清涟安排？"在他看来，皇子和世㻋极可能只是在等高丽王赴约，高丽王世子是代父前去的。而清涟来到假山，只是个意外，她是真的在寻找倪瓒。

贯云石细想了一回，忙道："黄先生的推测更有道理。有可能是高丽王这边走漏了风声，所以刺客事先安排了行刺计划。"又沉吟道："以目下情形来看，刺客必是清露堂宾客侍从无疑。难道跟宝塔实怜公主有关吗？"

忽见祥哥剌吉公主正凝视自己，忙解释道："我不是因为对宝塔实怜公主心怀私怨才这么说的，而是宝塔实怜公主确实可疑。"

祥哥剌吉公主摇了摇头，道："若是死者是高丽王本人，一切便说得通了。"

见贯云石及黄公望均愕然不解，便解释道："高丽王世子虽与高丽王是亲生父子，却是貌合神离。宝塔实怜膝下无出，王鉴是以庶长子的身份被立为世子，但高丽王私下最宠爱的，却是义子王暠，也就是其同父异母的兄长王滋之子。"

原来高丽王王璋早有改立王暠为世子之心，但高丽是藩属国，废立大事须经元廷批准。王璋入宫拜见答己太后时，曾私下试探过太后的态度。王鉴是蒙古妃子所生，王暠则与蒙古没有任何血缘关系，答己太后再喜爱王璋，也不会在此等大事上犯糊涂，曾严厉警告过王璋，废王鉴立王暠一事，绝不可行。

王鉴虽为世子，但不会对父王的态度没有觉察，所以他素来亲近宝塔实怜公主。宝塔实怜公主是名义上的高丽王后，如若能被她收养，王鉴便有嫡长子的身份，地位更加稳固。

王鉴大概也看出宝塔实怜公主失势已久，要想万无一失，还得另寻靠山。而当今皇帝想立自己的儿子为太子是众所周知之事，为了自保，王鉴便支持仁宗皇帝。

贯云石道："这么说，高丽王世子是自己去假山见皇子和世瑓，而不是受高丽王所派？"

祥哥剌吉公主摇头道："这仍然不合情理。且不说高丽王世子支持当今皇帝，单是他高丽王世子的身份，还不足以令和世瑓同意单独与他在廉园会面。"顿了顿，又道："倒是清涟有这个分量，毕竟她是母后心腹，情郎又是皇帝心腹。"

假山距离清露堂最近，而万柳堂则在对岸，距离很远。皇子和世瑓既守候在假山，必是等着与清露堂的某人相会。在祥哥剌吉公主看来，满堂宾客能引和世瑓冒着寒风来廉园相会者，除了自己，便只有清涟了。

祥哥剌吉公主又道："不管怎样，目下清涟跟和世瑓一样，都是行刺案的关键。我这就动身回宫，细细询问清涟。至于和世瑓，他人未回皇宫，我已派人去找，一旦有消息，便会派人来知会二位。"

刚好侍卫长浩七回来，禀报说已经拦下高丽王王璋，并送他出了廉园。

祥哥剌吉公主点了点头，道："我就料到只要一提到和世瑓遇刺之事，高丽王就不会再闹了。"又道："黄书吏，这两件案子，就交付给你来调查。贯学士，你是此间主人，还望你多多费心。最重要的是，事情绝对不能声张出去，我不希望旁人知道在廉园雅集的当日，发生了一死一伤两件大事。"

黄金匕首成了杀人凶器，黄公望身陷其中，难以推脱，只得躬身领命道："多谢公主信任。下吏一定竭尽所能，找出刺客及凶手。"

祥哥剌吉公主又道："浩七，你带几个人留下来协助黄书吏。事关重大，务必谨慎处理。有任何发现，立即进宫禀报。"

侍卫长浩七道："遵命。"

祥哥剌吉公主见黄公望似乎有话，便道："黄书吏有任何要求，直接提出来便是。"

黄公望便道："如若公主不介意，我有件事想问，也许跟案子有关，也许无关，但下吏发问，绝不是为了探究他人隐秘。"

祥哥刺吉公主道："当然。"

黄公望道："高丽王与宝塔实怜公主本有不解之怨，如何会突然和好？"

贯云石惊奇不已，显然料不到黄公望会在祥哥刺吉公主离开时问了这样一个问题，但他自己也想知道答案，便期待地望向公主。

祥哥刺吉公主道："这件事，我一回大都便听说了，也觉得不可思议，专门问了母后。母后说当年宝塔实怜怨恨高丽王不爱自己，害死了丈夫最宠爱的侍妾赵丽，高丽王也是因为此事而终身怨恨宝塔实怜。但赵丽被押解到大都后，曾产下一子，宝塔实怜设法保全了孩子的性命，将孩子寄养在一户蒙古牧民家中。但她为了报复高丽王，始终不肯吐露此事，直到最近……"叹了口气，转头看了贯云石一眼，自是暗示宝塔实怜杀死汪小佩一事。

祥哥刺吉公主又续道："直到最近，在高丽王世子的撮合下，宝塔实怜将孩子之事说了出来，高丽王欣喜若狂，感激宝塔实怜为自己保全了赵丽的骨血，自是愿意与王后和好。二人携手入宫时，母后亦是惊呆了，专门询问究竟。高丽王倒也没有隐瞒，将原委告诉了母后。不过这桩事涉及诸多旧怨，夫妇二人特意恳请母后不要声张，母后也答应了。"

贯云石闻言惊奇不已，问道："那孩子呢？"

祥哥刺吉公主笑道："事也凑巧，那孩子名叫塔思帖木儿，刚好作为随从跟随首领护送本部落贵族女子进京。目下已被高丽王接回了府中，父子团聚，也算是一桩大喜事。"

侍卫长浩七接口道："可惜，今日又出了高丽王世子之事。"

祥哥刺吉公主见黄公望神情闪烁，欲言又止，忙问道："怎么了？"

黄公望吞吞吐吐道："我与高丽王有过来往，本不该这么说，但我知道他对赵丽的感情二十年来未曾变过。"顿了顿，又道："公主适才说高丽王早有改立世子之意，赵丽是他的生平至爱，偏巧又找回了赵丽所生之子，会不会……嗯，会不会……”

祥哥剌吉公主立时会意过来，讶然道：“黄书吏是在暗示高丽王杀了自己的亲生儿子，好扶赵丽之子塔思帖木儿上位吗？即便现任高丽王世子王鉴死了，塔思帖木儿是赵丽所生，也没有资格被立为世子，世子身份当由王鉴的同母弟王焘继承。”

顿了顿，又道：“就算王焘也死了，朝廷也一定会再找几个年轻貌美的蒙古女子嫁给高丽王为妃。高丽王世子必须有蒙古血脉，这是铁律，高丽王再清楚不过。”

黄公望忙道：“是下吏胡乱联想了。恭送公主。”

祥哥剌吉公主率人离开后，侍卫长浩七先告道：“我已经问过了，皇子和世㻋是独自进园，其扈从都留在园外。”

黄公望忙问道：“和世㻋可有表明皇子身份？”

浩七道：“不说清楚，门仆哪能放他进来？今日有诸多贵宾在园，进出盘查还是相当严格的。这是贯学士考虑周全，事先安排得妥当。”

贯云石忙摆手道：“侍卫长千万别这么说。今日廉园出了大事，我身为主人，难辞其咎。”又问道：“皇子身份显赫，为什么下人未及时来向我禀报？”

浩七道：“这是和世㻋的意思。他自己说要给主人一个惊喜，令下人不必事先禀报。”

祥哥剌吉公主一走，贯云石便自在多了，思忖道：“和世㻋是祥哥剌吉公主的未来女婿，会不会他的目的其实很简单，只想来看看未婚妻子？虽然他们在皇宫里也能相见，但毕竟宫中规矩大、礼仪多，不及外面方便？”

浩七道：“这倒是有可能。”

黄公望道：“如果皇子和世㻋是为未婚妻子而来，必是临时起意，刺客如何能事先知道？”

贯云石骤然醒悟，道："是了，我又忘了此节。和世球独自来到廉园，必是事先与人有约。"

浩七问道："清露堂宾客全都离开了，意味着刺客也跟着离开了廉园，又该如何查起？"

黄公望忙道："清露堂不是还有厨子及下人吗？请侍卫长带人一一询问，看他们可有留意到不同寻常之处。"

浩七道："也只能如此了。"自出去盘问诸人。

贯云石好不容易等到堂中只剩下自己和黄公望，忙赶去掩了堂门，急不可待地问道："黄先生，你的黄金匕首怎么会成了杀死高丽王世子的凶器？"

黄公望苦笑道："我也不知道。"

贯云石道："祥哥剌吉公主一直没提这一节，对吧？似乎公主对此并不介意，还将案子委托给黄先生来调查，这可是有些奇怪。"又道："我没有别的意思，只是就事论事，黄先生的私物成了杀人凶器，先生肯定是有嫌疑的。"

黄公望道："黄金匕首是答己太后赏赐给我的，或许刺客认为我算是太后及皇帝一方的人，先行偷取了它，预备用它来行刺皇子。如此，我固然难脱罪责，但外面人也会以为事情与太后及皇帝有关。"又道："这是我胡乱猜的。"

贯云石道："是了，祥哥剌吉公主深悉宫中内幕，必定猜到是有人故意嫁祸，行挑拨离间之计。她也知道黄先生是被人冤枉的，不然哪有杀人后还将凶器留在原处之理。"

黄公望忽然问道："贯学士，你信得我过吗？"

贯云石道："当然。之前假伊儿汗国使者一事，多亏黄先生周旋。而今两位真使者都称病住在疏仙园中，由霜儿作陪，只待姑姑下葬、当今皇帝回复伊尔汗国的国书下达，三人便一道动身返回伊儿汗国。"

黄公望点了点头，先走到大门前，拉开一道大缝，左右望了一眼，确信堂外无人后，这才重新掩好房门，压低声音道："祥哥剌吉公主认定刺客是宾客随从，只因为刺客是男子。但有一节，祥哥剌吉公主尚不知情，今日万柳堂、清露堂两处的厨子，并不是廉园自家的，而是从能远楼请来的。"

贯云石怔了一怔，这才会意过来，立时悚然而惊，问道："黄先生该不会是说能远楼牵涉其中吧？"

黄公望道："本来我是不会想到能远楼的，但那柄黄金匕首实不该出现在这里。贯学士是知道的，我目下仍然住在能远楼，杨载也跟我同住，黄金匕首一直被我收藏在行囊中，我自己从来没有动过。"

贯云石道："黄书吏的意思是能远楼的人私下窃取了那柄黄金匕首吗？"

黄公望点头道："只有能远楼的人，才有这个便利。不然旁人如何能知道我行囊中有一柄黄金匕首？"

贯云石大惑不解，道："可对方为什么要这么做？我知道，对方可能认为黄先生是太后及皇帝的人，用黄金匕首行刺皇子和世㻋，可以引起两派相斗，可对方为什么要行刺皇子？这可是灭族的大罪。"

见黄公望沉默不答，旋即会意过来，道："啊，是对抗朝廷的反贼。"又踌躇道："能远楼也算是老字号了，怎么会……"

黄公望忙道："我不是说能远楼所有人都有问题，但一定有反叛朝廷者栖身在能远楼。"

贯云石道："倒也是，对于有异图者，再没有比人来人往的客栈、酒楼更适合栖身了。"又问道："那么依黄先生看，这到底是怎么一回事？"

反贼行刺皇子和世㻋，又故意让人怀疑当今皇帝，这倒是不足为奇，但他如何能知道今日皇子和世㻋会来廉园？

那副用以行刺的弓箭，必是藏在能远楼的运输车中，事先偷运进廉园。但即便是反贼一党日夜派人在皇宫附近监视，也不可能知道皇子和世瑓今日会入廉园一游。除非事先安排好了圈套，确保今日和世瑓会应约进园。和世瑓这等身份，能接近他并请得动他的人，身份肯定非同小可，而和世瑓对会面一方也有警惕之心，所以才事先在外袍下穿了软甲。

黄公望道："我心中疑点仍然极多，不过还是有一番大致推测。既然反贼的嫌疑最大，且能让皇子和世瑓乖乖来到廉园，想必反贼一党已有人渗透进权贵核心。又或者是，反贼一党掌握了某件皇子和世瑓极想了解的秘事，并用其引诱他来了廉园。"又道："我认为前者不太可能办到，后者的可能性更大。"

皇子和世瑓向黄公望打听皇宫命案时，一开始便问："听说是弘仁寺住持杨暗普杀了李邦宁，是这样吗？"神色之间，极见关切。或许反贼一党设法告诉了和世瑓，称李邦宁不是杨暗普所杀，和世瑓想知道真相的话，就得来廉园假山。而后和世瑓并未等到邀约之人，只意外遇到了曾主持皇宫命案的黄公望。他一时颇为感慨，所以才有了那句："这大概是天意。"

贯云石听了黄公望的推测，亦觉得有理，道："李邦宁原是宋帝身边的小黄门，跟前朝多少有些关系，或许反贼利用李氏亲眷接近皇子和世瑓传话也说不准。"

黄公望道："虽然这一通故事有头有尾，能大概解释清楚事发经过，但我自己还是觉得有些牵强。"

皇子和世瑓何等身份，岂会为了李邦宁之死真相而来到廉园？

贯云石忙道："这并非不可能，虽然和世瑓是皇子，可他还是个孩子，平日就爱冒险，最爱换上普通百姓衣衫，在大都的大街小巷中闲逛。若是有神秘人约他来廉园，他肯定感到好奇。而且他知道今日廉园有文士集会，参加者都不是一般人，料想将要告知其真相的人，身份也极特殊，所以欣然应约前来，并非怪事。"

又道："更何况李邦宁是先帝武宗皇帝的心腹，曾力主立和世琜为太子，二人关系非同一般，若是和世琜知道李邦宁之死另有玄机，不会不心动。”

黄公望道：“皇子和世琜事先穿了软甲，足见其人已有警惕之心，似乎不大看好这次廉园会面。李邦宁已死，即便皇子和世琜认为官方的说法不足为信，想查出真凶为李邦宁报仇，但仍然不至于如此冒险。”

顿了顿，又道：“但贯学士倒是提醒了我，皇子和世琜与宦官李邦宁联手寻找某件重要物事，这是确认无疑的事。或许神秘人称知道那件物事的下落，以此引诱皇子和世琜来到廉园。”

贯云石道：“不错，这一由头远比李邦宁命案的真相有诱惑力。”又踌躇道：“如此，便表明高丽王世子与此无关了，那么他又是如何被杀死在清露堂外墙根下呢？”

既然凶器是黄金匕首，凶手必是刺客，或是刺客的同党。但刺客只是能远楼的厨子或伙计，怎么可能将高丽王世子诱去那僻静之处，再悄无声息地将他杀死？

黄公望忙道：“是了，这件事，我还没有来得及解释给贯学士听。高丽王与能远楼店家王年交的关系非同一般。正月初一是赵丽生日，高丽王怀念旧爱，甚至未赴皇宫参加宴会，而是独自在能远楼饮酒。”

贯云石很是惊奇，道：“大庆之日，即便不去皇宫赴宴，也当待在家中，却不想堂堂高丽国王，竟去了能远楼消愁解闷。”

黄公望道：“一般这种情形下，都会选一个能让自己最放松的地方。所以我敢说，能远楼店家王年交，一定是高丽王的心腹死党。”

既有这样一层特殊的关系，厨子或伙计某甲不时受店家王年交之托，往公主府送菜式糕点，由此与高丽王世子熟识，也是顺理成章。

料想行刺事件发生前，那刺客某甲从清露堂出来，却被高丽王世子王鉴认出，王鉴留意到其人不同寻常之处，过去询问。刺客某甲难以搪塞，生怕王鉴阻碍了行刺计划，遂将其诱到僻静处，将王鉴杀死。

贯云石道："是了，这样便完全说得通了，刺客与杀死王鉴的凶手是同一人，且来自能远楼。但刺客为何会将那柄黄金匕首留在高丽王世子尸首之上？"

黄公望踌躇道："这是凶手的微妙心思，就得当面问他才能知道了。"

二人均知真凶某甲尚未离开清露堂，且正在接受侍卫长浩七的盘问，不由得一齐转头，朝堂门处望去。

贯云石仍是不解，问道："既然黄先生早已猜到事情与能远楼大有关系，适才为何不对祥哥剌吉公主明言？"

黄公望道："因为那能远楼某甲不是简单人物，他既知我将黄金匕首收在行囊之中，多半也知道了我的其他秘密。别的不说，单是陈宝生冒充伊儿汗国使者进宫一件事，便是大麻烦。"

贯云石道："陈宝生不是已经搬离能远楼，住到他的朋友家中了吗？"

黄公望道："陈宝生也是觉得能远楼店家王年交总盯着他，这才不得不搬走的。但陈宝生曾冒充伊儿汗国使者混进皇宫是事实，贯学士拿着画像来到能远楼时，不但被清涟女官认出，叫出了其伊儿汗国使者身份，还被店家王年交看到。要说王年交没起疑心，肯定是假的。"

而能远楼某甲既素有异图，肯定认识一些大都权贵及官员。黄公望只是个普通的御史台书吏，本不太引人注目，但自从枢密副使札合寻来能远楼召黄公望入宫后，事情便完全起了变化——某甲必定刻意留意黄氏的一举一动。

黄公望又道："我敢说，某甲对陈宝生之事，肯定知情。至于其他，也不知其人到底知道多少，但肯定多少了解一些。某甲甚至可能还偷听过我等的谈话。"

贯云石忙道："陈宝生这件事，完全是我的错。"

黄公望摇了摇头，道："说起陈宝生这个人，他今日也出现在廉园了，还有金海岩。这两个给贯学士家族带来危险的人，今日一个都没落下。"

贯云石果然大惊失色，忙问道："他二人来做什么？"

黄公望心道："金海岩是个反元分子，也就是反贼，他不会无故出现在廉园，其中必有隐情。说不定，他跟那刺客某甲本来是一伙。"

贯云石见黄公望不答，愈发惊疑，道："该不会那刺客就是……"

黄公望忙道："不是他，不是金海岩。"大致说了在廉园先后遇到金海岩、陈宝生之事。

贯云石摇了摇头，道："还说廉园进出盘查严格，竟然有这么多未邀之人混了进来。"又道："金海岩就不说了，怪人一个，永远猜不透他心里到底在想什么。至于陈宝生，他极可能是来见王振鹏的。之前他曾借口拜祭姑姑，到疏仙园纠缠过我，要我为他引见王振鹏。"

黄公望不免很是奇怪，道："王振鹏吗？"

贯云石道："就是新上任的秘书监典簿。"

黄公望道："我记得他，就是坐在虞集虞学士身边的那位。"

贯云石道："王振鹏擅长人物及界画，但其人孤傲，从不与人来往。当今皇帝还是太子之时，便将他收在麾下，极是宠幸。王振鹏为人低调，不喜张扬，因而今日开宴时不曾细细介绍他，他的秘书监典簿一职，只是挂名，他本人其实是在担任宫廷画家，皇家字画的收藏、鉴识等，均由他一人负责。"

黄公望瞬间会意过来，暗道："这个陈宝生，竟然还没有放弃图谋《清明上河图》一事。"

贯云石的心思也不在陈宝生身上，又举手朝外指了指，问道："那么现下该怎么办？"

黄公望沉吟道："你我处于相当为难的境地，虽发现了线索，却不能循迹调查下去。”

又道：“如果刺客不是逃入清露堂，我会直接怀疑刺客是金海岩，目下虽认为是能远楼某甲，但只怕金海岩也牵涉其中。你我二人均与此人颇有渊源，就算他顾念旧情，不会牵连无辜，但他的同党未必肯如此。一旦你我坚持捅破这层窗户纸，对方只需透露只言片语，上面深究下来，只怕……”

贯云石点了点头，道：“你我二人及杨载等相关之人均难以置身事外。”忽想起一事，忙道：“这会不会正是某甲所期待的局面？我的意思是，他事先已猜到廉园案发后，最后主事者将是我和黄先生？”

贯云石曾几次到能远楼拜访黄公望，某甲必定看在眼中，料想正月十五廉园雅集，贯云石既是主人，必会邀请黄公望出席。在一众才子名士中，黄公望虽然只是御史台书吏，官职低微，籍籍无名，却是今日参会的唯一法司官吏，一旦有案情发生，定会由他负责处理。

这只是其一。其二，为了确保万无一失，某甲事先盗取了黄公望的黄金匕首，以作备用。一旦黄金匕首作为凶器出现，黄公望必然涉入案情，等于是于众宾客中“脱颖而出”。而鉴于其人曾受命调查皇宫命案的经历，黄氏极可能会被任命为廉园命案的负责人。事实亦真是如此。

贯云石又道：“黄先生是负责人，我是今日宴会主人，自然也会参与调查，而某甲手头刚好握有你我二人的把柄，到关键时刻，譬如现在，我们难以继续调查，他便能从容脱身。”

黄公望也觉得有几分道理，道：“不管怎样，能远楼负责今日廉园正宴的菜式，某甲有了极大的进出便利，这应该就是他及同党有意将皇子诱来廉园动手的原因。”

贯云石道：“今日之事，我是地主，黄先生又成了案件的负责人，你我无论如何都卷进来了。案件又如此重大，最后必须得给祥哥剌吉公主及上头一个交代，这该如何是好？”

黄公望道："先静观其变吧。"顿了顿，又道："即便某甲握有把柄，但你我也不能坐以待毙。我们虽不能冲去厨房，直接揭开某甲的真面目，但却可以从别处展开调查。"

贯云石忙道："黄先生认为金海岩已经离开廉园了吗？我应该还能再见到他。或许我可以劝他放手，让他也劝劝他同党。"

黄公望道："贯学士是说，尊姑下葬时，金海岩一定会来吗？"

贯云石道："一定。"

黄公望忙道："不管金海岩来不来，贯学士都不要再与他交谈。"

贯云石道："可是……"

黄公望道："道不同，不相为谋。金海岩虽是个好男子，与你我均有渊源，但他与你我的立场完全不同，贯学士切记。"

贯云石道："好，我听黄先生的便是。"

黄公望又问道："清露堂可还有廉园自己的下人？"

贯云石先是一怔，随即应道："当然有。不过因为尽是女宾，我安排在清露堂服侍的尽是侍女，绝无可疑。"

黄公望忙道："我不是怀疑廉园下人，而是有借用之处。"

交谈间，侍卫长浩七推门进来，告道："一共有两名厨子，两名打下手的下人，都盘问过了，没什么可疑的，他们也没留意到异常情况。"又道："今日进进出出清露堂的人极多，怕是也难特别留意到某个人。"

黄公望忙问道："这四个人，还在厨房吗？"

浩七道："还在。"

黄公望道："好，我和贯学士再去厨房看看。侍卫长，麻烦你去看看可有找到皇子和世㻋，目下他的证词极是关键。"

浩七也认为皇子和世㻋是来廉园与人相会的，若是知道与他会面的人是谁，对案件的侦破大有助益，忙道："好，我再派人去找。"

进来厨房时，厨子和伙计都站在窗下，围成一圈，似在商量着什么。

贯云石咳嗽了声，那四人闻声回过头来。黄公望只认识两名伙计，两人名为大壮、墩子，见到他们，黄公望便举手招呼一声。

墩子喜出望外，忙迎过来叫道："黄先生，你也在这里。"又问道："外面出了什么事？为什么侍卫守在门口，不让我等出去？"

黄公望道："出了点事，不过也不是什么大事。"又道："大壮我认识，这两位是……"

墩子忙道："这是酒楼的张厨师、李厨师，能远楼最厉害的招牌菜都是二位做的。"

黄公望道："黄某应该吃过不少二位做的饭菜，不过今日还是第一次见到真人。"

张、李二人一胖一瘦，神色颇为局促，不知该如何应对，只紧张得直搓手。

墩子忙道："他二位从来只在后厨待着，不擅长与人打交道。"

黄公望道："没关系。几位可以走了。"

墩子问道："今日不用开宴了吗？"

贯云石忙道："有一位贵宾得了急病，宴会是开不成了。"又招手叫过门前的侍女，命她引墩子等四人出园。

等墩子等人离开，贯云石才道："都安排好了，黄先生放心。"

黄公望走到灶下，问道："今日菜式都是预先在能远楼做好的半成品，正式开宴时再临时加热，对吗？"

贯云石道："对，这样最省事，而且不会弄得清露堂内外油烟滚滚。菜都是连夜做好，每样两份，一早由店家王年交亲自送来的。"

黄公望弯腰朝灶膛望了望，思忖道："宴席未开，灶中便烧过这么大的火，这可奇怪了。"顺手取过烧火棍，伸到灶里，拨弄了几下火灰，掏出一小段线状物来，此物一端呈焦黑色，余下是灰白色。

贯云石过来一看，一眼便认了出来，道："这是未烧尽的弓弦。"

厨房位于后院角落处，但厨房中一直

有人，外人断无可能堂而皇之地携着弓箭进来，将其折断后塞入灶中烧掉。如此，便验证了黄公望的推测，刺客必是能远楼的厨子或下人。

还有一点，刺客携带弓箭出入厨房，里面的人不是瞎子，不可能没看到。能远楼这四人即便不是一党，其他三人也在包庇刺客。

贯云石问道：“依黄先生观察，这四人谁最像刺客？”

黄公望道：“大壮。”

贯云石点头道：“我也认为是他。”

黄公望是据各人神情、反应判断。贯云石则是武学奇才，武功盖世，号称大元第一高手，他一眼便看出这四人中大壮的臂力最强，定是刺客无疑。

贯云石又问道：“依黄先生看，离开廉园后，这四人……尤其是大壮，会回能远楼吗？”

黄公望沉吟道：“侍卫长已先行问过话，我二人又来到厨房，等于给了对方一个信号。大壮捅了这么大的娄子，朝廷必定彻查到底，总要找人来承担责任。即便他有你我的把柄，但仍然不能预知后面会发生什么事，他聪明的话，当立即离开京城，或是躲起来才对。”

贯云石道：“如此最好。”

黄公望道：“贯学士派出的侍女可靠吗？大壮这些人都是心狠手辣之辈，可不要让她陷入危险当中。”

贯云石忙道：“我没交代侍女去办此事，而是让她另外叫了人。那位虽然年老，却是先祖父的旧部，当年也是叱咤风云的厉害人物。黄先生别担心，他一直在廉园中当园丁，过着半隐居的生活，这是他自己要求的。旁人都不知道他身份，只知道他种花养草是一绝。”

贯云石祖父即是元朝开国名将阿里海牙。黄公望闻言颇为惊奇，却也没有再问。

走出厨房时，黄公望见院边墙角斜斜地搭着一架木梯，心念一动，忙问道：“高丽王世子遇害处，具体在什么方位？”

贯云石左右看了一看，指着北墙道：“在那边。”

黄公望道：“这可奇怪了，竹林却是在这边方向。”

既然约皇子和世瑓在池边假山相会，竹林便是最好的埋伏地点。也就是说，刺客随手搬过梯子，往东墙上一搭，翻出去就是竹林。但高丽王世子王鉴却在北墙外遇害，两人根本不可能相遇，刺客又如何杀死了高丽王世子呢？

但杀死的凶器确实是黄公望的黄金匕首，匕首必是为能远楼某甲所盗，这是确认无疑的事。也就是说，偷盗匕首的某甲就是杀死高丽王世子的凶手。

难不成除了某甲之外，还有个某乙，二人同时翻出墙外，某甲伏在竹林中伺机行刺，某乙则四下放风，由此被高丽王世子留意到？但放风一说本已不大可能，更何况去北墙处放风也不合情理。

贯云石踌躇道：“这确实是个重大疑点。既然皇子和世瑓是应约而来，会不会真有其事？”

即真的有人约了皇子和世瑓在廉园假山会面，而不是某甲一党刻意设局；又或者说，那约皇子和世瑓相会的神秘人，本身也是一早被某甲一党诱入彀中，成为了圈套的一部分。

而那邀约皇子和世瑓的神秘人，正是高丽王世子王鉴。他的地位远远不及高丽王王璋本人，身份固然不足以打动皇子和世瑓，但或许他掌握了和世瑓最想知道的秘密呢？

贯云石继续道：“高丽王世子就是邀约之人，他怕被人看见，未走大道，而是抄了清露堂后院的近道。”

而某甲刚好翻墙出来，先听到了声音，便过去查看，结果正好在北墙遇到了高丽王世子。高丽王世子认出了某甲是能远楼的伙计，尚在惊讶之时，却被对方出其不意地杀死。

黄公望摇头道：“但这似乎不大可能，高丽王世子是不会与皇子和世瑓私下相约会面的。”

按照祥哥剌吉公主的说法，高丽王世子王鉴并不受其父高丽王王璋器重，世子地位一直不大稳固。王鉴为了自保，不断讨好嗣母宝塔实怜公主，更是在仁宗皇帝登基后，支持仁宗立己子为皇太子。

祥哥剌吉公主身份特殊，与答己太后、仁宗皇帝以及皇子和世㻋均是至亲，其人所言自然不会有误。如此，高丽王世子王鉴与皇子和世㻋便是政敌。王鉴明知道正月初一皇宫中已经大大闹过一场，据传御苑飞鹰事件也与皇子和世㻋有关，答己太后和仁宗皇帝都因此而对和世㻋相当不满，他还怎么可能将那件重要物事的下落告知皇子和世㻋？

即便是高丽王世子想脚踩两只船，主动向皇子和世㻋示好，好在日后立于不败之地。但他既抄小道，必是不愿让外人看到，能有此机敏的心思，在北墙骤然遇到能远楼伙计时，当会立即意识到不妥，即便不出声呼救，也当有所警觉，怎么会不加反抗，任凭对方杀死了自己？

凶器黄金匕首将高丽王世子的命案与能远楼联系了起来，但凶案地点却是高丽王世子不该到达之地，甚至是凶手某甲不该出现之地，二人又是如何相遇的呢？这内中到底有什么关节奥妙？

二人均百思不得其解。贯云石叹道：“要是皇子和世㻋不那么快离开就好了，诸多细节，均需要他本人的证词来验证。”

恰在此时，有心腹侍从过来禀报道：“已经过了正宴时辰，贵宾们都还等着贯学士回去呢。”

黄公望闻言忙道：“贯学士身为主人，确实离开得太久了。你须得立即回去万柳堂主持宴会，如此方能不令众宾客起疑，才能遵从祥哥剌吉公主的吩咐，隐下廉园之事。”

贯云石道：“那么黄先生也要随我一道吗？”

黄公望道：“我就不回去了。我先留在这里，等找到皇子和世㻋再说。”

贯云石颇为无奈，只得先同意。

那侍从又道："你是黄公望黄先生吧？翰林院杨学士让小的转告你，说他先走一步，赶去能远楼搬家，他自己、黄先生，还有一个叫郑榕的小娘子，都要搬去杨学士家中。"

黄公望"啊"了一声，忙问道："郑榕人呢？"

那侍从道："跟随杨学士一道走了。"

贯云石满腹狐疑，忙低声问道："怎么回事？"

黄公望道："杨载最聪明不过，他肯定也由黄金匕首猜到了今日之事跟能远楼大有关系，但他向我保证过，绝不介入此事。想不到，他先回了能远楼搬取我的行囊。"

贯云石道："如此也好，等于是又给了对头一个信号。"又道："那我先去了，等宴席散后，我再来清露堂与黄先生会合。"

第九章

初心未改

一时之间，又是手舞足蹈，又是捶胸顿足，又是长吁短叹，模样颇为滑稽。王氏少年学画，成名已久，在画技上十分自负。但他料不到的是，他面前的这位黄书吏，将会在不惑之年方才开始学画，并会取得极高成就，名垂青史，其巨作《富春山居图》气势恢宏、境界壮阔，与《清明上河图》一道并列为中国传世名画。

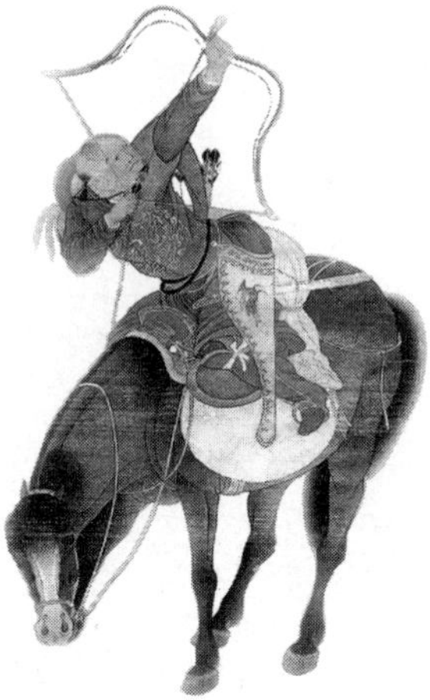

驿路西风冷绣鞍，离情秋色相关。
鸿雁啼寒，枫林染泪，撺断旅情无限。

丈夫双泪不轻弹，都付酒杯间。
苏台景物非虚诞，年前倚棹曾看。
野水鸥边萧寺，乱云马首吴山。

君行那与利名干。纵疏狂柳羁花绊，
何曾畏道途难？
往日今番，江海上浪游惯。

剑横腰秋水寒，袍夺目晓霞灿。
虹霓胆气冲霄汉，笑谈间人见罕。

束装预喜苍头办，分襟无奈骊驹趱。
容易去何时重返？见月客窗思，
问程村店宿，阻雨山家饭。
传情字莫违，买醉金宜散。
千古事毋劳吊挽，
阖闾墓野花埋，馆娃宫淡烟晚。

——李泂《夜行船·送友归吴》

贯云石离开后，黄公望便独自进来后院厨房，喝了一大瓢水，又吃了几块糕点充饥。刚填饱肚子，便有浩七手下的侍卫寻来禀报道：“有人来找黄书吏。”

黄公望闻声出来，来者却是秘书监官员王振鹏。黄公望刚刚还与贯云石谈论过他，忽见到其人来找自己，极是意外。

王振鹏见对方发怔，以为对方不记得自己了，忙自我介绍道："在下是……"

黄公望道："你是王振鹏王典簿，我们不久前在万柳堂见过的。"

王振鹏点了点头，又四下看了看，问道："清露堂这边应该是出了大事吧？宾客都散去了，只有黄先生与祥哥刺吉公主的侍卫留在这里。"

黄公望不答，只问道："黄公望乃无名之辈，王典簿特意寻来清露堂，有何贵干？"

王振鹏道："黄先生虽然声名不扬，但才智过人，就连当今皇帝也夸赞你能干呢。"

黄公望先是一愣，旋即意识到王振鹏是当今皇帝宠臣，时时进宫，多半曾听仁宗皇帝提过皇宫命案，便抱拳道："不敢当。"

王振鹏问道："我冒昧前来打扰，会耽误黄先生的正事吗？"

黄公望道："我刚好闲着。"

王振鹏道："黄先生既然闲着，为何不回去万柳堂？"

黄公望只微微一笑，并不回答。

王振鹏道："黄先生应该是觉得坐在那里不自在吧？我也是。适才他们居然还让我代为主持宴会，我真是恨不得立时转身就逃。"

黄公望又是微微一笑。

王振鹏遂踌躇道："王某有一件私事，想请黄先生帮忙。"

黄公望满以为王振鹏听到了皇子和世球遇刺的风声，身为皇帝心腹的他急忙赶来打探消息，不想对方一开口便是私事，不由得一怔。

王振鹏忙道："当然了，我不会让黄先生白白奔波的。"

黄公望忙道："王典簿客气了。孤云处士因为私事来找我黄公望，是看得起我，有事尽管说，我一定鼎力相助。"

王振鹏为难道："只是这件事事关重大，还望黄先生不要泄露出去。"又道："黄先生的人品，我自然是信得过的。我看黄先生坐在倪真人和杨编修之间，且与他二位都是至交好友。我与倪真人今日是第一次见面，但杨载杨编修我多少了解一些。”

黄公望问道：“王典簿与杨载是朋友吗？”

王振鹏坦然答道：“不算朋友。我不好与人交道，平日总是闭门谢客，因而没什么朋友。但这并不妨碍我认为杨编修是正直可靠之人，他信得过的人，我王振鹏也信得过。”

黄公望点点头，道：“多谢。请王典簿直接说正事吧，无论我能否帮得上忙，你我今日之言，我都不会对第三人说起。”

王振鹏似在选择措辞，又踌躇了好大一会儿，才问道：“黄先生可有听过《清明上河图》？”

黄公望大吃一惊，当即联想到陈宝生身上，心道：“我就知道这小子不会没来由地出现在廉园，他表面答应了杨载罢手，其实还在暗中经营，谋取《清明上河图》。”

王振鹏道：“看神色，我便认为黄先生是知道这幅画了。”

黄公望道：“怎么，《清明上河图》现下在王典簿手中吗？如此，当真可喜可贺。”

他既知陈宝生为得到《清明上河图》而费尽心思，又见陈氏对王振鹏颇为关注，料想必是《清明上河图》已落入王氏之手。

王振鹏忙摇头道：“不是。目下《清明上河图》收藏在内府，归答己太后所有。当今皇帝还是太子时，曾带我去兴圣宫鉴赏此图。我一见之下，便惊在了当场，那当真是我生平从所未见之杰作，说它是传世巨作，一点也不为过。”

一时之间，又是手舞足蹈，又是捶胸顿足，又是长吁短叹，模样颇为滑稽。

王振鹏陶醉了好大一会儿，才道：“请原谅王某适才失态。黄先生不是此道中人，断然不会理解这份复杂的情感——身为画家，见到巨作，既有欣然与震撼，也有难以超越前作的沮丧与遗憾。”

王氏少年学画，成名已久，在画技上十分自负。但他料不到的是，他面前的这位黄书吏，将会在不惑之年方才开始学画，并会取得极高成就，名垂青史，其巨作《富春山居图》气势恢宏、境界壮阔，与《清明上河图》一道并列为中国传世名画。

王振鹏长长叹了口气，又道："见过《清明上河图》之后，我便对它念念不忘。为了能再见到它，我便主动请求要为答己太后整理字画收藏。当时兴圣宫刚刚建好，太后欲由隆福宫移居兴圣宫，也想借机将府库所藏全部整理一遍，正在寻找这样一个人。我有太子从旁作保，太后当场便答应了。我花费了将近一年时间，将皇宫内库中的字画整理完毕，也正是在这大半年的时间内，我悄悄临摹出一张《清明上河图》，栩栩如生，与真图无二，几乎连我自己也分不出真假。"

黄公望"啊"了一声，道："王典簿该不会就此'狸猫换太子'了吧？"

王振鹏双手乱摇，忙道："没有，决计没有。太后信得过我，才会任我出入隆福、兴圣两宫，我怎会做出偷梁换柱之事？但描摹一事，是我自己私下做的，太后和太子……也就是当今皇帝并不知道。而今这张赝作《清明上河图》失窃，被人盗走了。"

黄公望错愕至极，问道："王典簿私下来找我，就是因为赝作《清明上河图》失窃吗？王典簿何不报官？官府眼线多，路子广，能耐也比我黄公望大得多。更何况王典簿这样的身份，官府巴结都来不及，一定会倾尽全力捉拿窃贼。"

王振鹏道："适才我说过了，描摹《清明上河图》一事，是我自己私下做的，太后和当今皇帝并不知道。"

原来王振鹏备受重用是因其人最擅长界画，而元廷重视界画，纯属实际需要。蒙古的根本之地仍在漠北，蒙古部落学造汉地城池、建筑等，往往是通过界画师来实现[1]。王振鹏描摹时，正逢祥

[1] 界画以工笔严谨、造型准确为创作宗旨，与传统中国画追求"逸笔草草，不求形似"的美学取向相悖，在中国艺术史上地位衰微，且为士林所轻视，即"目界画都鄙为匠气，此派日就澌灭者"，因而专司界画的画家不多。但蒙古兴起后，界画受到蒙古及元统治者的青睐。成吉思汗营（转下页）

哥刺吉公主要在鲁王城所在的应昌建造报恩寺与龙兴寺。当时还是元武宗海山执政，答己太后宠爱宝贝女儿，向皇帝儿子举荐了王振鹏，于是元武宗命王振鹏担任两座寺庙的设计师。当时摹画《清明上河图》正到紧要关头，王振鹏不愿意就此放弃，遂称内府库藏还未能整理完毕，又编造了一堆其他理由。答己太后虽然不大高兴，倒也没有再坚持。武宗皇帝倒是无所谓，毕竟王振鹏是当时的太子爱育黎拔力八达一方的人，遂另外选派了界画师。

而今王振鹏虽得仁宗皇帝宠幸，但答己太后依然干政严重，譬如中书省宰相等要害之职，都是由太后任命。仁宗皇帝为了在立太子一事上取得答己太后的支持，对其只能百依百顺。

王振鹏又叹道："黄先生知道我是不可能报官的，一旦报官，答己太后和当今皇帝必知我曾暗中描摹《清明上河图》。这件事倒还好，不算太严重，只是这样一来，当年我推托为祥哥刺吉公主设计寺庙一事，也会暴露。这可就不是小事，算得上是欺君大罪。"

顿了顿，又道："虽然当今皇帝宽厚仁爱，一向待我不错，但我毕竟得罪了答己太后以及祥哥刺吉公主。以答己太后的性子，肯定不会就此善罢干休。"

黄公望点了点头，道："但赝作失窃，对王典簿也一样不利。窃贼自行收藏倒也罢了，若是他拿到市场上售卖，当年之事一样会暴露。"

王振鹏长叹一声，道："所以我只能私下请一个精明能干的人帮忙找到这名窃贼，拿回赝作也罢，就地毁掉也罢，无论如何都不能落入他人之手。"

黄公望当即应允道："好，我试试看。"

王振鹏却是一怔，问道："黄先生不提条件吗？"

（接上页）建和林城（城建混合了西洋教堂式宫殿、斡耳朵和汉式）及忽必烈营建上都（斡耳朵与汉式混合）、大都（进一步汉化）时，需要大量参照汉代建筑的样式，由此形成了对界画的欣赏需求。由于元代取消了科举，汉族文人入仕主要靠朝臣举荐（如杨载），如若身怀界画绝技，就比常人多一种晋身之阶（如王振鹏）。

黄公望哈哈一笑，道：“我得破了这桩案子，替王典簿取回赝品，力保王典簿无恙，才能提条件啊。不然提了也没多大用处，对不对？”

王振鹏也跟着笑了，道：“也对。”

黄公望遂问道：“那幅赝作是何时失窃的？”

王振鹏道：“正月初十夜间。”

黄公望心道：“陈宝生正是在正月初十早上搬出了能远楼，这一定不是巧合。”

黄公望愈发确信失窃案与富商陈宝生有关，只是不便明言。又问道：“可有旁人知道贵府中有一幅足以乱真的《清明上河图》赝作？譬如虞集虞学士。”

王振鹏很是惊讶，问道：“黄先生为何单单提及虞集？”旋即会意过来，忙道：“黄先生可能也听说我请了虞集虞学士为先父撰写墓志铭，这其实是皇帝的意思，我跟虞学士并无私交。但墓志铭一事，我还是心怀感激的，为此也送了一份厚礼。”

黄公望又问道：“王典簿平日总是闭门谢客吗？”

王振鹏点头道：“从来不见外人。也正是如此，当今皇帝才赐号孤云处士。至于今日来廉园赴宴，也是应虞集之请，我其实料不到虞集会出面相邀。廉园文会倒也罢了，我想姚大学士是天下魁首，这次大概是最后一次见面，总得给个面子。”

顿了顿，忽然一改语气，道：“好吧，我说实话，我今日其实是为黄先生你而来。我听说翰林院杨载曾与黄先生一道查案，料想你二位必是朋友，今日廉园雅集，杨载必会参加，我便有机会从他那里打听到黄先生的住处。不过我料不到黄先生本人也来赴宴，这算是意外惊喜了。”

黄公望极感意外，心道：“原来这位冷傲性子的孤云处士是为我而来，这可实在叫人想不到。”

又问道：“除了王典簿本人外，当真再无旁人知道府上藏有一幅

《清明上河图》赝作吗？”

王振鹏道：“我家眷一直留在山东老家。家中只有我和一名老家跟来的下人，他自然是知道的。不过他跟随我多年，决计不可能与窃贼勾结。除此之外，再无旁人了。”

又道：“其实好的画作应该拿出来与有缘人共同观赏，但因为我性情孤僻，本来就不爱与人打交道，更何况这幅作品不能见人，所以我一直把这幅画暗藏在书房中，只有我自己不时取出来观看。”

黄公望道：“如果再没有旁人知道赝作一事，窃贼当不是为那张《清明上河图》而来。”

王振鹏道：“不错，除了我自己的画作外，我书房还有不少藏品，有几幅宋画是皇帝所赐，相当珍贵。但窃贼没有取那几幅宋画，只拿了两幅我自己的作品，尚未题款[1]，以及那幅《清明上河图》赝作。”

黄公望问道：“那幅《清明上河图》赝作就随意摆放在书房吗？”

王振鹏道：“当然不是，平日都收藏在书房暗格里。”

黄公望想了想，道：“我敢肯定，窃贼就是为那幅《清明上河图》赝作而来，另外取走两幅王典簿的画作，不过是幌子。不过王典簿也不用太过担心，既然窃贼心存善意，必不会刻意声张出去。”

王振鹏道：“可他到底要做什么呢？众所周知，真的《清明上河图》收藏在内府，我那幅只是赝作，根本就不值钱。”

黄公望心道：“未必是钱的事。昔日名医危碧崖为一观《清明上河图》而殚精竭虑，老名医不是看重画作的艺术价值，而是因

---

[1] 题款，又称题识、款式。包含“题”和“款”两方面内容：在画上题写诗文为“题”；在画上记写年月、签署姓名和别号、钤盖等，称为“款”。题款在构图上起着十分重要的作用，字体、位置、长短、大小及印之朱白等都应十分考究。凡人物、山水、花鸟等绘画作品，画面布置变化极为多变。满的构图，只能题一姓名，或钤一方图章，这种款式叫“穷款”。很空的构图，须题长篇大论以补充画面的空虚，叫“长款”。构图上多处错杂的空虚，须题二处或二处以上，叫“多处款”。一幅画，除诗跋等处，仅题作者姓名的，叫“单款”。画面除作者姓名外，题有这幅画所有者字、号，以表示为某人所持有，如“某某先生雅风”，此先生名字题在作者上面，叫“单款”，因此作者姓名又叫“下款”，上下两款合起来叫“双款”。

其写实，想一观宋人医疗之术。不过这名窃贼大概没有这么高尚的理由。”

他对王振鹏极有好感，也颇感激对方能将生平最大的隐秘毫不忌讳地告诉自己，当即如实告道：“窃贼不会做别的用途，一定会设法偷梁换柱。”

王振鹏一时愣住，过了好大一会儿，才会过意来，连连摇头道：“这不可能，对方绝不可能办到。就连我……抱歉，我不是夸耀我自己，而是我时时有机会亲近天颜。我的意思是，就连我也不能办到，更不要说窃贼了。”

黄公望道：“不管对方有没有这个能力，眼下的情势都相当危急。尽管窃贼不会声张，但他经营换画一事时可能会失手，追究下来的话，最终王典簿还是难逃其责，你当年欺瞒先帝及太后一事，也可能因之泄露。最差的情况是，尽管一切都是窃贼所为，但被认为是你自己想以假换真，窃贼是受你指使。”

王振鹏先是愕然，随即连连摇头道：“我怎么会那样想？我要是想偷梁换柱，数年前便已经换了。”

黄公望道：“先不说其他。窃贼可有留下蛛丝马迹？”

王振鹏摇了摇头，道：“我是每日一早亲自进书房打扫，包括暗格。正月初十我还看到过那三幅画，正月十一一早画便没有了。后来下人在墙边发现了脚印，料想是正月初十当晚有窃贼翻墙潜了进来。”又道：“难道真是鲁宽勾结外人所为？哦，鲁宽就是从小跟着我的下人。对了，还有一件事，三幅画失窃后，我开始觉得奇怪，称窃贼不识货，随便取走一张宋画，都比那三幅画值钱多了。鲁宽却说，这恰恰说明这个窃贼是我的知音，他是专门来盗取孤云处士的画作。”

黄公望沉吟道：“我没有见过贵府的下人鲁宽，但从常理来看，他不大可能背主。”

第一，正如王振鹏所言，盗贼窃取的三幅画，远远不如其他宋画值钱。鲁宽自然想不到窃贼想以假换真，窃贼也不大可能以金钱来收买鲁宽，不然只会令鲁宽起疑。

第二，王振鹏算是潜邸旧臣，而今深受仁宗皇帝尊宠，将来前途不可限量。鲁宽虽是下人身份，却算得上是王振鹏心腹。且不说他自幼跟随王氏，情感深厚，但就人趋利避害之本性而论，在窃贼及仕途一片光明的主人之间，他自然选择后者。

王振鹏道："可暗格所在之处，只有鲁宽一人知晓。"

黄公望道："大凡书房，都设有暗格，位置也就那么几处，窃贼……尤其这还是个雅贼，能迅疾寻到，并不足为奇。王典簿再好好想想，当真没有旁人知道吗？毕竟从你摹画完毕至今，已有数年。"

王振鹏摇头道："我从不与人往来，自然也不会邀请人来家中做客。即便有皇帝使者等来传诏赐物，那幅画也是收藏在暗格中，秘不示人。"忽想到一件事，惊道："是了，赵瑞知道有那样一幅图。"

黄公望忙问道："赵瑞是谁？"

王振鹏道："一个民间装裱匠。起初，我完成赝作后，请赵瑞将画装裱。两年前，又重新装裱一次。但赵瑞此人十分可靠，也算是我在京师唯一的朋友，绝不可能将此事泄露出去。"

黄公望忙问了赵瑞住址，道："不管怎样，我会跟进这条线索。"

刚好侍卫长浩七进来，见到黄公望在与人交谈，便只简单招呼了一声，先退了出去。

王振鹏奇道："清露堂这边……"旋即摇头道："算了，我自己的烦恼已经够多了，又哪有心思管别人的事。"

黄公望道："请王典簿先回万柳堂，此后也不必再来找我，除非是发现了线索。王典簿平日不与人来往，忽然来找我，一定会让人起疑，相当于告诉旁人府上出了事。我这边有了进展，会尽快知会王典簿。"

王振鹏点头道："好。"

王振鹏出去时，与浩七打了照面，浩七这才认出了对方，很是惊愕，忙问道："王典簿怎么会在这里？"

王振鹏简短地答道:“随意逛逛。”头也不回地走了。

浩七奇道:“这位孤云处士性子骄傲得很，平日都不带理人的，如何跑来了这里?”

黄公望道:“他说就是随意逛逛。”又问道:“可有找到皇子和世球?”

浩七摇了摇头，道:“我手下快马赶去了城南皇家别墅，但和世球人不在那里，也不知道他到底去了何处。”

又道:“但祥哥剌吉公主已经派人赶去询问了八不沙，就是那个见过刺客的蒙古贵族女孩。她说刺客是个男子，不过她因为完全没在意，也未看清其人的面貌。清涟那边，公主会亲自询问，之后再派人将经过情形告知黄书吏。”

黄公望道:“这边暂时没什么线索了，我得先回能远楼一趟。”

浩七不知黄公望住在客栈中，颇为惊讶，问道:“黄书吏去能远楼做什么?”

黄公望道:“我原先住在那里，但今日会搬去翰林院杨载杨编修家中。”

浩七忙道:“黄书吏既然还有搬家私事，就先去忙，我这边有发现的话，便去杨编修家寻你。”

出来廉园，走不多远，便有一名戴毡帽的男子主动迎上来招呼。那男子将毡帽抬高了些，黄公望这才认出对方，竟是年轻富商陈宝生。黄公望极是惊异，问道:“你还在这里做什么?”

陈宝生微一犹豫，即如实答道:“我在这里等秘书监官员王振鹏。”

黄公望忙将陈宝生拉到偏僻处，问道:“你怎么会知道王振鹏手里有一幅《清明上河图》赝作?你是从装裱匠赵瑞那里打听到的，对不对?”

陈宝生瞪大眼睛，问道:“什么，王振鹏手里已经有了一幅《清明上河图》赝作?”

黄公望见对方错愕至极，且神情不似做伪，一时半信半疑，问道："不是你吗？"

陈宝生愕然道："什么不是我？我就是陈宝生啊。"

黄公望道："不是你潜入王振鹏家中，盗取了《清明上河图》赝作吗？"

陈宝生道："嗯，这个……这个嘛……"随即慨然道："黄先生，我不忍心再瞒你，不错，是我做的。"

黄公望道："那你适才何以如此吃惊？"

陈宝生苦笑道："我是不知道黄先生竟会知晓此事。"

黄公望道："是王振鹏自己告诉我的，而且他请了我帮忙，要寻回那幅《清明上河图》赝作。"

陈宝生忙道："我今日想见王振鹏，其实就是想当面告诉他，不必担心赝作一事，我不会声张出去。"

黄公望闻言大为惊奇，问道："你冒着寒风等在这里，就是为了当面告诉王振鹏这件事？"

陈宝生道："当然了。王振鹏从不见客，我已数次被拒之门外，他又得皇帝特许，不必上朝，所以也没办法在半途拦截。好不容易打听到王振鹏今日会参加廉园文会，我便跟过来了。这也是不得已的法子，我绝不会令任何好人陷入困境，所以绝不会泄露赝作一事。"

黄公望摇了摇头，道："你自己就是窃贼，当然不会对外张扬了。不过你能如此坦诚，竟然想当面对事主王振鹏坦白，也算是个有胆量有担当的男子。"

陈宝生道："若不是总吃闭门羹，我也不会出此下策。"

黄公望又问道："你最初是如何进去廉园的？"

陈宝生道："我先等在廉园大门附近，见到虞集虞学士抵达，便上前与他攀谈，门仆以为我跟虞学士一道，就直接放我进去了。"

黄公望道："你果然是早有预谋。"

陈宝生笑道："其实在虞学士抵达前，我先看到了黄先生和杨编修，但我没敢上前招呼，却不想后来还是在园子里遇到了黄先生。"

黄公望无奈摇了摇头，道："宝生，你须得将那幅……"

陈宝生连连摆手道："黄先生不必开口，总之，我是绝对不会将《清明上河图》赝作交还原主的。至于原因嘛，黄先生最清楚不过。"

黄公望道："若是王振鹏报官，你可就吃不了兜着走。"

陈宝生笑道："王振鹏要报官早报了，何必偷偷摸摸地找黄先生帮忙？"又笑道："黄先生，大家有麻烦都找你帮忙，这件事，我也要请你帮忙。"

黄公望道："你想让我劝王振鹏不再追究《清明上河图》赝作失窃之事？"

陈宝生点了点头，正色道："我猜王振鹏私下仿作《清明上河图》，也是因为原作精彩绝伦，太过震撼，他既不能拥有原作，便自行描摹了一幅。但那幅原作，本是前朝遗产，是我们汉人的珍品，一定要让它回到我们汉人手中。黄先生若要插手阻碍，那便是与我们全体汉人作对，包括你自己。"

黄公望闻言有些哭笑不得，问道："你如何成了全体汉人的代表？"

陈宝生道："总之，黄先生也是汉人，跟我一样，是地地道道的南人，你不能跟自己过不去。我们汉人要团结，只有一致对外，才有可能从蒙古人手中夺回本来属于我们的东西。"

黄公望心道："这些话，倒像是金海岩的口气。"

陈宝生又道："对了，我还看到金海岩了。"

黄公望大吃一惊，一边四下张望，一边问道："他人在哪里？"

陈宝生忙道："现在人不在了，早走了。"

原来陈宝生在廉园假山附近遇到黄公望后，得对方警告，怕给贯云石惹上麻烦，便急忙离开了园子，但仍然在大门附近徘徊，预备等王振鹏出来时，便上前拦截。因为怕先遇到清涟、杨载等人，陈宝生躲去了一个隐蔽处，结果一眼就看到了金海岩。

陈宝生又道："我看到了他，他也看到了我，不过我们都佯装不认识。"

黄公望道："这是为什么？之前你二人不还称兄道弟吗？"

陈宝生道:“第一，因为我二人各有各的秘密，不想让对方知道。第二，毕竟是金海岩的生父金石杀了先父，我与他太过亲近，未免对不起先父。第三，我一身富家公子打扮，金海岩却是一身下人打扮，我跟他打招呼，这不奇怪吗？不过我一眼便认出金海岩穿的是能远楼伙计的衣衫，心里还嘀咕了半天，但很快也就弄明白是怎么一回事了。不久后，能远楼伙计庄炎来到廉园，欲进去园中，却被门仆拦住。庄炎不停地抚摸后脑，又比画着什么，门仆却连连摇头，不准他进。庄炎只得掉头，悻悻离去。”

黄公望心念一动，忙问道:“是不是金海岩主动现身，去与能远楼伙计庄炎打招呼？”

陈宝生道:“不是这样的。金海岩人一直没动。不过那庄炎未穿外套，只穿着单薄衣衫，冻得直打哆嗦，而金海岩则是一身能远楼伙计的打扮，傻子也看得出来，他那身衣服，一定是从庄炎身上扒下来的。”

黄公望闻言惊异无比，心道:“这可就奇怪了！金海岩若是跟能远楼某甲是一党，定能轻而易举地弄到一套伙计衣衫，何必要冒着暴露的危险，打晕庄炎，剥下其衣衫，好混进廉园？除非金海岩跟能远楼某甲不是一党。而庄炎被人剥去衣衫，再想进廉园时被门仆阻拦，庄炎却没有说破衣衫被人剥去一事，警告门仆有人用能远楼伙计的身份混进了廉园，正表明庄炎与某甲是一党。”

一念及此，忙问道:“金海岩是何时离开的？”

陈宝生道:“有许多侍从护送一名少年公子出来后，金海岩便尾随少年公子一行离开了。”

那少年公子必是皇子和世琜无疑，金海岩也必是为和世琜而来。黄公望既能确认，忙问道:“少年公子出来时，金海岩有什么反应？譬如他见到那少年公子时，有没有特别惊讶？”

陈宝生道:“没有啊。我倒是能看到金海岩脸上露出一丝喜色呢，心里大概正在说‘总算出来了，终于不用再等了’。”

如此，便能肯定金海岩事先不知道能远楼某甲将要行刺皇子和世琜一事。金海岩必是一直在皇宫附近监视，等到和世琜出宫，尾随其人至廉园。刚好能远楼的伙计庄炎要进园办事，金海岩出其不意地将其制伏打晕，剥下其外衫，自己装扮成伙计模样，混进了廉园。

但金海岩先意外遇到黄公望，一番对答后，终究还是放弃了行刺计划，遵守诺言退出廉园，也可谓是信人。黄公望虽屡遭金氏的冷嘲热讽，然细细回想起来，竟有些心怀感激。

陈宝生亲眼见到不少宾客离去，已意识到廉园出了状况，忙问道：“是不是园子里面出了事？”

黄公望想不到会意外得到陈宝生这个证人，忙道：“你把你躲在暗处所看到的全部情形都告诉我。”

陈宝生先是一怔，随即正色道：“黄先生大可不必告诉我廉园发生了什么事，但我本质上是个生意人，我在寒风里站了半天，冷极了，那些事，可不能白告诉黄先生。除非……除非……”

黄公望问道：“你想让我为你向王振鹏求情，请他按下《清明上河图》赝作失窃这件事？”

陈宝生道：“反正那是赝作，也不值钱，我愿意再支付五百两黄金，算是正式购买。另外，我可以以先父的名义起誓，绝不会因为这件事让王振鹏惹上任何麻烦。”

黄公望道：“你不是打算行偷梁换柱之计吗？《清明上河图》真迹收藏在大内内府，你如何能进得去？”

陈宝生道：“目下我还没有想到办法，不过我能进去一次，便能再进去第二次。”

黄公望道：“你要以假换真，必须随身带着赝作，一旦事败，不但你自己性命难保，还会因此牵连出王振鹏，还说不会让他惹上麻烦吗？”

陈宝生忙道：“但请黄先生放心，若是我不幸被捕，便一口咬定说那幅赝作是我自己画的。”

黄公望奇道："你吗？"

陈宝生笑道："黄先生可别小瞧人，我陈宝生自幼学画，不敢与王振鹏并肩，但在画艺上也是相当有造诣的[1]。之前拜访虞集虞学士，我献上了自己的画作，还得到了他的夸赞呢，说是极有古意。不然何以今日我在廉园门前等到虞学士，便立即能攀谈上？我可不是胸无点墨的浪荡子。"

黄公望道："可你被捕后，若被认出曾冒充伊儿汗国使者，贯氏甚至包括我和杨载等人，又会被牵连进来。"

陈宝生道："嗯，那看来我只能在被捕前自杀了。"

黄公望随口道："就算你被捕前自杀，相貌仍在，还是有可能被人认出，假冒伊儿汗国使者一事暴露，一样会牵连许多人呀。"

陈宝生呆了一呆，随即拍了拍胸脯，慨然道："那么我便学聂政，自杀前，先自行毁容。[2]"

[1] 陈宝生谋取《清明上河图》，以及他擅长绘画，均为历史真事。陈氏的传世作品有《层云荡胸图》。

[2] 春秋时期，公元前394年，齐国向鲁国发起进攻，夺取了鲁国最地（今山东曲阜南）。危难之际，韩国出兵营救鲁国，两国联兵打退了齐军，韩国与齐国遂成死敌。当时韩国国君为韩烈侯韩取，执政相国则是他的亲叔叔韩傀（字侠累）。韩国大夫严遂（字仲子）与韩傀争权失败，不得不出走，逃亡到韩国的死敌齐国。然而严遂念念不忘向韩傀报背井离乡之仇，有人向他推荐了一个齐国市井屠夫聂政，说此人能助他一臂之力。严遂慕名寻去，结果发现聂政虽是屠夫，却是个面貌俊美的青年，一时很是怀疑，这样一个罕见的美男子如何帮他报仇？仔细打探后，才知道这聂政确实不是普通人，是个武艺高强的剑客，因在家乡魏国轵地（今河南济原东南）杀人暴露行迹，不得不携带母亲、姐姐避难隐居到齐国，以屠宰谋生。严遂备下黄金百镒（yì，古代重量单位，合二十两。一说二十四两），上门拜访，却被聂政婉言谢绝。严遂并不气馁，数次登门，准备精致的酒馔献给聂政母亲致礼。聂政仁孝，见母亲赞赏严遂礼数周全，便默许严遂来往于己家。严遂从来不提要求，聂政也没有主动发问，但他心中感动严遂以公卿身份礼贤下士，视对方为知己，他也知道对方必有所求，只是老母在堂，他不能以身许友。过了一阵子，严遂见聂政始终不卑不亢地与自己保持距离，知道事情难成，只得离开了齐国，回去自己的家乡卫国。严遂走后不久，聂母去世，聂政为母亲守孝三年，又送姐姐聂荌出嫁，这才来到卫国濮阳（今河南濮阳）找到严遂，问他仇家姓名，表示愿以死效命。严遂早已忘了三年前的事，面对寻上门来的聂政，目瞪口呆，直到此刻，他才相信他遇到一生中最值得信赖的人。严遂将与韩傀的仇怨原原本本告诉了聂政，说："韩侠累位居相国，身边甲士如云，你一人难近其身，我会多派车骑壮士从旁协助。"聂政却一口推辞，只说："相国至贵，出入兵卫，众盛无比，当以奇取，不可力敌。仲子只需给我一柄锋利匕首。"严遂就取了一柄匕首给他，聂政说："我这就告辞了，以后再也不会与仲子相见，仲子也不要派人打听我的事。"聂政来到韩国都城阳翟（今河南禹州，传说为禹之都），悄然进城，正好遇到韩傀下朝，高车驷马，前呼后拥，威风无比。（转下页）

黄公望闻言深感愕然。他倒是一点也不觉得好笑，反而对陈宝生的执拗性情颇为赞赏，想了想，便道：“好，这件事，我会尽力而为，但王振鹏性格与众不同，他最后如何决定，还是要看他自己。”

陈宝生忙道：“王振鹏既然私下找黄先生帮忙，足见他对先生十分信任。只要黄先生主张平息此事，王振鹏必定同意。”

黄公望道：“我尽力吧。现下你该说出你看到的廉园大门进出的情形了。”

陈宝生道：“今日进进出出的人很多，尤其是后来，有许多人出来，我又不认得所有人。可以说，绝大部分人我都不认识。”

黄公望道：“就说你认得的。按顺序来说。”

陈宝生仔细回想了一番，道：“嗯，先是清涟，我最先见到她出来。”

黄公望忙问道：“清涟女官是自己离开的吗？”

陈宝生摇头道：“不是，有个宫廷侍卫模样的人在园门前等她。”

黄公望问道：“是不是怯薛长果满。”

陈宝生道：“不是。我认得果满，我在兴圣宫见过他。”

又道：“那侍卫应该是那位少年的人。因为在那少年出来之前，我记得那侍卫一直跟一堆人等在大门前，少年出来后，他和那堆人便簇拥着少年上马去了。但不知道为什么他又折返了回来，还叫走了清涟。”

（接上页）聂政尾随到相府，只见从大门到台阶遍布执戈甲士，防范森严。韩傀重席凭案，坐府决事。聂政上前说：“有急事告相国。”不等甲士反应过来，直冲入府，闯到堂上。直到聂政抽出匕首，韩傀才一惊而起，然而匕首已以白虹贯日之势追了上来，一刀穿胸而过，韩傀顷刻间丧命。堂上大乱，直呼“有贼”，甲士关上大门，一齐来围捕聂政。聂政杀死数人，见敌人越来越多，难以逃脱，回手举起匕首削毁自己那英俊的面容，挖出双眼，划开腹部，最后再自刺喉咙而死。刺客虽然自杀，可他自毁相貌，难以查出身份，也无从追查幕后主使。韩烈侯遂命暴聂政尸于闹市中，悬千金之赏，买人告发刺客姓名来历，但始终无人认出聂政来。聂政的姐姐聂荌听说后，痛哭道：“这个人一定是我弟弟。”素帛裹头来到韩国，果见聂政横尸在闹市上，当即上前抚尸痛哭。市吏忙上前问她是否认识刺客，聂荌说：“他是我弟弟聂政，怕连累我才自毁面容，但我又怎么能怕被牵连而任凭他的英名埋没呢？”说完就在旁边的井亭石柱上撞死。千百年来，聂政姐弟的果断、刚毅、勇敢、无畏感动了无数人。魏晋名士嵇康被杀前所弹奏的民间琴曲《广陵散》，正是描写聂政舍命相报知己之恩、刺死韩相、为免亲人受连累不惜毁容一死的侠义故事。至今河南禹州西北仍有纪念聂政的“聂政台”。

黄公望心道："估计是皇子和世球怀疑今日廉园行刺事件与太后及皇帝有关，先派人将清涟叫去盘问，以免她日后串供。"

陈宝生又道："然后便是高丽王王璋。他出来时脸色极其难看，阴沉得像一块铁，跟这天幕没什么区别。我当时还想，高丽王一定是受刺激了，能刺激他的，除了辽阳行省姓洪的，再没旁人。"

黄公望奇道："你人又未进万柳堂，如何会知道这件事？"

陈宝生笑道："高丽王室与辽阳洪氏结有世仇，这谁都知道啊。"

黄公望道："我的意思是，你怎么知道有姓洪的出席廉园雅集？"

陈宝生笑道："辽阳洪氏可不是靠与高丽王室互相倾轧出名的。我小时候便听危碧崖老先生念叨过，说北方洪氏藏书极丰，因为未受中原战乱影响，某些医学藏书已经成了海内孤本。今日廉园宴会是文会，洪氏一定会参加，他可比高丽王有资格多了。"

黄公望忽想起一事，道："是了，那幅赝作虽然是假的，但细节却是与真图一模一样，你可有想过将赝画拿给危亦林一观，以慰危碧崖老先生在天之灵？"

陈宝生点头道："自然有想过。只不过这件事，黄先生还是不要知道太多细节，以免日后可能牵连先生。嗯，还是继续刚才的话题吧。再后来，是能远楼那些人，两名伙计，两名厨子，我都认得。对了，我还看到老园丁了。"

那老园丁是元代开国大将阿里海牙的旧部，被贯云石临时调派去跟踪能远楼伙计大壮等人，这是黄公望和贯云石想出的自保之计。黄公望听陈宝生说出了老园丁，很是惊异，忙问道："你怎么会认识老园丁？"

陈宝生道："在廉园里瞎逛时认识的呀。"

又告道："我进园后，本来跟随廉学士到了万柳堂外，但见里面宾客众多，宴会马上就要开始，遂不敢强行进入。料想正宴过后，宾客当有小憩时间，我那时再来找王振鹏也不迟，去逛逛大名鼎鼎的廉园也算不错，于是四处闲逛，由此遇到了老园丁，还聊了几句。原来他是畏兀人，不是汉人，蛮风趣的。他可真是老当益壮，那么一大把年纪了，举一块大石头，跟玩儿似的。”

黄公望点了点头，又问道：“后来呢？”

陈宝生道：“嗯，老园丁之后，便是杨载杨编修和郑榕，然后就是黄先生你了。”

黄公望又问道：“那么你在廉园闲逛时，可有遇到什么可疑的人？”

陈宝生笑道：“我自己算不算？”见黄公望神色凝重，忙收敛笑容，正色道：“我是开玩笑的。嗯，没什么可疑的，至少表面上没什么人可疑。”

黄公望问道：“我是在清露堂附近遇到你的，对不对？你可有在那一带看到什么人？不是可疑的那种，只是平常人，如游客、下人之类。”

陈宝生道：“有遇到几个人吧，不过我不认得对方，也没多留意。嗯，有认得的，对，有，我看到了高丽王和高丽王世子。”

黄公望眼前一亮，忙问道：“具体什么时候？”

陈宝生道：“就在遇到黄先生之前。不过我没有走近，只远远看到他父子二人在树下交谈，高丽王似乎吩咐了什么，高丽王世子便往清露堂这边来了。高丽王似乎又想到什么，也一路跟了过来。”

黄公望道：“这可奇怪了。”

陈宝生笑道：“高丽王父子肯定是找宝塔实怜公主有事，有什么好奇怪的？要说奇怪，还是得论高丽王与宝塔实怜公主和好一事。”顿了顿，又道：“我听说，这件事跟高丽王新收的义子塔思帖木儿有关，那孩子名义上是义子，其实是高丽王亲子，是他最爱的赵丽所生。”

黄公望极是惊奇，重重看了陈宝生一眼，道：“你从哪里听来的这些消息？是了，高丽王跟能远楼店家王年交是至交，你该不会是从王店家那里听到的吧？”

陈宝生忙道：“不是，我也是听路人瞎说的。再说了，画像那件事后，我对王店家都是避而远之，哪会主动跟他亲近，去打探这些小道消息？”

黄公望道：“是吗？这可不是小道消息，也不是什么路人能编造得出来的。”

陈宝生自知失言，忙将话题岔开，道：“对了，怎么只见到高丽王离去，没见到高丽王世子？”忽意识到什么，“呀”了一声，惊道：“黄先生适才问了这么多细节，该不会……该不会……”

黄公望简短地答道：“高丽王世子被杀了。”

陈宝生道：“呀！”虽然意外，但也还算平静。旋即又问道：“现下这件案子由黄先生负责吗？”

黄公望不答，只道：“你还要继续等在这里吗？我可是该走了。”不再理睬对方，拔腿便走。

陈宝生忙跟上来道：“我不等了。既然黄先生答应了帮忙，我便不用再亲自面见王振鹏道歉了。”又问道：“黄先生要去哪里？”

黄公望道：“能远楼。”走出几步，又顿下脚步，问道：“那名包下贵宾楼一楼的富商杜倍，其实是你的人，还有杜倍的那些侍从也是，对不对？”

陈宝生张了几下嘴唇，似乎想否认，但瞬时又改变了想法，点头承认。又问道：“黄先生如何会知道？我自认为掩饰得很好，在能远楼时，甚至从未跟杜倍私下见面。连王年交那样阅人无数的老辣者，都以为我跟杜倍是冤家对头。”

黄公望道：“你们表面功夫是做得不错，我也是无意中发现的。那日我跟你一道上楼，刚好在院中遇到了杜倍及其侍从，侍从本能地退开，杜倍的目光与你相接后，便立即垂下。他那一眼有些刻意，我一下便能看出。”

黄氏为吏时间不算太长，然均是在廉访司、御史台这样的要害部门，虽无品无级，却是长官的心腹书吏，对这种目光最熟悉不过——大凡下级遇到上级时，是不能直视上司双眼的。

再联想到陈宝生本人，身为富甲一方的大富商，到京师图谋大事，却是孤身一人，连一名侍从都没有，已是不合情理。既然所图之事极不寻常，该竭力低调才是，但陈宝生包下了能远楼贵宾楼二楼一层楼不说，还总寻故与楼下杜倍争吵，更是不同寻常。而二人相遇，杜倍那本能避开的一眼，更是说明问题。

黄公望又道："这只是其一。其二……"

陈宝生忙道："黄先生不必再说。不错，我是有意如此，也是为了以防万一，怕万一事败，会牵连杜倍等人，所以事先装作不认识，还不时制造我与杜倍不和的假象。至于我二人分别包下贵宾楼一、二层，自是为了行事方便，免得人多眼杂。高调行事，出手阔绰，在生意场上不是坏事，会令店家及伙计敬畏，不会东问西问。"

黄公望道："你倒是深谋远虑。"

陈宝生道："谈不上，我就是个做生意的。"又道："即便我千算万算，还不是被黄先生'一眼'识穿。黄先生当真是有阅人之能，能远楼上上下下都没有发现破绽，却被你发现了。"

黄公望道："我若不是事先知道你来大都的目的，也万万看不穿此事。"又问道："但贯云石画像那件事后，能远楼店家王年交多少对你起了疑心，你自己不方便出面，应该让杜倍在王店家身上下了不少功夫吧？"

陈宝生踌躇半晌，道："我知道黄先生想打听什么了。"

黄公望不过是随口一句，闻言便有意反问道："你这么快就猜到了？"

陈宝生道："这不难猜到。高丽王世子王鉴刚刚被杀，又是黄先生负责调查这桩命案。不错，高丽王王璋早有废除王鉴世子位之心，可偏偏王鉴是蒙古妃子所生，有大元朝廷撑腰，高丽王再怎么坚持，也难以如愿以偿，除非王鉴自己死了，才会扫清障碍。要我说，高丽王世子被杀，高丽王的嫌疑最大了。"

黄公望奇道："你怎么能如此肯定？"

陈宝生道："高丽王只是一脸阴沉，却没有半分悲痛，这像是刚刚丧子的父亲的样子吗？"

顿了顿，又道："好吧，既然黄先生已经知道杜倍是我的人，我也不瞒黄先生。画像那件事后，我担心王年交说出去，对我不利，便命杜倍暗中调查监视他，无非是想找一些把柄握在手里，以备不时之需，结果发现这位王店家很不寻常。”

能远楼虽是京师名楼，实际上却是盛名之下，其实难副，各方面包括菜式均很一般，偏偏它的食宿价格都相当高昂，不是平常人所能消费起的，是以限制了客流。

黄公望道：“不对呀，能远楼不是人满为患吗？”

陈宝生道：“这只是眼下情形，这个季节刚好是各国、各地使者觐见的旺季，放在平日，不会有什么客人，虽然会有些人慕名来吃饭消费，但真正有钱的人，因为地段关系，不会来这里住。但仅靠吃食，又能有多少盈利呢？”

黄公望狐疑地问道：“你到底想说什么？”

陈宝生道：“我是说，能远楼的盈利不高，在同行中绝对处于最低水平，偏偏王年交还雇佣了许多厨子、伙计，人数比同等规模的酒楼要多出一倍多。”

黄公望本已怀疑到能远楼某甲身上，闻言心念一动，问道：“你是说能远楼……”

陈宝生道：“我怀疑这能远楼早已被高丽人控制，从上到下，从店家王年交，到普通伙计，都是高丽王王璋的人。”

黄公望愕然道：“什么？”

陈宝生道：“要不然高丽王为何身为一国国王之尊，却总往能远楼跑，连正月初一都放弃皇宫诈马宴，只缩在能远楼喝闷酒？”

见黄公望半信半疑，陈宝生便道：“黄先生可知高丽王父子争权最烈时，王璋一度极其落魄，连生活都成了问题，是一个名叫萧觉贵的福建富商资助他渡过了难关。而这萧觉贵，正是能远楼的幕后老板。他人在京师时，从来不住别处，只住能远楼。”

黄公望奇道：“这些都是杜倍查到的吗？”

陈宝生点了点头，又道：“而且据杜倍的手下回报，说曾经两次听到高丽王与王年交密议废黜高丽王世子之事。”

黄公望愈发惊奇，道："高丽王与王年交商议废除世子之事，这是何等机密大事，他二人必定躲在密室，左右提防，你如何能知道？"

陈宝生竖起食指，朝天上指了指，道："杜倍手下自有能人。"又笑道："不然我如何能知道高丽王新收的义子塔思帖木儿其实是赵丽所生？"

黄公望道："可就算高丽王杀了自己的亲生儿子，世子之位不还是要由王鉴的同母弟王焘继承吗？一样轮不到塔思帖木儿。"

陈宝生道："所以高丽王才跟宝塔实怜公主和好啊。如果宝塔实怜公主能将塔思帖木儿收为嗣子，塔思帖木儿便有了嫡子身份，大可越过王焘，获得高丽储君之位。"

黄公望心道："啊，陈宝生到底是生意人，一眼便看出了利益所在，我竟未能看透此节。"

陈宝生又道："这桩案子是个烫手山芋，所以他们才又丢到黄先生手里。"

黄公望自从得知陈宝生为《清明上河图》而奔波以后，虽赞赏陈氏矢志不渝，但也认为对方不过是个莽撞青年，然自从发现杜倍实为陈宝生手下后，对其刮目相看。此时听了陈宝生一番话，竟开始有些相信高丽王具有不小的杀人动机，忙问道："此话怎讲？"

陈宝生道："上次皇宫命案也有我的份儿，所以我一早便将真相坦诚地告知了黄先生，最后上头未予深究，草草收场，实属侥幸。但这次事件却只涉及高丽王父子。必是高丽王王璋杀了亲生儿子，但王璋毕竟代表着高丽国，朝廷不可能拿他怎样。难道还要再一次废掉他吗？废掉他，谁来当高丽王呢？不管怎样，王璋是世祖皇帝的亲外孙，这层身份，已足以庇护他过关。而且高丽王世子已经死了，朝廷想着反正人死不能复生，只能就这样算了，再立王焘为世子便是，反正都是蒙古妃子所生。"

顿了顿，又道："上次宝塔实怜公主杀死佩娘，答己太后出面庇护，将佩娘之死推到了死去的杨暗普身上。这次死的是高丽王世子，地位不比佩娘低，朝廷必定要找替罪羊，他们会将杀人罪名推给谁呢？这桩案子，从一开始就注定没有结局，而黄先生查也不是，不查也不是。查吧，说不定会惹怒高丽王，直接导致他对黄先生下毒手。我这可不是夸张之语，虽然高丽王跟黄先生有旧，但他连亲生儿子都能果断除掉，足见其人不是善类，到关键时刻，为了自保，他什么事都能做出来。”

黄公望道：“你不是说即便高丽王恶行败露，朝廷也一样会包庇他吗？他必然对此也很有把握，还有必要对付我吗？”

陈宝生道：“但朝廷不会包庇能远楼呀。今日高丽王携世子到廉园参加文会，刚好能远楼负责园中饮食，许多厨子、伙计都进了园子。高丽王不一定会亲自动手，极可能是利用能远楼的人。是了，以黄先生之能，当已经怀疑到能远楼了，所以你不等宴会结束，便要急着赶回能远楼。对不对？”

见黄公望不应，便道：“那么我便当黄先生默认了。麻烦就麻烦在这里，黄先生自来到京师，便一直住在能远楼中。贯学士画像那件事，黄先生其实也是知情者，等于你我二人皆有把柄握在能远楼店家王年交手中。黄先生若将高丽王世子命案追查到能远楼头上，他们来个鱼死网破，将黄先生明知我曾冒充伊儿汗国使者却未举报一事告发，牵连的人就更多了。若黄先生模棱两可，含含糊糊地交差，又不是先生之作风。”

黄公望心道：“莫非这是真事，能远楼某甲用黄金匕首杀人，还有意将匕首留在现场，是有意将我卷入。今日廉园雅集，参宴者多是学士之类的文官，唯我是法司官吏，到现场主持命案的可能性极大。若是我查出真相，对方便拿陈宝生那件事威胁我，胁迫我隐匿案情。”

但能远楼显然不可能是高丽人在大都的秘密据点，更不会如陈宝生所言，里里外外都是高丽王王璋手下。因为除了杀死高丽王世子之外，能远楼某甲还涉嫌行刺皇子和世瑓。如果能远楼某甲是高丽王王璋的手下，断不可能行刺皇子和世瑓，毕竟高丽王是元武宗海山一派，是坚决支持和世瑓当皇帝的。

忽有一名白发老者迎面而来。陈宝生认出对方，忙扬手招呼，又转头低声告道：“这位便是廉园老园丁。”

黄公望大为惊奇，忙迎上前去，招呼道：“老人家好。我是黄公望，是……”

老园丁点了点头，道：“我知道你是谁，贯学士提过你。”又告道：“那四个人……我是说，从清露堂出来的两名厨子、两名伙计，都如数回能远楼了。这可大大出乎贯学士的意料。因为没法动手，我便先赶回来向贯学士禀报。”

原来贯云石料想能远楼某甲离开廉园后，便会立即逃离京师，或是及时隐匿起来。即便某甲手上握有贯云石及黄公望的把柄，皇子遇刺是惊天大事，和世瑓本人就不必说了，就连当今仁宗皇帝也必会下旨严查，以昭示天下“行刺一事，与己无关”。既然必定惊动皇帝，这便不是黄公望甚至贯云石所能瞒得住的事，因而对某甲而言，走为上计。

既然料到此节，贯云石便安排老园丁尾随某甲，欲等其离队后，伺机将其捕获，秘密囚禁起来拷问。如确认某甲便是刺客，就将其杀死，伪装成与同党争斗时被杀的样子，再设法由黄公望发现某甲尸首，如此，便可了结皇子和世瑓遇刺一案。某甲手中的把柄随其人而去，而能远楼店家王年交也因为某甲是楼中伙计，只求置身事外，绝不敢另行生事。黄公望则可以从容地向朝廷交差。

却不想黄公望先行离开时，竟意外遇到了老园丁，得知能远楼四人尽数返回了能远楼，不由得意外至极，心道：“这倒是越来越符合陈宝生的说法了，能远楼上下都是一伙的。”

如此，便能解释何以某甲携弓箭出入厨房、从容地搭梯子翻墙，而旁人视而不见。

陈宝生见黄公望出神，连老园丁离开也未觉察，忙叫道：“黄先生，老园丁已经走了。”又建议道：“黄先生还是赶快称病，推掉这桩案子吧。”

黄公望摇头道：“这件事，不是这么简单，也不是我想推就能推的。”他不便说出高丽王世子命案的凶器正是自己的黄金匕首，同时还有皇子和世瑓遇刺一事，只道：“我有件事，想请宝生你帮忙。”

陈宝生忙道：“杜倍还带着侍从住在能远楼贵宾楼，黄先生有事的话，大可吩咐，我自会交代他们去做。只是我自己觉得不值当，就算查证了高丽王杀子之实，最后也是不了了之，黄先生又何必为了这些狗血之争，浪费自己的气力和时间？”

黄公望心中“咯噔”一下，暗道：“是了，我今日在万柳堂上是何等尴尬，虽然表面若无其事，内心却是自惭形秽得要死。堂上诸公大多取得了非凡成就，别人不说，就说杨载，他有而今的地位，固然有机遇的因素，更多的还是靠实力。隐居于家乡的这些年，我若专攻文史，在学问上未必会输给他。可而今我们之间已经有天壤之别，不只是地位，学问也是如此。他已是翰林院编修，我却还在为行刺、杀人这样一些事东奔西走。而且可能如陈宝生所言，不管我怎么努力，最后还是以一团混沌收场。”

陈宝生见黄公望神情有异，忙赔罪道：“是我胡说八道了，黄先生千万不要介意。人各有志，黄先生先得太后、皇帝垂青，受命调查皇宫命案，而今又主查高丽王世子一案，足见先生才智过人，且已名声在外，日后前途不可限量。”

黄公望摇了摇头，也不以为意，又道：“可否请杜倍帮忙，监视能远楼那些人的一举一动？”

陈宝生慨然道：“义不容辞。”见黄公望掉头欲往回走，忙问道：“黄先生不回能远楼了吗？”

黄公望道：“我先回廉园，等宴会散后跟贯学士商量一下，再决定要怎么做。”又告道：“对了，我已经搬去了杨载家中，杜倍有事的话，可以晚间到那里找我。”

陈宝生点头应允，又道：“那我就先走了。王振鹏那件事，也拜请黄先生帮忙，请他务必不要再追究下去。”

与陈宝生分开后，黄公望便独自返回廉园。到东门附近时，忽有一名宫廷侍卫模样的人拦住了他的去路，问道：“你就是御史台书吏黄公望吗？”

黄公望点了点头，问道：“你是不是皇子和世㻋的手下？”

对方很是惊讶，问道：“黄书吏见过我吗？”

黄公望摇了摇头，道：“你一身宫廷侍卫的打扮，要么是皇帝或太后的手下，要么是皇子和世㻋的手下。但这个时候，皇帝和太后应该还在听祥哥剌吉公主禀报案情，即便皇帝有事垂询，祥哥剌吉公主出面，更合适些，毕竟她的身份非同一般。而祥哥剌吉公主的手下不是这种服饰，所以我猜你应该是皇子和世㻋的人。”

那侍卫名叫英哥，本受命隐瞒身份，既已被黄公望猜中，便索性承认，道：“不错，黄书吏好眼力。我家主人请黄书吏走一趟，他有些话要问。”

黄公望心道：“祥哥剌吉公主派了人四下寻找皇子和世㻋未果，但皇子和世㻋却派手下主动来寻我，当是已经知道我受命调查行刺案，他急欲知道刺客的身份，便抢在皇帝前头，派人将我带走。”

他本身也有许多疑问，需要向皇子和世㻋当面确认，当即点头道：“我也正有许多要向皇子请教。请前面带路。”

侍卫英哥便引黄公望转到旁边一条岔道，早有两名相同打扮的侍卫牵马等在树林边。英哥让出一匹马给黄公望，自己单骑了一匹马，另两名侍卫合乘一骑。一行人往南而去，行不多远，又转向东，驰出数里，来到一处大宅子前。

黄公望见此处宅子占地颇广，似是一处大庄园，料想不是无名之地，忙问道：“这是什么地方？”

英哥却有所保留，只道：“进去了就知道了。”

黄公望被径直引进厅堂。堂中空无一人，不过大铜盆中烧有炭火，火势正旺，竟让人有燥热之感。

等了一个多时辰，侍卫进来，引黄公望进来中院厅堂。皇子和世瑓人已坐在堂中，面色甚是难看，见到黄公望进来也无动于衷。

皇子的心腹教化四十岁出头，年纪与黄公望相仿，倒是甚为和善，客气地迎上前来，自报了姓名，又略微寒暄了几句。

黄公望先躬身告道："下吏御史台书吏黄公望，受祥哥剌吉公主之命，调查皇子遇刺一案，有一些疑问，想向皇子当面请教。对了，祥哥剌吉公主正派了人四下寻找皇子，皇子还是派人回宫，及时禀报一声比较好。"

和世瑓面无表情，既不同意，也不否定，只一动不动地坐在那里。

教化道："黄书吏不是有疑问要请教皇子吗？皇子已经准备好了。"

和世瑓这才勉强点了点头，道："你说。"

黄公望道："我想先问皇子一句，你今日为什么要去廉园？"

和世瑓先是一怔，转头看了看心腹教化，才答道："不为什么，就是突然想起来要去看看。"

黄公望道："之前没人约皇子吗？"

和世瑓道："没有。"

教化以为黄公望是问廉园雅集邀约一事，生怕和世瑓难堪，忙咳嗽了声，道："皇子身份尊贵，而且素来自重，不会像祥哥剌吉公主那样，跑去廉园参加什么文会。"

黄公望道："是不是有人约了皇子在清露堂附近的假山相会？就是今日倪三公子遇到皇子的地方。这件事很关键，请皇子务必说实话。"

和世瑓当即拉下脸，道："都说了我去廉园只是临时起意，不是赴约。我堂堂皇子，会为这么点小事而撒谎吗？"

教化见黄公望神色凝重，忙问道："是不是此节对查出刺客身份至关重要？”

黄公望点头道：“至关重要。”

和世琜又思忖片刻，这才道：“虽是临时起意，却是事出有因。”

原来和世琜之前曾在崇恩福元寺附近遇到一名邋遢道士。侍从生怕对方惊扰了皇子，要上前驱赶，和世琜见那道士大冬天的只穿着一件单薄衣衫，一时动了恻隐之心，便脱下自己的皮袍，命侍从为道士披上。

那道士举手相谢，又道：“元宵三五，不如初六。千杨能远，万柳无枝。”

和世琜只是出于一时善念，才以皮袍相赠，听了道士的怪诞之语，也不以为意。然他回到南郊别墅时，意外见到那件皮袍已被叠得整整齐齐，放在堂首案上，而府中上下对此一无所知，和世琜不免惊奇万分。他是皇子，既未被立为皇太子，也尚未封王，依然住在皇宫中，这处南郊别墅是他的心腹下臣以西域富商的名义秘密购置的，并无外人知晓，却不知那邋遢道士如何能寻来这里。

再联想到道士冬穿夏装，却未冻毙街头，且面上并无丝毫寒冷之状，和世琜愈发认为此人是个奇人。再派人去找那邋遢道士，却怎么也寻不到。

蒙古人颇信预言，而蒙古人最早接触的中原宗教便是道教。成吉思汗曾向全真教丘处机讨教长生不老之术，元世祖忽必烈尚为宗王时，也曾派使者到江西龙虎山拜访正一道第三十五代天师张可大，询问“天命之存亡”。张可大回答说：“后二十年，天下当混一。”暗示二十年后，南宋将会灭亡。1279 年，南宋最后一支军队在崖山被消灭，南宋政权宣告灭亡，果然应验了张可大的预言。忽必烈由此对天师教刮目相看，统一中国后，一度对天师教大加尊崇，令其主领江南诸路道教。

和世琜既知邋遢道士为奇人异士，便对其语格外留意，与心腹教化等人反复推敲——

“元宵三五”，自是指正月十五元宵节。“不如初六”，又是何意？

“千杨能远”，便更令人疑惑了。“能远”有可能是指京师名楼，翰林院编修杨载目下住在能远楼，他又刚好姓杨，还曾经跟御史台书吏一道调查皇宫命案，会不会跟他有关？

“万柳”易猜，当是京师名园廉园万柳堂了，刚好正月十五有廉园文会，“万柳无枝”正应时节，又有“元宵三五”一句，莫非其中有什么关联？

“万柳”既是万柳堂，“千杨能远”与“万柳无枝”对应，“千杨”当是地名才对。那么“能远”呢？由无枝的寓意来推测，当是越远越好的意思。

无论如何，邋遢道士几句没头没尾的话，给皇子和世球造成了巨大的困扰，以致到了正月十五，也就是今日，他竟不顾教化等人的阻挠，坚持出宫，一路来到了廉园。

黄公望听了和世球一番话，既惊且奇，心道：“这邋遢道士，一定就是我也遇到过的张三丰了。当日我也是在崇恩福元寺附近遇到他，皇子和世球在那里遇到他，一点也不奇怪。”又问道：“那么皇子为什么要专程到清露堂附近的假山处？”

和世球道：“我向廉园门仆打听过，哪里是观看万柳的最佳位置，他说是池边假山处。我便自己一路寻去了。”

教化忙道：“我等本来是要跟着皇子进园的，可皇子为人厚道，说今日廉园中有文会，许多翰林学士都会参加，我们这么多人前呼后拥地进去，一定会惊扰了主人及宾客，不大合适，所以我等勉强留在了园外，想不到竟然出了事。”

黄公望忙问道：“皇子进去廉园后，便一路打听寻去了池边的假山，然后人一直待在那里？”

和世球点头道：“一直在那里。”又道：“我当然也不是真的要去看万柳无枝的风景，只是静静站在那里，琢磨那邋遢道士的话。但后来遇到了倪三公子，一番交谈，还觉得蛮有趣的。”

黄公望道："那么清涟女官呢？皇子临时隐身到了假山后，似乎与清涟的到来有关。"

和世𤧨道："清涟过来时，我早就看到了她，她是皇祖母的心腹，见到我后，一定会问我怎么会在这里，我不愿意浪费口舌，所以先行躲了起来。"又问道："黄书吏怀疑清涟跟行刺有关吗？"

黄公望道："既然皇子是自行去了池边假山，并不是赴某人之约，那么清涟当与此事无关。"

教化听出了端倪，忙道："莫非黄书吏原先怀疑邀约皇子之人，便是清涟？"

黄公望迟疑了一下，道："虽然有些不合情理，但清涟到过假山是事实，所以有这个可能。既然不是皇子约她，清涟便与行刺无干了，她只是奉命寻找倪三公子。"顿了顿，又道："皇子不是已经派人叫走清涟了吗？当已经问过她话了。"

和世𤧨转头看了教化一眼。教化忙道："皇子与此事无干，是我听说皇子见过清涟后便迅即遇刺，便怀疑清涟涉入其中，于是我自己半途折返，让门仆派人叫了清涟出来，带她到廉园附近的树林询问究竟。实话说，当时我认定清涟是幕后指使者，语气中充满了敌意。清涟矢口否认不说，还抬出了答己太后，说要立即回宫。我也没办法，只能让她走了。现下听了黄先生这番话，可能此事确实与她无关。"

和世𤧨不是傻子，听了黄公望一番问话，多少有些会意过来，思忖道："是了，我既是临时出宫，刺客怎么会知道我人在那里？"

教化道："这点我们早就商议过了，一点也不奇怪啊，他们一直监视着皇子，自然是看到皇子出宫后，一路尾随着皇子进了廉园。"

黄公望忙问道："你们一行人不是一直等在大门前吗？可是见到有其他人尾随皇子进去？"

教化犹豫了下，才道："那倒没有。不过廉园也不止东门一个门，东门是正大门，应该还有其他侧门吧。"

和世瑓却挥了挥手，道：“我不是这个意思。教化你人不在当场，自然不会明白。如果是有人临时尾随我进了廉园，当由假山另一面接近最为便利，而不是埋伏在清露堂的竹林中。”又转头道：“这便是我今日请黄书吏来这里的原因之一。”

黄公望忙道：“皇子是想问刺客为什么能预先猜到皇子将会由假山前往清露堂，且还埋伏在竹林中吗？这一节，我也反复考虑过，原先以为是刺客事先布局，以某种名义约了皇子在假山见面，皇子既等不到人，前往附近清露堂拜见祥哥剌吉公主的可能性最大。”

又问道：“皇子当时确实是想去清露堂吧？”

和世瑓点头道：“黄书吏说得没错，我确实是打算前去清露堂拜见姑姑。这次姑姑回来，我们姑侄因为一点小事闹得颇不愉快，我想既然来了廉园，去给姑姑主持的宴会捧捧场，说不定能重归于好。”

又道：“黄书吏人到过现场，刺客埋伏在假山上，不是比竹林更合适吗？”

黄公望道：“是，但这一节，是假设刺客布局邀约了皇子，但现在来看，刺客事先并不知道皇子今日会去廉园。料想他只是偶然见到了皇子，临时起意行刺。他当时在竹林中观察情况，应该是准备前往假山，但皇子自己与那位蒙古贵族女孩在竹林外交谈，这便给了刺客绝佳的机会。”

一旁侍卫英哥冷笑插口道：“廉园是什么地方，莫非是武备寺[1]形同虚设，弓箭唾手可得？”

黄公望听出了对方的嘲讽语气，却还是郑重其事地答道：“那倒不是。我已跟贯学士确认过，廉氏世代均是文臣，廉园又是专事休

[1] 元世祖中统二年（1261 年）七月，元廷设军储都转运使司，负责兵器生产和输送。后军储都转运使司改为军器局。元世祖至元五年（1268 年）二月，又改军器局为军器监。元世祖至元二十年（1283 年），军器监改名为武备监，隶于卫尉院之下。次年，武备监升为武备寺，与卫尉院并立。大德十一年（1307 年）至至大四年（1311 年），武备寺曾升成武备院，后又改回原名，是国家专门管理武器生产、贮存和发放的机构，下辖寿武库（衣甲）、利器库、广胜库（兵器）、军器人匠提举司、军器人匠局及甲局、弓局、箭局、军器局等几十个单位。武备寺设卿、同判、少卿、丞、辨验弓官、辨验筋角翎毛等官。

闲的地方，并未预备弓箭刀枪之物。”

教化道：“既然如此，黄书吏已认定刺客是临时起意行刺，那么这刺客如何能事先备下弓箭？据我观察，今日廉园检查颇为严格，虽然允许宾客携带随身兵器，但除了侍从外，所有宾客均是空身入园，大概是想以此表示对主人的敬意。弓箭就更不必说了。”

黄公望道：“弓箭不是为皇子准备的。”

教化先是一怔，随即笑道：“黄书吏，你这话可是越说越离谱了。”

黄公望道：“皇子及各位可能还不知道，高丽王世子今日在廉园遇害了，就死在清露堂外的墙根下。时间大概发生在皇子遇刺之前，或者时间相当，总之非常接近。”

和世㻋这方果然还不知道此事，教化等人面面相觑。和世㻋皱眉道：“高丽王世子？怎么会有人要杀他？”言下之意，显然不大瞧得起高丽王世子。

黄公望道：“我原先怎么也想不通是怎么回事，因为高丽王世子死在了墙根下，以他的身份，根本不该去那种地方。现下我有了新的推测，我猜刺客原先是要行刺高丽王世子，但他得知皇子来了廉园，便临时改变了主意。”

和世㻋奇道：“黄书吏是说，刺客先杀了高丽王世子，又赶来行刺于我？”

黄公望道：“不，那样的话，时间上来不及。应该是另外有人杀了高丽王世子，刺客与凶手并非同一人。”

和世㻋毕竟还是个少年，一时难明其中关窍。他本以为是皇帝派人行刺，但既然如黄公望所言，刺客本来是要杀高丽王世子，高丽王世子却是皇帝一党——这一节，是高丽王亲口告诉他的，决计不会有错——这就表明刺客不是皇帝一方的人。不知如何，他竟有几分失望。其实在他心目中，他可希望刺客是受皇帝指派，如此，天下人便能看清当今皇帝满口仁义道德，实际却是背信弃义的嘴脸。

教化显然不相信黄公望的推测，奇道：“世上会有这么巧的事？要行刺高丽王世子的刺客意外看到了皇子，便临时改变了行刺计划？”

转头问堂中侍卫道："你们相信吗？"

众侍卫哄笑起来，纷纷摇头道："不信！绝对不信！"更有人说："打死我也不信。"

教化又道："皇子，我从来不信巧合。如果说这是巧合，也是人为刻意造成的。"

和世琜沉吟道："我若是不出现在廉园，刺客便无下手机会。难道崇恩福元寺外的邋遢道士实是刺客一党，有意用话引我去了廉园？"

黄公望忙道："决计不是。"

和世琜道："哦，黄书吏为何如此有把握？"

黄公望道："因为……"一时颇为费解，不知该如何解释邋遢道士张三丰之神奇。

教化忽问道："正月初二那天，黄书吏是不是到过崇恩福元寺附近？"

正月初二当日，黄公望曾偶遇邋遢道士张三丰，并有一番交谈。他听到教化的这句发问时，心中立时起了一种不祥之感，犹豫了下，仍如实答道："是。"

教化便附到和世琜耳边，低声说了几句什么。和世琜当即起身，朝黄公望怒目而视。

黄公望忙道："皇子别误会……"

和世琜却不愿意再听，立即转身，转入后堂去了。

教化挥手叫道："来人，将黄公望拿下。"

几名侍卫一拥而上，抓住黄公望臂膀，反拧到背后，压迫他跪在地上。又有侍卫取来绳索，将他结结实实地反绑了起来。黄公望正要辩解，有侍卫拿出一只厚厚的黑色麻布袋，朝他当头罩下，他立即什么都看不见了。

旋即有人将黄公望从地上拉了起来，推推搡搡、拉拉扯扯间，走出了很长一段路，不知到了什么地方，终于停了下来。黄公望被推到一根木柱边，又有人取过绳索，一圈一圈绕过去，将他捆绑在柱子上。

那麻布袋十分厚实，且从头部一直盖到胸前，黄公望既看不到眼前情形，呼吸也因而凝滞，不得不张开了嘴，大口喘息。

过了好大一会儿，才有人过来，揭开黄公望头上的麻布袋，那人却是皇子和世琜的心腹教化。

黄公望左右望了一眼，却见四周一片昏暗，看不清具体情形，唯有头顶木柱上点有一支火把照明，便问道："这是什么地方？"

教化笑道："黄书吏是个聪明人，不然以你微末小吏，之前也不会被太后、皇帝选去调查皇宫命案。依你看，这是什么地方？"

黄公望道："想不到和世琜皇子竟罔顾王法，私自置下这等黑狱。"

教化依然满面笑容，笑道："瞧黄书吏这话说的，你也是有见识的人，什么黑狱不黑狱的，皇子和世琜是未来的皇帝，他说的话，就是圣旨。这处地牢，就等于是你们御史台的监狱。"见黄公望不应，又道："黄书吏，你说实话，是不是当今皇帝命你设法除去皇子和世琜，你才事先安排好了一切？"

黄公望大惊失色，问道："此话从何说起？"

教化道："皇子和世琜正月初二照例要去崇恩福元寺拜祭亲生父母，我事先去了崇恩福元寺准备，曾留意到那邋遢道士。皇子和世琜到后，直接进入寺中，我仍然留在寺外，观察四周情形，以防不测。黄书吏猜我看到了什么？"

黄公望道："我曾与邋遢道士张三丰交谈。"

教化笑道："原来那道士名叫张三丰。如此，愈发可见黄书吏与其早有勾结了。"

黄公望情知事情紧急，须得立即说明原委，忙道："不是这样，我当时是为了私事，和杨载一道去拜访翰林编修黄瑮，这才到了崇恩福元寺附近。在那里，我见到了邋遢道士，见他寒冬时节只穿一件单衣，十分神奇，便上前与他攀谈了几句。"

教化摇头道："依我观察，你们可不止谈了几句。"

黄公望料想不说实话，必难取信于教化，便又坦白道："不错，我们确实交谈了一阵。在我过去之前，那道士在唱一支曲子，他称那是贯云石贯学士所作。当时我正负责调查伊儿汗国女官汪小佩……也就是贯学士的姑姑的命案，话题自然就转到了汪小佩身上。那道士说他年轻时曾见过汪小佩，更早早地预测了阔阔真和宝塔实怜二位公主的命运，二位公主都将嫁往异国，成为王后。这番预言，发生在阔阔真公主最初抵达大都时，之后此番预言，更是一一神奇应验。"

教化"啊"了一声，露出了惊讶至极的表情，未及开口，皇子和世球已从暗处走了出来，叫道："原来邋遢道士就是那传说中的神秘道士。"又道："预言宝塔实怜公主将成为异国王后这件事，我曾听高丽王提过。高丽王也称这道士是个奇人，曾派人四下寻过他，却是徒然无功，想不到我竟然遇到过。"

教化又问道："你们还谈了些什么？"

黄公望道："就这些，主要就是关于宝塔实怜公主。对了，张三丰还说宝塔实怜公主曾派人寻他，寻不到后，便向税课提举司举报，从此他便不能在市集摆摊算卦，只能四处游荡。"

和世球踌躇片刻，才道："黄书吏，我知道太后和皇帝都十分器重你，你是不是……"一时难以措辞，便转头去看心腹教化。

皇子和世球其实是想问黄公望是不是仁宗皇帝一方的人，但教化感到不好问得如此明显，便随口问道："是不是你安排了刺客？"

言外之意，刺客是仁宗皇帝所派，而你黄公望是皇帝的人，又刚好出现在现场，所以等于是你安排了刺客。绕的弯子比较大，但像黄公望这样的聪明人，一听便会明白。

黄公望忙道："皇子怀疑我，是因为皇子认为，是邋遢道士张三丰有意用言语引皇子去了廉园，而我凑巧与张三丰交谈过。但我刚刚已经说明了，我也只是偶然遇到张三丰，跟他有过一番关于汪小佩、阔阔真公主及宝塔实怜公主的对话，仅此而已。而且在那之后，我再也未见过他。”

黄公望没有直接表明立场，这令和世球颇为遗憾，感到对方难以争取，便摇了摇头。

教化便又问道：“是不是因为张三丰的那番话，你才怀疑到宝塔实怜公主身上，认为是她杀了汪小佩。你和杨载还寻去祗候司，欲求见宝塔实怜公主，是不是想当面与她对质？黄书吏不必奇怪，自从你奉太后和皇帝的命令调查案件后，我便派了人暗中监视你行踪。”

黄公望道：“是。我当时认为宝塔实怜公主有杀人嫌疑，便去了祗候司，但没有见到公主。后来宫中传来消息，称是杨暗普杀了汪小佩，命我不必再继续追查，所以就不了了之。”

教化笑道：“我还以为黄书吏会坚持拥护官方公示的说法，称宝塔实怜公主与案情无干呢。肯说实话就好。”

黄公望问道：“皇子这边为什么要派人监视我？”

教化笑道：“当然是为了弄清楚真相。”

和世球遂问道：“黄书吏，你告诉我实话，是谁杀了李邦宁？”

黄公望道：“在廉园时，我便实话回禀过皇子，是杨暗普。”

和世球使了个眼色，便有侍卫抢过去，“吱呀”打开了一扇门。那侍卫又叫道：“动手！”

有人应声扬鞭，旋即听到一名女子的嘶声惨叫。

黄公望大惊失色，忙问道：“隔壁在拷打谁？”见教化等人不应，便正色道，“皇子，你是大元皇子，未来的皇帝，普天之下，尽是你的臣民。皇子有话，好好询问便是，不必用此种手段。”

和世球冷笑道：“瞧这位黄书吏多会说话，难怪太后和皇帝信重他，而今就连祥哥剌吉公主也对他青眼有加。”

黄公望忙道：“皇子垂询的对象是我，有话请尽管问，我据实回答便是。”

教化便问道：“杀死李邦宁的真凶是谁？”

黄公望道：“真的是杨暗普。”

和世瑓便转头命道：“继续用刑。”

黄公望大急道：“我说的是实话，皇子为什么不相信我？”

和世瑓却不理睬，只连连挥手。

那边行刑者连抽了十余鞭，那受刑女子开始还连声惨叫，到了后来，她气力耗尽，几乎昏迷，鞭子再落到她身上时，只能发出含含糊糊的“哼哼”声。

有侍卫过来禀报道：“人快要不行了。”

和世瑓便挥手止刑，重新走到黄公望面前，道：“我曾说在廉园遇到黄书吏是天意，黄书吏可知这是何意？”

黄公望道：“皇子想知道皇宫命案真相，而我刚好曾负责调查那几桩案子。”

和世瑓道：“你明白就好。李邦宁于我有养育之恩，他有太后力保，本可以从容置身事外，安心颐养天年，却为了帮我，而惨死于兴圣宫中。我堂堂大元皇子，若不能为恩人报仇，实无颜立于天地。”

黄公望道：“皇子报不了仇了，老天爷已经替皇子报了仇，是杨暗普杀了李邦宁，而杨暗普自己也被他人杀死。”

和世瑓道：“给他看。”

教化便从怀中掏出一件物事，举到黄公望眼前，问道：“黄书吏可认得这个？”

黄公望定睛一看，惊道：“这是榕儿……是我义妹郑榕的发钗。你……你们……”惊惧交加，不由得转头朝隔壁的房间望去。

教化道：“黄书吏到来之前，我们便已经捉到了郑榕，并已经严刑讯问过。本来想让黄书吏见上她一面，不过她的模样太过凄惨，已经完全变成了血人，黄书吏见到她，怕是也认不出来了。”

黄公望大怒，道：“郑榕跟这些事一点关系也没有。你们私设刑堂、残害无辜不说，还要逼着我篡改事实。就算你们眼中没有王法，可知头上三尺有神灵？”

和世瑓见黄公望强硬，便命道：“去割下郑榕耳朵。”

黄公望大急，道："真的是杨暗普杀了李邦宁。好吧，你们想要谁是凶手，告诉我名字，我会按照你们的授意，称是他杀了李邦宁。"

和世㻋大怒，上前扬手扇了黄公望一巴掌，道："蠢货，我要的是真凶！我要亲手杀了他，为李邦宁报仇。"又转头命道："割下郑榕的耳朵，立即去办。"

黄公望忙道："等一下！真是杨暗普杀了李邦宁。皇子，请你相信我，我可以将在现场发现的物证都一一讲给你听。"

然侍卫已奔去隔壁，只听见一声惨叫，大概耳朵已被割了下来。侍卫旋即捧着一只血耳回来复命。

黄公望无力阻止对方恶行，既急且痛，待到看清那只血耳时，不由得一怔，道："你……你们好大胆，竟敢朝太后的心腹女官下手。隔壁的女子是清涟，不是郑榕，对吗？"

教化很是惊奇，问道："你认得出这是清涟的耳朵？"

黄公望道："那只耳环，我见过两次。"

和世㻋便命道："再去割下她一只耳朵。"

侍卫一呆，问道："是割清涟的，还是割郑榕的？"

黄公望惊道："你们真捉了郑榕？"

和世㻋点了点头，使了个眼色，侍卫便拉开另一扇门，走了进去。不一会儿，便听到有女子叫道："你们是什么人？不是说带我来见黄先生的吗？他人呢？"正是郑榕的声音。

郑榕又道："喂，我问你们话……"一语未毕，口中便被塞入物事，再也说不出话来。

和世㻋等侍卫掩好门，才道："黄书吏现下该清楚了，郑榕也在我手中。"

黄公望强忍怒气，婉言劝道："皇子，你是先帝长子，也是未来的储君，如何知法犯法，做出绑架人质之事？此等行为，可不能作为臣民表率。"

和世㻋道："郑榕不过是个平民女子，我捉了她，有什么大不了的？更何况她还是个南人。"语气很是不屑，且发自内心，显然根本未将南人的性命当回事。

和世琜道："我派人请黄书吏来，迄今也未动黄书吏一根手指，是诚心要向你请教，还望黄书吏实言相告。"

黄公望赌气道："我说了实话，凶手就是杨暗普，皇子却不相信，非认为杀死李邦宁的另有其人，我又有什么办法？"

和世琜道："我有个好朋友，曾说过黄先生许多好话，说你曾救过他最爱的女人一命。再说，我也很喜欢倪三公子。所以我看在他二位的份儿上，并没有立即对郑榕下狠手，但也就是这么点情分。如果黄书吏再不说实话的话，可别怪我将对付清涟的那套刑罚全部用在郑榕身上。"

黄公望忙道："皇子既已刑讯审问过清涟，想必她早已将实情告知，她也说是杨暗普杀了李邦宁，对不对？"

和世琜道："不错。但清涟却说是我杀了杨暗普，这是明明没有的事，我如何还能相信她的话？"

黄公望心道："清涟确实认为是和世琜杀了杨暗普。事实上，皇室是为了和世琜的面子才遮掩丑闻，称杨暗普被同党杀死。清涟被和世琜派人捕捉，秘密带来这里讯问，在酷刑下被迫吐实，却不想和世琜根本与杨暗普之死无关，由此反而愈发触怒了和世琜。"

料想在和世琜暴怒之下，清涟所受荼毒极重，即便不死在重刑之下，也无法再活着走出这里。但目下形势危急，黄公望已顾不上清涟，须得先救郑榕，便道："皇子想知真相，我愿意将调查过程和盘托出，但请皇子不要再伤害无辜。"

和世琜应道："好，只要黄书吏说实话，我会放过郑榕，绝不会伤害她一分一毫。"

黄公望别无选择，便详细叙说了在兴圣宫勘验命案现场的情形。而后又在死去的杨暗普的靴筒中发现了黄金匕首，那匕首正是杀死大宦官李邦宁的凶器。

黄公望又苦笑道："皇子还怀疑我与廉园刺客勾结吗？那柄黄金

匕首被人窃去，今日用作杀死高丽王世子的凶器。”

和世琜大奇道：“竟有这种事！你明明涉入其中，姑姑仍然命你查案，足见对你倾心信任了。”又道：“我还是那句话，杨暗普不是杀死李邦宁的凶手。”

黄公望心道：“不是杨暗普才怪呢。陈宝生亲眼见到他杀人，这还能有错？”

只是他不能将陈宝生牵扯进来，否则会牵连太多人，便问道：“我这一论断虽是推测，但却是基于诸多物证，皇子又何以如此有把握，坚称杨暗普不是杀死李邦宁的凶手？皇子可是有证人？”

和世琜反问道：“杨暗普为什么要杀李邦宁？”

黄书吏道：“据我推测，杨暗普应该是有所图谋，结果他与同党在延华阁门前撞见了李邦宁，杨暗普怕自己的阴谋败露，便先杀了李邦宁灭口。”

和世琜当即斥道：“胡说八道！我跟杨暗普私下很熟，不只是熟，他甚至可以说是我这边的人。杨暗普也知道李邦宁是我的心腹，如何还会杀他？灭口就更谈不上了。那件物事，本来是要由杨暗普去取，只不过他乃一介僧人，不大方便，这才改由李邦宁出面。”

黄公望闻言目瞪口呆，心道：“难怪和世琜死也不相信是杨暗普杀了李邦宁。他虽有疑惑，但一直还是压制着怒气，没有公然显露。今日廉园行刺事件深深刺激了他，终令他一腔怒火喷薄而出，不惜将清涟捕到此处严刑拷问。问不出什么，便又找上了我。为了威逼我就范，甚至还先绑架了郑榕。可明明就是杨暗普杀了李邦宁，有陈宝生为证。在杨暗普心目中，为父报仇远远要比效忠皇子重要。他既要利用陈宝生杀死汪小佩，当场杀死李邦宁灭口，便是情理之中的事。可是这一节，偏偏不能明说。”

和世琜见黄公望沉默不应，便使了个眼色，教化遂命道：“把郑榕带去刑室，先吊起来抽二十鞭子。”

黄公望忙道:“等一下!我已将调查的经过禀报给皇子,最后的结论则是基于物证。如果真的不是杨暗普杀了李邦宁,那只能说明我黄公望无能,未能找出真凶。皇子大可命人继续调查,又何必将一腔怒气发泄到无辜者身上。”

又道:“据现场情形来看,当时除了李邦宁和杨暗普外,还有第三人……哦,我的意思是,当时现场有三个人,凶手杀了李邦宁后,又与另外一人一道将李邦宁的尸首从延华阁抬走,丢入了鹿顶井中。”

黄公望不再坚持说杨暗普是凶手,和世瑓脸色果然和缓了一些,当即道:“听说是黄书吏判断当时一共有三个人,这我认同。但皇祖母……太后却说第三人是杨暗普的同党,是外人,趁皇宫宴会混进了宫中,也正是那名同党杀了杨暗普。”

教化接口道:“据我等所知,杨暗普根本就没有同党。宫中有流言说杨暗普自降身份入宫是别有所图,其实不对,他进宫是因为他在外面结下了极厉害的仇家。倒不是对方如何强大,而是对方自成势力,有不怕死的刺客前赴后继,令人防不胜防。除了皇宫,再无可以庇护他的地方。杨暗普为了避仇,从来不出宫,也从不与外人交往,又哪会有外面进来的同党?”

和世瑓道:“这其中还有个破绽,如果是杨暗普杀人,他会不知道那口鹿顶井是兴圣宫饮用水井吗?尸首丢入井中,只会更快被人发现。”

黄公望苦于无法解释,只得说道:“我根据调查,判定是杨暗普杀了李邦宁。追捕那第三人也就是同党一事,后改由枢密副使札合负责。他应该比我更清楚杨暗普是不是还有同党,皇子大可召他一问。”

教化笑道:“黄书吏认为将事情推到枢密副使札合身上,便可以脱身吗?”

有人应道:“我人就在这里。”从暗处慢慢踱出来一人,正是枢密副使札合。

札合道:“太后和皇帝明里命我追查杨暗普同党,私下却命我不得再声扬,所以我受命之时,便知道这所谓的杨暗普同党是太后他们临时编造出来的，是子虚乌有的人物。”

和世㻋道：“黄书吏还不说实话吗？可别怪我再不留情。”转头命道：“将郑榕押过去，先行鞭刑。”

黄公望急叫道：“我说了实话，皇子如何不肯信我？”

和世㻋却是不听，连连挥手，命人带郑榕到刑房用刑。

札合很喜欢郑榕，虽然奉命派人将其诱捕到此处，却不愿意她受到酷刑折磨，变成人不像人、鬼不像鬼的样子，忙道：“不妨再听听黄书吏还有什么话说。”

枢密副使是京师要害之职，和世㻋对札合甚为倚重，闻言便止住侍卫。

黄公望忙道：“副使君当日人也在场，亲眼见到我勘验现场，我可有徇私之举？黄金匕首是杀死李邦宁的凶器，副使君可认同此节？”

见札合先摇头后点头，便续道：“既然凶器黄金匕首是杨暗普的私物，无疑以他嫌疑最大。不说杀人动机，就物证而论，杨暗普是头号嫌犯。而经过详细调查后，我的结论是：杨暗普就是杀死李邦宁的凶手。不管皇子相不相信我，这都是我调查的最终结果。当然，调查过程中，还有一些其他发现。但正如皇子所言，后来太后出面压下了案子，我受命终止调查，那些发现也均不了了之了。”

和世㻋忙问道：“什么发现？”

黄公望道：“汪小佩是杨暗普的杀父仇人。当日汪小佩被杀死于暖亭中，贯云石第一个想到的凶手，就是杨暗普。”

和世㻋居然一点也不意外，点头道：“这一节我听杨暗普提过。他说他这辈子最大的遗憾，就是不能为父报仇。当然了，他说这话的时候，料不到汪小佩会在晚年归国。”又好奇地问道：“汪小佩为什么要杀杨琏真迦？”

黄公望道：“这个就不知道了。就连贯云石也不知道。”

教化曾在江南漫游几年，踌躇道：“杨琏真迦当年可是招致天下人的怨恨。估计汪小佩跟他也没什么私仇，但就是厌恶杨琏真迦挖掘宋陵一事。又或者汪小佩看不惯杨琏真迦在江南胡作非为。总之，就跟李邦宁与杨琏真迦一样，有怨有恨，但不是私仇。”

札合问道：“教化知道李邦宁跟杨暗普不对付？”

教化笑道：“不是不对付，而是相当不对付。不过不是私人恩怨，李邦宁是前宋皇帝身边的心腹小黄门，杨暗普生父杨琏真迦则亲手挖掘了宋帝陵墓，李邦宁对姓杨的鄙视至极。当年杨暗普入宫做弘仁寺住持，李邦宁是坚决反对的，还分别向太后及皇帝进谏，言辞极为激烈。当年皇子还小，副使则在边塞为将，未入大都任职，自是不知道此事。”

和世瑓思忖道：“难道皇宫大宴当日，杨暗普意外见到汪小佩出现，一时心情激动，导致了行为失常？”言下之意，竟有些相信杨暗普便是杀死李邦宁的凶手。

黄公望虽已说得口干舌燥，但见有所转机，忙道：“汪小佩归国是个意外，出席皇宫宴会更是意外，这可是杨暗普心心念念了二十年的杀父仇人，他能不激动吗？”又道：“皇子称杨暗普知道李邦宁是皇子的人，因而不可能杀死对方。可皇子现下知道了他二人素来是面和心不和。或许他二人相遇后，言语有所冲突，杨暗普本就因汪小佩的现身而心怀杀机，冲动之下，便杀死了李邦宁。至于第三人，不管他的身份，不管他是不是杨暗普同党，都是他协助杨暗普将李邦宁尸首丢入鹿顶井中。同党一说颇为可信，毕竟后来杨暗普将匕首交给了那第三人，足见对第三人的信任。”

和世瑓性情颇冲动急躁，对于皇宫命案，也只是从枢密副使札合那里听了个大概，闻言忙问道：“杨暗普为什么要将匕首交给那第三人？”

黄公望未及回答，教化先插口道：“杨暗普要报杀父之仇，却不想牵连自身，便让那第三人去动手。”

黄公望点了点头，道：“如此，便可以解释杨暗普为什么要将李邦宁的尸首丢入鹿顶井中，他就是要让尸首尽快被发现，等兴圣宫上下一乱，第三人便有机可乘，趁乱杀了汪小佩。而且日后一旦事泄，杨暗普还能将杀死李邦宁的罪名推到第三人头上，毕竟凶器在他身上。”

和世琜道：“如何能推到第三人头上？那黄金匕首是不凡之物，许多人都知道它为杨暗普所有啊。”

教化先会意了过来，思忖道：“黄书吏的意思是，杨暗普是打算在事成后杀了第三人灭口，如此李邦宁和汪小佩的命案便都可以由第三人承担，结果却被第三人所杀？”

黄公望其实并没有这样想过，但目下形势对自己不利，只得顺势答道：“应该是这样。”

和世琜转头问道：“副使为何没将这些细节告诉我？”

札合忙道：“皇子一开始便认定杨暗普没有杀死李邦宁，后面的细节，也就无所谓了。”

和世琜想了想，又问道：“清涟招供说，太后认为是我杀了杨暗普，这是为什么？”

黄公望道：“因为有人看到过皇子及心腹教化在兴圣宫出现，教化被认为就是那第三人。”

教化大吃一惊，忙问道：“为什么是我？是清涟告诉黄书吏的吗？”

黄公望道：“清涟没直接明说。但如果她认定是皇子杀了杨暗普，必定会认为教化便是第三人，不然杨暗普如何会见到皇子？”

这内中关联颇为奥妙，和世琜想了好大一会儿，又询问了札合一番，这才会意过来，忙问道：“黄书吏认为第三人会是谁？”

黄公望道：“第三人的身份不好确认。但杨暗普既肯将黄金匕首交给对方，当是熟识之人。”

和世琜大为困惑，转头向教化问道：“该不会真的是你吧？”

教化忙道：“决计不是。”又喝道：“黄公望，你好大胆，竟敢离间我与皇子。”

黄公望忙道：“不是，我没有认为第三人就是教化君，只是说不好确认，或许是弘仁寺的僧人或下人呢。”

和世琜又转头问道：“副使认为呢？”

札合忙道：“黄公望是中书省张平章竭力举荐之人，张平章称他有过人之能。那日臣奉命召他进宫查案，臣一直跟在黄公望身边，此人确实有几分能耐，能发现许多旁人留意不到的细节。”

和世琜又将目光投向心腹教化。教化忙道：“黄公望能根据蛛丝马迹发现宝塔实怜公主便是杀死汪小佩的凶手，这可相当了不得，毕竟没什么人能将命案联想到高丽王后头上。”

黄公望虽认为是宝塔实怜公主杀了汪小佩，但只是推测，闻言忙问道：“已有确切证据证明是宝塔实怜公主杀死汪小佩的吗？”

和世琜微一犹豫，即道：“告诉你也无妨。高丽王夫妇初二进宫时，宝塔实怜公主哭着向太后承认了杀人之事。太后决定按下此事，没有对外声张。我与高丽王交好，是从他口中得知此事。适才清涟熬不过刑罚，将一切都说了出来，也证实了此节。”

黄公望道：“原来是宝塔实怜公主自己说了出来的。”

他其实早已猜到此节，料想宝塔实怜公主主动与丈夫高丽王王璋和好，便是有所求恳，而高丽王夫妇联袂入宫，也必是有事要求答己太后。

和世琜又问道：“你愿意为本皇子效力吗？”

黄公望先是一怔，随即大概猜到究竟，不由得十分为难，但料想若是直接拒绝，自己和郑榕都难以活着走出这里，只好含含糊糊地答道：“我是御史台书吏，食朝廷俸禄，为大元皇室效力，自然也包括皇子。而今下吏正全力追查廉园行刺案刺客，正是为皇子效力的明证。”

这番回答颇为圆滑，和世琜倒也满意，便命人解开黄公望身上绑索。

侍卫又遍燃墙壁上灯烛，室内登时亮堂了起来。原来这竟是一间阔大的石室，被布置成客堂的样子，只是没有门窗，只有一道楼梯通往上方，看着颇为别扭。

教化笑道：“黄书吏可不要嫌这里寒碜，皇子要会见重要客人时，都会进来这里。”

黄公望又本能地望向旁侧的两间小室。

教化看在眼中，主动告道：“郑榕被绑在最里间囚室的柱子上，目不能视，口不能言。那间囚室的门板经过处理，里外都包了毛毡，她也听不到外间的任何动静。”

黄公望忙道：“我已经如实回答了皇子的问题，还请皇子放了郑榕。”

和世琜摇头道：“郑榕得先留在这里。我是答应放她，可没说什么时候放。”

黄公望躬身道：“皇子还需要我做什么？”

和世琜道：“这还像句话。明人不说暗话，我要你将行刺案引向另一个方向。”

黄公望一怔，问道：“什么方向？”

教化笑着接口道：“黄书吏说呢？”

不知为什么，黄公望忽然想起陈宝生所言“狗血之争”来，心头颇感怅然，犹豫了下，才道：“实际上，现下行刺案已有些眉目，我可以肯定的是，这件事跟皇宫绝对没有关系。”

和世琜冷笑一声，命道：“告诉黄书吏，清涟的招供是怎么说的。”

教化遂道：“清涟供出当今皇帝曾密令怯薛长果满监视皇子，预谋趁皇子出宫到民间饭馆就餐时，往其饭食中下毒。但怯薛长果满有所迟疑，悄悄告诉了清涟，清涟又告诉了太后，太后出面干涉，投毒计划才没有实施。”

既涉及蒙古皇室内部之争，黄公望不便接口，只能默然不应。

教化又道：“黄书吏既然愿意为皇子效力，也要先表示一点诚意。清涟就在隔壁，黄书吏去杀了她。”一边说着，一边递过来一柄匕首。

黄公望早猜到清涟难以活命，却没有想到对方竟想让自己杀了清涟，大为意外，不肯去接匕首，只道：“清涟是太后女官，又没有犯错，如何能用私刑处死？”

教化道:“她的情郎预备谋害皇子,她知情不报,还说没有过错吗?”

黄公望道:“不管怎样,毕竟是由于清涟的禀报,太后才出面阻止了此事,清涟多少是有功的。皇子用人之际,何不放过清涟,将她收为己用?她是太后心腹,算得上十分有用之人。”

和世㻋道:“说得好听。你若是见识了我对付清涟的手段,便会知道她死也不会为我效力。”又道:“你不愿杀死清涟……”

黄公望道:“我是不愿意杀人。我虽是男子,这辈子还没有杀过人。”

见和世㻋脸色颇为难看,枢密副使札合忙道:“我来帮黄书吏这个忙。”

也不要教化的匕首,自行拔出腰刀,走到隔壁房中。只听到清涟气息微弱地问道:“札合,怎么是你?”随即短促地“啊”了一声,便再无声息。

教化道:“虽然副使愿意帮黄书吏,那黄书吏自己呢?你以什么来表示诚意?你知悉了皇子的诸多秘密,可是不小的威胁。”

黄公望忙道:“今日来这处宅子后的所见所闻,我绝不会泄露半字。郑榕也是如此,我会从旁约束她。”

教化笑道:“这可算不上诚意。”

黄公望想了想,才道:“我愿意将刺客交给皇子。这件事,除了我自己,还没有旁人知道,连祥哥剌吉公主也不知道。”

和世㻋很是意外,半信半疑地问道:“黄书吏这么快便追查到了刺客?”

黄公望道:“有一些眉目。”

和世㻋便问道:“刺客是谁?他现下人在哪里?”

黄公望道:“具体谁是刺客,我尚不能确定,但他是能远楼的人,这一点,我极有把握。”在场诸人尽皆愣住。

黄公望料想众人均不相信,便解释道:“因为我本人住在能远楼,而我收藏在行囊中的黄金匕首却成了杀死高丽王世子的凶器,不难想到匕首失窃与能远楼有关。而且刺客在射出那一箭后,便翻墙跳回清露堂后院，旁人因而都怀疑刺客是宾客侍从，但其实今日廉园的宴饮由能远楼负责，清露堂厨房的厨子、伙计都是专门从能远楼请来的。以目下的情形而言，能远楼的人嫌疑最大，只要循着这条线索，便能追查到真正的刺客。”

和世㻋忽然哈哈大笑起来，道：“能远楼当真跟行刺有关？哈哈哈。你们听见没有，能远楼呢！”又不无得意道：“我一开始便说是他做的，你们都说不是，说他现下是皇帝，不敢如此明目张胆，结果还是我是对的。”

这下轮到黄公望错愕了，忙问道：“能远楼跟当今皇帝有关吗？”

和世㻋心情大好，当即笑道：“黄书吏住在能远楼，竟没发现端倪？好，实话告诉你，能远楼从店家到伙计，里里外外都是白莲教的人。我叔叔还是太子时，曾微服到过能远楼，不过这是因为高丽王的引荐。还有个名叫萧觉贵的居中牵线搭桥，那姓萧的表面是富商，其实是白莲教的首脑人物，他而今已经不在京师了。”

黄公望只听得目瞪口呆，怔了好半晌，才问道：“皇子如何能知道这些？”

和世㻋笑道：“我叔叔以为我年纪小，只喜欢在民间行走，好吃喝玩乐，万万不能与他争权。其实在他当太子时，我就收买了许多眼线，暗中监视他的一举一动，他曾三次微服到过能远楼，我自然也会对这处京城名酒楼格外留意，派人仔细查了它的底细，最终得知那是白莲教在大都的据点。不过他们除了一心复教外，也没做什么过分的勾当。想不到而今白莲教一朝得势，这些人竟也充当起我叔叔的鹰犬来。”

枢密副使札合忙问道：“适才黄书吏说，还没有将能远楼涉案一事向上头禀报，也没有告诉旁人，为什么？”

教化笑道：“这还用说吗？黄书吏一直住在能远楼，多半有什么把柄被对方握住，心有忌惮，不敢过分紧逼。”

黄公望忙道：“不是，皇子遇刺是头等大事，我不敢含糊，一定要有确切的证据。”

和世琜很是喜悦，竟然上前拍了拍黄公望肩头，道：“黄书吏，难怪总有人在我面前夸赞你，你当真了得，旁人尚在迷雾当中，你便已经查到了能远楼头上。”

教化也笑嘻嘻道：“黄书吏放心，不管能远楼手中握有黄书吏什么把柄，我们都会替你一并清除掉，就算是皇子的一点心意吧。”

黄公望尚未回答，便有侍卫急奔进来，禀道：“皇子，外面出事了。不知哪里冒出个疯子，点火烧了他自己面容，又四下放火。而且那人穿着咱们侍卫的衣服，滑溜得很，一下子就不见了。现下好几处地方都起了火，我们人手不够。”

和世琜每每在皇宫中感到郁闷时，便会来到这处宅子，因而对这里怀有特殊情感，忙道：“快，都先出去救火。”

教化道：“大冷天的，这里又地处偏僻，怎么会忽然冒出个疯子？该不会是有心人的声东击西之计，想找到皇子的把柄。”

和世琜立时醒悟，忙叫道：“快，快去书房，一定不能让歹人找到那些书信！”越想越是心焦，自己拔脚便先冲了出去。

教化忙道：“黄书吏，你暂时不能出去。”

黄公望料想对方仍对自己不能放心，尤其不愿意自己知道这处地牢的具体位置，便点头道：“好，我留在这里。”

教化为人精细谨慎，本想命人将黄公望重新捆绑起来，以免有所闪失，但因为对方是皇子和世琜正倾心笼络之人，不能轻易得罪，便道：“黄书吏能保证只待在这里吗？”

黄公望猜中教化的心意，忙道：“我保证不会私下去救郑榕。况且我也不希望郑榕知道我人在这里，不然她必定追问事情的来龙去脉。”

教化便招手叫过侍卫英哥，命道：“你留下来陪黄先生。”

侍卫英哥躬身道：“遵命。”

教化带人前脚刚走，后脚便有侍卫奔下楼梯，急叫道：“快，火越烧越大了，皇子命令所有人都出去救火。”

侍卫英哥尚有所迟疑，转头看了黄公望一眼，答道："可是教化命我守在这里。"

说话间，那侍卫已奔到跟前，厉声喝道："你敢不遵皇子之命吗？"

侍卫英哥一眼瞥见那侍卫面容，见其左右脸上均被烧伤了一大块，且是新伤，已辨不出本来面目，奇道："你怎么……"

那侍卫早已握刀在手，当即扬手，连刀带鞘砸在英哥头侧。英哥骤然遇袭，未及握刀反抗，便软倒在地，晕了过去。

黄公望倒也没有惊慌失措，只讶然道："你……你……"

那侍卫脱下头盔，自报家门道："我是金海岩。"

黄公望道："我刚刚从身形及声音认出了你，可你的脸……"

金海岩简短答道："这里是皇子和世球的秘宅，中书省平章张闾及枢密副使札合等高官经常来这里。我担心宅中有人在正月初一宫宴上见过我，一旦认出我曾假冒伊儿汗国使者，难免祸及他人，所以我适才用火灼伤了脸。"

黄公望一怔之间，金海岩已连连催促道："闲话少说，我们快走！"

黄公望奇道："金兄是专门来救我的吗？甚至不惜为此灼伤了脸、毁去了容颜？"

金海岩似乎很不愿意承认此节，犹豫了下，才勉强点了点头。又道："不用问我为什么，我自己也不知道为什么会这么做。实在要找理由的话，就当是为了海容。"

黄公望愣了一下，忙道："我不能走。你快走，我自己会设法脱险。"

金海岩道："机不可失。"料想自己素来对黄公望恶声恶气，莫名现身，对方心中必有疑虑，便解释道："我其实不是为了你而来。我一直尾随皇子和世球一行，他绕了一个大圈，最终来到了这处宅子，从后门进来。我打晕了他手下的一名侍卫，乔装打扮混进宅中，意外见到了你。后来见到皇子手下将你捆绑带入地牢，我料想你凶多吉少，便四下放火转移侍卫注意力，再设法进来相救。"

黄公望心中感激，忙道："多谢。不过郑榕还被关在里面，我不能丢下她不管。”

金海岩奇道：“郑榕人在这里？”

黄公望道：“金兄，你快走。皇子不会杀我，不然也不会抓了郑榕来要挟我了，我有把握带着她脱身。”

金海岩为人果断，闻言便不再坚持，走出几步，又回头道：“你答应我一件事……算了……”

黄公望忙问道：“什么事？到底什么事？”

金海岩道：“如果我冲不出去，失手被捕，你千万不要救我。必要的时候，要杀了我。”

黄公望一怔之间，金海岩已疾步离去。

地牢深处地下，听不到外间动静。黄公望几次欲往旁侧小室查看究竟，但因有承诺在先，还是强行忍住。又等了一刻工夫，侍卫英哥先醒了过来，从地上坐起来，抚摸头侧伤处，一片茫然。

皇子和世瑓又率教化等人重新返回。和世瑓先道：“黄书吏受惊了。”

黄公望忙问道：“可有捉到闯入的歹人？”

和世瑓摇了摇头，道：“歹人穿着跟我手下侍卫一模一样的衣服，不好分辨，让他趁乱逃了。”转头见英哥刚从地上爬起来，皱眉问道，“怎么回事？”

侍卫英哥道：“刚才歹人伪装成咱们的人，闯了进来，将我打晕了。”

黄公望道：“我也被侍卫打晕了，还不清楚是怎么回事呢，原来那侍卫是歹人假扮的吗？”

教化“哎呀”一声，连连跺脚道：“坏了，这不是什么歹人，而是怯薛长果满的手下，是奉命来找清涟的。他一定看到刑房中清涟的尸首了。”

和世瑓脸色陡变，转头朝侍卫英哥怒目而视。

侍卫英哥慌忙辩解道：“对方穿着咱们的衣服，我一时未能分辨，才给了对方机会。”

教化见和世球要发怒，忙上前打了英哥一耳光，道：“还敢狡辩！快滚出去，回头再治你的失职之罪。”

侍卫英哥忙行了个礼，退出地牢。

刚好枢密副使札合下来，禀道：“没搜到歹人，应该是逃了。”

和世球铁青着脸，一言不发。

札合莫名其妙，问道：“出了什么事？不是说书信都还在吗？”

教化叹了口气，道：“那不是歹人，是怯薛长果满的手下，而且刚刚来过这里。”

札合也登时失色，失声道：“这下可坏事了。”

教化道：“未必。咱们还有机会。”又道：“皇子，当断不断，反受其乱。”

和世球来回走了几步，终于下定了决心，道：“副使，你立即回去调兵……”

札合大惊，忙告道：“皇子，我们还没有准备好，中书省那边，除了一位平章外，其他都是太后的人。”

和世球怒道：“太后知道我杀了她心腹女官，还能饶得过我吗？”

元朝制度，京师及皇城防卫归枢密院统率的左、右、中、前、后五侍卫负责，札合等于是负责京师及皇城警卫的最高长官。和世球命札合回去调兵，用意显然易见。

眼见一场宫廷兵变即将爆发，黄公望只得上前，实话告道：“对方不是果满的手下，而是我的一个朋友。”

和世球大为惊愕，忙问道：“你的朋友？真是你的朋友？”

黄公望不便提金海岩跟踪和世球一事，便道：“真是我的朋友。他是跟着郑榕来到这里，设法混进了宅中，见到皇子的手下绑了我，以为要对我不利，所以才出手相救。”

和世球半信半疑，问道：“真是这样吗？”

黄公望道：“千真万确。我告诉他，说我跟郑榕都没事，他便走了。”

教化道：“黄书吏的朋友四下放火，可是造成了不小的骚乱。”

黄公望道：“实在抱歉。实话说，我跟这个朋友的关系很一般，我也料不到他会为了我而这么做。”

教化朝囚室看了一眼，问道：“郑榕人还在里面吗？”

黄公望摇头道：“我不知道，我没有过去看。”

旁边的侍卫忙奔到囚室前，推开门，往里看了一眼，回身告道：“郑榕人还在里面，看样子，完全不知道外面发生了什么事。”

教化笑道：“黄书吏当真是个信人。”又转头道：“虽然黄书吏这位朋友搞出了不小动静，但总好过是怯薛长果满的手下。”

这时候，有侍卫急奔进来，低声向教化说了几句什么。教化一怔，忙朝和世㻋一番耳语。和世㻋很是惊讶，但脸色却和缓了下来，低声吩咐了教化一番，又招手叫道：“副使，你跟我出去。”

枢密副使札合应道：“遵命。”自随和世㻋出去。

教化笑道：“现下只剩我和黄书吏了。黄书吏那位朋友，叫什么名字？”

当年金石、金海容父女密谋行刺海漕万户朱清，但因为朱清自己的缘故，此事不曾暴露，官府亦不知金石、金海容之名，黄公望便实话告道：“金海岩。”

教化又问道：“这位金海岩是什么人？”

黄公望道：“其实我也不知道他是什么人，我也是最近才认识他。”

教化笑道：“金海岩冒充宫廷侍卫，还四下放火制造骚乱，更有行刺皇子之嫌，这可是杀头的罪名。他如果跟黄书吏关系如此一般，如何肯为你冒这么大的风险？”

黄公望遂告道：“金海岩是我初恋情人金海容的兄长。”

教化道：“原来如此。”忽然一挥手，叫道：“来人，将黄公望拿下了！”

第十章

不见长安

正月十五是元宵节，也是传统的灯节。在返回廉园的路途中，不时能遇到成群结队的民众。他们手中提着各式各样的花灯，嬉笑着，阔谈着，即便看不清面上的表情，也能感受到那份浓烈的兴奋之情。星星点点的灯火，仿若游荡在夜空中的流萤，忽闪忽闪地，装点着大地，令这清清冷冷的月夜凭空多了几许生动气息。人们如若不是对人生怀有美好的憧憬，应该不会在这寒冷的冬夜出来夜游吧。

峰峦如聚，波涛如怒，
山河表里潼关路。
望西都，意踌躇。
伤心秦汉经行处，
宫阙万间都做了土。
兴，百姓苦；
亡，百姓苦！

——张养浩《山坡羊·潼关怀古》

黄公望愕然道：“为何忽然拿我？”

教化笑道：“先好好招待黄书吏，一会儿我再好好解释。”

黄公望被直接押进刑房，吊在梁下。除了门边看守的侍卫外，刑房还吊着一人，即死去的清涟。她的外衣已被剥下，只穿着单裤，裸露着上身，身上要么血肉模糊，要么焦黑一片，反复受过鞭刑和烙刑后，已无一块好肉。

黄公望忍着不看，但清涟与他并排吊着，就在他身边。死尸上的血腥气息一丝一丝散发出来，环绕着他，他心中升腾起一股强烈的不祥之感。

过了一刻工夫，教化率侍卫进来，先命人解下清涟的尸首，拖了出去。侍卫又押进来一名五花大绑的男子，将他反吊在黄公望旁侧。那男子受了重伤，肩头、胸口、腹部均有大片血迹，正是金海岩。

教化问道：“黄书吏，你可认得此人？”

黄公望道：“认得，他就是金海岩。”

教化又问道：“为何黄书吏见到他，一点也不惊诧？”

黄公望道：“皇子身边的扈从如云，能人不少，金海岩能混入宅子，已是侥幸，再想逃脱，实难如登天。”

教化笑道：“黄书吏说话中听，我喜欢。不过你这位朋友不是为了救你才暴露了形迹吗？你为何如此冷酷？”

黄公望叹了口气，道：“事已至此，我还能怎样？而且我不是冷酷，只是冷静。”

教化点头道：“嗯，果然有气度，大异于常人，难怪总有人夸赞黄书吏。”又道：“若金海岩只是为了救黄书吏和郑榕而闯进来捣乱，也就算了，皇子大度，不会追究，可偏偏这位金海岩就是当日在皇宫中行刺中书省张平章的刺客，这该如何是好？”

黄公望闻言大吃一惊，道：“什么？”

他吃惊的不是金海岩行刺一事，而是金氏竟被教化认出了刺客的身份。当日金海岩并未暴露，就连当事人张闾也不知金氏面容，教化又是如何看破的？一时之间，又惊又疑，不由得转头去看金海岩，对方却是面无表情，目光只死死盯着挂在墙上的鞭子。

教化笑道：“我原本不相信世上有巧合之事，今日却一一发生。说来再凑巧不过，这位金海岩逃出了宅子，却遇到了中书省张平章。”

原来中书省平章张闾最先为元武宗海山提拔，他感激先帝的知遇之恩，素来坚定地拥护皇子和世㻋。张闾听说和世㻋遇刺且没有回宫后，便急忙赶来宅子探视，却正巧遇到了从宅中逃出的金海岩。不知为何，张闾竟从身形一眼认出了金海岩便是皇宫刺客，急呼侍从擒拿。金海岩此次赴京，行刺张闾亦是目的之一，当时狭路相逢，不及逃走，便干脆上前搏杀，想找机会杀了张闾，最终还是因为寡不敌众而受伤被擒。

张闾押着金海岩进来宅子后，侍卫英哥一眼便认出刺客正是打晕自己的歹人。张闾听说究竟后很是惊异，因不便与黄公望见面，便命人向皇子和世㻋禀报。

和世㻋虽已知歹人不是怯薛长果满的手下，但对方就擒，无疑是件大大的好事，可以消除一切隐患。只是不明白这歹人如何还要行刺中书省平章张闾，而且这歹人是张闾所器重的黄公望的朋友。

一时不及多言，便留下教化，自己带了枢密副使札合赶去见张闾。

张闾听说刺客竟是黄公望的朋友，大为惊异，但黄公望是他赏识并带着入京之人，无论如何都难以相信黄氏会与刺客勾结。和世㻋也不明究竟，遂派教化将金海岩带到地牢拷问。

教化又道："皇子本对黄书吏十分赏识，可你勾结刺客，行刺大元宰相，这可是族诛之罪。"

黄公望自是知晓金海岩罪名极重，必受残酷刑罚而死，自己的性命倒也罢了，若是因此事而牵累养父黄氏家族，那可就是大罪过了，忙辩解道："我认得金海岩，但根本不知他入宫行刺之事。勾结一事，更无从说起。我是事后才临时被召进宫，那时候我还没有见过金海岩，如何能与他勾结？"

教化奇道："黄书吏那时候还不认识金海岩吗？"

黄公望道："从来没见过。我受命调查皇宫命案后，金海岩才主动寻上门来，自称是海容的兄长，如此得以相识。现下看来，若不是我奉命调查皇宫命案，他是绝不会登门的。"

教化道："黄书吏是说，金海岩现身相见，只是想从你身上了解案情的进展，看是否会追查到他身上？"

黄公望点了点头，道："不只如此，金海岩既然一心想行刺张平章，必定知道我是张平章信任的书吏，利用我来接近张平章，是最好的途径。"

教化道："这可难以置信。如果金海岩只是要利用黄书吏，为何还要冒险闯进地牢营救呢？"

刚好枢密副使札合进来，教化便转头问道："黄书吏说他不知行刺之事，声称金海岩是为了行刺张平章才有意与他结交，副使可相信这话？"

札合遂道："黄书吏，听说你亲口承认刺客是为了救你才闯入宅中，足见你二人情分深厚，你还是坦白交代为好，免得多受苦楚。"

黄公望昂然道："我说的就是实话。"又道："原先皇子不相信是杨暗普杀了李邦宁，认定我撒谎，结果如何？现下我也说了实话，你二位却不相信。”

札合便走到金海岩面前，问道：“你是什么人？为什么要行刺张平章？”

金海岩道：“我只是江湖刺客，拿钱办事。张闾在江浙行省任上时，贪污受贿，手段激烈，逼死了民间九条人命。有正义之士出价千两黄金，令我取张闾性命。”

教化忍不住笑道：“越说越离谱了。你不去酒楼当说书客，实在可惜了。”

金海岩道：“信不信在你。你可知道二十年前，黄公望为何会与我妹妹相恋？因为当时我妹妹收下重金，预备行刺朝廷重臣，而黄公望刚好在浙西廉访司任职，有职务上的便利，我妹妹遂以美色相诱，从他身上套取有用信息。”

教化惊奇地看了黄公望一眼，忙问道：“后来呢？”

金海岩道：“后来我妹妹未能得手，逃出杭州后失足摔下山崖，伤重而死。我妹妹留有遗命，说心中有愧，让我好好弥补黄公望。”

札合道：“看来女刺客还是动了真情。所以你今日见到皇子下令绑了黄公望，以为皇子将会对他不利，才挺身相救，对吗？”

金海岩不置可否，既不承认，也不否认。

教化又问道：“你当时是如何混进皇宫的？”

金海岩有意无意地看了札合一眼，道：“你真想知道吗？”

札合正是负责京师及皇宫警卫的最高长官，见金海岩那一眼大有深意，似要牵扯自己，忙道：“不管他说什么，都不能相信。”

金海岩冷笑道：“不是你们问我怎么混进皇宫的吗？”

札合使了个眼色，一名侍卫便从火盆中取出烙铁，径直压到金海岩的胸口。一阵青烟后，四下弥漫着浓重的皮肉烧焦的气味。金海岩忍不住惨叫出声。黄公望心头恻然，却是不敢出声。

教化忙道："先别着急用刑。"斥退侍卫，等金海岩喘息停当，方才问道："你说你和你妹妹都是为了利用黄公望，才有意接近他？"

金海岩道："不错，正如黄公望自己所言，我接近他，并不是因为他是我妹妹最爱的男子，而是因为他是张闾一手提拔的，势必成为其心腹。"

教化问道："那么你为什么还要冒险救黄公望？要不是这件事，你也不会现形被擒，被吊在这里，对不对？如果说是因为令妹的遗言，未免牵强，毕竟已经过去了二十年。"

金海岩道："你想听实话吗？"

教化点了点头，道："早些说出实话，可以少受皮肉之苦。"

金海岩道："我其实不是为了黄公望才来这里，是为了……"

忽听到女子声音尖叫道："怎么是你？"

闻声望去，却是郑榕站在刑房门口。她不知如何挣脱了绳索，自行出了囚室。

众人尚在惊愕时，郑榕已冲了进来，顺手拔出了门边侍卫的腰刀。教化、札合二人"哎哟"一声，急忙避开。不料郑榕却不是为他二人而来，她直奔到金海岩面前，毫不犹豫地举刀，用力捅入金氏胸口。

黄公望大惊失色，喝道："榕儿，你做什么？"

众侍卫已抢上前来，七手八脚地将郑榕拉开。札合忙道："别伤了她。"

教化重新走到金海岩面前，见那一刀深入要害，金氏已然毙命，颇为遗憾。又令侍卫带过郑榕，问道："是不是黄公望悄悄替你松了绳索？"

郑榕道："是我自己挣脱的。刚刚听到动静过来时，才知道他人真的在这里。"又问道："义兄，你犯了什么错，他们为何将你吊在这里？"

黄公望不及回答，先道："榕儿，你疯了吗？你为什么要杀金海岩？"

这正是众人都想问的问题，目光遂一齐落在郑榕身上。

郑榕忽放声大哭起来，又指着金海岩的尸身，抽抽搭搭道：“这个男人，一直在暗中跟踪我，前几日的晚上，还偷偷潜入我房中，奸污了我。我……我早想杀了他，可惜我力弱，对付不了他。”

黄公望大吃一惊，道：“什么？怎么从来没听你说过？”

郑榕哭道：“我女孩子家，尚是处子之身，还没出嫁，便失身于人，而且还是被恶人强行奸污，这种事，怎么能说得出口？”又道：“他还说，他本是江湖刺客，专以杀人为生，如果我敢说出去，他就要对义兄你不利。我心中害怕，半句也不敢提起。可适才看到他，我……我一时忍不住……”

黄公望错愕万分，不由得转头去望金海岩。金氏的头软软垂着，看不到其面上的最后表情。这个谜一样的男子就这样死了，死在了他最想不到的人手里。

事出突然，又有这样一番故事，众侍卫不由得面面相觑。

札合忙道：“看来他是为了郑榕才现身的。只不过他来到地牢时，只见到了黄书吏，未见郑榕其人，料想郑榕被关押在别处，便匆匆退去。”

教化也开始相信金海岩是为了郑榕而来，道：“这金海岩当真了得，竟然能随机应变，告诉黄书吏是为了他而来，如此，黄书吏便会心怀感激。”又叹道：“黄书吏，你心智过人，却被金氏兄妹一再利用，你先后栽的跟头都不算小。不过英雄难过美人关，这也不是什么羞耻之事。”

他虽然相信了黄公望与金海岩并无勾结之事，却也不敢擅自处理，便道：“虽然金海岩死了，黄书吏与他也没有什么牵连，可你曾亲口承认你二人是朋友，如何处置，须听皇子示下。”

黄公望点了点头，又问道：“郑榕呢？”

郑榕哭道：“我不要再被绑在那间冷冰冰的屋子里了。我杀了人，你们送我去见官好了。”

札合忙道：“这里闹腾过一番，怕是已引起外人注意，不妨将郑榕先交给我监管。”

教化道：“甚好。”

郑榕忙问道：“我义兄呢？你们快放了他。”

教化却不理睬，自与札合拖了郑榕出去，任凭黄公望吊在梁下。侍卫过来将金海岩的尸首解下来，拖了出去，当是跟清涟一样，做毁尸灭迹处理。

黄公望双手高举，只有脚尖着地，承受着全身重量，难受至极。在这烈火腾腾的刑房中，他虽穿着衣服，却感到身子发冷，连体内的热血也一点点凉了下来，几至凝固。他想放声大哭一场，但眼中却没有丝毫泪意。

他心里很清楚，即便皇子和世球认同他与行刺宰相的事件无干，但他毕竟与金海岩、金海容有一定的交情，且在今日目睹了许多惊心动魄之事后，怕是再也难以活着走出这里。莫非这就是邋遢道士张三丰所预言的“若是看不破眼前之事，一个月之内，便有血光之灾，性命堪忧”？

竞功名有如车下坡，惊险谁参破？昨日玉堂臣，今日遭残祸。

然而他的消沉与难过，却不单单是为了自己——确切地说，也是因为他自己，但不是因为性命难保，而是觉得他所有的精力、热情，都在今日消耗殆尽，似乎因这次进京而燃起的壮志、雄心都莫名逝去，而今他只感到绵软无力、精疲力竭。

如果放在二十年前，或许不会如此。毕竟那时他还年轻，还有许多的时间，还有可供挥霍的青春。可而今他已年过不惑，生命于他而言，一下子缩小了一大半，即便人生尚未终结，他也深切感到自己再也没有勇气去面对未来。未来不可期。

过了小半个时辰，有人直闯进来，连声叫道：“快些将黄先生解下来。”

黄公望已有些昏昏沉沉，勉强睁开眼一看，来者竟是高丽王王璋，不由得惊诧万分。

众侍卫七手八脚地将黄公望放了下来。王璋亲自上前搀扶住黄公望，将他带到堂中，先扶到矮榻上坐下。

王璋安慰道：“黄先生放心，你不会有事了。我已经向皇子求过情，皇子同意不再追究前事，包括刺客金海岩之事。”

黄公望很是不解，问道：“大王为什么要救我？”

王璋迟疑了下，才答道：“金海容是黄先生未过门的妻子，对吧？她当年在望远楼门前救过赵丽一命，这份恩情，本王从来没有忘记过。”

随即招手叫过站在一旁的年轻男子，道：“这是塔思帖木儿，是赵丽为本王生的儿子。”又命道：“快些谢过黄先生。若不是他的未婚妻救了你母亲，现下世上便没有你了。”

塔思帖木儿当真上前，向黄公望拜谢。黄公望错愕无比，他料不到在最危急的关头，竟然是金海容救了他，一时思如潮涌，百感交集。

王璋挥手命侍卫带塔思帖木儿退出地牢，这才道：“另外，还有一件事，本王想私下向黄先生说一声对不起……”

黄公望道：“是因为大王用我的黄金匕首杀了世子吗？”

王璋先是一怔，随即叹道：“适才与皇子和世㻋一番交谈，本王猜到黄先生应该已经怀疑到我身上。不过时间之短，速度之快，且黄先生没有帮手，还是很令本王惊叹。”

原来王璋虽然自己是大元安平公主所生，却因为正宫王后宝塔实怜公主害死爱妃赵丽的关系，不大喜欢蒙古妃子所生的王鉴，虽然王鉴早早被立为世子，但这也是无奈之举。后来王璋收养了同父异母的兄长王滋之子王暠，对王暠宠爱有加，已有废黜世子之意。王鉴因为担心自身世子之位被王暠取代，所以与嗣母宝塔实怜公主格外亲近。

但母子二人不光关系紧密，还有暧昧之举。宝塔实怜公主虽然大出世子王鉴许多，但素来养尊处优，保养得体，看起来也不过三十岁出头，倒像是王鉴的姊姊。公主早就十分放纵，不时与侍从通奸，与王鉴好上后，对他很是满意。

世上没有不透风的墙，王璋多少听到了风声。他却没有发作，一是因为这是自家丑事，传出去只会贻笑大方；二来即便废黜了王鉴，世子之位还是要落在其同母弟王焘身上，无论如何也落不到王暠头上。再说，对是否要立钟爱的养子王暠为世子，高丽王王璋尚有顾虑，毕竟高丽国中盛传是王璋之母安平公主杀死了王暠的生父王滋，王暠不是聋子，他心里到底有没有真正释怀，尚不能确定。

最重要的一点，王鉴已私下投向仁宗皇帝的阵营，不再跟随其父坚持的皇子和世瑓。这固然令王璋深为恼怒，但也由此有所忌惮。

总而言之，在改立世子这件事上，须得慎重再慎重，且要从长计议。

正月初一宫宴后，事情忽然起了变化，起因便是宝塔实怜公主愤懑之下，杀死了伊儿汗国女官汪小佩。尽管杀人动机在旁人听起来又儿戏又可笑，但这事发生在宝塔实怜公主身上，高丽王王璋倒是一点也不觉得奇怪。

宝塔实怜公主虽然任性妄为，但事发后仍然心惊不已，毕竟汪小佩身份不凡，朝廷必会下令严查。尤其是朝廷竟破格任用了御史台书吏黄公望来调查命案，而这黄公望正好就是当年主查聚远楼事件者。当年若不是王璋及时相救，宝塔实怜公主早已跟杨琏真迦一样，死在了毒酒之下。宝塔实怜公主本人极信鬼神，感到冥冥中似有天意，而上天正在向她暗示着什么。

王鉴从宝塔实怜公主口中得知事情经过后，大惊失色，他知道公主早已失宠于朝廷，若是朝廷决意深究，朝廷站在伊儿汗国一方的可能性要大上许多。也就是说，即便宝塔实怜公主不被公开论刑，也会被以毒酒赐死。以王鉴的身份地位，自是庇护不了宝塔实怜公主，但他出了个主意——

昔日元武宗海山即位，高丽王王璋有立鼎辅佐之功，答己太后深为感激，念及旧情，多年来对王璋言听计从，只有改立高丽王世子一件事例外。若是王璋出面向答己太后求情，必能保宝塔实怜公主周全。

但和好却不是易事，王璋与宝塔实怜公主，从成亲之日起便成为了冤家，二十年怨恨，岂能一朝一夕化解？可宝塔实怜公主却有一件法宝。原来之前王璋所爱宠妾赵丽遭人陷害、被押解到大都后，即被下狱审讯。当时元成宗在位，其母皇太后伯蓝也怯赤尚在人世。伯蓝也怯赤宠爱宝塔实怜公主，本欲将赵丽处死，好为宝塔实怜公主出口恶气。但因赵丽彼时怀了身孕，肚子里的孩子是王璋之子，也是大元安平公主之孙、元世祖忽必烈之外曾孙，身上有四分之一的蒙古血统。伯蓝也怯赤颇为不忍，便将赵丽秘密囚禁，等其生产后，留下了孩子，再将赵丽以酷刑处死。那孩子被取名塔思帖木儿，送去北方草原，交给了一户蒙古牧民抚养。

这件事，原本只有极少人知道，宝塔实怜公主是其中之一。伯蓝也怯赤太后曾派人将此事秘密告知宝塔实怜公主，称由她来决定孩子的生死。宝塔实怜公主从未做过母亲，一时心软，这才有了孩子被送往北方草原之事。

二十年间，知情者先后离世，宝塔实怜公主便成了唯一的知情者，后来又将这件秘密告诉了王鉴。彼时王鉴深感王暠威胁极大，已有利用异母弟塔思帖木儿之心——

料想父王对赵丽怀有深情，对其所生之子必定格外宠爱，若将塔思帖木儿接回，不但自己能赢得父王的好感，还能用这位异母弟来夺王暠之宠。

虽然这是明显能够预测到的结果，但王鉴还是没有轻举妄动。一是将此事禀报父王的话，势必会得罪宝塔实怜公主，他已经失宠于父王，再遭宝塔实怜公主怨恨的话，自身处境无疑会雪上加霜；二来虽知道赵丽所生的异母弟塔思帖木儿尚在人间，但又怕接回塔思帖木儿后，对方不但会取代王暠受宠，还会取代自身的世子位。

然王鉴知悉宝塔实怜公主杀死汪小佩后，深感接回塔思帖木儿已成当务之急，一旦宝塔实怜公主被元廷秘密处死，他自身的地位也会岌岌可危。他虽已投向仁宗皇帝，可他自己在皇帝心目中没那么重要不说，许多大事上，仁宗皇帝也得听答己太后的。

于是，王鉴劝说宝塔实怜公主与丈夫和好，以托庇于高丽王，和好的引子便是说出赵丽之子尚存活世间之事。高丽王王璋得知后，欣喜若狂，立即派人出去打听此子的下落，自己则与宝塔实怜公主一道入宫觐见答己太后，坦白汪小佩之死的真相，同时恳求答己太后原谅宝塔实怜公主的冲动。

再凑巧不过的是，塔思帖木儿刚好随部落首领进京，由此被王璋接回公主府，当场收为义子。王璋又命塔思帖木儿按汉人礼节行三拜九叩大礼，拜见宝塔实怜公主。宝塔实怜公主获此尊崇，自然受宠若惊。

之后，王璋与宝塔实怜公主有一番密谈，这还是二人结为夫妇以来的首次促膝长谈，可谓意义重大。王璋一开始便抖出了丑闻，称早已知悉公主与王鉴有私之事。虽然宝塔实怜公主早有不堪的声名在外，可毕竟这次是与王鉴通奸，虽然在蒙古有收继婚的习俗，可原夫尚未过世，她如此作为，便是乱伦，不由得羞愧不已。王璋却大度地表示对往事不予计较，但希望公主将来能善待塔思帖木儿，视为己出。

宝塔实怜公主虽然愚笨，却还是听出了丈夫的话外之音：王璋显然是要利用她高丽王后的身份，来扶持塔思帖木儿登上世子之位。

而对于宝塔实怜公主而言，选择丈夫显然利益更大，跟王鉴不过一时的鱼水之欢，再找合适的男子替代王鉴，也不是什么难事。于是她欣然同意，而且将与王鉴的一些密谋一五一十地告诉了王璋，包括王鉴背着高丽王投向仁宗皇帝一事。

出乎公主意料的是，王璋在听说王鉴早知赵丽之子尚在人世时才开始怒不可遏。对高丽王王璋而言，杀机就在这时候“滋滋”冒了出来，强烈到他几乎想马上动手。但对宝塔实怜公主，王璋仍然和颜悦色，因为他需要利用正宫王后来铺平塔思帖木儿未来的世子之路。

黄公望听高丽王王璋大致叙说了与宝塔实怜公主和好的经过及塔思帖木儿的来历，忙问道："是不是大王觉得自己不方便出手，毕竟杀子有违人伦，所以才请能远楼出面？"

王璋点了点头，道："其实本王早知能远楼是白莲教在大都的据点，但白莲教于我有恩，当今皇帝即位后，又大力扶持白莲教，本王遂装作不知此事。但能远楼店家王年交，其人伶俐，确实解了本王不少困惑，因而本王也视他为挚友。"

王璋也是果敢之人，既动了杀机，便开始着手除掉亲子王鉴一事。他反复权衡后，决定聘请江湖杀手，然当他从能远楼店家王年交处听说能远楼将会供应元宵廉园雅集的饮食时，又改变了主意，决意利用能远楼的便利，趁廉园文会的大好时机动手。王年交也欣然同意帮忙。

原先本是计划将王鉴诱出万柳堂杀死后，再直接嫁祸给辽阳行省洪氏。但王年交却认为此举太过刻意，嫁祸得太明显，反而对洪氏有利。大伙儿都是聪明人，虽然知道洪氏与高丽王室有仇，但杀死高丽王世子泄愤这种事，洪氏是万万不会做的。多年来，洪氏努力的目标便是控告高丽意欲背叛大元，令大元取消高丽国号，将高丽全境纳入辽阳行省。这，才是真正的高招。高丽王室不复存在，才是对高丽王王璋的真正打击。

听到这里，黄公望忙问道："将世子之死嫁祸给辽阳行省洪氏这件事，跟大王正月初一在兴圣宫的怪异举止，是不是大有关系？"

王璋先是一怔，随即叹道："到底是黄先生，这都被你发现了。"又换了副口吻，恨声道："姓洪的要害我高丽王室不说，还极力挑拨我与先王相斗。当年香水园有刺客行刺于我，若不是侍从舍身相救，我早已命丧当场。那件事，本王一直以为是先父所为，直到那日本王在兴圣宫闻见香花气息，我才意识到刺客是洪氏所派。”

原来王璋曾于皇室行宫香水园遇刺。香水园中生有一种奇异香花，花大如碗，芬芳经久不散，因每年只开寥寥数朵，故而十分珍贵。王璋当时正在花园赏花，蒙面刺客忽然冒了出来。王璋身边只有两名侍从，那刺客武艺高强，一上来就打倒了侍从，将王璋逼到墙角，挺刀直刺。王璋手无寸铁，难以抵挡，除了大声呼救外，别无他法。

眼见刀就快要刺入胸口，一名侍从从地上爬了起来，挺身挡在王璋面前。那一刀径直插入要害，侍从又用余力死死抱住了刺客。王璋得侍从拼死相救，一边呼救，一边逃走。奔到园门时，有数名侍卫闻声赶了过来，王璋这才松了口气，停下脚步。

那刺客摆脱死去的侍从后，转头见王璋已然逃开，倒也不再追击。又伸手摘了一朵香花，衔在口中，便翻墙而去。

王璋又道：“香水园依山傍水，地形复杂，刺客充分利用了这一点，从容逃逸，后来也一直没有被抓获。但他既在临逃前还摘取香花，分明是知道此花珍贵，其背后主使必定是上层人士。”

叹了口气，续道：“当年我与父王争斗正烈，理所当然地怀疑是他受了属下奸臣挑唆，要对自己亲生儿子下手。”

黄公望心道：“己所不欲，勿施于人。而今你不是也杀了自己的亲生长子吗？”但不便公然指出，便问道：“当大王在兴圣殿闻见香花香气，便立即联系到香水园行刺事件吗？听说大王的王后宝塔实怜公主也曾获赐香花香囊，当日亦有其他王妃、公主在场，或许是她们佩戴了香囊，留下了香气也说不准。”

王璋摇头道：“香气从座位上散出，王妃、公主会坐去那里吗？不可能。实际上，本王早知惯例，坐在西二排者尽为省长官在京家眷，而这些人绝对没有资格佩戴香花香囊。本王当即想到许多年前刺客摘走香花的一幕。刚好辽阳行省右丞相洪重喜是本王的死对头，本王便明白过来——刺客是辽阳洪氏手下，他虽然失手，也许不是真的失手，而是有意放过我，好让我误会父王，令我们父子相斗，洪氏便可从中渔利。至于那朵香花，是刺客向其主子回报的凭据。”

顿了顿，又道：“最不可思议的是，清涟明知辽阳洪氏意欲对本王不利，还意欲欺骗本王，想瞒下此事，谁知……算了，不说她了。反正她也死了，死者为大，对不对？”

黄公望不便相应，答道：“大王的话题偏了，我们刚才在说的是世子王鉴被杀一事。”

王璋道：“是了。王年交不同意嫁祸辽阳洪氏，认为这招太过明显，洪金竹素与廉氏交好，绝不会在廉园动手。”

而且王鉴一死，宝塔实怜公主必会猜到是王璋所为，她与王鉴长期有私，会有何反应，很难想象。王年交认为女人的心思变幻莫测，极难捉摸，即便目下宝塔实怜公主似是站在了丈夫一方，但未必是真实心意，而是因其困境不得已而为之。如果要让宝塔实怜公主在王鉴被杀一事上缄口，只有想办法将她也卷入其中。

彼时已决定廉园雅集分为两处，主人贯云石引男宾在万柳堂，祥哥剌吉公主带女宾在清露堂。王年交建议王璋先找借口令王鉴去清露堂找宝塔实怜公主。二人已有过肌肤之亲，而且王鉴急于在保住世子之位一事上取得宝塔实怜公主的支持，必会避开外人耳目，设法与宝塔实怜公主私下相处。这样，等到二人在隐秘之处窃窃私语时，由能远楼伙计远距离将王鉴射杀。宝塔实怜公主为了避嫌，必不敢再当面质问王璋。

王璋觉得有理。他同意了王年交的提议，对老朋友更是刮目相看了。

王璋又道：“但后来的事，完全在计划之外。本王先派王鉴去清露堂找宝塔实怜，又远远跟随他到了清露堂附近。正如本王预料，王鉴果然自己没有进去，只请门边下人进去叫宝塔实怜。但宝塔实怜人未出现，出来的是她的心腹侍女。那侍女只朝王鉴简单地说了几句话，便转身回去。王鉴也只得悻悻转身离开。本王见事情出了岔子，而能远楼的人也不见踪迹，心想机不可失，时不再来，遂趁左右无人时，过去拦住王鉴，谎称要跟他谈一件大事，将他绕道带到墙根下，忽然抽出匕首，杀了他……”[1]

说到最后时，这位高丽王的声音明显高亢了起来，颇为激动，亦颇为兴奋，仿佛杀死的只是仇家，根本不是亲生儿子，大概是将他多年来对父王的怨恨、对妻子的怒气，尽数发泄到了王鉴身上。

不知为何，黄公望觉得王璋十分可怜，而不是可憎。再看看自己，虽然自幼父母双亡，但却遇到了无比疼爱自己的养父，有黄氏族人的照顾，而后更是娶到了贤惠的妻子，生下了孝顺的儿子。于他而言，实难想象，为攫取权力，竟是要付出骨肉相残的代价。尽管史书中读过不少此类故事，但活生生的事件就发生在眼前，还是令他不寒而栗。

定了定神，黄公望问道：“大王为什么要特意将世子带到清露堂外院墙下？”

王璋倒也坦诚，如实告道：“因为能远楼一方没有按计划动手，本王多少起了疑心，心想即便不是你们杀人，本王也要将杀人罪名引向你们。”

这倒是一招可用之计，毕竟清露堂内外，只有能远楼的厨子、

[1] 高丽王王璋杀死亲子王鉴（当时为高丽王世子）及有庶子名塔思帖木儿、后被封为德兴君，均为历史真事。塔思帖木儿生母在史籍中被记称为“忠宣弃妾”。史籍对王璋杀子一事的记载是：王璋曾为王鉴、王焘谁能继承高丽王位而苦恼，遂招来“通经史、究术数”的大臣朴全之，让王鉴和王焘各写下自己的名字，然后出示给朴全之看，问他道：“谁会统治高丽国？”朴全之不敢回答，王璋再三催问，朴全之才回答说：“观两君笔迹的话，弟弟会成为国王。”过了几个月，王鉴被王璋杀死，王焘成为高丽王位的第一顺位继承人。王鉴以何名目被杀，史籍没有记载。他是蒙古妃子所生，被立为世子符合元廷的利益，但其被杀后，元廷未有任何追责行动，且直接立王焘为高丽王世子。如此局面，显然是多方势力博弈的结果。《东国通鉴》对王鉴之死的评论是：“忠宣之杀世子，前史不言其实，今不可考……今日不惜大宝，而视之如脱屣；明日推刃爱子，而斩刈如草菅，颠倒悖戾如此。夫以父子之亲，储副之重，而一朝割恩断情，无顾惜心，岂无自而然欤？”王鉴的灵柩后被运回高丽安葬。其同母弟王焘后来即位为高丽忠肃王后，专门给禅源寺布施，用来为兄长王鉴祈祷冥福。本书在史实的基础上进行了发挥和想象，令故事进一步丰富。

伙计是外人，一旦有命案发生，能远楼那几人的嫌疑最大。

王璋又道："那柄黄金匕首，最初是被能远楼的伙计盗了出来，伙计只是爱其精致，并不知其来历。王年交知悉后没收了匕首，但也没有归还黄先生之意。本王知道此事后，告知那黄金匕首是宋帝的陪葬之物，非常人所能消受得起的。王年交起初不以为然，直到本王说出匕首为答己太后所赐后，他才有些慌神，怕惹上麻烦。本王便向他趁机索取了匕首，自己收在身上。"

黄金匕首虽是宋帝遗物，然王璋堂堂一国之主，还不至于起了贪念。他收了黄金匕首，当然不是要据为己有，而是那时他觉得王年交深具谋略眼光，不像是个普通的白莲教联络人，已有所警觉，遂想留下黄金匕首，以为凭据。确切地说，是作为把柄，或许日后会用得上。

但后来事态发展完全出乎意料，王璋不知能远楼的人何以迟迟不动手，又不便公然与其联络，急不可待之下，便亲自动手杀了世子王鉴。而那柄黄金匕首，王璋自得到后，一直贴身收藏，自是一件称手的凶器，这么快派上用场，连他自己都感到意外。但他却有意将匕首留在了王鉴尸首上——案发后，必定有人认出那柄黄金匕首。高丽王的目的，却不是为了卷入匕首的主人黄公望，而是能远楼。

王璋道："这内中关窍，想必黄先生一听便会明白。请黄先生相信，本王从未想过要陷害你。"

黄公望道："那是当然。要不然大王也不会在皇子和世瑓面前替我说好话。"

王璋道："这也是凑巧赶上了。"又续道："本王实在料不到，皇子和世瑓今日也去了廉园，这可真出人意料。"

黄公望忙问道："大王是何时猜到事情跟能远楼有关的？"

王璋道："从祥哥剌吉公主手下侍卫得知皇子和世瑓在清露堂附近遇刺后。"

黄公望问道："按照常理，大王转回清露堂，可你却没有这么做。大王是不是立即赶去了能远楼，当面质问店家王年交了？"

王璋摇头道:“没有。本王不会做这么愚蠢的事。”

原来王璋得知皇子和世瑓遇刺后，便立即赶去了皇宫，却不见和世瑓回宫，遂赶去隆福宫拜见答己太后。答己太后正忙着准备元宵家宴，听说孙子和世瑓遇刺、高丽王世子王鉴被杀，诧异至极，却一反常态，没有当场雷霆震怒，而是问道:“现下谁负责这两桩案子?”

王璋道:“事情尚未张扬，官府还未曾得知，祥哥剌吉公主正在那里主持事务。”

答己太后点了点头，出神了一会儿，才道:“你去吧。”

王璋为洗脱杀子嫌疑，少不得要假惺惺道:“请太后替小王做主。”

答己太后也不应答，只挥了挥手。王璋退出隆福宫后，又回到公主府中，将廉园之事告诉了宝塔实怜公主。宝塔实怜公主的第一反应倒不是伤痛，而是悚然而惊，问道:“刺客要杀的其实是皇子和世瑓，世子只是不巧撞上了，是不是?”

王璋见宝塔实怜公主根本没有怀疑自己，心中颇喜，表面却是装出一副难过又讳莫如深的样子，道:“目下祥哥剌吉公主亲自主事，一切尚不明了。本王恳求太后要为鉴儿做主时，她也没有回答。”

宝塔实怜公主惊惧交加，道:“那么……那么一定是……”最终还是没有勇气说出下面的话来。

王璋安抚了宝塔实怜公主一番，夫妇二人半句不提真凶及为王鉴报仇的话题。王璋料想妻子必是认定是当今仁宗皇帝派人行刺皇子和世瑓，王鉴被杀与此有关。事实上，王璋自己也有些怀疑皇帝涉入其中——

自从白莲教成功复教，教徒对当今皇帝感激得无以复加，但能远楼毕竟只是白莲教的联络点，白莲教上上下下都是平民，若不是受了当今皇帝的指使或暗示，哪有行刺皇子的胆量?

最令人起疑的是，能远楼与高丽王王璋已有约定在先，要在今日除掉高丽王世子王鉴。这些人迟迟不出现，是因为见到皇子和世球，临时改变了计划，由此表明能远楼策划行刺皇子已久，今日正好是天赐良机，以致竟来不及知会王璋，便先行动手行刺。又或者能远楼知悉王璋是皇子和世球一派，刻意避开了他。

王璋越想越觉得不对劲儿，料想皇子和世球既然不曾回去皇宫，必是激愤之下去了秘密别墅，遂一路寻来。果见皇子和世球正在客堂中与中书省平章张闾秘密交谈。刚好这时候皇子心腹教化与枢密副使机合带着郑榕从地牢出来，王璋愈发惊讶。

教化先命人带走郑榕，这才详细禀报了经过，称金海岩是江湖刺客，已被郑榕杀死。

和世球却不大相信金海岩的供述，皱眉道："金海岩、金海容兄妹都是江湖刺客吗，这怎么可能？"

王璋忙道："这金海岩小王不认识，但金海容我见过，她当年曾在杭州救过小王小妾赵丽一命，直接打飞了羽箭，身手确实了得。"大致说了当年之事。

教化道："看样子金海岩没有说谎，金氏兄妹确实是为了利用黄公望才接近他。"

和世球虽感意外，但目下情势如此，也顾不上区区金海岩，便向张闾和王璋道："你二位都向我举荐过黄公望，谁料他竟与江湖刺客有染。现下该如何处置他？"表面是与二人商议，但语气凌厉，已露出浓重的杀机。

张闾忙道："我真不知实情。那刺客想要杀我，我若是知道黄公望认得他，还与刺客的妹妹有私情，断然不会带黄公望入京，荐入御史台中为吏。"

王璋见和世球又将目光投向自己，知道皇子目下正在气头上，不便直接反驳，遂道："小王紧急来见，是因为廉园皇子遇刺一案，本王认为能远楼最为可疑。"

众人均大感惊讶。教化忙问道："大王之前见过黄公望吗？"

王璋道："没有啊，我一听说皇子遇刺，便立即离开廉园，动身去了皇宫，谁想皇子人不在那里。"

枢密副使札合忙问道：“大王是如何知道事情与能远楼有关的？”

王璋吞吞吐吐道：“各位是知道的，我与能远楼店家王年交一向交好，但最近发现他有些反常，反常在哪里，又说不上来。今日廉园雅集，鉴儿先来告诉我，说看到能远楼的人鬼鬼祟祟商议一番后，往清露堂方向去了，事情有些不对劲儿。我便派鉴儿去清露堂，一是向宝塔实怜公主问安；二来也看看能远楼的人到底在搞什么鬼。谁想这竟是我与鉴儿最后一次相见……”

怅然长叹一声，又道：“因有诸多前事，所以我一听说鉴儿被杀，便立即联想到了能远楼。但我当时还不能相信，还想着会不会是辽阳洪氏杀了我的鉴儿，正想回万柳堂找姓洪的当面对质，祥哥剌吉公主手下的侍卫赶来，称鉴儿之死不可张扬出去，又说了皇子你在清露堂后的竹林遇刺一事。我这才恍然大悟，事情一定与能远楼有关。”

和世琜闻言颇为感动，道：“大王世子刚刚被杀，大王闻讯先赶去皇宫，随即又赶来这里，关切之情，我会记在心里。”

教化忙道：“大王与能远楼来往频繁，发现这些人异样，倒不奇怪，但这黄公望当真厉害，竟能从现场情形推测出能远楼最为可疑。”

王璋已知黄公望之困境，有心营救，忙接口道：“所以小王才一直说黄公望心智过人，可成为皇子的有力帮手。”

枢密副使札合道：“可黄公望自称跟金海岩是朋友。金海岩一心行刺张平章，黄公望岂能脱得了干系？”

王璋道：“能远楼行刺皇子，店家王年交必牵涉其中。本王跟他素来称兄道弟，按照副使的说法，本王岂不也一样罪大恶极？人这一辈子，谁还能不交上几个损友？就拿皇子来说，皇子经常在民间行走，是不是也被不知你真实身份的酒肉朋友狠狠骗过？”

和世琜想了想，居然点头道：“也对。”

张闾也道：“我敢担保，黄公望决计是被金海岩利用，他若参与其中，随时随地可以要我的命，不必大费周折。”

教化也赞同饶过黄公望，黄氏既奉命调查廉园要案，若莫名失踪，祥哥剌吉公主必会追究。那位大长公主，也是个极不好惹的主儿。更何况，和世瑓目下正该借助姑姑即未来岳母之力。

和世瑓闻言，这才下定决心，放过黄公望。又因自己欲赶回皇宫，遂命王璋全权处置，确保黄氏守口如瓶，且须站在自己这方。

张闾是金海岩的行刺对象，教化则是今日第一次与黄公望见面，黄公望听说二人都曾在皇子和世瑓面前为自己说话，一时之间，颇为感慨。又问道："想必皇子和世瑓很快就要出手对付能远楼。而能远楼那边，既知大王一向支持皇子，会不会认为是大王告的密，恼羞成怒下，将大王曾委托他们杀死世子一事抖搂了出来？"

王璋摇头道："不会。就事态及影响力而言，皇子遇刺一事要重要得多。能远楼行事莽撞，尤其是行刺皇子未能得手，目下处境大大不妙。他们估计还指望能借助本王力量，不会随意泄露这件事。况且，杀人凶器黄金匕首正是能远楼所盗，一旦抖搂了出来，他们自己能脱得了干系吗？"顿了顿，又道："或许不等皇子出手，皇帝已经抢先动手。"言外之意，是暗指当今仁宗皇帝是能远楼的幕后黑手。

这倒也不足为奇。当年元武宗海山因种种缘由明令禁止白莲教，白莲教遭到毁灭性的打击。而仁宗皇帝即位后，一改其兄长的激进政策，解除了禁令，白莲教由此复兴。而今皇室内部纷争，一方是于白莲教有恩的仁宗皇帝，一方则是曾禁断白莲教的元武宗的儿子和世瑓，能远楼自然支持前者。

黄公望虽未见过仁宗皇帝，却也不大相信皇帝会利用社会力量白莲教来除掉侄子，尤其南方曾有多起白莲教教众起兵抗元事件。仁宗皇帝还是皇太子时，便尊儒重教，亲近汉臣，表现出将成为一代明君的样子。他与兄长武宗皇帝海山明明有约在先，要立海山之子和世瑓为太子，却在即位不到一年便要朝和世瑓下毒手，实在有悖其一贯温文儒雅的形象。

但黄公望却相信高丽王王璋的判断。这位可是自打一出生便处于激烈政治旋涡中的主儿，他本人也是从少年时代起，便开始了无休无止的权力博弈，即便现下也是如此。论政治斗争经验，世上无人能及。

果真是仁宗皇帝指使能远楼的话，那某甲离开廉园后没有立即逃离京师，反而大模大样地回了能远楼，便能说得通了——

这些白莲教教徒多起自民间底层，成功复教后自以为得到了仁宗皇帝的恩宠，荣耀无限，行刺皇子不过是完成新皇帝交代的任务。今日廉园一箭，是临场发挥，随机应变，事虽未成，可也算是有益尝试。皇子和世瑓年少贪玩，最爱微服行走于大都市井间，日后多的是下手机会。而一旦事成，便是拔出了仁宗皇帝背后的芒刺，既遂皇帝心愿，必定赏赐丰厚。岂不知最是无情帝王家，古语有云："飞鸟尽，良弓藏；狡兔死，走狗烹。"幕后主使在事成后杀人灭口是家常便饭。而今皇子和世瑓中箭未死，世人皆会猜想行刺与立储有关，仁宗皇帝为摆脱嫌疑，更是要尽快将隐患铲除。

王璋见黄公望神情闪烁不定，以为他有所忧惧，忙安慰道："黄先生既称尚未将怀疑能远楼一事告诉旁人，你自己便不会有危险。"

黄公望摇头道："我不是为我自己。"又问道："郑榕人呢？"

王璋答道："她被枢密副使札合带走了。"

微一迟疑，又道："皇子已明令交代过，要请黄先生能站在他这一方。本王和张平章都为黄先生作了保，你可不要让我二人难做。"

枢密副使札合带走郑榕，分明是要扣作人质。黄公望料想不明确表态，决计过不了眼前这一关，只好道："黄某微末书吏，不知如何能为皇子效力？"

王璋笑道："黄先生愿意支持皇子就好。目下皇子交代的第一件事，就是想要继续追查皇宫命案，查出是谁杀了杨暗普，黄先生可能做到？"

黄公望料想皇子和世瑓在意的只是大宦官李邦宁之死，继续调查皇宫命案，无非是有意安排一件差事给他，以此试探观察他的反应，便应道："这个怕是极难，不过我会尽力而为。"

王璋点头笑道："甚好，相信皇子会满意这个回答。"又道："外面天色已黑，黄先生要去哪里？本王派人送你。总不会要回能远楼吧？那里已成龙潭虎穴，万万不可去了。”

黄公望道：“不回能远楼。况且既已入夜，城门锁闭，我想回也进不了城。”

王璋笑道：“黄先生忘了吗？今日是元宵节，朝廷照例会解除夜禁、城禁。”

黄公望先是一怔，随即应道：“我去廉园。祥哥剌吉公主命我与贯云石贯学士一道调查廉园命案，我私下离开，贯学士不明就里，必定会有所担心。”

王璋道：“那好，本王派人送黄先生去廉园。”

又特意安慰道：“黄先生不必担心郑榕。她目下虽然是人质身份，但本王看得出来，枢密副使札合喜欢她，应该不会亏待她。”

外面夜色已浓，冷月亦是无声。

正月十五是元宵节，也是传统的灯节，大都城内繁华市集处往往会有“月色灯光满帝都，香车宝辇隘通衢”的盛景。相比于城内的火树银花，城外则更有自得其乐的野趣。在返回廉园的路途中，不时能遇到成群结队的民众。他们手中提着各式各样的花灯，嬉笑着，阔谈着，即便看不清面上的表情，也能感受到那份浓烈的兴奋之情。星星点点的灯火，仿若游荡在夜空中的流萤，忽闪忽闪地，装点着大地，令这清清冷冷的月夜凭空多了几许生动气息。人们如若不是对人生怀有美好的憧憬，应该不会在这寒冷的冬夜出来夜游吧。

当时明月在，曾照彩云归。

然彩云太易散，霁月再难逢。

贯云石正在廉园大门前徘徊，一副心事重重的样子，见黄公望安然返回，这才舒了一口气。等黄公望翻身下马，便直接上前握住他的手，道：“能远楼出了事，我还正担心……”

黄公望忙命护送的高丽王侍从先行返回，这才问道："能远楼怎么了？"

贯云石道："听老园丁说，夜幕时分，就在天色将暗的时候，忽然有大队官兵包围了能远楼。"

黄公望忙问道："那些官兵，是枢密院统率的侍卫兵吗？"

贯云石道："不是，是一队怯薛，由怯薛长果满率领。"

黄公望"唔"了一声，心道："还是高丽王老辣，果不其然，未等皇子和世琜报复，皇帝便抢先动手了。"

贯云石见黄公望一点也不惊讶，奇道："黄先生，莫非你……"

黄公望只摇了摇头，既不解释，也不说明自己离开廉园后的行踪。

贯云石遂道："这京城，看来是真的不能待了。"

正月十五元宵节当日，京城发生了一起不大不小的事件。皇帝的亲信怯薛忽然包围了京师名楼能远楼，将众食客及住客驱逐后，又将能远楼的店家、账房、采办、厨子、伙计、杂役等尽数逮捕，就地审问。然审讯时有数名伙计挣脱绳索，意欲反抗。怯薛为了平息动乱，不得不大开杀戒，将所有反抗者围杀。

这只是官方说法。稍一分析，便能发现内中疑点颇多——

第一，能远楼罪名不明，既然出动了皇帝的怯薛近卫军，料想必是犯了谋逆大罪。如此，怯薛在逮捕犯人后，该立即移交法司，何以会在能远楼就地讯问？

第二，反抗一说，实难取信。怯薛是元军精锐中的精锐，个个百里挑一，能远楼不过是一个酒楼，那些厨子、伙计之流如何能与最拔尖的蒙古勇士对抗？

只是事发当日是正月十五，在这普天同庆的元宵佳节里，喜气洋洋的节日气氛压过了一切，也掩盖住了空气中的血腥气。即便在元宵节后，能远楼事件也未能成为京师热点，因为自正月十六起，能远楼便又开始营业，只不过店家、伙计等都换了一拨人而已。

倒是高丽王世子王鉴暴毙一事，引发了市井坊间热议。本有流言风传是辽阳洪氏所为，但旋即便有高丽王王璋新收义子塔思帖木儿向官府举报是王璋亲手杀子。高丽王王璋被传讯时，又说出了世子王鉴与宝塔实怜公主的通奸丑闻，声称自己是大义灭亲。山重水复，峰回路转，一时间，惊掉了世人的下巴。

本可从容看戏的洪氏就在这时候跳了出来。辽阳行省右丞洪重喜上书中书省，揭发高丽王王璋违法、恣暴等种种恶行。又称王璋同时兼任高丽王与沈王，有违“一身不可兼两王”的祖制，实是大过。中书省接到洪重喜奏报后，召王璋赴中书省，与洪重喜当面对质。

王璋因杀子一事戴罪家中，正处于风口浪尖，不愿自己出面申辩，遂派人给大宦官方臣佑送信。方臣佑本是高丽人，有宠于答己太后，遂奏道：“洪重喜本是高丽子民，却一再倾陷自己国家的主上，这不是谋覆宗国的大罪吗？”

一句话，便将洪重喜的攻势从容化解。答己太后下令中书省停止调查高丽王违法之事，又命重杖洪重喜，长流潮州。洪氏几代人与高丽王室绵绵不绝的争斗，至此，以洪氏一方的彻底失败而告终。

洪重喜本是趁机落井下石，以为胜券在握，却遭反噬，一败涂地，败得如此诡异，想来死也不服。

然仁宗皇帝却认可洪重喜所言“一身不可兼两王”，命王璋在高丽王和沈王之间二选其一，如若选高丽王，便要立即返回高丽。王璋见皇帝态度坚决，不得已选择了沈王头衔，先立王鉴同母弟王焘为世子，随即将高丽王位传位给世子王焘，是为高丽忠肃王。

既便如此，仁宗皇帝仍勒令王璋回到高丽。王璋虽料想仁宗皇帝将要针对皇子和世瑓，势必要将自己赶走，但又无可奈何，只好携已被封为韩国长公主的宝塔实怜公主，与新任高丽王王焘及养子王暠、塔思帖木儿等一道返回了高丽。

但王璋不忘大都的繁华，一心想要回到元朝。刚好不久后仁宗皇帝下令恢复科举，这也是元朝的第一次科举考试，为天下瞩目，王璋趁机入朝，终于获准留居大都，从此再未返回高丽[1]。宝塔实怜公主也随后返回元朝，不久后去世，追赠蓟国大长公主。

彼时王璋已对塔思帖木儿失去信心，只封其为德兴君，又将恩宠重新移到养子王暠的身上，命儿子忠肃王王焘立王暠为高丽王世子。按照惯例，高丽王世子要入元为秃鲁花，王暠遂以高丽人质的身份重回大都，与养父王璋团聚。

王璋旋即将沈王王位传给王暠，自称太尉王，又称老沈王，又为王暠娶宝塔实怜公主的侄女讷伦为妻。按照元代制度，宗王之女均称公主，王暠也等于是娶了大元公主。

这一安排，令大元驸马王暠获得了足够的政治资本，可与高丽国内的忠肃王王焘抗衡。忠肃王王焘也不甘示弱，以高丽国王的身份向元廷求娶公主。元仁宗遂以元世祖的孙女、营王也先帖木儿之女亦怜真八剌赐婚于忠肃王。自此，王焘、王暠兄弟开始了长达三十年的争斗。双方如同当年忠烈王与忠宣王一样，各使手段，至死方休。

这，是一番关于高丽的后话。

元宵节假期结束后，黄公望便向御史台称病告假，且重新搬回了能远楼。只是这一次，好友杨载未再随其入住。

正月过后，黄公望才返回御史台任上，每日埋头查阅整理公

[1] 忠宣王王璋与答己太后关系紧密，令其在元武宗、元仁宗朝均如鱼得水。然元英宗即位后，与祖母答己关系极其紧张，由此也令王璋的处境相当尴尬。元英宗即位后不久，忠宣王预感到危机来临，为了避祸，请求南下降香，获得元英宗批准。当王璋在镇江金山寺降香时，突然有元廷使者闯入，命骑士逮捕王璋，挟持回大都。元英宗本来计划将王璋遣送回国，但王璋不愿意，元英宗气急败坏，便干脆将他打入狱刑部，而后又强行令其剃发出家，安置于石佛寺。一个月后，元英宗又将王璋发配至吐蕃撒思吉学习佛经。由于路途艰险，扈从大多逃跑，包括宰相崔诚之，最终到达雪域高原时，王璋身边只有心腹十八人。高丽国内及元廷亲近王璋的大臣不断请求元英宗放还王璋，元英宗便下令将王璋移配朵思麻，环境总算比撒思吉好了些。至治三年（1323 年）八月，元朝发生“南坡之变”，元英宗遇弑，晋王也孙铁木儿即位，是为泰定帝。最具有讽刺意义的是，新任皇帝是宝塔实怜公主的弟弟——忠宣王的妻舅，也是王暠妻子讷伦公主的叔父。新皇帝即位，照例大赦天下，王璋遂获赦，返回大都，朝见泰定帝。彼时宝塔实怜公主已经过世，然“亲人”相见，还是唏嘘不已。

文档案，以尽书吏之责。这天日暮时分，他刚回到客栈，便有客来访，竟是翰林侍读学士贯云石。贯云石也不寒暄，只低声告道："宫中传来消息，当今皇帝已下诏封皇子和世瑓为周王，出镇云南。"

黄公望心中并不意外，但仍然愣了一下，随即问道："云南不是一向由梁王镇守吗？"

贯云石道："现任梁王王禅是宝塔实怜公主之兄长松山的儿子，跟高丽王是亲眷。或许这是皇帝有意为之，想借机解除梁王的兵权也说不准。"

言外之意，梁王王禅跟高丽王王璋一样，都是站在皇子和世瑓一方，仁宗皇帝此举为一箭双雕——

高丽王王璋因为前任皇帝元武宗海山的关系，是皇子和世瑓的支持者，仁宗皇帝想必心中早就有数，所以才借洪重喜一案，强令已无国王头衔的王璋返回高丽。

其实王璋就算人在大都，也仅是空有沈王虚名，即便能操控高丽国政，然在大都，还算不上实权人物。但梁王王禅就不一样了，其人手握重兵，坐镇云南。元成宗铁穆耳在位时，已有前任梁王松山谋反的传闻[1]。元成宗虽未相信，但也采取了措施，令松山不得再参与云南行省事务，以此来制衡松山[2]。

现任梁王王禅是松山之子。仁宗皇帝令和世瑓出镇云南，一是可以将其变相驱逐出京师，置于偏远之地，令他再也难以接近中枢；二来还可以借机削弱梁王王禅，剪除了和世瑓的一大羽翼。

黄公望犹豫了下，才问道："皇子和世瑓他……"

贯云石道："和世瑓同意了。听说是答己太后出面规劝的。太后

[1] 松山之父为甘麻剌，甘麻剌是真金嫡长子，元成宗铁穆耳却是真金第三子，甘麻剌未能继承皇位，心中一直颇有怨言。具体可参见《富春山居图——高楼聚远》的《外一章 世代兴亡，却便似月影圆缺》。

[2] 入元后，云南军政大权由梁王（或云南王）、行省、大理段氏共掌，三方互相牵制。具体可参见吴蔚小说《孔雀胆》。

说了许多威逼的重话，还提及了心腹女官清涟莫名失踪一事。而且这次祥哥剌吉公主也站在太后、皇帝一方，她除了是皇子的姑姑，还是皇子的岳母。和世㻋到底年纪还小，受不住两方压力，被迫答应了。”

黄公望点了点头，道：“皇子同意就好。”口中说得轻描淡写，心中却不大相信和世㻋会就此对储君之位放手。

元武宗海山在位之时，已有一些大臣劝其改立和世㻋为太子，元武宗也一度动心，曾召集群臣讨论，但最终仍遵守了对弟弟爱育黎拔力八达的承诺。

而武宗皇帝在位之时，爱育黎拔力八达已以皇太子的身份积极预政，太后答己也不甘寂寞，时人称之为“三宫主政”。武宗皇帝看在爱育黎拔力八达帮助自己夺位有功的份儿上，没有太多干涉，却未必没有对未来的担心——日后弟弟果真会传位给自己的儿子和世㻋吗？

既有此忧虑，元武宗必会采取措施，为儿子和世㻋培植一大批心腹，让他们分居要害之职。当日，黄公望亲眼见到和世㻋意欲以武力发动兵变，他才十三岁，却有当机立断的勇气，敢举兵与皇帝对抗，足见其背后力量不弱。这样一个不肯任人摆布的热血少年，怎会轻易屈服于太后的压力？

贯云石又叹道：“想不到，改变局势的两件大事，都发生在廉园，而且是在我主持文会之时。”他口中的两件大事，自是指高丽王世子王鉴被杀及皇子和世㻋遇刺。

高丽之事不必赘述。皇子和世㻋遇刺一事，使局势越发复杂。行刺事件虽未公开，但知情者无不震惊，而今余波未平，仁宗皇帝果断封和世㻋为周王，令其出镇最为偏远的云南，料想未来的太子，必是仁宗皇帝的亲子。就大元而言，皇太子是国之根本，这可算是新皇帝即位以来最大的大事了。

黄公望忙问道：“周王应该很快就会离开京师了。高丽王早已被驱赶回高丽，另外一些曾与周王亲近的大臣呢？”

顿了顿，又小心翼翼地问道：“譬如枢密副使札合，贯学士可有听到关于他的风声？”

贯云石摇头道：“没有。札合还在照旧做他的枢密副使。”

黄公望心道：“是了，新皇帝即位未满一年，根基未稳，笼络人心最为重要，除去首脑人物和世瑓便够了。”

贯云石却是不明黄公望心意，好奇问道：“黄先生问札合做什么？”

黄公望摇头道：“没事，没事最好。”

他自然不是真的关心枢密副使札合，而是关心被秘密拘押在札合府上的郑榕。自从那日郑榕杀死金海岩后，她就被札合带走，黄公望便再未见过她。他几次找机会询问札合，札合却总说要等皇子和世瑓示下。而今和世瑓被封周王，即将失意离京，郑榕又会被如何处置呢？

送走贯云石后，黄公望便摸黑来到枢密副使札合的宅邸。门前侍卫认得他，很爽快地进去通报，旋即引他入内。

进来厅堂时，堂中不独有札合，还有皇子和世瑓。黄公望大为意外，忙上前拜见。

和世瑓倒也泰然，道：“黄书吏，你来得正好，我本来还想着要派人去找你。”

黄公望踌躇道：“皇子是想问可有查到是谁杀了杨暗普吗？那件事……”

忽有人急奔进来，却是和世瑓心腹教化。他见到黄公望人在堂中，只略略点了点头，算作招呼，随即告道：“皇子，打听到了！那件东西原来在武备寺寿武库中。”

和世瑓立时又惊又喜，问道：“你能肯定吗？”

教化笑道：“绝对错不了，是武备卿韩永自己说的。他听人议论皇子遇刺，说起羽箭射穿了金丝软甲时，当即笑道‘如若是巴特尔软甲，一定毫发无损’，又夸耀说巴特尔软甲正存放在自己管辖的寿武库，是镇库之宝。”

札合忙道："韩永是高丽人，家眷都住在宛平高丽村。"

和世㻋便点头道："去办吧。"

教化躬身应命，转身奔了出去。

黄公望听在耳中，心道："莫非之前大宦官李邦宁所寻之物，便是这巴特尔软甲？"

他新入京不久，又是汉人，不知巴特尔软甲在蒙古人心中的神圣地位，对和世㻋如此费尽心思地寻找一件铠甲更感惑然，却也不愿意多管闲事，只小心地问道："副使，郑榕她可还好？"

札合道："她……"

和世㻋却插口问道："黄书吏，杨暗普那件案子，你查得怎样了？"

黄公望道："杨暗普是在皇宫中被杀，皇子当了解这其中的难度。"

和世㻋道："那好，我可以等。不过郑榕我要带走，等到黄书吏查出真凶，再见她不迟。"

黄公望愕然道："皇子不是就要离开京师了吗？"

和世㻋先是一怔，随即点头道："黄书吏果然消息灵通。不错，不日之内，我就要离开大都南下，但我可以带郑榕上路啊。"

札合刚要插口，和世㻋摆手道："我对这名凶手志在必得，黄书吏该知道我的决心。"竟转身抬脚欲走。

黄公望无可奈何，只好道："皇子请留步。其实，下吏早已知道了真相，是伊儿汗国使者发财杀了杨暗普。"

和世㻋先是惊愕，随即冷笑连连，道："黄书吏以为伊儿汗国使者已经动身归国，便可将罪名推到他身上吗？"

黄公望道："使者发财本人亲口承认了。"

和世㻋这才失色，问道："这怎么可能？"

黄公望道："杨暗普与汪小佩的恩怨，皇子早已知晓。当日杨暗普发现汪小佩也在兴圣宫中，便有心杀她。刚好伊儿汗国使者发财起身离席，杨暗普动了心思，便跟了上去。料想杨暗普本意，不过是要向使者探听汪小佩的私事，却不想使者一路来了延华阁。"

札合大惊失色，忙问道："黄书吏是说，伊儿汗国使者发财有窃取太后宝物之心？”

黄公望点头道：“发财使者亲口承认的。结果杨暗普发现了这一节，便加以利用，威逼发财杀了汪小佩，还许诺可以帮盗取他想要之物。刚好此时李邦宁出现，杨暗普担心自己的杀人之计被对方听到，便当着发财的面，杀了李邦宁。而后的事，皇子和副使已经知道了，二人处理了尸首，杨暗普又将黄金匕首交给发财，令他去杀汪小佩。只是发财使者寻到汪小佩时，她人已死，发财遂从汪小佩身上取了一件物事作为信物，回去找杨暗普。二人来到僻静处，发财出其不意地杀了杨暗普，又随手将匕首插入其靴筒，这才离去。”

和世㻋听得半信半疑，问道：“怎么会有这样的事？”

札合忙道：“皇子，兴圣宫宴会后，伊儿汗国使者便一直称病躲在贯学士家中，再未露过面。”

和世㻋这才信了，道：“如此，倒也说得过去。”又指着黄公望道：“你既早知真相，却有意不说，引得清涟等人怀疑我。”

黄公望忙道：“下吏绝无此意，也没有这个胆量。”

和世㻋尚有疑问，又问道：“那伊儿汗国使者为何会主动承认杀人？”

黄公望道：“应该是心中不安吧。他来找我，也是怕我追查到他身上。”

和世㻋道：“你没有撒谎，当真是伊儿汗国使者杀了杨暗普吗？”

黄公望心道：“陈宝生当时正假冒伊儿汗国使者身份，说伊儿汗国使者杀人，也不算撒谎了。”忙道：“下吏绝不敢欺瞒皇子。之前之所以绝口不提这件事，是怕皇子利用这件事。”

和世㻋愣了一愣，才回过神来，奇道：“黄书吏是担心我用此事来胁迫贯云石吗？不会，决计不会。贯云石是我姑姑……”旋即摇头道：“算了，不提这件事了。”

又道：“虽然黄书吏之前一直隐瞒，但目下总算说出了真相，也算履行了承诺。如此，我也要如约将你的义妹还给你。”朝札合点了点头，便先行离去。

送走和世瑓，札合却不命人去带郑榕，只招手叫过黄公望，迟疑道：“有一件事，我想先告诉黄书吏……”

黄公望登时色变，问道：“可是郑榕出了意外？”

札合忙道：“不是，榕儿很好。她早已是我的人了，我怎么会亏待她？”

黄公望一怔，问道：“副使说什么？”

札合道：“虽然黄书吏只是榕儿的义兄，但那也是兄，我札合也当尊你为兄。我已经收了榕儿为妾。日后合适的时候，我会办几桌宴席，算是正式迎娶之礼。”

黄公望目瞪口呆，道：“你……你堂堂枢密院副使，竟然强行霸占良家女子。”

话音未落，便有女子声音道：“是我自愿嫁给札合的。”

言语间，一名黄衫女子自后堂出来，正是郑榕。

黄公望忙迎上前去，低声问道：“可是札合威逼榕儿这么说？你不用怕，我一定有办法救你。”

郑榕一双妙目凝视着黄公望，摇头道：“不是，真的是我自愿嫁给札合。”又道：“我失身于人，又杀了人，这段日子过得很艰难，多亏札合从旁开导，我才能挺了过来。”

黄公望难以相信，惊疑交加，道：“可是……”

郑榕回头道：“札合，可否让我单独跟义兄说说话？”

札合正视新娶爱妾为心头肉，对她言听计从，忙道：“当然。”带着侍卫退了出去。

黄公望确信门外、堂后无人后，这才问道：“榕儿适才说的可是真心话？札合当真没有逼你吗？”

郑榕叹了口气，道：“义兄，我真心希望，今晚是我们最后一次见面。”

黄公望愕然道：“这是什么话？为什么？”

郑榕正色道：“这真的是我们最后一次见面，所以还望义兄不要开口，好好听我说。”

深深叹了口气，才道：“义兄你年纪比我大许多，几乎可以做我爹爹。我本来只拿你当长辈，可那日我听到你为金海容之死哭得那么伤心，我……我也跟着哭了。我可是心肠刚硬的女子，从来没有哭过的。”

黄公望惊愕无比，忍不住问道：“你……你怎么会……”

郑榕道：“你们当晚说的话，我全部听到了。实话告诉义兄，我是有意接近你，目的只为了刺杀你的恩相张闾。”

黄公望“啊”了一声，失声道：“你……你和金海岩……”

郑榕道：“我二人是志同道合的同伴，虽然金海岩大我许多，但我们相互都是直呼名字，以示地位平等。那日在地牢，也是迫不得已，我救不了他，只能让他死得痛快些，还可以让义兄就此脱困。至于失身于金海岩，是我信口胡诌出来的。他堂堂男儿，一生都在为抗元大业而东奔西走，不会谈情说爱，也来不及成家，怎会奸污我？”

见黄公望张口欲问，忙伸手止住，续道：“其实刺杀张闾，也不是我们自己想要的，他在江浙行省任上时，收受贿赂，假公济私，害死了九条人命，而江南因他而家破者不计其数。江南有人出高价买张闾性命，我们行刺，其实是为了那笔悬赏。”

黄公望惊异得无以复加，结结巴巴道：“你……你们……”

郑榕摇头道：“我二人不是江湖刺客，我们在办一件惊天动地的大事，但办大事需要钱，那笔悬赏可以很好地解决问题。再说张闾本来就是个大大的坏蛋，杀了他，也是为天下百姓除害。”

黄公望心道：“当年金石先杀僧人允泽，后又行刺海漕万户朱清，莫非也是为钱做事？尤其是后者，区区一个朱清，于反元大业又有何阻碍？如果他们果真有所谓大业的话。”

郑榕又道：“其实义兄到杭州投到张闾麾下时，金海岩便认出了你。我打听到你是张闾极为看重的人，便想利用你，但金海岩却不同意。我当时不知义兄和他妹妹金海容有旧，也不顾阻拦，自作主张，跟着义兄来了大都，还设法住进了能远楼。”

黄公望心道：“到底还是让杨载说中了。虽然他后来相信了郑榕，但他最初的预感却是一点没错。”

尽管知道了郑榕的真正身份，心中疑云仍然极重，问道：“金海岩进宫又是为了什么？总不会是为了行刺张平章吧。”

郑榕道：“就是我说的大事，是为了传国玉玺。”

元朝立国已久，虽远远谈不上国泰民安，但人心思定却是事实。蒙古何等强大，纵横天下无敌手，若凭单个力量与其相抗，如螳臂当车，根本不足道，唯有群起而攻之，方有成功的可能。而传国玉玺“受命于天，既寿永昌”，便是最好的号召武器。

金海岩潜入皇宫，本意是要偷取传国玉玺，但因为宫城大内戒备森严，他根本进不去。又刚好遇到张闾，见张闾身边并无从人，便上前行刺。失败后，金海岩本欲返回兴圣宫，继续扮作伊儿汗国使者，但刚好兴圣宫又出了大事，因皇帝、皇太后当时均在宫内，内外戒严，他既进不去兴圣宫，便欲寻个藏身之处，由此才有了后来之事。

郑榕窥见黄公望神色，正色道：“义兄可能觉得这件事很荒唐，又觉得难如登天，但为了抗元大计，再荒唐，再困难，也要尽力去办。”

不等黄氏回答，又道：“今晚之后，我们不要再见面了，不然只会害死你。我兄长……我是说我的亲哥哥郑樗，他是个老实人，也是真的因为真真才来到大都。但我来京师，却不是为了他。实在惭愧，我自己的亲哥哥，居然也被我当作了幌子。义兄，日后有机会的话，你要多照应我哥哥，别让他又被人欺负了。”

黄公望瞬时便猜到了郑榕的想法，忙道：“不……不，榕儿你不必这么做。”

郑榕坚决道：“我必须得这么做。不过，如果因为我而将义兄你牵连进来，那我可就是万死莫赎了。”

黄公望道：“札合虽是枢密副使，负责皇宫的戒备，但你想利用他得到传国玉玺，根本不可能办到。再说札合不是傻子，要是被他发现你别有用心……”

郑榕微微一笑，道："天下难事，何止千万件！但总要有人去做，对不对？"不待黄公望回答，忽眉头一扬，大声嚷道："你既然说出了这样的话，你我也做不成兄妹了。黄公望，从现在起，你我恩断义绝，永不相见。"

黄公望急道："你不要……"

郑榕高声叫道："来人！快来人！"

札合闻声进来，惊见郑榕横眉竖目，忙问道："怎么了？"

郑榕指着黄公望恨恨道："他不同意我嫁给你，还说了许多难听的话。"

札合闻言，便走到黄公望面前，不悦道："黄书吏，这就是你的不对了。榕儿虽然只是我的侍妾，但我堂堂蒙古贵族，官任枢密副使……"

郑榕尖叫道："别跟他废话了。我们本来也不是亲兄妹，我已经跟他断绝了兄妹关系，再也不想见他，快些派人赶他出去。"

札合招手叫进两名侍卫，又朝黄公望道："榕儿的话，黄书吏都听到了，这就请吧。"

离开札合府邸时，黄公望不知自己到底是什么感受。只觉得寒风中的双腿格外沉重，每迈一步，都要使出全身的力气。

脑海中反复思考一个问题，他只胸怀着自己的理想，前行已是如此困难，郑榕一介女子，背负着那么多的使命，为何她却如此有担当？

少年时，他也想学书上的英雄，做一个有勇气、有责任感的男子，立于天地之间，维护公平与正义，而成人后，即通身被世俗所覆盖。而今营营役役于京师，竟不知到底在做些什么！

冬夜兮陶陶，雨雪兮冥冥。神光兮颎颎，鬼火兮荧荧。

修德兮困控，愁不聊兮遑生。忧纡兮郁郁，恶所兮写情。

周王和世瑓离京当日，送行大臣只有寥寥几位，中书省平章张闾也未在其中。他呆坐在官署中，心中隐隐有些不安，似乎感觉和世瑓这一去，便再也回不来了。果真如此的话，他需要早为自己打算。

正盘算之时，忽有下吏来报，称御史台书吏黄公望求见。张闾忙命人引其进来，又起身笑道：“黄书吏算是稀客，这应该是你第一次主动来中书省找老夫吧。”

黄公望先深深拜了一拜，才道：“张平章于黄某有知遇之恩，黄某本当竭诚相报，然张平章犯法在先，黄某身在御史台，不得不如实举报。”

张闾赫然变色，拍案怒道：“黄公望，你在胡说些什么？”

交谈间，已有御史台差役进来，躬身告道：“御史台书吏黄公望持账簿向御史举报张平章在江南任上时贪污受贿，还害死了九条人命。御史已经接了案子，小的们是奉命来请张平章走一趟御史台的。”

张闾一时难以置信，转头瞪视着黄公望。黄公望欠身道：“张平章，实在抱歉了。”

张闾喝道：“你微末小吏，又是南人，竟敢控告我堂堂蒙古大臣，是作死吗？”

黄公望不答，只朝差役点头道：“动手吧。”

差役便上前一抖铁索，套住了黄公望的脖子，将他拉扯带走。

杨载闻讯赶到御史台时，黄公望已被下狱。狱卒也不敢怠慢天子近臣，勉强同意放杨载进去探视。

黄公望被关在单人牢房中，手足倒是未上刑具，还算轻松。

杨载低声道：“你这么做，是为了金海岩吗？他一心想行刺张闾，而今他人跑了，又将差使交给了你？”

黄公望半句不提金海岩已死之事，只摇头道：“不是为了他。”

杨载跺脚道：“你知不知道你这样做，是有可能掉脑袋的？”

黄公望平静说道：“知道。我已经做好了准备。”

杨载道：“这次我可救不了你。虽然我还算是个有身份的文臣，但你总该知道，这是蒙古人的江山，你只是南人，告的却是蒙古重臣。张闾有罪，你也有罪；张闾无罪，你罪名更重。”

张闾在江浙行省任上时，已有御史弹劾，只不过上头置之不理。而这次黄公望提交的账簿，都是铁证，就要看皇帝想不想定张闾的罪了。然无论张闾有罪无罪，黄公望以下吏的身份举报中书宰相，是以下犯上，即便举报是实，也是有罪，要受到严惩。元廷定此法律，就是为了防止汉人针对蒙古人、色目人告状滋事。

黄公望心知肚明，却不接话题，只笑道：“还记得我们当年在西湖豪饮的日子吗？”

杨载点了点头，曼声吟道：“世故无涯方扰扰，人生如梦竟昏昏。何时再会吴江上，共泛扁舟醉瓦盆。”[1]

黄公望也被这悲切的调子感染，良久无语，叹息了一声，最后才道：“你走吧，不要再来了。此案重大，你若出力救我，连你自己也要受牵连。别忘了，你也是南人。”

杨载咬咬牙，道：“你知道我不是婆婆妈妈的人。好，我答应你。但你也要答应我，一定要尽力活下去。即便不容易，也要活下去。只有活着，才能看清世道。兴许会更差，但兴许会变好呢？”

黄公望闻言一怔。他早已有赴死准备，所以心中并无太多忧虑，但此刻听了好友一番话，不免有所感触。怅然间，竟不知杨载何时离去。

牢房昏暗，全靠灯火照明，以致时常有时空错乱之感，恍惚如在梦中。

一连数日，也无人来提黄公望过堂做证。他既早有“谋事在人，成事在天”的心理准备，也觉得无所谓。

[1] 黄公望年过中年后因张闾案入狱，及杨载到狱中探望并留诗一首，均为历史真事。为保持故事紧凑性，本书对一些历史大事做了集中处理。

这一日，又有人进狱探访，却是曾同住能远楼的富商杜倍。

黄公望既知杜倍是陈宝生手下，也不奇怪，只点了点头。

杜倍道：“我家主人命我来告诉黄先生，他已经花费重金打点了上下，先生不会吃太多苦头。”

黄公望奇道：“陈宝生吗？他为什么要这么做？”

杜倍道：“除了因为黄先生在皇宫命案中帮过陈公子，还因为陈公子早与杨载杨编修有约，若杨编修有事吩咐，陈公子当竭尽所能，甚至可以做到倾家荡产。”

黄公望立时醒悟过来，心道：“那偷梁换柱的法子，是杨载想出来的，是他指点陈宝生去找翰林学士虞集，再设法接近掌管皇宫图籍字画的王振鹏，大概是想请王振鹏利用职务之便，先画一张《清明上河图》赝作，却不想王氏早就做过了。”定了定神，忙问道：“陈宝生人呢？”

杜倍道：“陈公子已经动身回南方去了。”

黄公望惊讶万状，忙问道：“他是不是已经得到《清明上河图》真迹了？”

杜倍道：“恕我愚钝，实在不明白黄先生在说什么。”

黄公望心道：“看样子，陈宝生一定已经得手。”

但那《清明上河图》的真迹收在皇宫内府中，却不知陈宝生如何办到，黄公望好奇不已。

黄公望入狱之后不久，便发生了周王和世㻋举兵造反的大事。和世㻋率心腹教化等人出京后，并未直奔云南，而是来到陕西行省。陕西行省丞相阿思罕及诸多武宗旧臣均已等候多时，一齐上来拜见，表示要用武力支持和世㻋夺取皇位。教化告诉众人道：“天下者，我武皇之天下也，出镇之事，本非上意，由左右构间致然。请以其故白行省，俾闻之朝廷，庶可杜塞离间，不然，事变叵测。”兵变遂起。

当年元武宗以武功赢得军心，在元军中威望极高。他暗中留给儿子的也尽是精锐，周王的叛军势如破竹，望风披靡，一路杀到河中[1]。

仁宗皇帝宣布京师戒严，又下令取出世祖皇帝忽必烈最爱的铠甲巴特尔软甲，准备御驾亲征。武备卿韩永不得已，禀报称巴特尔软甲已被周王和世㻋取去。巴特尔软甲能抵御利刃，为世上独一无二的珍品，自元世祖以来，只有皇帝才有资格穿戴。仁宗皇帝闻讯勃然大怒，欲杀韩永。韩永忙告知和世㻋先派人捉了自己妻儿，作为要挟，自己不得已，才任凭对方取走了软甲[2]。仁宗皇帝遂放过了韩永，但亲征之心，也由此淡去。

然而上天并未青睐和世㻋，虽则叛军兵锋极锐，但很快发生了内讧，陕西行省丞相阿思罕及教化等关键人物被同党所杀。彼时和世㻋不在军营，正好逃过一劫，闻讯后再无信心重振旗鼓，率残部一路西逃。一行人“于雷雨盈满之际，盘桓屯难，草行露宿”，穿过了茫茫大漠后，终于抵达察合台汗国。

察合台汗国名义上臣属于大元，实际上却是独立王国，大汗也先不花热烈欢迎了这群狼狈不堪的不速之客，将他们尽数收留下来，给予上宾的待遇[3]。

当和世㻋看到察合台汗国遍地都是胡杨，还有一种名为怪柳的沙生树并无下垂枝条时，这才明白邋遢道士张三丰那句“千杨能远，万柳无枝”的真正寓意。

而蒙古贵族女孩八不沙率奶娘等人不远万里赶来投奔，给了和世㻋一个大大惊喜。和世㻋离京之前，祥哥剌吉公主本想让侄儿先与女儿卜答失里成亲，一对新人共赴云南。但卜答失里则死活不

[1] 河中，今山西永济。

[2] 和世㻋离京前千方百计谋取元世祖铠甲一事，为历史真事。

[3]察合台汗国与元廷恩少怨多，具体可参见《富春山居图——高楼聚远》，所以也先不花大汗非常爽快地收留了元仁宗的政敌，还积极支持和世㻋夺回皇位。后来和世㻋最终还是回到中原，当上了皇帝，是为元明宗，却又死于异母弟图帖睦尔（元文宗）之手。时人萨都剌赋诗感慨道：“当年铁马游沙漠，万里归来会二龙。周氏君臣空守信，汉家兄弟不相容。只知奉玺传三让，岂料游魂隔九重。天上武皇亦洒泪，世间骨肉可相逢。”

肯，虽然年纪小是原因之一，但她崇拜最高权力，想嫁的是皇太子，而不是周王，却也是显而易见的事实。八不沙的情深意重，对于正处于巨大失意中的和世瑓而言，是绝妙的安慰[1]。

周王之叛彻底平定，已是半年之后的事。仁宗皇帝新即帝位，无心也无力发兵讨伐收留和世瑓的察合台汗国，只立即着手整肃朝纲，清除朝中武宗旧臣，张闾贪渎案就在这样的背景下被提到了天子案头。

经过御史台大半年的审理，张闾最终被定罪，被判处死刑，斩首于市。而举报张闾的关键人物黄公望，照例会判长流之刑，但却迟迟没有宣判，只一直羁押于御史台中。

由于有人上下活动，内外打点，不惜代价，连最普通的狱卒都收到了重礼，黄公望过得还算安逸，一年四季衣食无缺，甚至牢房中还安置了简单的家具，供他读书写字。

冬去春来，在次年的初秋，黄公望终于由皇帝特赦，被释放出狱，虽未被定罪，但却遭革职，且永远不得再入仕为吏。

而在监狱外迎接黄公望的人，虽是熟人，却是黄公望万万料不到的人——枢密副使札合。

黄公望奇道："副使怎么会在这里？"

札合也不寒暄，直言告道："是榕儿救了你，也是榕儿救了我。"

黄公望愈发惊诧，问道："什么？怎么会……"

札合道："榕儿早看出皇子和世瑓成不了事，让我及早改投皇帝，如此才能保住官职。而举报张闾是和世瑓近臣，便是最好的法子。当时黄书吏你……不，黄先生你已经入狱，我虽猜到榕儿更多

[1] 后八不沙嫁给了和世瑓，卜答失里则嫁给了和世瑓之弟图帖睦尔。和世瑓即位为元明宗后，即立八不沙为皇后。元明宗暴毙（为弟弟图帖睦尔谋害）后，图帖睦尔即位为元文宗，立卜答失里为皇后。卜答失里将八不沙推入烧羊火坑中，将其活活烧死。卜答失里生有三子，长子和第三子早夭，只有次子古纳答剌（后改名为燕帖古思）长成，但元文宗临死前，对谋害兄长元明宗和世瑓一事深为悔恨，为了赎罪，遗命将皇位传给元明宗长子妥欢帖睦尔（妃子迈来迪所生，后被追封为皇后）。

的是想救你，但为了自保，还是照她的话做了。不久即有周王叛乱之事，皇帝也顾不上我的告发。我听说周王大军就快要逼近京师，一度很是恐惧。但周王之叛平定后，我之前的举报，一下子便引起了皇帝的注意。”

黄公望忙问道：“榕儿人呢？”

札合抬头看了看天，道：“我这就带黄先生去见她，时间还来得及。”

黄公望道：“副使重新赢得了皇帝的信任，是不是又受榕儿托付，在皇帝面前为我求了情？”

札合摇头道：“不是。榕儿说，你是南人，胆敢告发中书重臣，犯下大忌，谁求情都不会有用，除非是答己太后，可太后是不会为你求情的。”

黄公望奇道：“那么皇帝为何会赦免我？”

札合道：“榕儿将一切都告诉了我。原来她是南方叛贼一党，跟被她杀死的金海岩是一伙的。他二人这次来京师，主要是要谋夺传国玉玺。而榕儿有意接近黄先生，还与你称兄道妹，是想利用你的才干，达到她的目的。”

黄公望心道：“榕儿将这些话尽数告诉了札合，她还能活命吗？”一时心惊不已，忙问道：“榕儿人在哪里？她可有事？”

札合道：“我们这就去见她。”

黄公望见札合神色平静，料想或许是他在皇帝面前求了情，郑榕已然无事，这才略略松了口气。

札合续道：“我将榕儿所言如实禀报皇帝后，皇帝既早知黄先生大名，听了这些话，若有所思。我又趁机将榕儿的另外一番话上报，说他们这些叛贼放着好好的良民不做，甘愿进山为盗，且图谋造反，全是因为遭受地方官员的肆意欺凌，无路可走，这才被迫反抗。”

黄公望心道：“这一招颇为高明，当年世祖的怯薛扳倒当红宰相桑哥，也是将桑哥的恶行与民变、盗贼联系了起来。”

札合道：“刚好宫廷画师王振鹏也在一旁，称黄先生是御史台书吏，熟知国法，明知自己是南人，举报蒙古重臣要受严惩，却还是义无反顾地做了，这是为了大元社稷着想。若是黄先生反而因此受罚，人人自危，日后大元江山被张闾这样的贪官败光了，也无人敢挺身揭发。王振鹏素来清高自傲，从不议论是非，也不与朝中大臣交往，深得皇帝宠爱，这还是他第一次为旁人说好话。皇帝听了，这才决定赦免黄先生。但法度犹在，黄先生的南人身份既不可改，自此再也不能入仕了。”

黄公望当即停了下来，朝札合深深一揖，道：“多谢副使倾力相救，黄某没齿难忘。”

札合却摇头道：“我不是为你，而是为了榕儿，她送给了我一场大大的富贵，而今我已是枢密院正使，手握天下兵权。”

黄公望脸色一变，心中隐隐感到不妙。

札合继续解释道：“替黄先生求情之前，我先向朝廷告发了榕儿，是她让我这么做的，以此来换我出力营救黄先生。”

黄公望失声道：“榕儿她……”

札合道：“榕儿虽然招供出了不少事，但毕竟是个反贼，而且还杀了答己太后最爱的女官清涟，所以无论如何难逃这一劫。”

黄公望大吃一惊，道：“什么？明明是你杀了清涟呀。”

札合忙告道：“是榕儿主动要承担此项罪名。黄先生该知道，自皇子和世㻋失势，清涟之死便是我心头最大的噩梦，即便我重新赢得了皇帝信任，但还是总能感到果满那双充满恶意的眼睛在我眼前晃来晃去。而今榕儿主动招承了罪名，我便彻底轻松了。而且怯薛长果满终于知道了失踪已久的清涟的下落，虽然伤痛于爱人惨死，但却可以亲手报仇，因而对我大义灭亲之举深为感激，与我称兄道弟，在升任枢密院使一事上，也出了不少力，这其实全是榕儿的功劳。”

黄公望不及多言，问道：“榕儿人在哪里？”

札合道：“在柴市口[1]。榕儿特意交代过，要等她死了，再接黄

[1] 柴市口，今北京东城区交道口，元代的杀人刑场。文天祥即在柴市口引颈就刑，从容就义，后人有诗凭吊道：“萧条柴市口，就义忆先贤。碧血归无地，丹心痛入天。武侯师未捷，箕子道空传。终古宗臣泪，斜阳麦秀边。”

先生出狱。”

黄公望这才明白札合为何没有骑马，只与自己一路步行，原来是有意拖延时间，忙扔下札合，撒腿狂奔。

柴市口位于皇城东北面——东北角是大都路总管府、警巡院、倒钞库；西北角是中书北省；正北面是大都的标志性建筑中心台[1]、中心阁、鼓楼[2]，以及皇家寺庙万宁寺[3]；正西即是海子，为大都的漕运码头。

待黄公望赶到柴市口刑场时，看热闹的人群已经开始四散，这表明犯人已死、行刑已经结束。

黄公望因住在能远楼，赴御史台坐班必会经过柴市口，但这还是他入京以来第一次见到在柴市口杀人。而这次被杀之人，竟然是他熟悉的人。而且她是为了救他，才自愿走到了被押赴刑场的这一步。这让他情何以堪！

黄公望挤到能看清刑台的地方，便不敢再前行。军士正将一颗女子人头吊上旗杆，那便是郑榕的首级了。台上的监斩官正是怯薛长果满本人，他正亲自手执巨斧，将已被肢解成几大块的女尸砍得更碎。行刑者愤怒而亢奋的表情，现场血腥而残忍的场面，仿若一幅地狱图。

黄公望的目光仍然看着刑台，但视线却模糊了起来，只能看到一个朦朦胧胧的影子，手臂高举，旋即落下。再举，再落。又举，

[1] 中心台，为元大都城设计规划时选定的平面布局中心。在大都城南北中轴线上，积水潭大湖东北岸。由此出发，至南、北城垣等距离，至东、西城垣接近等距离。台方幅一亩，正南有石碑，刻有测量标志，题为“中心之台”。台之东 15 步（约合 23 米）处，建有中心阁。

[2] 鼓楼，又名齐政楼，在元大都中心台之西侧，钟楼之南，居都城之中央，为全城报时中心。建制高大，楼上设壶漏鼓角，楼下三门。周围有街市，西南斜街临海子（积水潭），多歌台酒馆，多风景区，为贵官游赏之地。

[3] 万宁寺，全名大天寿万宁寺，位于今北京东城区鼓楼东大街西口路北。始建于元大德九年（1305 年）二月，原为喇嘛庙，泰定四年（1327 年）五月，将寺中的广寿殿作为神御殿（即影堂），里面供奉元成宗铁穆耳帝后的织锦影像。万宁寺清代尚存，清末为避清宣宗讳，改名万寿寺，寺址今已沦为民居。

又落。

一斧，一斧，又一斧，均实实在在地落在了他心尖上。

自从得知金海容二十年前已死的消息后，黄公望以为自己再也不会为任何女子刺骨心痛，而此刻，他竟感到了比那夜更深的痛，痛彻心扉。

忽有人过来将黄公望的手臂挽住，低声道："黄先生，你不该出现在这里。"转头一看，竟是王振鹏。

黄公望虽然神思恍惚，却神志未失，忙抹了抹眼泪，随王振鹏转到一棵大树后。

王振鹏道："黄先生，所幸你安然无恙。有一件事，我须得立即告诉你。前一阵子我奉命进宫，整理重新装裱过的字画，看到了《清明上河图》，那副画，是赝作，正是我的手笔。"

黄公望闻言一呆。他其实早猜到真迹已落入年轻富商陈宝生之手，只是目下并没有太多的心思来提及此事。

王振鹏道："只是这件事，我没法向旁人倾诉，心中苦闷无比。听说黄先生今日出狱，特寻来相告。"

黄公望定了定神，安慰道："对方既已成功偷梁换柱，得到《清明上河图》真迹，必不会再提此事，王典簿大可放心。"

王振鹏点头道："嗯，当今皇帝有恩宠于我，就算事败，有人看出那是赝作，料想也不会怀疑到我身上。但我心里总有一股不平之气，不吐不快。"

黄公望问道："王典簿对自己的画作有把握吗？我是说，那幅赝作，会被明眼人看出来是假的吗？"

王振鹏傲然道："《清明上河图》其实就是一幅精细入微的界画。我是本朝界画第一人，赝作是我利用职务之便，一点一点地临摹出来的，我敢说，与真迹一模一样，除了我自己，无人能分辨。"

黄公望道："王典簿的杰作以假乱真，必将被当作真迹流传后世。于画师而言，也算是一件可遇不可求的好事，可喜可贺。"

王振鹏思索了一会儿，喜道：“还真是这样。”随即向黄公望作了一揖，道：“多谢黄先生的开导，我现下心气完全平顺了。”

黄公望忙道：“黄某还要谢过王典簿救命之恩。”

王振鹏怔了一怔才会意过来，问道：“是枢密使札合告诉黄先生的吗？我适才遇到了他，是他告诉我黄先生来了柴市口。”

黄公望深深作了一揖，道：“大恩不言谢。救命之恩，黄某终身不敢相忘。”

王振鹏道：“举手之劳而已，不必言谢。”又问道：“黄先生而今有何打算？”

黄公望转头将目光投向刑台方向，答非所问地说道：“我想再待上一会儿。”

王振鹏轻叹一声，便先行转身离去。

正如黄公望所料，《清明上河图》真迹确实落入了富商陈宝生手中，但偷取王振鹏赝作者却另有其人，且是朝中一高官——

其人在外地行省任职，其妻亦是答己太后麾下女官，有进宫的便利。那高官垂涎《清明上河图》已久，偶然得知王振鹏私绘有《清明上河图》赝作后，便动了心思，命在京家眷及心腹家人暗中操办此事。高官知道皇宫每隔数年便会重新装裱一次字画，而当年刚好是装裱之年，他命心腹先行潜入王振鹏家中，盗走了《清明上河图》赝作，又以重金买通了装裱匠，令其入宫装裱时，寻机偷梁换柱。

而陈宝生原先并不知道王振鹏仿作过《清明上河图》一事，他千方百计地接近王振鹏，只是想请对方仿作一幅《清明上河图》。除了王氏是大元第一界画名师外，还因为他有职务之便，可以接触到真正的《清明上河图》。

当然，陈宝生并不指望王振鹏会帮忙，只想以喜爱界画的名义，请对方仿作一幅《清明上河图》，然后他自己再设法偷梁换柱。不料王振鹏从不见客，陈宝生几次三番吃了闭门羹。他又设法通过虞集接近，却也未能如愿。

当日廉园文会，陈宝生成功混入园中，亦是为了接近王振鹏。然事不凑巧，陈宝生先遇到了黄公望，听说皇宫女官清涟人也在园中，陈宝生为保贯家周全，便先行退出了廉园。

命运最终站在陈宝生这边。王振鹏竟因《清明上河图》赝作失窃而私下找黄公望帮忙，黄公望则立即怀疑到了陈宝生头上。他离开廉园时既遇到了陈宝生，便提及此事。陈宝生由此知道王振鹏早已绘有《清明上河图》赝作，自是大喜过望。他从与黄公望的交谈中猜到必是装裱匠泄密，于是寻上门去，威逼利诱之下，最终得知了那高官的姓名。

高官自以为高明，令装裱匠成功换出了《清明上河图》真迹，却不知道螳螂捕蝉、黄雀在后，他千方百计换出来的珍品，未曾在京师家中过夜，便被陈宝生手下能人趁隙盗去。当然陈宝生也不完全是盗，命人留下了两颗价值万金的夜明珠，算是变相地买。高官吃了哑巴亏，不敢张扬，不过既得了夜明珠，不算全亏，也就算了。流离两百年的《清明上河图》，终于又回到汉人手中[1]。

几年后，黄公望开始习画后，竟与陈宝生成为画中挚友，这才得知事情的原委，不由得感慨万千。此为后话。

黄公望重新转到刑台附近。军士已开始将砍碎的尸骨装袋，料想是要拿去喂狗，元廷对待罪大恶极之人，一惯会如此处置。他想到郑榕是为救自己而死，还尸骨无存，又怔怔落下泪来。

忽听到轻轻的啜泣声，黄公望转头一看，竟是一名年轻道士。他面朝着刑台，却不敢抬头去看，只垂泪不已。

[1] 元代皇宫内府《清明上河图》被装裱者以赝本偷换出宫，为历史真事。陈宝生为入元后有姓名记载收藏《清明上河图》的第一人。之后，杨准从陈宝生处购得《清明上河图》，题长跋记述始末。后《清明上河图》辗转在民间流传，入清后，方才被收入清宫，重入皇宫大内。清朝灭亡后，末代皇帝溥仪将《清明上河图》等文物偷运出宫。伪满洲国成立，溥仪又将这幅名画带到长春。1945 年 8 月，第二次世界大战接近尾声，溥仪匆忙出逃。伪满皇宫因失火而一片狼藉，混乱之中，伪皇宫的大批珍宝字画流散出去，其中就有《清明上河图》。幸运的是，此图在通化被截获，先存放于东北博物馆，后交北京故宫博物院珍存。而那幅《清明上河图》赝作，自调包之后，便再无消息。

黄公望心念一动，走到那年轻道士身边，问道："你是不是名叫郑樗？"

那道士正是郑榕的兄长郑樗，因失恋而出家做了道士，目下道号无用。他随意抹了两把眼泪，茫然问道："你是谁？怎么会知道我出家前的名字？"

黄公望刚一报姓名，无用便连连点头道："我听过黄先生的名字，他好多次提到你。"

黄公望以为是"她"，忙问道："你是从榕儿那里听到我名字的？"

无用道："不是，是倪三公子。倪真人带着倪三公子住在我们道观中，我正好奉命照料他们。黄先生入狱后，倪三公子天天哭着哀求倪真人出面去救黄先生。倪真人不听，很快便带着倪三公子离开了大都。"一边说着，一边又偷偷去瞧刑台。

黄公望正色道："你妹妹郑榕是为了救我而死。"

无用愕然不解，问道："黄先生说什么？"

黄公望料想一时半会儿也说不清楚，便道："之前榕儿称我为义兄，你也可以这般叫我。她生前交代过我，要我设法照顾你。你愿意跟我离开京师吗？"

无用怔了怔，答道："我……我不知道……"

黄公望叹了口气，道："真真已经嫁了人，你留下来也没有用，不会等到她回心转意的。"

无用忽然号啕大哭起来，他既伤痛妹妹惨死，又悲及自身。他那软弱的样子，与其妹郑榕当真判若两人。

黄公望携无用悄然离开京师后，原本想返回家乡，探望妻儿，然树欲静而风不止，人欲安而心不宁，最终在巨大的失落中，他开始了放逐自己、浪迹江湖的生涯。

岁华如流水，消磨尽，自古豪杰，盖世功名总是空，方信花开易谢，始知人生多别。忆故园，漫叹嗟，旧游池铺，务做了狐踪兔穴。休痴休呆，蜗角蝇头，名亲共利切。富贵似花上蝶，春宵梦说。

尾声

那是怎样的一幅图啊！一峰一状，一树一态，远山隐约，近水渺茫。一切都是那么的恬然静谧，仿若时光凝止，令人心旷神怡，物我两忘。

黄公望出狱的这一年，为皇庆二年（1313 年），元代发生了一件惊天动地的大事——元仁宗正式颁诏，宣布开设科举考试制度，命中书省“参酌古今，定其条制”。天下士子闻讯，无不奔走相告，欣喜雀跃。

次年八月，全国各地分别举行了乡试。中举者，于下一年的二月会试京师。此为元代立国后举行的第一次科举考试，意义重大。早已入翰林院为官的杨载也参加了这次科考，并一举中第[1]。

黄公望的漫游则一直持续到延祐五年（1318 年），他五十岁时，终于在杭州与杨载、倪昭奎两位老友重聚。光阴如梭，上回一别，竟又是匆匆数年过去，令人不胜唏嘘。

多年不曾饮酒，热酒落肚，竟又生出了几分豪气。黄公望忽问道：“你二位还记不记得杭州三元楼的桂花糕？”

倪昭奎笑道：“能不记得吗？”

黄公望道：“老倪最爱吃那里的桂花糕，为此还将宅子买在三元楼附近，每日必吃。老杨开始不吃，后来也跟着吃上几块，只有我和海容……”

原以为“人似秋鸿来有信，事如春梦了无痕”，当他脱口而出“海容”两个字时，这才意识到这个名字，已经跟往事及记忆牢牢捆绑在了一起。

杨载忙道：“我们三个人，只有公望从来不吃。”

黄公望定了定神，又笑道：“桂者，贵也。所以，而今倪真人地位最高，是新皇帝眼前的大红人。你老杨也不差，已入翰林，成就

[1] 元仁宗创建科举考试制度后，每三年开试一次，至元统元年（1333 年），共举行过七榜考试，便告废止。主要原因是汉人的文化水平要高出许多，蒙古、色目贵族不愿意汉人得势，一再阻挠。元顺帝（即和世瑓之子）即位后，恢复了科考，又举行了八榜考试，到元朝灭亡前夕的至正二十六年（1366 年）才终止。

早已不在当年的徐公之下，只有我……”

倪昭奎与杨载交换了一下眼色。倪昭奎正色道：“公望，我等相识二十年，不必再说那些空洞的套话。我们三个人，当年杭州一别后，际遇各有不同，你不过是运气稍微差些罢了。”

杨载也道：“其实我们三人中，始终以公望你的才气最高。”

黄公望感叹道：“二位误会了，我不是在抱怨什么。当年调查聚远楼案件时，跟舟师施元德一番交谈，得知海盗内讧一事对他造成了很大影响后，我安慰他说‘在那样的情况下，施船家能够活下来，便已经是上天的眷顾了’，而我还不是一样？本以为张闾一案，我不死也要流放边塞苦寒之地，还极可能牵累家人，却不想还是得脱大狱，这已经是上天的眷顾，还有什么可怨的？”

顿了顿，又笑道：“我郑重宣布，不管有没有才气，我接下来去学画。”

倪昭奎一愣，问道：“是学习绘画画术吗？”

黄公望点了点头，正色道：“我前半生就这样浪费了，再也不想为了他人的期望，去做自己不喜欢的事。”

倪昭奎先是一呆，随即真诚说道：“那么作为你最好的朋友，我祝你早日画出一幅堪与《清明上河图》比肩的巨作。”

黄公望哈哈大笑，问道：“老杨，还记得我们当年在聚远楼顶楼说的话吗？”

杨载笑道：“当然记得，你认为绘画是聊以自娱，抒发感情，逸笔草草。我还说期待有朝一日能观赏公望直抒胸臆的巨作，建议叫《钱塘观海图》，或是《聚远钱塘图》。”

倪昭奎笑道：“怎么就盯上钱塘江了。”

杨载笑道：“钱塘好啊。”

黄公望道：“嗯，钱塘好。”

三人忽异口同声地吟诵道：“正钱塘江上，潮头如雪。把酒送君天上去，琼玉琚玉珮軿鸿列。丈夫儿、富贵等浮云，看名节。”

一阕吟罢，三人相视而笑。黄公望忽补充道：“这也不是江水，二十年流不尽的英雄血。”

虽然他尽量在两位好友面前表现得自如而随意，不以逆境为意，但他自己很清楚，极度失意的人生，不可能对心绪没有影响，他已经永久地失去了身体中豪情进取的那一部分了。

三十年的光阴，三十年的江水，足以将尖锐之石磨去棱角。他不会就此消沉，然也不会再度奋发，他已经失去了所有的勇气与锐气，从此之后将隐迹寄情于山水之间，于他而言，世间唯一的期待，便是丹青画术。至于为什么会在长期的漫游后有此决心，他也说不清楚。

豪华荡尽，只有青山如洛。钱塘依旧，潮生潮落。

人生在世，很多事情，只有放下，才能重新开始。

与老友分别后，黄公望打听到翰林学士赵孟頫已因夫人管道升病故而扶灵柩返回家乡，便来到吴兴，拜到赵氏门下，开始学习作画。跟随黄公望来到吴兴学画的，还有倪三公子倪瓒。二人后来都在绘画上取得了极高的成就，丝毫不亚于师尊赵孟頫。

十年后，已年过花甲之年的黄公望又与倪瓒一道加入全真教，拜金月岩为师，改号大痴，又易姓名为苦行。

出家为道士后，黄公望依旧寄情于山水，携无用、倪瓒频繁来往于苏州、杭州之间，结下柯九思、吴镇、王蒙、陈宝生等诸多趣味相投的好友、画友。

多年浪迹山川的生涯，令黄公望对山水产生了极大的兴趣。他为了领略山川神韵，终日在山中水边静坐，废寝忘食，到了如痴如醉的地步。

至正七年（1347 年），已年近八十的黄公望开始创作《富春山居图》。这幅巨作于三年后完成，黄公望题款后将它送给了无用，以纪念为了救自己而死的郑榕，无用遂成为《富春山居图》的第一位藏主[1]。

那是怎样的一幅图啊！一峰一状，一树一态，远山隐约，近水渺茫。一切都是那么的恬然静谧，仿若时光凝止，令人心旷神怡，物我两忘。

然此时的中原正烽火四起，南方白莲教、红巾军等纷纷起兵抗元，张士诚、朱元璋已崭露头角，隐约有雄主之相。张士诚更是在高邮[2]大败元军，成为威震天下的风云人物。

正是在张士诚称王的这一年，黄公望走到了生命的尽头，没有遗憾，却仍然有美好的愿望——

他看到了元朝将要覆灭的大势，也不觉得惋惜。大江东去，又有谁能挽留得住？只期待新朝能变得很好，期待文人士大夫受到真正的尊重与重用。如此，方才对得起为反元付出生命代价的金石、金海容、金海岩、郑榕等人。

然而，明朝立国后，明太祖朱元璋为巩固统治，沿袭了元代的做法，对江浙豪绅采取打击压制的强硬政策。黄公望的好友夏文彦被强制迁移至淮西农村，直至终老。而与黄公望三十年形影不离的

[1]《富春山居图》完成之初，无用便顾虑有巧取豪夺者，结果不幸被他言中。关于《富春山居图》的辗转流传，读者可参考有关文献，因后记已大略提及，此处不再赘述。

[2] 高邮，今江苏高邮。至正十三年（1353 年）正月，泰州人张士诚与其弟士义、士德、士信，联合李伯升等起兵反元，一举攻下泰州（今江苏泰州），众至万余；元朝政府遣高邮知府李齐前去招降，张士诚接受招安，受任民职，且乞从征红巾军以自效。然部下诸将意见不一，相互攻杀。后元淮南江北行省参知政事赵琏移镇泰州，命张士诚治兵船，北征濠、泗。张士诚不从，再次起义，破泰州，陷兴化（今江苏兴化），驻扎德胜湖。五月，张士诚攻下高邮（今江苏高邮），元行省左丞偰哲笃出逃。高邮知府李齐再次劝降，为张士诚所杀。次年正月，张士诚在高邮自称诚王，国号大周，年号天祐，建立了政权。张士诚突起高邮，占据要冲，阻绝南北，成为元朝政府的心腹之患。至正十四年（1354 年）九月，丞相脱脱在镇压了徐州芝麻李之后，总制诸王、诸省各路军马，号称百万，出征高邮。高邮被围三月，城中日益不支。张士诚准备投降，又恐“罪在不赦”。在这危急关头，十一月，元中书右丞哈麻挟私忿，连上三章，弹劾脱脱“老师费财”。顺帝下诏削脱脱官爵，淮南安置，寻移置亦集乃路，以河南行省左丞相太不花、中书平章政事月阔察儿、知枢密院事雪雪代领其兵。十二月，诏至高邮，全军闻之哗然，百万之众，一时四散。张士诚乘机出兵，大败元军。高邮之战是元末农民战争的一个重要转折点。元军从此丧失了对农民军的优势，元廷不得不转而利用各地地主武装来镇压农民起义军。

倪瓒下场则更为悲惨，因为不肯合作而被朱元璋忌恨，被刻意牵连进高启案[1]中，生有洁癖的他被投入粪池中，活活淹死。

曾经有那么些个可怜的文人，在元朝的统治下虽无出路，却还有活路，即便像关汉卿写出了《窦娥冤》这类直揭官府黑暗的元曲，也没有遭受到任何迫害。而今文人们终于等来了起于草泽的汉人朱元璋，却又陷入了文字狱、八股文的怪圈，入仕大有风险，不入仕亦可能如倪瓒一般丢了性命，比元朝治下还要难以自处，堪称命运的玩弄[2]。

---

[1] 高启是"吴中四杰"之一，比拟"初唐四杰"。但他在诗词上的才气与成就要比其他三杰高出许多，为吴中四杰之首，文名满天下。因久居苏州，曾做过张士诚的幕僚。明初，明太祖朱元璋诏征高启修《元史》，擢为户部侍郎。高启自陈年少不敢当重任，辞而不受。朱元璋只好同意他辞归，还送了他二十四两银子做盘缠。明洪武七年（1374年），苏州知府魏观在张士诚宫址（朱元璋宿敌张士诚曾在苏州称王）建府治，定居于苏州的高启应邀作《上梁文》，其中有"龙蟠虎踞"之语，被与魏观素来不合的苏州都指挥使蔡本检举。朱元璋获报后吃了一惊，但他不相信魏观会有称王的野心，于是命御史张度前往调查。调查结果显示也没什么大不了的事，不过是建了项工程而已。但张度善于察言观色，知道皇帝忌恨高启，于是禀告说，魏观的作为是"兴灭王之基，开败国之河"，意思是说魏观蓄意要恢复张士诚时代的旧观。朱元璋本来对苏州就不大放心，生怕张士诚余部蠢蠢欲动，听说魏观如此，立即火冒三丈，将魏观处死，高启也被腰斩于市。腰斩是将人的身体齐腰斩断，分为两截，由于人体主要结构大都在腰部以上，所以受刑人不会立刻死亡，受尽痛苦后才悲惨死去。魏观一案，唯独高启一人被处腰斩的酷刑，处刑最重，结局最惨，难免令人疑惑。有人说高启真正的死因是因为朱元璋早就对他不满。御史张尚礼有《宫怨》，朱元璋读了张尚礼的诗，以其能摹写宫闱心事，将他下蚕室（受宫刑，即残害男子生殖器）致死。高启有《宫女图》一诗："女奴扶醉踏苍苔，明月西园侍宴迴。小犬隔花空吠影，夜深宫禁有谁来？"此诗与张尚礼的《宫怨》诗相类，主题颇为暧昧，影射了宫闱之秘，惹恼了皇帝，这才引来杀身之祸。

[2] 朱元璋当皇帝后不久，有人告诉他文人好挖苦毁谤，还举例说张士诚原名叫张九四，后来发达了，就请文人重新取个好名字。文人取了士诚，孟子书上说：士，诚小人也。其实那文人暗骂张士诚是小人，而张士诚到死都不知道，实在可怜。朱元璋立即派人去查了《孟子》，果然发现有这句话，从此以后，便对文人分外提防，采取高压政策。朱元璋曾说："率土之滨，莫非王臣。寰中士大夫不为君用，是自外其教者，诛其身而没其家，不为之过。"意思是文人只要不为皇帝所用，就罪该抄杀。对待不肯出仕的文人，朱元璋基本上都采取了杀的方式，以绝后患。高启与杨基、张羽、徐贲四人并称"吴中四杰"。高启被腰斩后不久，杨基也很快因事被朱元璋罚去做苦力，一代名家，竟然被折磨至死于工地上。过了几年，徐贲被下狱而死；张羽被贬岭南，半路突被召回，他自知难免一死，遂投江自尽。苏州文人姚润、王谟不肯出仕，都被斩首抄家。秦裕伯避乱居上海，两次被征不出，理由是："食元禄二十余年而背之，不忠也。母丧未终，忘哀而出，不孝也。"于是朱元璋亲自写信给他：住在海滨的人民好斗，像你秦裕伯这样的智谋之士居住在这样的地方，坚持不肯出仕，恐怕将来会后悔！这话已经说得相当严重了，秦裕伯若是再不肯出仕，便会被安一个"凶狠好斗"的罪名。在这样的情势下，秦裕伯涕泪横流了一阵后，只好入朝当官。秦裕伯口才很好，能言善辩，说的话又总能称朱元璋的心意，算是难得一见的下场比较好的一个。贵溪儒士夏伯启叔侄斩断手指，（转下页）

竞功名有如车下坡，惊险谁参破？昨日玉堂臣，今日遭残祸。争如我避风波走在安乐窝。

然安危相易，乐行忧违。安之若命，乐在何方？

（《富春山居图——万柳无枝》全文完）

（接上页）立誓不做官，被逮到京师。朱元璋问他们：“以前世道乱的时候，你们住在哪里？”夏伯启答道：“红寇（指朱元璋最早参加的红巾军）作乱时，避居于福建、江西两界间。”朱元璋大怒：“朕知道夏伯启心怀忿恨，认为朕取天下非其道。”特意告诉夏伯启说：“朕知道你夏伯启是故意提到红寇作乱，有其他的意思。你们故意砍掉手指，不想被朕所用。朕要将你们斩首，以免天下的愚夫仿效你们。”特意派人将夏伯启叔侄押回原籍处死。只有元末明初的文坛领袖杨维桢（黄公望好友，见前“铁笛”注释）一人例外。杨维桢诗名擅一时，号“铁崖体”。他从元朝辞官后，纵情山水，对仕宦名利淡不经意。张士诚割据东吴时，曾盛情邀请杨维桢，但杨维桢不为名利所动。张士诚又叫人征求意见。杨维桢回了一封信，指斥张士诚的缺点，预言他没有内变，必有外祸。后来果然如此。朱元璋统一全国后，听说杨维桢的盛名，立即命近臣敦促其入朝。杨维桢被朱元璋派人强行征召入京，待了一百二十天后，上书告辞回家，并写了一首《老客妇谣》明志。此时杨维桢已是年近八十的老翁，杀之无益，朱元璋才勉强放过了他。明“开国文臣之首”宋濂（柳贯门生，柳贯为金履祥门生）还特意作诗为杨维桢送行，有“不受君王五色诏，白衣宣至白衣还”之句，赞誉不已。后来宋濂自己七十多岁的时候也被朱元璋流放贬死。

后　　记

——江山无尽，卧以游之

清朝顺治年间，常州宜兴大富豪吴洪裕（著名的供春壶即出自吴氏书童供春之手，具体可参见吴蔚小说《青花瓷》）病危，临死前摩挲着收藏的《富春山居图》，叹道：“直性命殉之矣。”决意以此画及智永法师的《千字文》真迹（隋代僧人智永传世之作）“火殉”。

吴洪裕死后，其家人在第一日先烧了《千字文》。次日再烧《富春山居图》时，吴洪裕的侄子吴静庵不忍见传世珍品毁于一旦，“疾趋焚所，起红炉而出之”，冒险从火中抢出了《富春山居图》。

画虽然得救，画卷却因为过火而部分被焚毁，断为一大一小两段。从此，《富春山居图》一分为二。前段画幅虽小，但比较完整，被后人命名为《剩山图》；后段画幅较长，但损坏严重，修补较多，被称为《无用师卷》。

以后，两段画卷分别辗转流传。最终，《剩山图》来到浙江博物馆，成为“镇馆之宝”。《无用师卷》则流入台北故宫博物院，两幅《富春山居图》隔海遥遥相望。

2011 年 6 月 1 日，在许多热心人士的斡旋下，两幅《富春山居图》终于在台北故宫博物院“合璧”展出，为期两个月，一度引发轰动。

《富春山居图》为长卷，描绘了富春江两岸的初秋景色，坡陀起伏，林峦深秀。境界开阔辽远、苍劲高旷，笔端变化鼓舞、简洁清润，被公认为画中《兰亭》，“圣而神矣”，几乎可以代表中国山水画的最高成就。

而作者黄公望更为传奇，年轻时做过书吏，颇有雄心，不时在西湖边的酒肆以瓦盆饮酒，酒尽后将瓦盆摔得粉碎，极见豪气。后退隐家乡二十年，中年再度出仕为吏，旋即因事入狱。出狱后放浪形骸，游荡于江湖，最终入道教全真派。五十岁后，方开始学画山水，最终形成自己的独特风格，并于近八十岁高龄时绘出传世之作《富春山居图》。

画者，人也。元画最具抒情性。黄公望有着大起大落的人生经历，最终他心灰意冷，走向了出家之路。但真正令他心绪平静下来的，却是山水，是画作。

“公望千岭，独见一峰”。观赏《富春山居图》时，人们看到的是山峰起伏，林峦蜿蜒，平岗连绵，江水如镜。苍茫简远，境界高旷。

又有谁能想得到，黄公望创作此画之时，天下纷纷扰扰，群雄逐鹿中原，南方张士诚、朱元璋等纷纷起兵抗元。但八旬老翁黄公望却已完全归于宁静，隐居于山林，相忘于江湖。既有“远山长，云山乱，晓山青”，便是“君臣一梦，今古空名”。

个人命运，与历史洪流密不可分。黄公望是时代的见证者，他心境的变化也体现在了创作态度上。

《富春山居图——高楼聚远》《富春山居图——万柳无枝》两书均取材于真实历史事件，以黄公望两次为吏的经历为主线，讲述了他创作《富春山居图》的契机及起源。同时还原了元代杭州及大都（北京）的城市风貌，对元代军事、政治、外交以及宫廷等方方面面均有所涉及。

书中故事也牵涉另一幅传世巨作《清明上河图》。《清明上河图》原收藏于元朝皇宫内府，被人离奇盗出后，最终落入富商陈宝生之手。而陈宝生为黄公望画中密友，史籍中亦有明确记载。不难推测，五十岁方才学画却达到极高成就的黄公望，无疑是见过这幅名画的。

需要强调的是，书中注释与正文互为补充，是为吴蔚作品之特色。若读者感觉故事情节有突兀之处，请比照注释耐心阅读。有些涉及人物关系的细节并未详尽交代，是为留白，以留给读者更多的想象空间。譬如书中某对情侣，因二人私事只有当事人自己才清楚，而当事人在世时绝口不提，随着其人离世，便成为永久谜题。

故事中，蕴含着历史的细节；细节中，还原了历史的声音和颜色。“真小说”之《富春山居图》，力争用更宏大更广阔的视角，来看待元朝的历史，以及中国的历史。

读诗使人灵秀，读史使人明智。鉴历史，可以知兴替；鉴以往，可以知未来。

愿前行路上，你我同行。

吴 蔚

2018年11月30日 于北京